RHENA WEISS

# Der Kreis des Bösen



GOLDMANN
Lesen erleben

*Buch*

In Wien werden eine Prostituierte und eine Studentin brutal ermordet. Das Team um die LKA-Ermittlerin Michaela Baltzer übernimmt den Fall der toten Prostituierten. Um den Mord an der Studentin kümmert sich eine andere Einheit. Doch als weitere brutale Morde geschehen, wird deutlich, dass die Taten in einem direkten Zusammenhang stehen. In der Folge gehen die Ermittler davon aus, dass sie es mit einem einzigen Serienmörder zu tun haben – ein fataler Irrtum. Schließlich ist es der verurteilte psychopathische Serienkiller Kilian Weilmann, der den entscheidenden Hinweis liefert, um den Tätern auf die Spur zu kommen. Für Michaela ist es aber womöglich schon zu spät – denn sie steht im Fokus eines der Mörder…

Informationen zu Rhena Weiss sowie lieferbaren Titeln der Autorin finden Sie am Ende des Buches.

# Rhena Weiss

# Der Kreis des Bösen

Psychothriller

GOLDMANN

1. Auflage
Originalausgabe September 2018

Dieses Werk wurde vermittelt durch die Literarische Agentur Thomas
Schlück GmbH, 30161 Hannover.
Gestaltung des Umschlags: UNO Werbeagentur München
Umschlagfoto: Stuart Brill / Arcangel
FinePic®, München
Redaktion: Christina Riemann
BH · Herstellung: kw
Satz: Uhl+Massopust, Aalen
Druck und Einband: GGP Media GmbH, Pößneck
Printed in Germany
ISBN: 978-3-442-48579-6
www.goldmann-verlag.de

# PROLOG

Es war enttäuschend, wie leicht und vor allem wie schnell alles gegangen war.

Wie oft hatte er es sich in seinen Träumen ausgemalt, sich in allen Details vorgestellt, wie ihr Röcheln klingen würde, wenn sie die letzten Atemzüge tat? Oder wie sich ihre Augen weiteten und der Glanz in ihren Pupillen im Moment ihres Todes erlosch.

Doch die Realität war unbefriedigend, nicht mehr als ein Abklatsch seiner Fantasie. Nachdem sie freiwillig zu ihm ins Auto gestiegen war, blieb ihm nicht mal das Vergnügen der Jagd. In keiner seiner Vorstellungen – und er hatte die Tat in vielen verschiedenen Variationen gedanklich durchgespielt – musste er mit offenen Autofenstern nach Hause fahren, weil es in seinem Fahrzeug bestialisch stank, nachdem das Opfer Kot und Urin verloren hatte. Der Tod war weder edel noch rein, wie er zu seiner großen Enttäuschung feststellen musste. Als seine Großmutter gestorben war, hieß es, es wäre eine Erlösung für sie gewesen, und als er ihr Gesicht betrachtet hatte, das bei seinem letzten Besuch vor ihrem Tod verzerrt vor Schmerzen gewesen war, sah sie tatsächlich aus, als hätte sie ihren Frieden gefunden. Doch der Rest war entweder Einbildung, Show oder gute Arbeit des Bestattungsinstituts.

Außerdem hatte die Nutte ihn gekratzt. Dass Huren

aber auch immer raubtierartige Krallen anstelle normaler Fingernägel tragen mussten, als würden sie ihnen zur Selbstverteidigung dienen! Vielleicht war das sogar der Fall. Doch aufgrund dieser unguten Situation war ihm nichts anderes übrig geblieben, als ihre rechte Hand abzutrennen, damit seine DNA nicht unter ihren Nägeln gefunden werden konnte. Zur Sicherheit hatte er die Hand an einer weit entfernten Stelle im Wald vergraben, nicht sehr tief, aber doch so, dass niemand zufällig darüberstolperte. Denn hier wimmelte es nicht nur von Tieren, sondern auch von Spaziergängern. Was hätte er sonst mit dem toten Stück Fleisch und Knochen anfangen sollen? Etwa im Auto behalten? Diese blöde Nutte! Er hatte nicht damit gerechnet, sich mit solchen Schwierigkeiten herumschlagen zu müssen. Immerhin war es eine Genugtuung, dass ihr die Klauen nicht geholfen hatten, ihrem Schicksal zu entrinnen. Trotz des brennenden Schmerzes auf seinem Handrücken hatte er seinen Griff erst gelockert, als er sicher sein konnte, dass sie wirklich tot war. Ihr Hals ähnelte dem eines Huhns, dünn und faltig. Als Dreizehnjähriger hatte er einen ganzen Sommer auf dem Bauernhof seines Onkels verbracht. Sie hatten bis heute nicht herausgefunden, dass er für das Verschwinden der Hühner verantwortlich war.

Seit damals hatte ihn die Vorstellung nicht losgelassen, einen Menschen mit bloßen Händen zu töten. Achtzehn Jahre hatte es gedauert, bis er seine Fantasie in die Tat umsetzen konnte, achtzehn Jahre, in denen er seine Träume genährt hatte, bis sie zu einem Ideal anwuchsen, an das die Wirklichkeit nicht heranreichen konnte – vorerst.

Er konnte es kaum erwarten, Mephistopheles von seiner Tat zu berichten. Wahrscheinlich würde er ihm nicht glauben, deshalb hatte er, vorausschauend wie er nun mal war, Beweisfotos angefertigt. Nicht umsonst nannte er sich Prometheus, der in der griechischen Mythologie nicht nur als »der Lichtbringer«, sondern auch als »der Vorausdenkende« bezeichnet wurde. Einen passenderen Nicknamen hätte er gar nicht wählen können.

## KAPITEL 1

Ächzend hob Michaela die Kiste mit Valeries Sachen in den Kofferraum, während ihre Nichte die Reisetasche auf den Rücksitz hievte. »Mehr kriegen wir beim besten Willen nicht mehr ins Auto. Ich kann kaum glauben, dass das alles in dein Zimmer gepasst hat.«

Valerie grinste. »Und ich kann nicht glauben, dass das alles in dein Auto passt. Das Zimmer ist jetzt wohl wieder *dein* Arbeitszimmer. Hoffentlich stört dich mein restlicher Kram nicht. Ich hole ihn dann nach und nach ab.«

»Das hat keine Eile«, versicherte sie. Solange Valerie ein paar ihrer Habseligkeiten bei ihr lagerte, würde sie ihre Nichte hoffentlich öfter zu Gesicht bekommen.

Eigentlich hätte Michaela nicht gedacht, dass Valerie es mit dem Konservatorium ernst meinte. Was hatte sie nicht alles versucht, Valerie ihren Wunsch auszureden, in Michaelas Fußstapfen treten und zur Kriminalpolizei gehen zu wollen. Nichts hatte geholfen. Nicht einmal, dass sie hautnah mitbekam, womit sich Michaela bei der Mordkommission täglich beschäftigen musste. Im Gegenteil. Valerie fand die Ermittlungen extrem spannend und zeigte durchaus Talent für ungewöhnliche Lösungsansätze.

Und dann – als wäre ein Schalter umgelegt worden, hatte Valerie beschlossen, Pianistin zu werden und sich auf die Aufnahmeprüfung vorzubereiten. Valerie war ohne Frage ein Ausnahmetalent, und ihre Klavierlehrerin Anna Sannatoli war überzeugt, dass sie Karriere machen konnte. Michaela übrigens ebenso.

Da Michaela kein eigenes Klavier besaß und ihre Nichte für die Prüfung täglich üben musste, hatten sie gemeinsam mit Valeries Eltern beschlossen, dass das Mädchen die paar Wochen bis zur Rückkehr von Thomas und Angelika aus Lesotho in der elterlichen Wohnung bleiben sollte. Schließlich war sie nun siebzehn, da war sie wirklich kein Kind mehr – ein Umstand, auf den Valerie ohnehin ständig hinwies.

Für Michaela, die sich nun beinahe ein Jahr um ihre Nichte gekümmert hatte, bedeutete das, dass sie wieder alleine leben würde – und es graute ihr jetzt schon davor, auch wenn sie es nicht zugeben wollte.

Als Valerie in ihr Leben geplatzt war und es von heute auf morgen komplett umgekrempelt hatte, dachte sie, sie würde sich nie daran gewöhnen, dass sie plötzlich Verantwortung für jemand anderen trug. Sie hatte sich abgewöhnt, ständig Überstunden zu machen. Der Kühlschrank war auf einmal immer gefüllt, sie hatte sogar kochen gelernt. Na ja, zumindest halbwegs.

Sie würde die gemeinsamen Joggingrunden, die Shoppingtouren, die Gespräche und die Kochabende vermissen, sogar das Chaos im Bad und im Gästezimmer, das sie ihrer Nichte überlassen hatte. Und auch die neugierigen Fragen, die ihr so sehr auf die Nerven gegangen waren, würden ihr fehlen. Trotzdem freute sie sich über Valeries Entschluss. Konzertpianisten lebten eindeutig weniger gefährlich als Kripobeamte.

Michaelas Zeigefinger fuhr unbewusst über die Narbe

auf ihrer linken Augenbraue. Schnell ließ sie die Hand sinken, startete den Motor ihres VWs, legte den ersten Gang ein und fuhr los.

Die Wohnung von Valeries Eltern lag im sechsten Wiener Gemeindebezirk in der Nähe der Mariahilferstraße, der größten Einkaufsstraße Wiens. Die Wohnung umfasste zwei Etagen. In der unteren befanden sich die Praxisräume von Thomas und Angelika, in der oberen die Wohnräume.

Die Arztpraxen wurden während der Abwesenheit von Michaelas Bruder und Schwägerin von zwei jungen Ärzten weitergeführt, in der Wohnung sah die Putzfrau weiterhin nach dem Rechten – und natürlich war Valerie regelmäßig hier, um Klavier zu üben. Trotzdem wirkten die Räume ohne Thomas und Angelika seltsam leer und verlassen.

»Einfach dorthin«, sagte Valerie und deutete auf eine Stelle auf dem Boden vor ihrem Bücherregal.

Michaela stellte mit einem Stöhnen die Kiste ab, ließ dann den Riemen der Reisetasche von ihrer Schulter gleiten und streckte den Rücken durch. Vielleicht hätte sie doch mehrmals gehen sollen, anstatt zwei schwere Stücke auf einmal zu tragen.

»Soll ich dir beim Ausräumen helfen?«, fragte sie.

Valerie winkte ab. »Danke, aber das schaff ich schon. Ich hab ja jede Menge Zeit. Wir wär's mit einem Kaffee?«

»Gerne. Den haben wir uns jetzt verdient.«

Ein paar Minuten später standen sie in der Küche, und Michaela sog den Duft des frisch gemahlenen und gebrühten Kaffees ein. Thomas und Angelika hatten sich einen dieser sündteuren Vollautomaten gekauft, mit dem man den absolut perfekten Kaffee für jeden Geschmack herstellen konnte. Espresso, Latte macchiato, Cappuccino... sogar heiße Schokolade oder Teewasser, alles auf Knopfdruck. So einen hätte sich Michaela fürs Büro gewünscht, denn der Automatenkaffee schmeckte grauenhaft. Doch selbst, wenn sie und ihre beiden Kollegen Doris und Vincent zusammenlegen würden, wäre solch ein Gerät immer noch viel zu teuer – für sich alleine zu Hause erst recht.

»Wenn du dich in der großen Wohnung einsam fühlst oder Angst bekommst...«, hob sie an, doch Valerie unterbrach sie. »Tante Mika, du machst es schon wieder!«

Beschwichtigend hob Michaela die Hände. »Okay, entschuldige.« Seit Valeries Entführung vor einem Dreivierteljahr benahm sie sich immer noch wie eine Glucke und ging damit ihrer Nichte regelmäßig auf die Nerven. Valerie hatte ihr sehr direkt gesagt, dass sie nicht vorhabe, ihr weiteres Leben aufgrund der unangenehmen Erfahrung (genauso hatte sie es bezeichnet) in Angst und Schrecken zu führen. Sie wolle sich weder einschränken noch verkriechen. Eigentlich eine sehr bewundernswerte Haltung und ein Zeichen von großer psychischer Reife, und doch fiel es Michaela schwer, Valeries Einstellung zu teilen. Denn sie konnte nicht vergessen, wie es sich angefühlt hatte, als ihre Nichte sich in den Fängen eines Wahnsinnigen befand, und sie in der Angst lebte, sie könne zu spät kommen, um das Mädchen lebend zu befreien.

Wäre Bernd nicht gewesen, hätte sie wohl den Verstand verloren. Bernd, der in der Zwischenzeit viel mehr geworden war als bloß ein Arbeitskollege und Nachbar – und der sich jetzt am anderen Ende Österreichs in einem Rehabilitationszentrum, das sich auf neurologische Erkrankungen spezialisiert hatte, befand. Manchmal hatte Michaela das Gefühl, sie würde allen, die ihr nahestehen, Unglück bringen – zuerst Valerie, dann Bernd. Doch insgesamt waren beide mit einem blauen Auge davongekommen. Anders betrachtet könnte man auch sagen, dass sie ohne Michaelas Zutun nicht mehr am Leben wären.

Auf Bernds Drängen hin hatte Michaela die geplante Reise nach Lesotho mit Valerie angetreten. Sie hatte sich erhofft, ein wenig Abstand zu gewinnen, sich über ihre Gefühle klar zu werden, um herauszufinden, ob und wie es mit ihr und Bernd weitergehen sollte. Eine gemeinsame Nacht reichte schließlich noch lange nicht, um darauf eine Zukunft aufzubauen.

Am meisten bereitete ihr die Tatsache Sorgen, dass Bernd und sie beide im LKA arbeiteten. Beziehungen in der gleichen Dienststelle brachten unweigerlich Probleme mit sich, auch wenn sie beide gänzlich unterschiedliche Funktionen ausübten: sie die leitende Ermittlerin eines der Teams in der Abteilung Leib und Leben, er als Kriminalpsychologe, der gleichermaßen für die seelische Gesundheit der Mitarbeiter als auch für die Erstellung von Täterprofilen und das Verfassen von Gutachten zuständig war.

Und dann waren da noch rein praktische Überlegungen, die sie ebenfalls beschäftigten, wie ein gemeinsamer Wohnsitz beispielsweise. Sollten sie etwa aus den Doppelhaushälften ein gemeinsames Haus machen? Ging das überhaupt? Sie bezweifelte, dass man einfach die Verbindungswand durchbrechen konnte. Würde er nach nebenan zu ihr ziehen oder sie zu ihm, oder würden sie eines der beiden Häuser verkaufen? Wollte sie das überhaupt? Sie hatte zu lange als Single gelebt, um ihre Freiheit und ihre Eigenheiten aufzugeben. Allerdings hatte Valeries Anwesenheit ihr auch gezeigt, dass sie zwar gern allein, aber nicht gern einsam war. Schnell fiel man in alte Verhaltensmuster zurück, und wenn ihre Nichte nun wieder zu Hause wohnte, musste sie zusehen, dass ihr nicht genau das passierte. Sie wusste selbst, dass ihre frühere Lebensweise nicht gerade gesund gewesen war, sie hatte das typische Klischeebild einer Kripobeamtin erfüllt: unausgewogene Ernährung, meist nur Essen, das irgendwie schnell im Vorbeigehen mitgenommen werden konnte, dafür kannenweise Kaffee. Kein ordentlicher Dienstschluss – sie arbeitete zu Hause an ihren Fällen weiter (okay, das hatte sie auch nicht ganz ablegen können, nachdem Valerie bei ihr lebte). Zu wenig Schlaf und zu viel Wein, um überhaupt schlafen zu können – nicht, dass sie Alkoholikerin war ... aber womöglich wäre sie irgendwann zu einer geworden, wenn sie so weitergemacht hätte. Mit ihrer Nichte im Haus war weitgehend Schluss mit den ständigen Überstunden, der ungesunden Ernährung und der nächtlichen Flucht vor der Einsamkeit in die Arbeit. Stattdessen hatten sie zusammen gekocht und Michaela hatte einiges von Valerie gelernt, wenn auch noch lange nicht genug. Sie waren regelmäßig joggen gewesen, hatten oft bis spät in die Nacht diskutiert. Sie hatten gestritten und sich versöhnt, gelacht, geweint. Sie waren gemeinsam an Bernds Krankenbett gesessen und hatten sich gegenseitig Halt gegeben – und sie waren nach Lesotho geflogen, eine Reise, die Michaela ihrer

Nichte geschenkt hatte, damit sie ihre Eltern besuchen konnte. Die Erlebnisse und Erfahrungen dort würden sie beide nie mehr vergessen. Die Gastfreundschaft, die Freundlichkeit, die gänzlich andere Lebensweise. Die Menschen dort besaßen so wenig und waren doch zufrieden mit dem, was sie hatten – und dankbar für alles, was man für sie tat.

»Tante Mika, dein Handy hat gesummt«, unterbrach Valerie Michaelas Gedanken. Sie blinzelte sich aus den Erinnerungen zurück in die Wirklichkeit. »Oh, ich hatte es gar nicht gehört.« Sie holte ihr Smartphone aus der Hosentasche und warf einen Blick auf das Display. Sie hatte eine neue Textnachricht erhalten.

Sie stammte von Harald, dem Leiter der forensischen Abteilung.

*Michaela, wie wär's zur Abwechslung mal mit einem simplen Mordfall?*

Michaela musste bei Haralds Wortwahl lächeln.

»Scheint ja eine gute Nachricht zu sein«, stellte Valerie fest.

Sie zuckte mit den Achseln. »Wie man's nimmt. Sie ist von Harald.«

»Oh!«

»Er fragt, ob ich einen einfachen Mord übernehmen will.«

Valerie grinste. Auch sie wusste, wie kompliziert Michaelas letzte Fälle gewesen waren. »Ich dachte, Steurer würde die Zuständigkeiten bestimmen.«

»Schon. Aber in der Regel hält er sich an das Motto: Wer zuerst *Hier* schreit, bekommt den Fall.«

Steurer war Michaelas Vorgesetzter, ein sehr umgänglicher, verständnisvoller Chef, der zu hundert Prozent hinter seinen Mitarbeitern stand. Abgesehen von seinen wirklich grässlichen Karohemden, die er in nahezu jeder Farbkombination besaß und die er stets im Präsidium trug, konnte sich Michaela keinen besseren Chef wünschen.

»Und willst du ihn?«

Michaela dachte einen Moment nach. Anstatt an einem neuen Fall zu arbeiten, hätte sie auch einen der älteren wieder aufrollen können. Für die blieb in der Regel ohnehin kaum Zeit, doch sie sollten deshalb nicht in Vergessenheit geraten. Sie konnte sich vorstellen, wie schwierig es für die Angehörigen war, solange der Tod eines ihnen nahestehenden Menschen nicht aufgeklärt wurde.

Das würde bedeuten, dass sie jeden Tag um Punkt halb vier Schluss machen könnte, nach Hause eilte und die Nachmittage ... nicht mit Valerie verbrachte, sondern alleine.

Wenn wenigstens Bernd hier gewesen wäre, dann hätten sie vielleicht sogar ein paar Tage wegfahren können. Nur er und sie. Spaziergänge, gemeinsame Nächte, Zukunftspläne schmieden, solche Dinge eben.

Sie konnte also weder mit Valerie noch mit Bernd ihre Freizeit verbringen und da sie jetzt schon Angst hatte, die Decke könne ihr auf den Kopf fallen ...

»Na, fahr schon«, ermunterte Valerie sie und stieß sie sanft mit dem Ellbogen an.

Michaela deutete mit dem Kopf in Richtung Valeries Zimmer. »Und du schaffst den Rest wirklich allein? Ich meine, den ganzen Kram aus den Kisten zu räumen und zu verstauen? Und einkaufen wollten wir auch noch, damit du das Nötigste im Haus hast.«

»Keine Sorge, ich komme klar. Und einkaufen können wir morgen. Oder ich erledige es nach und nach. Ist ja nicht so, dass ich für mich allein so schrecklich viel brauche.«

Michaela zögerte. Nicht, weil sie den Fall als zu geringe Herausforderung empfand. Vielleicht tat es ihr einmal ganz gut, sich nicht mit irgendwelchen irren Serienmördern beschäftigen zu müssen. *Back to basics*, sozusagen. Nein, es war mehr das Gefühl, Valerie nicht im Stich lassen zu wollen.

»Komm schon, wer weiß, welchen Fall du sonst zugewiesen bekommst. Und du weißt ja: Wer zuerst am Tatort ist…«

Sie gab sich einen Ruck und straffte die Schultern. »Du hast recht. Ich melde mich dann bei dir. Wenn es nicht allzu spät wird, kann ich dir danach beim Auspacken helfen.« Entschlossen stürzte sie den Rest des kalt gewordenen Kaffees hinunter und stellte den Becher auf die Arbeitsplatte.

Ehe Michaela die Tür hinter sich zuzog, rief ihr Valerie hinterher: »Vergiss ja nicht, mich anzurufen, wenn du mit der Tatortbesichtigung fertig bist.«

Wie hätte Michaela das vergessen können?! Auch wenn Valerie sich anstelle der Polizistenlaufbahn für eine Karriere als Musikerin entschieden hatte, war sie immer noch neugierig. Sie würde Michaela mit Anrufen bombardieren, bis sie die Informationen bekam, die sie haben wollte. Das Mädchen war nämlich nicht nur neugierig, sondern auch hartnäckig. Zwei Eigenschaften, die sie miteinander teilten. Auch sonst war Valerie ihr ähnlicher, als sie sich eingestehen wollte. Und gerade das jagte Michaela manchmal eine Heidenangst ein.

## KAPITEL 2

Eine halbe Stunde später fuhr Michaela über die Höhenstraße Richtung Kahlenberg, wo in einem Waldstück die Leiche einer Frau von Pilzsammlern gefunden worden war. Je näher sie ihrem Ziel kam, desto mehr juckte die alte Verletzung über ihrer Augenbraue, ein Zeichen für ihre innere Anspannung, zumindest war das ihre Erklärung dafür, dass sich die Narbe nach so langer Zeit immer wieder unangenehm bemerkbar machte.

Als Michaela um die nächste Kurve bog, erkannte sie vor sich am linken Fahrbahnrand den Van der Spurensicherung. Erleichtert atmete sie auf, als sie dahinter das Privatauto mit dem Mödlinger Kennzeichen des Gerichtsmediziners entdeckte. Wie es aussah, führte Ferreira die Untersuchungen durch. Welch ein Glücksfall. Sie vertraute kaum einem Urteil mehr als seinem. Ferreira war einer der besten in der ganzen Republik, wenn nicht sogar über die Grenzen hinaus. Man musste sich bloß an seine Eigenheiten gewöhnen.

Ein Stück bergauf gab es einen Platz zum Wenden, den Michaela nutzte, ehe sie sich langsam wieder bergab rollen ließ, bis sie eine geeignete Stelle fand, um ihren VW abzustellen. Sie stieg aus und griff sich aus dem Kofferraum die Gummistiefel, die sie seit Kurzem wieder ständig mit sich führte, um für alle Eventualitäten gerüstet zu sein, nachdem sie bereits mehrere Paar Schuhe ruiniert hatte.

Ein junger Streifenpolizist, ein wenig blass um die Nase, kontrollierte jeden, der die Absperrung passieren wollte. Michaela hielt ihm ihren Dienstausweis entgegen.

»Ihre erste Leiche?«, fragte sie den Kollegen und schenkte ihm ein aufmunterndes Lächeln. Der nickte bloß.

»Irgendwann gewöhnt man sich daran.« Sie konnte sich noch sehr gut an ihr »erstes Mal« erinnern. Ein Mann hatte sich in einem Ferienappartement erhängt und war erst nach Tagen vom Vermieter aufgefunden worden. Es war gar nicht so sehr der Anblick, der sie schockiert hatte, auch wenn die Leiche ziemlich grausig anzusehen war. Viel schlimmer fand sie den Geruch nach Exkrementen und Verwesung. Aber nach all den Jahren machte ihr selbst das nur noch wenig aus. Der Tod war nun mal in den meisten Fällen eine hässliche Angelegenheit.

Ausgerollte Plastikplanen dienten den Kripobeamten als Trampelpfad. Wenn man den verlassen wollte, musste man sich Überschuhe anziehen oder man bekam es mit Harald zu tun, der deswegen nicht erst einmal jemanden zur Schnecke gemacht hatte, ohne Rücksicht darauf, um wen es sich handelte, und wenn es der Innenminister persönlich gewesen wäre.

Die Forensiker trugen alle weiße Overalls, trotzdem erkannte Michaela Harald sofort. Mit seinen knapp zwei Metern überragte er seine Kollegen. Selbst kauernd stach er hervor.

»Harald!«, rief sie, als sie in seine Nähe gekommen war.

Er drehte sich um und richtete sich aus der Hocke auf, als er sie erblickte. Neben ihm stand ein Mann, den sie nicht kannte. Er hatte die Hände in die Taschen des Overalls gesteckt und wirkte ein wenig gelangweilt. So, als hätte er entweder keine Arbeit oder keine Ahnung, was er tun sollte – eindeutig ein Praktikant. Die forensische Abteilung hatte ständig Praktikanten, oft sogar mehrere pro Jahr. Trotzdem gab es eine lange Warteliste, weil die Praktikumsstellen in der Forensik sehr begehrt waren.

Harald kam zu ihr herüber und nahm seinen Mundschutz ab. »Ich wusste, dass du nicht widerstehen kannst.«

»So berechenbar bin ich?«

Er grinste. »Ich würde eher sagen, ich kenne dich eben gut.« Dann wurde er ernst. »Sie wurde abgeladen wie Müll. Davon gibt es hier übrigens auch jede Menge. Unglaublich, was die Leute einfach so wegwerfen. Es wird mindestens einen halben Tag in Anspruch nehmen, bis wir alles aufgesammelt haben. Wie lange wir für die Auswertung brauchen, darüber will ich gar nicht erst nachdenken.«

Michaela nickte mitfühlend. »Ja, es ist immer wieder bewundernswert, wie ihr das schafft. Und dann komme ich daher und nerve dich, ob du schon Ergebnisse vorweisen kannst.«

Harald hob die Schultern. »Ich mache meinen Job und du eben deinen. Wir haben ihre Handtasche gefunden, inklusive Geldbeutel und Ausweispapiere. Sie heißt Maria Koci, ist als Prostituierte eingetragen und – ein eigenartiges Detail: ihre rechte Hand fehlt. Ferreira ist übrigens gerade bei ihr.« Er wies mit dem Kopf nach links.

»Was soll das heißen?« Michaela meinte, sich verhört zu haben.

»Dass Ferreira Dienstbereitschaft hat. Ich dachte, du magst ihn«, gab Harald zurück.

Michaela winkte ab. »Nicht Ferreira, die Hand. Was heißt das – sie fehlt? Ist sie amputiert worden?«

»Sieht so aus. Aber erst nach ihrem Tod.«

»Was macht das denn für einen Sinn, wenn wir ohnehin den Namen der Frau kennen? Und weshalb nur die eine? Ihre Fingerabdrücke bekommen wir ja trotzdem.« Irgendwie passte das alles nicht zusammen. Michaela hatte durchaus schon von abgetrennten Händen gehört. Dabei war es immer darum gegangen, die Identifizierung des Leichnams zu erschweren, hier schien die Sache aber anders gelagert zu sein, sonst hätte der Täter beide Hände abgetrennt.

Harald zuckte die Schultern. »Sieh es dir einfach selbst an.«

»Dann sollte ich mir wohl besser einen Schutzanzug holen.«

»Ja. Keine Widerrede. Ein Spurenleger reicht für heute«, gab er zurück und sein Blick wanderte zu dem Praktikanten, der sich immer noch nicht von der Stelle gerührt hatte. Jetzt verstand Michaela auch, was Harald damit sagen wollte. Der Ernst in seiner Stimme war nicht zu überhören. Dass Beamte ihre DNA an einem Tatort hinterließen, kam häufiger vor als weithin angenommen. Für den betreffenden Polizisten ein Fauxpas und oberpeinlich – für Harald eine Todsünde, doch trotz aller Sicherheitsmaßnahmen und Vorschriften leider nicht immer vermeidbar. Nicht umsonst war die DNA aller Kripobeamten, die Tatortarbeit machten, im System erfasst. Die von Praktikanten aber nicht. Der hier wäre dann wohl der erste. Und wenn es nach Harald ging, wahrscheinlich der letzte, den er je mit zu einem Tatort genommen hatte.

Nachdem Michaela sich den Overall übergezogen hatte, machte sie sich auf zu Ferreira. Der packte gerade seine Sachen zusammen. »Frau Baltzer, Sie kommen reichlich spät, ich wollte gerade gehen«, begrüßte der Gerichtsmediziner sie.

»Dann sind Sie ja schon fertig und können mir bestimmt bereits etwas zur Todesursache und zum Todeszeitpunkt sagen.«

Ferreira richtete sich aus seiner gebückten Haltung auf und nahm seinen Arztkoffer in die Hand. »Ich schätze, sie wurde vor etwa zwei Tagen erwürgt – die Merkmale sind klassisch und eindeutig, vor allem die Ausprägung der Petechien. Das sind die …«

»… punktförmigen Einblutungen, ich weiß«, unterbrach Michaela ihn. Ferreira neigte dazu, alles zu erklären. Lag vielleicht daran, dass er neben seiner Tätigkeit als Rechtsmediziner auch Studenten unterrichtete.

»Sie wurde nicht hier getötet, es gibt keine Kampf-, dafür aber Schleifspuren, sowohl an ihren Fersen als auch am Boden. Und sehen Sie?«, er deutete auf die Tote. »Faszinierend, ich schätze, diese Verletzungen stammen von Wildschweinen.«

Was sonst? Ferreira fand bei jeder Leiche etwas, das ihn faszinierte, der Tod selbst faszinierte ihn. Vielleicht war er deshalb so außergewöhnlich gut in seinem Job.

»Echt, hier gibt es Wildschweine?« Unwillkürlich blickte sich Michaela um. Seit ihr einmal nachts bei einer Fahrt durch ein Waldstück eine ganze Rotte Wildschweine entgegengekommen war und sie aus unmittelbarer Nähe gesehen hatte, wie riesig die Tiere waren, hatte sie gehörigen Respekt vor ihnen. Begegnen wollte sie lieber keinem.

»Klar gibt es die hier, sogar zuhauf. Für den Tierfraß könnten aber auch Füchse oder Dachse verantwortlich sein. Oder Krähen, Mäuse und Ratten. Sehr wahrscheinlich eine Kombination mehrerer Tiere. Genaues kann ich nach der Sektion sagen.«

»Und die haben Sie für wann angesetzt?«

»Morgen Nachmittag, sagen wir sechzehn Uhr. Ihr Fall?«

Michaela wollte schon angesichts der Uhrzeit protestieren, als ihr einfiel, dass sie jetzt auf niemanden mehr Rücksicht nehmen musste. »Passt. Ich schätze, ich werde diesen Fall übernehmen.« Sie deutete auf den Stumpf am rechten Arm der Toten. »Und dafür könnten nicht auch wilde Tiere verantwortlich sein?«

»Die ganze Hand? Möglich, aber unwahrscheinlich. Die Autopsie wird es uns verraten. Dann bis morgen. Sie können sich die Leiche jetzt ansehen. Die Jungs kommen sie in etwa zwanzig Minuten abholen.« Damit meinte Ferreira wohl die Mitarbeiter des Abholdienstes der städtischen Bestattung, die er üblicherweise verständigte, wenn er mit seiner Arbeit am Fundort fertig war. Michaela kannte die meisten von ihnen. Sie waren zwischen vierzig und sechzig Jahre alt, hatten einen etwas schrägen Humor (wahrscheinlich musste man den haben, wenn man täglich rund fünfzig Leichen transportierte und dabei keinen seelischen Knacks davontragen wollte) und waren ziemlich abgebrüht. Sie hatte sich mit einigen von ihnen unterhalten, und es gab wohl nichts, was sie noch nicht gesehen hatten. Da war ihr Job fast ein Spaziergang dagegen. Wie Ferreira auf diese Bezeichnung kam, blieb ihr schleierhaft, aber mit »Jungs« hatten die Männer des Abholdienstes nun wirklich nichts gemein.

Nachdem Ferreira sich verabschiedet hatte, ging Michaela neben dem leblosen Körper der Frau in die Hocke. Aus der Nähe betrachtet sah sie welk und verbraucht aus. Die linke Hand steckte in einer Plastiktüte, die um das Handgelenk festgebunden war, damit die Spuren unter ihren Fingernägeln nicht verloren gingen. Dort, wo die rechte Hand sein sollte, befand sich bloß ein verkrusteter Stumpf, an dem Fleisch, Sehnen und Knochen hingen. Weder die Vorstellung, dass dafür Tiere verantwortlich sein könnten, noch dass der Täter die Hand abgetrennt hatte, war allzu angenehm. Doch die zweite Möglichkeit ließ immerhin einen Rückschluss auf den Täter zu. Denn irgendeinen Grund hatte er gehabt – und den herauszufinden, war Aufgabe des leitenden Ermittlers. Vielleicht wollte er die Polizei auf eine falsche Fährte führen oder Spuren vernichten oder gar die Hand als Trophäe mitnehmen.

Michaela löste ihren Blick von dem Stumpf und fuhr mit ihrer Betrachtung fort. Besonders während ihrer Zeit bei der Streife hatte sie häufig mit Prostituierten zu tun gehabt – und die Frau vor ihr war eine, das war auf den ersten Blick erkennbar. Ohne in Vorurteile verfallen zu wollen: Schon die Kleidung ließ Rückschlüsse auf den Beruf der Toten zu. Netzstrümpfe, ultrakurzer Ledermini, ein Top, das mehr zeigte als verbarg. Da hätte es die Tasche mit dem Ausweis, die Haralds Mitarbeiter neben der Leiche gefunden hatten, gar nicht gebraucht. Allerdings war es eine angenehme Abwechslung, bereits zu Beginn der Ermittlungen zu wissen, wer das Opfer war, und dass die oft schwierige und zeitintensive Suche nach der Identität hier wegfiel.

Harald hatte recht. Das war ein einfach gelagerter

Fall. Es handelte sich um Mord, daran bestand kein Zweifel. Auch nicht an der Methode, nur die fehlende Hand bereitete ihr Kopfzerbrechen. Dafür kannten sie bereits den Namen und den Beruf der Frau, sogar ihre Adresse. Und dorthin würde sie morgen, gleich nach der Morgenbesprechung und nachdem ihr der Fall offiziell zugeteilt worden war, mit Doris fahren.

Sie betrachtete die Leiche von allen Seiten, versuchte, sich in den Täter hineinzuversetzen. Das Opfer hatte keine Schuhe an, wahrscheinlich waren sie verloren gegangen, als sie hierhergeschleppt worden war. Vom Parkplatz? Oder hatte der Täter das Auto woanders abgestellt? Er brauchte auf jeden Fall ein Fahrzeug, um die Frau hierherzubringen, alles andere wäre äußerst mühsam gewesen und war daher unwahrscheinlich. Michaela konnte sich durchaus vorstellen, dass die Frau freiwillig in das Fahrzeug des Mörders gestiegen war, und der Täter und sie sich ein einsames Plätzchen gesucht hatten.

Erwürgen erfolgte meist im Affekt. Vielleicht war es wegen der Bezahlung zu einer handgreiflichen Auseinandersetzung zwischen Opfer und Täter gekommen, was im Umfeld der toten Frau keine Seltenheit war.

Aber so simpel der Fall auf den ersten Blick auch wirkte, Michaela machte sich keine falschen Hoffnungen, ihn schnell lösen zu können. In ihrem Job war alles möglich. Täter, die sich selbst stellten, vielversprechende Ermittlungen, die plötzlich stockten und im Sand verliefen. Mordfälle, die für immer ungeklärt blieben, und solche, die Jahre später durch Zufall aufgeklärt wurden.

Blöd nur, dass man sich auf Zufälle nicht verlassen

konnte. Also blieben Michaela bloß die gute alte Ermittlungsarbeit, die Erfahrung und ihr Instinkt.

## KAPITEL 3

In der Wohnung führte der erste Weg Prometheus zu seinem Computer.

Mit dem Handy war es zu riskant, die Fotos, die er gemacht hatte, weiterzuschicken. Aber zu Hause hatte er Vorsorge getroffen, ein Verschlüsselungsprogramm und gleich mehrere Firewalls installiert, damit niemand Zugriff auf seine Daten oder Fotos bekam. Auf diese Leistung war er stolz, denn er hatte Wochen dafür gebraucht. Aber das Gefühl der Sicherheit und dass er sich dadurch frei im Internet bewegen konnte, ohne Rückschlüsse auf seine Identität zuzulassen, war jede Arbeit wert gewesen.

Mit einem Lächeln auf den Lippen klickte er auf »Hochladen«. Ein Foto nach dem anderen erschien auf dem Bildschirm. Nun fühlte er doch so etwas wie Aufregung. Was würde Mephistopheles dazu sagen, wie würde er darauf reagieren, dass er seine Fantasien in die Tat umgesetzt hatte, während sein Freund – Menschen wie er hatten eigentlich keine Freunde, aber diese Bezeichnung kam ihrem Verhältnis am nächsten – noch vor sich hin träumte? Er hatte es gewagt. Und auch wenn es nicht ganz so gelaufen war, wie er es sich vorgestellt hatte: Die Bilder noch einmal zu betrachten und sich an die Einzelheiten zu erinnern, ließ seinen Puls schneller schlagen.

Mit Belustigung erinnerte er sich an Mephistopheles'

erste Nachricht im Forum »Der_Kreis_des_Bösen«. In seiner Begrüßung hatte er bezweifelt, ob Prometheus tatsächlich ein Soziopath war.

»Das behaupten schließlich alle hier, aber echte gibt es unter uns nur eine Handvoll«, hatte Mephistopheles geschrieben und eingeräumt, »was dich betrifft... Prometheus, der Vorausdenker und Planer... dein Profil ist zumindest vielversprechend. Ich freue mich darauf, dich näher kennenzulernen.«

Er hatte es interessant gefunden, dass Mephistopheles die weitere Bedeutung seines Nicknamens kannte. Prometheus, der Lichtbringer, aber eben auch der Vorausdenkende. Deshalb hatte er sich für den Namen entschieden, nicht wegen des Lichts. Im Grunde zählte er sich sogar zu einer Gestalt der Finsternis. So wie Mephistopheles. Der Avatar, ein Foto von Gautiers bronzener Mephistopheles-Statue, war Prometheus gleich aufgefallen, weil sie sich von den üblichen Teufelsfratzen unterschied, die man sonst sah. Gautier zeigte einen Mann, an dem einzig der Bart diabolisch aussah, allerdings war in dessen Blick so viel Verschlagenheit, dass er eben doch teuflisch wirkte.

Er musste zugeben, dass er neugierig geworden war, wer hinter dem Nick und dem Avatar steckte, und war sich sicher, dass es Mephistopheles umgekehrt ebenso ging. Er hatte sogar ein paar Nachforschungen angestellt und war dabei nicht sonderlich weit gekommen. Mephistopheles verstand es, seine Spuren zu verwischen und seine Anonymität zu wahren, genau wie er selbst. Sie gehörten zum gleichen Schlag, waren sich ähnlich, fast schon seelenverwandt, beide Soziopathen; zwei, die sich gefunden, sich angezogen hatten, als wären sie unterschiedliche Pole eines Magneten.

Prometheus versah die Bildergalerie mit dem Titel »Vollbracht« und speicherte die Fotos in der Cloud. Dann sicherte er die Datei mit einem Passwort und schickte den Link zusammen mit dem Passwort in einer privaten Nachricht an Mephistopheles. Und dann hieß es auf Antwort warten. Schließlich konnte er nicht davon ausgehen, dass sein Freund und Forenkollege ständig online war.

Er hatte sich in einem Anfall von Neugier im Soziopathenforum registriert, weil er wissen wollte, mit welchen Geschichten die anderen aufwarten konnten. Schnell hatte er gemerkt, dass Mephistopheles mit seiner Skepsis richtiglag. Die wenigsten, die sich hier angemeldet hatten, erfüllten der Definition nach die Kriterien eines »Soziopathen«. Sie waren einfach verwöhnte, jammernde Egoisten, die aus den Kinderschuhen nie herausgewachsen waren. Nur vier passten in die Rubrik, aber weder ihm noch Mephistopheles konnten sie das Wasser reichen.

Allein schon durch ihre Beiträge unterschieden er und Mephisto sich von diesen vieren. In jedem Text steckte eine Subbotschaft, die nur der jeweils andere verstand. Und schnell wurde ihnen klar, dass sie sich noch weiter von den anderen abhoben. Sie waren nicht nur Soziopathen, sie waren Psychopathen. Und sie standen dazu.

Das Nachrichtenfenster ploppte auf, und freudige Erwartung machte sich breit, als er sah, dass Mephistopheles ihm geantwortet hatte.

*Das ist dein Werk? Und was erwartest du? Dass ich vor Ehrfurcht vor dem, was du getan hast, erstarre? Ich bin geneigt einzuräumen, dass der erste Schritt der wichtigste ist, sonst bleibt man womöglich immer auf der Stufe des Planens und Abwägens stehen – besonders du, mein Freund.*

Prometheus' Magen zog sich vor Wut schmerzhaft zusammen. Was bildete sich der Kerl ein? Sollte Mephisto es ihm doch erst mal gleichtun.

*Schade, dass du meine Arbeit so wenig würdigst. Was gefällt dir denn daran nicht? Ich glaube nicht, dass du es angesichts der Umstände besser hinbekommen hättest, oder etwa doch? Dann will ich nicht bloß Lippenbekenntnisse, sondern Taten sehen.*

Prometheus tippte schnell, seine Finger flogen über die Tastatur. Ohne seinen Text noch einmal durchzulesen, klickte er auf »Senden«. Dann lehnte er sich zurück und wartete auf Mephistopheles' Antwort.

*Merke ich bei dir einen gewissen Unmut? Du wirst doch ein bisschen Kritik einstecken können. M*

*Kritik? Ich kann in deinen Worten keine Kritik erkennen, nur eine billige Nörgelei, die deiner nicht würdig ist. Welcher Punkt passt dir nicht? Ich habe dir die Fotos zur Unterhaltung geschickt und aus keinem anderen Grund. Gib doch zu, dass sie dir gefallen. In der Nähe und unmittelbar dabei zu sein, war natürlich ungleich aufregender.*

*Tja, genau darum geht's. Du behauptest, dass du es getan hast. Du weißt genauso gut wie ich, wie wir beide gestrickt sind: Wir lügen, wir betrügen, wo immer es geht, weil wir es können. Die erste Regel lautet: Psychopathen vertrauen nie. Und wem auch immer du deine Geschichte auftischen magst, für mich braucht es Beweise. Abgesehen davon hast du es dir ziemlich leicht gemacht – nur so am Rande bemerkt. M*

*Und du hättest nicht einfach zugegriffen, als die Gelegenheit sich bot?*

*Nein, ich hätte mir jemanden ausgesucht, bei dem die Herausforderung ein wenig höher ist. Du schreibst, sie war eine Nutte. Sie ist zu dir ins Auto gestiegen und mit dir freiwillig zu einem menschenleeren Ort gefahren, es war nachts, die Wahrscheinlichkeit, erwischt zu werden, ging gegen null – wo bleibt da der Nervenkitzel? Übrigens, was ist mit der Hand passiert?*

Diesmal überlegte Prometheus ein wenig länger, bevor er antwortete.

*Die musste ich entfernen. Kommt aber gut, oder? Ich habe einen Vorschlag: Mach es besser, dann unterhalten wir uns weiter. Jetzt möchte ich mir die Nachrichten ansehen. Vielleicht bin ich im Fernsehen. *ggg**

*Wohl eher nur die Nutte, oder? Okay, ich nehme die Herausforderung an. Ich melde mich, sobald ich ein Ergebnis vorweisen kann. Siehe, staune und lerne.*

Prometheus verzog die Lippen zu einem Lächeln. Mephisto hatte den Köder geschluckt.

Er mochte Wettkämpfe, bei denen er die Regeln selbst aufstellte und nach Belieben verändern konnte, sodass er als Sieger hervorging, vorzugsweise ohne dass sein Gegenspieler merkte, dass es sich überhaupt um einen Wettkampf handelte.

Allerdings wollte er sich nichts vormachen, Mephistopheles war aus einem anderen Holz geschnitzt als normale Menschen. Er würde sehr bald Prometheus' Absicht herausfinden, und seine Reaktion darauf versprach spannend zu werden. Denn wenn es etwas gab, das bei Prometheus mehr Nervenkitzel hervorrief als Hühnern oder Huren den Hals umzudrehen, war es, Menschen nach seiner Pfeife tanzen zu lassen. Und ganz besonders interessant wurde es, wenn sein Gegenüber ein ebenso großer Manipulator war wie er selbst. Allerdings besaß er einen Vorteil, den Mephisto und auch sonst niemand kannte. Diesen gedachte er erst ganz zum Schluss auszuspielen, falls überhaupt. Manchmal schadet es bekanntlich nicht, das Ass für alle Fälle im Ärmel zu behalten. Doch wie auch immer: Er hatte das Spiel eröffnet, jetzt war Mephistopheles am Zug.

Mephistopheles loggte sich aus dem Forum aus. Dachte der kleine Scheißer etwa, er könne ihn manipulieren, ohne dass er es merkte? Nichts geschah, ohne dass er es wollte, weder im Forum noch im echten Leben.

Wer wünschte sich nicht einen Nachfolger, jemanden, der sein Lebenswerk fortsetzte? Als Prometheus ins Forum eingetreten war, hatte Mephisto gleich beim ersten Beitrag gemerkt, dass der Neue das Potenzial besaß, in seine Fußstapfen zu treten. Dazu musste der Grünschnabel natürlich erst durch eine harte Schule gehen. Die erste Hürde hatte er immerhin überwunden, er hatte getötet – und er hatte Spaß daran gefunden, das konnte Mephistopheles an den Fotos sehen. Noch einmal betrachtete er jedes einzelne eingehend. Er hätte Prometheus gerne gefragt, wie es sich angefühlt hatte, Herr über Leben und Tod zu sein. Es gab nichts Vergleichbares.

## KAPITEL 4

Michaela saß in der Küche und blätterte die Zeitungen durch, während sie darauf wartete, dass der Kaffee fertig wurde. Jetzt, wo Valerie das Badezimmer in der Früh nicht mehr blockierte, war sie eine halbe Stunde später als üblich aufgestanden, und trotzdem blieb ihr Zeit, um gemütlich zu frühstücken – wobei das in ihrem Fall hieß, Kaffee und Zeitung. Auch wenn sie ständig genörgelt hatte, dass ihre Nichte morgens nichts aß, sie selbst brachte tatsächlich auch nicht viel hinunter, außer beim gemeinsamen Sonntagsfrühstück, das allerdings eher Brunchcharakter hatte. Wenn es die Arbeit erlaubte, holte sie sich stattdessen später am Vormittag gerne einen Snack aus der Kantine.

In beiden Zeitungen wurde der gestrige Mordfall nur in aller Kürze erwähnt mit der Zusatzinformation, dass die Polizei ermittelte. Michaela war davon überzeugt, dass die Berichterstattung ausführlicher gewesen wäre, hätte es sich bei der Toten nicht um eine Prostituierte gehandelt. Als ob es einen Unterschied machte, wer das Opfer war. Für sie jedenfalls nicht. Tot war tot, Mord blieb Mord. So einfach war das.

Ihr Handy klingelte, und reflexartig nahm sie das Gespräch an, weil sie Valeries Rückruf erwartete.

Nach der Tatortbesichtigung gestern hatte sie wie versprochen ihre Nichte angerufen, aber bloß die Mailbox erreicht – und sich prompt neun Monate zurückkatapultiert gefühlt. Die Angst um Valerie schnürte ihr die Kehle zu, und sie war kurz davor, vorbeizufahren und nach dem Rechten zu sehen. Gleichzeitig wusste sie, dass Valerie ihr das übel genommen hätte. Ihre irrationale Überbesorgnis war oft genug ein Streitpunkt zwischen ihnen. Nur deshalb hielt sie sich zurück, hinterließ betont fröhlich eine Nachricht und rief im Anschluss aufgewühlt Bernd an, der zum Glück gleich abhob. Allein seine Stimme zu hören hatte eine beruhigende Wirkung auf sie. »Hey, vielleicht spielt sie Klavier, hört laut Musik oder sie ist einfach schon schlafen gegangen. Deine Panik ist vollkommen unbegründet.«

»Ja, ich weiß«, gab sie seufzend zu und erzählte Bernd dann von der Toten, um sich selbst auf andere Gedanken zu bringen.

Die Taktik ging auf. Nachdem sie das Telefonat beendet hatte, fühlte sie zwar die Angst um ihre Nichte immer noch wie einen verschreckten Vogel in ihrem Magen flattern, doch immerhin drückte sie ihr nicht mehr die Luft ab, und sie konnte wieder atmen.

Ob das jemals aufhören würde, hatte sie sich gefragt,

und sich gleich selbst die Antwort geliefert: Nein, es würde vielleicht leichter werden, aber weggehen würden diese Ängste nie. Sie konnte sie nur in Schach halten, indem sie lernte, mit ihnen umzugehen und sie nicht zu groß werden zu lassen. Als jetzt das Handy klingelte, erwartete sie, Valeries Stimme zu hören. Michaela brauchte einen Moment, bis sie merkte, dass nicht ihre Nichte, sondern Doris am Telefon war. »Jonas ist krank, ich kann nicht kommen.«

»Schon gut, danke dass du Bescheid sagst.« Es hätte auch gereicht, sich im Sekretariat zu melden, deshalb wusste Michaela es zu schätzen, dass ihre Kollegin sie persönlich anrief. Das zeugte von dem besonderen Verhältnis untereinander in ihrem Team. Doris und Vincent waren weit mehr als Arbeitskollegen. Sie wusste nicht, was sie ohne die beiden getan hätte, als Bernd im Krankenhaus zwischen Leben und Tod schwebte und niemand sagen konnte, ob er überleben oder bleibende Schäden zurückbehalten würde.

»Lass dir ruhig Zeit und bleib daheim, solange Jonas dich braucht«, sagte sie daher. Ihre Kollegin war alleinerziehend, und wie bei den meisten war es auch für sie oft nicht einfach, Job und Kind unter einen Hut zu bringen.

»Das ist lieb von dir. Ich habe ein ganz schlechtes Gewissen, aber meine Eltern sind im Urlaub und …«

»Doris, wirklich. Vincent und ich schaffen das schon. Ist gerade eh nicht viel zu tun.«

Sie versicherte Doris, dass sie keine Schuldgefühle zu haben brauchte, und wünschte gute Besserung für ihren Sohn. In vielen Dingen erinnerte ihre jüngere Kollegin sie an sich selbst zu ihrer Anfangszeit bei der Kripo.

Michaela war genauso eifrig gewesen. Und sie hatte die Arbeit viel zu oft über ihr Privatleben gestellt, was dazu geführt hatte, dass es für sie irgendwann kein Privatleben mehr gab, dass sie mit ihrer Freizeit nichts mehr anzufangen wusste und sich auch zu Hause mit ihren Fällen beschäftigte. In ihrer Familie nahm sie bald die Rolle eines Sonderlings ein, einer vom Job Besessenen, die keinen anderen Lebensinhalt als die Arbeit hatte. Kein Wunder, dass ihr Bruder und ihre Schwägerin zunächst mehr als skeptisch gewesen waren, als sie anbot, Valerie bei sich aufzunehmen, während die beiden als Ärzte ohne Grenzen in Lesotho arbeiteten. Nicht ganz zu Unrecht, wie Michaela eingestehen musste. Es war eine riesige Umstellung gewesen, aber als sie und Valerie sich miteinander arrangiert hatten, wurde ihr nach und nach bewusst, was sie alles versäumte, wenn sie neben dem Job nichts in ihr Leben ließ.

Doris hatte zwar, im Unterschied zu Michaela, ihren Sohn, um den sie sich kümmern musste, aber auch sie konnte nur schwer abschalten und nahm sich Arbeit mit nach Hause, um die leeren Stunden am Abend, wenn Jonas im Bett war, mit irgendetwas zu füllen, das sinnvoll erschien.

Gerade hatte Michaela ihren Kaffee ausgetrunken und den leeren Becher in die Spülmaschine gestellt, als ihr Handy ein zweites Mal klingelte. Diesmal war es tatsächlich Valerie. »Tut mir leid, dass ich gestern nicht erreichbar war. Du hast dir wahrscheinlich Sorgen gemacht.«

»Nur ein bisschen«, log Michaela.

»Das Handy hatte ich in der Küche vergessen und war mit Auspacken beschäftigt, nebenbei lief Musik, ich hab das Klingeln nicht gehört und dann bin ich todmüde ins Bett gefallen.«

»Apropos todmüde: die Tote ...«, fing Michaela an, unterbrach sich aber, als sie auf die Uhr sah. »Tut mir leid, ich muss aufbrechen, und du musst auch in die Schule. Ich erzähl dir alles am Abend. Dann habe ich hoffentlich schon ein paar Infos von Ferreira. Bist du mit dem Auspacken fertig? Ich könnte nach dem Dienst vorbeikommen und dir helfen.«

»Da gibt es nicht mehr viel zu tun, aber du kannst trotzdem kommen, mit mir zu Abend essen und mir dabei alles vom gestrigen Tatort erzählen.«

»Du kochst, und ich bringe statt Wein einen neuen Fall mit?«

»Ist doch ein guter Deal.«

Michaela konnte Valerie förmlich grinsen sehen. Diese unbändige Neugier würde die Kleine (nur in Gedanken traute sie sich, ihre Nichte so zu nennen) nie ablegen. Konservatorium hin oder her – im Herzen blieb Valerie immer ein bisschen Ermittlerin.

»Es könnte aber später werden, die Obduktion ist erst auf sechzehn Uhr angesetzt.«

»Kein Problem. Ruf an, wenn du aus der Gerichtsmedizin wegfährst.«

»Mach ich«, antwortete Michaela, verabschiedete sich von ihrer Nichte, zog ihre Lederjacke und die Sneakers an, schloss die Haustür hinter sich ab und fragte sich, wie es sein konnte, dass sie gerade noch zu viel Zeit gehabt hatte. Die war mit einem Mal auf wundersame Weise geschrumpft.

Vierzig Minuten später lief sie im Präsidium die Treppe in den dritten Stock hoch, wo ihr Büro lag, das sie mit Doris und Vincent teilte. Wann immer es möglich war, verzichtete sie auf den Fahrstuhl. Es war nicht so, dass sie eine ausgewachsene Phobie hatte und Panikattacken bekam, sobald sie einen Lift betrat, aber Aufzüge erzeugten bei ihr ein mulmiges Gefühl im Magen, nachdem sie einmal in einem stecken geblieben war. Außerdem hielt Treppensteigen fit, sagte sie sich.

Vincent saß bereits an seinem Schreibtisch, was Michaela nicht überraschte. Er war normalerweise der Erste, der kam, und häufig der Letzte, der ging. Noch einer, der offenbar kein nennenswertes Privatleben besaß. Michaela wusste nicht einmal, ob ihr Kollege allein oder mit jemandem zusammen lebte, geschweige denn, womit oder mit wem er seine Freizeit verbrachte. Er erzählte nie etwas von sich, genau genommen sprach er auch sonst kaum. Nur eines wusste sie: Sie mochte diesen wortkargen, oft mürrisch wirkenden Mann und hätte ihm blind ihr Leben anvertraut.

Sie hängte ihre Jacke über ihren Stuhl und wünschte Vincent einen Guten Morgen, was er mit einem knappen »Morgen« erwiderte.

»Kein Kaffee heute?«, fragte sie, als ihr Blick auf die unbenutzte Kaffeemaschine fiel. Normalerweise startete Vincent die Maschine, sobald er in der Früh kam.

Mit einem tiefen Seufzen antwortete Vincent: »Hin. Endgültig.« Kein Wunder, dass sein Gruß so frustriert geklungen hatte. Auch wenn Vincents Kaffee grauenhaft schmeckte, wie sollten sie den langen Arbeitstag ohne überstehen? Der Automatenkaffee stellte definitiv keine Alternative dar.

»Mist. Und reparieren kann man sie nicht?«

Mit trauriger Miene schüttelte Vincent den Kopf.

»Okay, ich organisiere uns Kaffee von Harald. Und sobald Zeit ist, kaufe ich eine neue Maschine. Ohne Kaffee geht gar nichts. Übrigens hat Doris Pflegeurlaub, sie hat mich angerufen und gesagt, dass ihr Sohn krank ist. Und jetzt komm, wir müssen zur Morgenbesprechung.«

Im Besprechungsraum, der im ersten Stock lag, sah sie sich suchend nach Harald um. Der stand am Fenster und redete auf einen Mann neben ihm ein. Mit dem grauen Anzug, dem weißen Hemd und den streng nach hinten gekämmten Haaren sah der Unbekannte sehr geschäftsmäßig, kühl und vor allem jung aus. Sie ging zu den beiden hinüber, nickte ihnen zu und wandte sich an Harald: »Guten Morgen. Sag, hast du Mitleid mit Vincent und mir? Unsere Kaffeemaschine hat den Geist aufgegeben, und wir brauchen dringend Koffein.«

»Was für eine Katastrophe! Klar helfe ich euch aus. Ich glaube, wir haben irgendwo eine Kaffeemaschine in Reserve stehen. Kennst du übrigens Matthias?« Er zeigte auf seinen Gesprächspartner. Vage kam er ihr bekannt vor, und sie überlegte fieberhaft, wo sie ihn schon mal getroffen hatte.

»Matthias Pfistermann, sehr erfreut. Ich habe Sie gestern am Tatort gesehen.« In dem Moment, als er sich vorstellte, erinnerte sich Michaela an den Praktikanten, der planlos in der Gegend herumgestanden hatte. Der Spurenleger. Wahrscheinlich hatte Harald ihm gerade wieder eine Predigt über das Verhalten an Tatorten gehalten.

Bei näherem Hinsehen fiel Michaela auf, dass Matthias wohl doch nicht ganz so jung war, wie sie ihn eingeschätzt hatte. Er hatte eher die dreißig als die zwanzig überschritten. Außerdem war seine rechte Hand getaped, wahrscheinlich Sehnenscheidenentzündung, mutmaßte sie. Nicht vom Gitarrespielen, da wäre es eher die linke Hand gewesen. Vielleicht Tischtennis? Sie erinnerte sich an ihre guten Manieren, nahm Matthias' angebotene Hand, schüttelte sie vorsichtig, um ihm nicht wehzutun, und nannte ihren Namen. So eine Entzündung konnte verdammt schmerzhaft sein, wie sie aus Erfahrung wusste. Als Jugendliche hatte Michaela vom Klavierspielen eine Sehnenscheidenentzündung bekommen, mit ein Grund, warum sie damit wieder aufgehört hatte – abgesehen von ihrer Lustlosigkeit und dem fehlenden Ehrgeiz. Musikalisch waren zwar alle in ihrer Familie, aber wie man sah, hatte sich das Talent eher auf Valerie vererbt. Michaela hatte schließlich lieber auf dem Feld Schießübungen betrieben, als Etüden zu üben, sehr zum Leidwesen ihrer Mutter, die stets darauf bedacht war, Literatur, Musik und Kunst in der Familie nicht zu kurz kommen zu lassen.

»Ich weiß, wer Sie sind«, sagte Matthias erfreut. »Sie haben den Fall der vermissten Mädchen gelöst. Und den der Gottesurteile. Ob Sie mir darüber wohl etwas erzählen könnten?«

Auch wenn sich Michaela geschmeichelt fühlte, dass ihr Ruf ihr offenbar vorauseilte, lagen ihr doch verschiedene ablehnende Antworten auf der Zunge: etwa, dass sie kaum Zeit zum Essen fand, geschweige denn dafür, über ihre abgeschlossenen Fälle zu sprechen. Oder dass alles in den Ermittlungsakten nachgelesen werden konnte. Oder auch, dass sie gerade diese beiden Fälle am liebsten vergessen würde, und sie immer noch manchmal aus dem Schlaf hochschreckte, weil sie träumte, dass Valerie oder Bernd sich in Lebensgefahr befanden. Doch sie nickte höflich, lächelte und erwiderte: »Sicher. Wenn sich mal eine Gelegenheit ergibt.« In Gedanken fügte sie hinzu: »Also wahrscheinlich nie.«

Gleich darauf betrat Werner Steurer, Michaelas Vorgesetzter, den Raum. »Bis später«, sagte sie zu Harald und Matthias und ging zu Vincent hinüber, der ihr einen Sitzplatz frei gehalten hatte. »Kaffee hab ich klargemacht«, flüsterte sie Vincent zu, während Steurer die versammelten Kollegen begrüßte. Auch heute bot sein Hemd eine Farbexplosion fürs Auge. Orange-blau-grüne Kästchen. Aus irgendeinem Grund, den bisher niemand herausgefunden hatte, liebte er Karos. Das heutige Wunderwerk an modischer Entgleisung musste neu sein, denn Michaela hatte es noch nie zuvor an Steurer gesehen. Was, um Himmels willen, brachte jemanden dazu, solche grässlichen Hemden zu kaufen?, fragte sich Michaela nicht zum ersten Mal, allerdings nur in Gedanken. Sie hatte sich geschworen, nie wieder über Steurers Modegeschmack herzuziehen. Es gab sicher Vorgesetzte, die schlimmere Fehler hatten. Werner Steurer war, abgesehen von den Karohemden, die er Tag für Tag trug, ein Chef, wie man ihn sich nur wünschen konnte. Er stand zu seinen Mitarbeitern, hatte stets ein offenes Ohr für sie, und Michaela hätte möglicherweise ohne seine Unterstützung ihren Job verloren oder wäre nur noch im Innendienst tätig. Außerdem mischte er sich in der Regel nicht in die Ermittlungsarbeiten ein, es sei denn, man bat ihn darum – das gehörte ebenfalls zu seinen nicht zu unterschätzenden Vorzügen.

»Ehe wir dazu übergehen, die beiden Fälle, die hereingekommen sind, zu verteilen, möchte ich euch unseren neuen Kollegen Matthias Pfistermann vorstellen. Herzlich willkommen«, fuhr er fort. Überrascht blickte sich Michaela nach Matthias um. Ein neuer Kollege also, kein Praktikant.

Der stand kurz auf, hob verlegen die Hand und setzte sich gleich wieder auf seinen Stuhl. Offensichtlich war die Aufmerksamkeit ihm unangenehm.

»Herr Pfistermann wird vorerst keinem Team fix zugeteilt, er soll erst mal alles in Ruhe kennenlernen. Und nun weiter in der Tagesordnung…«

In den folgenden eineinhalb Stunden stellte jedes Team seine aktuellen Fälle vor und berichtete über den Ermittlungsstand. Als Michaela an der Reihe war, fasste sie sich kurz. »Im Moment haben wir keinen offenen Fall, wir sind in der Nachbereitungsphase der Tankstellenmorde. Deshalb hätte ich gern die tote Prostituierte übernommen.«

Steurer blickte von seinen Aufzeichnungen hoch. »Woher…?« Er winkte ab und seufzte. »Was frag ich überhaupt? Schön, sie gehört dir. Dann hätten wir noch den unbekannten Toten aus der Waschküche. Gibt's für den auch Freiwillige?«

Gab es nicht. Also bestimmte Steurer ein Team.

»Nun denn, an die Arbeit«, beendete er schließlich die Morgenbesprechung. Stühle wurden zurückgeschoben, alle Anwesenden strebten der Tür zu, um ihren Aufgaben nachzugehen. Auch Michaela und Vincent standen auf.

»Michaela, eine Minute noch, bitte«, hielt Steurer sie

zurück. Erstaunt hob sie die Brauen. »Du brauchst nicht auf mich zu warten«, sagte sie an Vincent gewandt und trat neben Steurer, der seine Unterlagen zusammenpackte.

Er sah zu ihr auf. »Ich nehme an, du weißt, dass Doris eine Pflegefreistellung beantragt hat.«

»Ja, sie hat mich angerufen.«

Er nickte. »Ich hatte ja erwähnt, dass Matthias keinem Team zugeteilt ist, und ich denke, er wäre bei euch für den Anfang gut aufgehoben.«

In Michaelas Mund breitete sich ein schaler Geschmack aus. Wahrscheinlich würde Matthias sie den ganzen Tag von der Arbeit abhalten, weil er ihr laufend Fragen über ihre alten Fälle stellte.

»Danke, das ist wirklich nett von dir gemeint, aber ich weiß nicht einmal, wo ich ihn hinsetzen soll. Außerdem gibt es andere Teams, die unterbesetzt sind«, versuchte sie es mit Diplomatie.

Steurer ging nicht darauf ein. »Ihr habt einen neuen Fall, bei dem er von Anfang an dabei sein kann, außerdem wüsste ich niemanden, der besser geeignet wäre, ihm etwas beizubringen, als du«, argumentierte er.

»Und wo soll er sitzen? Ich meine, wenn Doris wieder zurückkommt?«

»Stellt einfach einen weiteren Stuhl ins Büro«, schlug Steurer vor.

»Aber…«, hob sie an. In ihrer Erinnerung war noch stark verankert, dass Matthias einen Tatort aus Unachtsamkeit mit seiner DNA kontaminiert hatte. Ein Anfängerfehler. Und mit dem sollte sie zusammenarbeiten?

Komm schon, er ist ein Neuling, sagte die verständnisvolle Stimme in ihr. Er würde noch viel lernen müssen, aber schließlich hatte jeder irgendwann neu angefangen und Fehler gemacht. Auch sie, und das nicht nur einmal. Sie hatte damals einen Teamleiter gehabt, der ihr alles geduldig erklärt hatte. Es wäre also durchaus zu rechtfertigen, dass Michaela das, was sie gelernt hatte, nun weitergab. Sie seufzte ergeben. »Na schön«, stimmte sie schließlich Steurers Vorschlag zu. Zusätzliche Unterstützung schlug man nicht aus, auch nicht, wenn sie in Form eines blutigen Anfängers daherkam.

Michaela eilte zurück ins Büro, um Vincent über Steurers Entscheidung zu informieren. Der zuckte nur mit den Schultern. Sie seufzte. Ein wenig mehr Enthusiasmus hätte sie schon von ihrem Kollegen erwartet. Weil sie dem Neuen nicht Doris' Platz überlassen wollte, machte sie sich daran, den schmalen Tisch vor dem Fenster, der vor allem als Abstellfläche diente, abzuräumen. Den Blumentopf mit der Aloe vera platzierte sie auf das Fensterbrett, die Broschüre vom Pizzaservice warf sie in den Papierkorb. Die Nummer kannte sie ohnehin auswendig, so oft, wie sie bereits dort angerufen hatte. Die Aktenordner verstaute sie im Schrank, die defekte Kaffeemaschine stellte sie kurzerhand auf den Boden, sie würde das Gerät entsorgen, sobald sie die Zeit fand. Für das Ersatzgerät, das Harald ihr versprochen hatte, würde sie einen anderen Platz finden müssen. Oder auch nicht, dachte sie in einem Anflug von Bosheit und bekam prompt ein schlechtes Gewissen. Sie wollte dem neuen Kollegen doch eine faire Chance geben. Michaela nahm sich vor, ihm vorurteilsfrei zu begegnen und nett zu sein. Matthias konnte schließlich nichts dafür, dass Steurer ihn ausgerechnet ihr zugeteilt hatte. Und ein bisschen frischer Wind schadete nie, sagte sie sich.

Gerade hatte sie den Tisch fertig abgeräumt, als es an der Tür klopfte. Gleich darauf trat der neue Kollege ein. Michaela rief sich ihren Vorsatz, nett zu sein, in Erinnerung und rang sich ein Lächeln ab. »Matthias, komm rein. Herzlich willkommen im Team.«

»Danke, ich freue mich auf die Zusammenarbeit.«

Vincent stand auf, ging zu Matthias hinüber, reichte ihm die Hand, sagte aber nichts, was ihm einen irritierten Blick einbrachte.

Michaela grinste in sich hinein. So war Vincent nun mal. Als sie in der Abteilung angefangen hatte, war er zwei Wochen lang so wortkarg gewesen, dass sie sich ernsthaft Sorgen gemacht hatte, er könne sie nicht leiden. Und als Doris zu ihnen stieß, war es nicht anders gewesen.

Sie zeigte auf den leeren Tisch. »Das hier ist dein Arbeitsplatz, du müsstest dir nur noch einen Stuhl organisieren.«

»Oh. Kann ich nicht den…«, Matthias deutete auf Doris' Stuhl, »…oder sitzt da schon wer?«

»Ja«, sagte Michaela, während Vincent gleichzeitig mit »Nein« antwortete.

Michaela seufzte. »Das ist Doris' Platz. Es wäre also wirklich toll, wenn du dir einen eigenen Stuhl holst. Das schaffst du doch mit deiner Hand, oder?« Fehler gehörten dazu, besonders am Anfang, Bequemlichkeit aber nicht, und zwar gerade nicht, wenn man neu war. Das würde keine gute Zusammenarbeit werden, das ahnte sie jetzt schon. Privat konnte jeder tun, was er wollte, aber im Dienst war für Müßiggang kein Platz, fand sie.

Matthias zuckte die Schultern. »Wenn's sein muss. Wo finde ich die Bürostühle?«

»Im Keller.« Sie wandte sich wieder ihrem eigenen Schreibtisch zu und setzte sich, um den Computer zu starten. Was zum Teufel sollte sie bloß mit so einem Kollegen anfangen? Sie hatte ihn eben erst kennengelernt, doch sie hatte den Eindruck, dass es ihm ziemlich an Motivation fehlte. Da zeigte Valerie deutlich mehr Begeisterung, obwohl sie nicht im Morddezernat arbeitete und hoffentlich nie arbeiten würde, wenn man ihren aktuellen Zukunftsplänen Glauben schenkte. So ganz traute Michaela der neuen Entwicklung allerdings nicht. Denn bis vor Kurzem war Valerie nicht davon abzubringen gewesen, Polizistin zu werden. Sämtliche Argumente, die Michaela gegen diese Berufswahl angeführt hatte, wurden von Valerie beiseitegewischt. Sie wolle etwas Sinnvolles tun, wiederholte sie immer wieder. Als ob Musik nichts Sinnvolles wäre. Doch um das zu erkennen, musste sie erst ein Praktikum im Frauenhaus absolvieren, wo sie den Frauen und Kindern vorspielte und diese für eine Weile ihre Ängste und Sorgen vergaßen. Da hatte Valerie gemerkt, dass sie als Pianistin etwas Wunderbares bewirken konnte und Musik eine größere Erfüllung darstellte als die Jagd nach Mördern. Und dass sie etwas Wertvolles tat, indem sie dazu beitrug, Kultur allen zuteilwerden zu lassen, nicht nur einigen wenigen Privilegierten.

Für dieses Praktikum, das Valerie die Augen geöffnet hatte, war Michaela unendlich dankbar, sie wünschte bloß, die Leiterin des Frauenhauses würde nicht wegen Anstiftung zum Mord in Untersuchungshaft sitzen und hätte deshalb ihren Job verloren. Sie fragte sich noch heute, wie jemand gleichzeitig so viel Gutes tun und dennoch zu solch abscheulichen Verbrechen imstande sein konnte wie Heidelinde Aumann, die sich mit Leib und Seele ihrer Aufgabe, misshandelten Frauen zu helfen, verschrieben hatte. Doch letzten Endes würde sie genau dieser Einsatz ins Gefängnis bringen.

Ein lautes Poltern an der Tür schreckte sie aus ihren Gedanken. Gleich darauf schob Matthias einen Chefsessel herein.

Michaela konnte sich das Grinsen nicht verkneifen, als sie sah, wie er sich mit dem Ungetüm plagte.

»Einen kleineren hast du wohl nicht gefunden?«, fragte sie.

»Schon. Aber der hier sah am bequemsten aus«, antwortete Matthias.

»Tja, leider wirst du heute kaum dazu kommen, ihn zu genießen. Wir müssen nämlich arbeiten.«

»Die Prostituierte?«

War das etwa Interesse, das Michaela in Matthias' Stimme wahrnahm?

Sie nickte. »Ich möchte mir ihre Wohnung ansehen. Und am Nachmittag sind wir mit Ferreira in der Rechtsmedizin verabredet. Ich nehme an, du warst schon bei einer Autopsie dabei?«

»Natürlich.«

»Sehr gut, dann macht es dir ja nichts aus, mich zu begleiten.«

Er schüttelte den Kopf. »Gern. Ich glaube, das wird spannend.«

Na gut, mit »spannend« konnte sie leben, auch wenn sie einen Besuch bei Ferreira nicht unbedingt auf diese Art und Weise beschrieben hätte.

## KAPITEL 5

Den Namen Mephistopheles hatte er sich ausgesucht, weil er schon als Kind eher dem Teufel zugetan war als anderen Märchenfiguren. Später hatte er, fasziniert von allem Bösen, mehr und mehr Informationen gesammelt und festgestellt, dass er vieles mit Mephistopheles, »der das Licht scheut«, gemeinsam hatte. Auch er war ein Schattenkind, ein Zerstörer, ein Verderber, ein Lügner, was er allerdings gut zu verbergen wusste. Nur bei »Der_Kreis_des_Bösen« legte er seine Maske ab, in der virtuellen Welt des Forums fühlte er sich zu Hause. Als er diese Internetseite gefunden und sich angemeldet hatte, war ihm, als wäre er neu geboren worden. Endlich ein Ort, an dem er sich nicht verstellen musste, wo er ganz er selbst sein durfte und dafür bewundert, ja sogar verehrt wurde.

Mephistopheles lächelte in sich hinein. Prometheus war ein Küken, aber er lernte schnell. Er entsprach genau dem Klischee eines Psychopathen: empathielos, machtgeil, intelligent und so von sich eingenommen, dass er tatsächlich dem Irrtum erlag, niemand könne schlauer sein als er. Was die anderen im Forum anging, so hatte Prometheus womöglich, nein, sogar sehr wahrscheinlich, recht. Doch an Mephisto kam der Grünschnabel noch lange nicht heran. Dachte er etwa, er hätte Mephisto zu der Challenge herausgefordert? In Wahrheit war es umgekehrt. Mephistopheles hatte alles genau so geplant – nicht die Prostituierte, die war Prometheus' alleinige Idee gewesen, aber die Eckpfeiler, wie diesen ersten Mord. Und auch den Wettkampf.

Er und Prometheus würden sich gegenseitig beflügeln, und nicht nur das. Der Jüngere würde versuchen, ihn zu übertreffen. Immer wieder, bis zum großen Finale, für das Mephistopheles etwas ganz Besonderes vorgesehen hatte. Jemand ganz Besonderen. Bestimmt träumte sie immer noch von ihm. Träume, die sie nicht schlafen ließen. Und jedes Mal, wenn sie in den Spiegel sah, musste sie an ihn denken. Er hatte dafür gesorgt, dass sie ihn niemals vergaß. Lange hatte er nicht mehr an sie gedacht oder sie gesehen, aber vergessen hatte er sie nie. Er ahnte, dass sich ihre Wege noch einmal kreuzen würden. Nein, er wusste es. Schließlich musste er das, was er damals angefangen hatte, zu Ende bringen.

Doch bis es endlich so weit war, hatte er noch Vorarbeit zu leisten. Prometheus hatte die Sache ins Rollen gebracht, jetzt war er an der Reihe, dafür zu sorgen, dass sich alles nach seinen Wünschen entwickelte.

Das Subjekt, für das er sich entschied, war auf jeden Fall eine größere Herausforderung als Prometheus' Nutte. Sie war Studentin, eine hübsche noch dazu. Das Aussehen war zwar nebensächlich, versetzte ihn aber dennoch in eine gewisse Vorfreude, wenn er sich ausmalte, was er mit ihr anstellen würde – ein künstlerischer Akt, wenn man so wollte, mit dem Titel »Unperfektionismus«. Bei dem Gedanken kicherte er leise in sich hinein. Wenn ihn sein Kunstlehrer sehen könnte ... im Unterricht hatte es bei ihm immer nur für eine Drei gereicht, ihm wurde absolute künstlerische Talentfreiheit attestiert. Er sei nicht kreativ, hieß es. Ha! Sein Lehrer war nicht der Erste, der sich in ihm täuschte.

Mephisto setzte sich in Bewegung, folgte der Frau in

gebührendem Abstand, um sie nicht misstrauisch werden zu lassen. Darin hatte er Übung. Wenn er wollte, konnte er sich unsichtbar machen. Er war ein Chamäleon, das sich seiner Umwelt anpasste und wusste, wie man sich zu benehmen hatte, um nicht aufzufallen – mit ein Grund, warum er bisher noch nie erwischt worden war. Nur ein einziges Mal war es verdammt knapp gewesen. Diesen größten und einzigen Fehler, der ihm unterlaufen war, hätte er am liebsten aus seinem Gedächtnis gestrichen, oder noch besser die Zeit zurückgedreht, weil allein der Gedanke daran ihn wütend werden ließ. Er war seinen eigenen Ansprüchen nicht gerecht geworden, doch wenn er jetzt die ganze Sache perfekt durchführte – und daran hatte er keinen Zweifel –, wäre in absehbarer Zeit alles ins rechte Lot gerückt und sein Fehler ein für alle Mal ausgemerzt, als wäre er nie passiert. Aber ein Schritt nach dem anderen. Ehe er sich um die Frau kümmern konnte, die ihn, solange sie lebte, an diesen einen Fehler erinnern würde, musste er sich mit dieser hier beschäftigen.

Die Studentin hatte sich in ein Café gesetzt. Die Kellnerin nahm gerade ihre Bestellung auf. Er tippte auf einen Latte macchiato. Sie war der Typ dafür. Ärgerlich, dass er zur Untätigkeit verdammt war, aber das gehörte nun mal dazu. Er ließ seinen Blick die Straße entlangschweifen und entdeckte gegenüber einen kleinen Shop.

Entschlossen überquerte er die Fahrbahn, betrat das Geschäft und wimmelte den Verkäufer, der fragte, ob er helfen könne und ob er etwas Bestimmtes suche, mit den Worten »Ich schau nur« ab. Er sah sich um. Das Angebot in dem Laden hätte unter anderen Umständen sein Interesse geweckt. Hier fand man die unterschiedlichsten Produkte, zusammengetragen aus der ganzen Welt. Salze aus verschiedenen Ländern, ausgefallene Teesorten, ungewöhnliche Marmeladen, Wurst- und Fleischprodukte von seltenen Tieren ...

Er trat an eines der Regale am Schaufenster, nahm eine Tafel handgeschöpfte Schokolade in die Hand und tat so, als würde er die Produktbeschreibung lesen, während er in Wahrheit die Studentin beobachtete. Von hier aus hatte er sie gut im Blick. Als die Kellnerin kam und ein Glas vor sie hinstellte, musste er lächeln. Latte macchiato. Er hatte nichts anderes erwartet.

Als sie fünfzehn Minuten später nach der Kellnerin winkte, wählte er zwei Tafeln Schokolade aus, eine dunkle mit Zimt und Krokant, eine weiße mit Erdbeer- und Cranberrystückchen. Er legte sie auf den Tresen, zahlte den gesalzenen Preis von knapp dreizehn Euro und verließ das Geschäft. Gerade rechtzeitig, um die Verfolgung wieder aufzunehmen.

»Du fährst«, sagte Michaela und warf Matthias die Autoschlüssel zu, die er reflexartig auffing. Wenigstens seine Reflexe funktionieren, dachte sie mit einem Anflug Genervtheit, nachdem sie eben zehn Minuten auf ihn warten musste, bis er bereit zum Gehen war.

Natürlich steuerte er den Aufzug an. Michaela lief weiter bis zur Treppe. »Wir sehen uns unten«, sagte sie, ehe er auf die Idee kommen konnte, ebenfalls zu Fuß gehen zu wollen.

Sie fragte sich, wie eine derartige Schlaftablette die Eignungstests für die Polizeiakademie geschafft hatte. Aber vielleicht tat sie ihm unrecht und er ließ sich bloß bei allem so viel Zeit, weil er keine weiteren Fehler machen wollte, nachdem ihm dieser grobe Schnitzer am Tatort unterlaufen war, oder er versuchte dadurch einfach, seine Unsicherheit zu verbergen.

Sie kamen fast gleichzeitig unten an. Michaela führte Matthias zum Parkplatz, wo die Dienstfahrzeuge standen. »Ihr« Wagen, ein VW Golf, ähnlich ihrem eigenen Privatauto, parkte noch dort, wo Doris ihn das letzte Mal abgestellt hatte. Matthias zögerte. »Einen Porsche kann ich dir nicht bieten«, feixte Michaela.

»Oh, das ist es nicht, es ist nur ... nichts.« Er straffte seine Schultern und öffnete mit einem Klick auf den Schlüssel das Fahrzeug.

Sie schlug sich auf die Stirn. »Ach, ich bin eine Idiotin, ich habe gar nicht an deine Hand gedacht. Kannst du fahren? Was hast du mit der überhaupt angestellt?«

»Ich habe das Gelenk beim Tennisspielen überanstrengt, ist aber nicht weiter schlimm. Ich bin es bloß nicht gewöhnt, fremde Autos zu fahren.«

Michaela grinste in sich hinein. Also Tennis, und nicht Tischtennis, aber sie war mit ihrer Vermutung gar nicht so falschgelegen.

Er ging einmal um den Wagen herum, ganz wie man es in der Fahrschule lernte, setzte sich danach hinter das Steuer und stellte Sitz und Spiegel auf seine Größe ein. Dann machte er sich mit der Gangschaltung vertraut, während sich Michaela auf dem Beifahrersitz bemühte, ruhig zu bleiben und geduldig zu sein.

Endlich steckte er den Schlüssel ins Zündschloss und drehte ihn um. Sehr langsam fuhr er rückwärts aus der Parklücke und wendete. Dabei starb der Motor ab. »Entschuldigung.«

»Schon gut«, antwortete Michaela und seufzte innerlich auf. Sie hätte nie gedacht, dass sie Doris, an der eine Rennfahrerin verloren gegangen war und die mit ihrer rasanten Fahrweise regelmäßig für Nahtoderfahrungen bei Michaela sorgte, jemals am Steuer ihres Dienstfahrzeuges vermissen würde.

»Soll ich nicht übernehmen?« Ihr Angebot war ernst gemeint. Michaela hoffte, er würde erleichtert zustimmen. Wenn Matthias so weiterfuhr, würden sie für die Strecke bis zur Wohnung der toten Prostituierten im 18. Bezirk eine Stunde statt einer halben brauchen. Falls sie überhaupt noch heute ankamen.

»Nein, nein, ich gewöhne mich schon daran.«

Sie versuchte, der Situation etwas Lustiges abzugewinnen, und stellte sich vor, wie sie Valerie später von Matthias erzählte. Sie würden darüber lachen können, doch im Moment wäre sie vor Ärger am liebsten explodiert.

»Weißt du was?«, fragte sie, als sie endlich die Theresienstraße erreicht hatten. »Du suchst in Ruhe einen Parkplatz, und ich geh einstweilen vor.«

Ohne seine Antwort abzuwarten, öffnete sie, als er an der Kreuzung halten musste, schnell die Beifahrertür, stieg aus und schlug die Tür wieder zu. Draußen atmete sie erst mal tief durch, ehe sie die richtige Hausnummer suchte. An Matthias verschwendete sie keinen weiteren Gedanken. Er kannte die Adresse. Und wenn sie richtig viel Glück hatte, wäre er stundenlang damit beschäftigt, einen passenden Parkplatz zu finden, während sie sich ungestört in der Wohnung umsehen konnte.

So viel Glück hatte sie nicht, aber immerhin blieb ihr eine Viertelstunde, in der sie ihrer Arbeit nachgehen konnte, ohne dass ihr neuer Kollege an ihrem Rockzipfel hing.

Die Forensiker waren bereits vor Ort gewesen, das wusste sie von Harald. Sie hatten die Wohnung durchsucht, nach Kampf- oder Blutspuren Ausschau gehalten, Fingerabdrücke und DNA sichergestellt. Bis die Ergebnisse da wären, würde es noch einige Tage dauern, doch Harald konnte jetzt schon die Wohnung als Tatort ausschließen.

Maria Koci hatte offenbar alleine in der winzigen Garçonniere gelebt. Michaela sah sich um. Die Einzimmerwohnung wirkte ein wenig zu vollgestellt, aber sie war sauber und aufgeräumt. Sie zog eine Schublade nach der anderen auf und öffnete alle Schranktüren, um sich einen groben Überblick zu verschaffen. Bis auf den Inhalt des Schrankes mit sehr gewagten Kleidungsstücken und Reizwäsche, deutete nichts auf den Beruf der Toten hin. Auf einer Kommode standen aufgereiht Bilderrahmen mit Fotos darin. Michaela betrachtete eines nach dem anderen. Auf den meisten war eine Frau zu sehen, die Maria sein musste, auch wenn sie mit der Toten kaum Ähnlichkeit besaß. Diese Frau sah um einiges jünger aus als das Opfer. Auf jedem Foto lachte sie in die Kamera. Sie wirkte glücklich und sorglos. »Was ist mit dir bloß passiert?«, fragte Michaela leise die Frau auf den Bildern, im Wissen, dass sie diese Fragen selbst würde beantworten müssen.

Sie war bereits mit der ganzen Wohnung einmal durch, als Matthias nachkam.

»Da hat sie also gewohnt«, murmelte er.

»Ja, sie scheint ihr Privatleben und den Beruf strikt getrennt zu haben. Nichts weist darauf hin, dass sie hier Freier empfangen hat. Aber dazu erfahren wir hoffentlich etwas von ihren Nachbarn.«

Matthias nickte zustimmend und begann seinen Rundgang bei der Küchenzeile. Er sah in die Vorratsschränke und in den Kühlschrank, zog Schubläden auf, so wie Michaela es vorhin auch getan hatte.

Sie beobachtete ihn dabei. Gut, sie hatten vielleicht einen schlechten Start gehabt, Matthias hatte nicht den besten Eindruck bei ihr hinterlassen, aber jetzt schien er zu wissen, was er tat, das musste sie zugeben.

Als er die Fotos betrachtete, trat sie an seine Seite. »Schien früher mal ein glückliches Leben geführt zu haben, nicht wahr?«

»Sieht ganz so aus. Aber wer weiß das schon? Es sind bloß Fotos.«

»Mag sein, aber ich finde, dass gerade Schnappschüsse aussagekräftig sind.« Sie hielt ihm eines hin, das Maria auf einem Karussellpferd zeigte. Sie lachte und streckte beide Arme waagrecht vom Körper. »Das hier sprüht förmlich vor Lebensfreude.«

»Was meinst du, weshalb sie Prostituierte wurde?«, fragte Matthias.

»Keine Ahnung, da bin ich überfragt. Sucht, Schulden, persönliche Motive ... es gibt viele Gründe dafür, warum sich Menschen für oder gegen etwas entscheiden. Ich kannte mal eine, die, abgesehen von ihrem Beruf, ein ganz normales Leben mit Ehemann und Kindern führte.«

Matthias schüttelte den Kopf. »Na, ich weiß nicht. Eifersüchtig darf der Mann nicht sein. Und die Kinder? Was sagt man denen, welcher Arbeit die Mama nachgeht?« Er stellte das Foto wieder zurück und widmete sich dem Schubladeninhalt der Kommode. Michaela hatte ihn schon vorhin durchgesehen. Es befanden sich Rechnungen, Einzahlungsbelege und Kontoauszüge darin, allesamt normale Vorgänge, keine Abweichungen oder interessante Kontobewegungen, sonst hätten Haralds Mitarbeiter die Papiere schon mitgenommen. Auch Michaela war nichts Außergewöhnliches aufgefallen.

Matthias ging weiter durch die Wohnung und ließ sich viel Zeit, um alles auf sich wirken zu lassen, doch dieses Mal störte es Michaela nicht. Auch wenn Geduld nicht gerade zu ihren Stärken gehörte, wusste sie, dass man allzu leicht etwas übersehen konnte, wenn man Tatorte überhastet untersuchte. Das hier war zwar kein Tatort, aber immerhin die Wohnung des Opfers. Womöglich fanden sie hier Anhaltspunkte zum Mörder. Ganz bestimmt aber Antworten auf die Frage, wer die Frau gewesen war, deren Tod sie untersuchten.

Sie unterhielten sich später mit der Nachbarin, einer jungen Tschetschenin, die aber kaum etwas über Maria Koci zu berichten wusste, und auch keine Ahnung hatte, welchem Beruf die Tote nachgegangen war. Nur dass Maria meistens nachts arbeitete und tagsüber schlief, das war der Nachbarin aufgefallen. Bei den anderen Nachbarwohnungen öffnete keiner. Michaela würde ein paar Streifenpolizisten vorbeischicken, in der Hoffnung, dass sie jemanden antrafen, doch sie glaubte nicht, dass sie von den Hausbewohnern etwas Relevantes erfahren würde. Wenn es jemanden gab, der ihr helfen konnte, dann waren das die Kollegen von der Sitte. Die hatten normalerweise einen guten Draht in die Szene, arbeiteten mit Informanten zusammen und wussten in der Regel, für welchen Zuhälter in welchem Revier die Prostituierten ihre Dienste anboten. Maria Koci war bei der Sittenpolizei bestimmt keine Unbekannte, zumal sie ihr Gewerbe angemeldet, die Gesundheitsnachweise erbracht und sogar Steuern gezahlt hatte. Prostitution, doch ein Job wie jeder andere?

Nach dem Gespräch mit Maria Kocis Nachbarin verließen sie das Wohnhaus. Michaela sah auf die Uhr. Halb drei war es bereits. Zurück ins Präsidium zu fahren lohnte sich nicht, wenn sie um vier wieder in der Rechtsmedizin sein wollten.

»Was hältst du von Mittagessen?«, fragte sie. Im gleichen Augenblick knurrte ihr Magen, als wolle er nachdrücklich ihren Vorschlag untermauern.

»Gute Idee«, stimmte Matthias zu. »Kennst du den Bürgerhof? Der ist hier gleich in der Nähe, und da bekommt man auch noch um die Zeit etwas zu essen.«

»Klingt gut«, stimmte Michaela zu. Bürgerhof ließ auf Hausmannskost schließen, und bodenständiges Essen war jetzt genau das, was sie brauchte, um den Rest des Tages zu überstehen.

Das gemeinsame Mittagessen war eine gute Idee gewesen, um sich gegenseitig ein wenig besser kennenzulernen. Michaela erfuhr, dass Matthias ursprünglich aus der Steiermark stammte und erst als Polizeischüler nach Wien gezogen war. »Ich fand es immer schon spannend, wie Mörder ticken. Da dachte ich, das LKA wäre genau das Richtige für mich. Und bei dir?«

»War es ähnlich«, antwortete Michaela. Sie konnte ihm ja schlecht erzählen, dass sie nur deswegen Polizistin geworden war, weil sie unbedingt einen Job ausüben wollte, bei dem man schießen durfte und gleichzeitig einen sinnvollen Beitrag für die Allgemeinheit leistete. Sie hatte einmal zu den besten Schützen gehört und einige Preise für die Wiener Polizei bei Meisterschaften geholt. Nach dieser… Begebenheit, von der sie die Narbe davongetragen hatte, war sie nun dabei, ihre alte Form wieder zu erreichen. Es hatte Jahre gebraucht, bis sie ihre Waffe in die Hand nehmen, geschweige denn abdrücken konnte.

»Wenn Bernd Dalisch wieder da ist, musst du unbedingt mit ihm sprechen. Das ist *der* Experte für Täterprofile und Kriminalpsychologie. Der kommt übrigens ebenfalls aus der Steiermark, aus Graz, um genau zu sein.«

»Dalisch? Ich dachte, der wäre schwer verletzt.«

»War er auch. Derzeit befindet er sich auf Reha, aber es geht bergauf.«

Matthias stellte sich entgegen Michaelas ersten Erwartungen als ein umgänglicher Mensch heraus. Er lebte allein und war mit seinem Singledasein recht zufrieden. Michaela verstand ihn. Obwohl Bernd und sie viel füreinander empfanden, war sie sich immer noch nicht sicher, ob sie für ihn ihren Status als Single einfach so aufgeben wollte. Auch wenn sie es durchaus zu schätzen wusste, jemanden an ihrer Seite zu haben, dem sie vertrauen, mit dem sie reden, streiten und lachen konnte.

Es war nicht schwer, sich mit Matthias zu unterhalten, solange es um belanglose Themen ging. Um über private Dinge zu sprechen, kannten sie sich noch nicht gut genug.

Nachdem sie fertig gegessen hatten, machten sie sich auf den Weg ins rechtsmedizinische Institut.

Das Autofahren klappte bei Matthias viel besser als am Vormittag, auch wenn der Verkehr angesichts der Uhrzeit dichter geworden war. Michaela fühlte sich beinahe sicherer als mit Doris, was allerdings keine Kunst war.

Pünktlich betraten sie das Institut. Michaela führte Matthias zu den Autopsiesälen. Sie konnte gar nicht mehr zählen, wie oft sie schon hier gewesen war. Für ihn hingegen war es erst der dritte Besuch in der Rechtsmedizin, wie er ihr anvertraut hatte. »Kein Problem. Es gibt definitiv Schlimmeres«, versicherte er, als Michaela ihn noch einmal fragte, ob er es sich zutraute, bei der Autopsie anwesend zu sein.

Sie zogen Kittel und Plastikschuhe über und betraten Raum 2. Die Tote lag bereits auf dem Seziertisch, zu ihren Füßen befand sich ein schmaler Tisch mit mehreren durchsichtigen Plastiktüten. Michaela erkannte darin die Kleidung des Opfers. Ferreira stand mit dem Rücken zur Tür und betrachtete die Röntgenbilder, die von Maria Koci gemacht worden waren.

»Guten Tag, Dr. Ferreira«, begrüßte Michaela den Rechtsmediziner.

Der drehte sich zu ihr um und blickte sie über seine Brille hinweg an. »Frau Baltzer, Sie kommen gerade richtig. Wen haben Sie da mitgebracht?«

»Pfistermann«, stellte sich Matthias selbst vor. »Ich bin neu in der Abteilung.«

»Sehr schön, kommen Sie«, winkte Ferreira sie zu

sich. »Sehen Sie?« Er deutete mit einem Stift auf eine Stelle an der Lunge des Opfers. »Faszinierend, sie hätte ohnehin nicht mehr lange gelebt. Lungenkrebs, hat schon weit gestreut. Ich schätze, wenn der Mörder ein Jahr gewartet hätte, hätte er uns eine Menge Arbeit und sich selbst den Ärger erspart, den so eine Ermittlung mit sich bringt.«

»Tja, aber er hat nicht abgewartet, und nun müssen wir uns damit herumschlagen. Haben Sie schon herausfinden können, ob die Hand abgetrennt wurde oder ob Tiere sie abgenagt haben?«, fragte Michaela.

Sie folgten Ferreira zum Stahltisch mit der Toten. Er nickte. »Definitiv abgeschnitten. Ziemlich stümperhaft, wenn Sie mich fragen.«

Matthias war neben Michaela immer ruhiger geworden. Wahrscheinlich nahm ihn der Anblick der toten Frau doch mehr mit, als er zugeben wollte. Autopsien waren wirklich gewöhnungsbedürftig. Sie selbst hatte über ein Jahr gebraucht, bis sich das flaue Gefühl im Magen legte, das sie allein schon beim Anblick des Gebäudes bekommen hatte. Mittlerweile machten Sektionen ihr nichts mehr aus. Doris hingegen hatte von Anfang an nie Probleme gehabt. Sie meinte, volle Windeln wären schlimmer. Michaela war geneigt, ihr das zu glauben.

»Alles okay mit dir?« Sie drehte sich zu Matthias um. Doch der wirkte gar nicht so, als hätten ihm Übelkeit oder Ekel die Sprache verschlagen. Vielmehr hatte er den gleichen Gesichtsausdruck wie Ferreira aufgesetzt, wenn der etwas besonders Fesselndes entdeckte.

Er nickte und deutete auf den Armstumpf. »Wieso denken Sie, dass es sich um eine dilettantische Amputation handelt?«

Ferreira zeigte auf die vertrockneten Wundränder. »Der Täter hat ja nicht einmal richtiges Werkzeug verwendet. Die Ränder sind gequetscht, was bedeutet, dass er mit einem stumpfen Messer zugange war und viel Kraft aufwenden musste. Außerdem brauchte er mehrere Anläufe, um herauszufinden, wo er schneiden muss.«

»Und das alles sehen Sie an den Wundrändern?« In Matthias' Stimme hatte sich Bewunderung geschlichen.

»Das, und noch ein paar Sachen mehr«, gab Ferreira zurück.

»Aber weshalb hat er nicht beide Hände abgetrennt?«, überlegte Michaela laut.

»Das herauszufinden ist nicht meine Aufgabe, sondern Ihre«, gab Ferreira zurück.

»In manchen Ländern wird Dieben die Hand abgehackt. Vielleicht hat sie etwas gestohlen? Ich weiß, das ist weit hergeholt, und ich denke nur laut nach ...«, sagte Matthias.

»Du brauchst dich nicht zu rechtfertigen«, unterbrach Michaela ihn. »Denke ruhig weiter. Gerade jetzt sollten wir alles zulassen, ohne es gleich als Blödsinn abzutun.«

»Also gut. Vielleicht hat die Hand eine symbolische Bedeutung.«

Michaela musste sich eingestehen, dass Matthias' Idee nicht ganz abwegig war. Er wirkte wissbegierig, wach und interessiert. Vielleicht hatte sie sich doch in ihrem neuen Kollegen getäuscht. Nicht immer zählte der erste Eindruck. Manchmal brauchte es offenbar mehr Zeit, um jemanden beurteilen zu können.

## KAPITEL 6

Als Michaela und Matthias die Rechtsmedizin verließen, war es kurz nach sechs. Sie beschloss, ihm den Rückweg ins Präsidium zu ersparen. Oder vielmehr, sich als seiner Beifahrerin, auch, wenn er seine Sache zum Schluss nicht so schlecht gemacht hatte. Deshalb setzte sie sich selbst hinter das Steuer.

Die Fahrt über war er schweigsam, vielleicht beschäftigte ihn immer noch die Obduktion. Oder er hing einfach seinen Gedanken nach, um sie zu sortieren. Die Menschen reagierten ganz unterschiedlich auf schwierige Situationen.

»Du bist so ruhig«, sagte sie und warf ihm einen besorgten Blick von der Seite zu. »Alles okay mit dir?«

»Ja, ja, alles gut. Ich bin nur voller Informationen, die ich gedanklich sortieren muss.«

»Oh, das verstehe ich«, gab sie zurück. Ihr erging es auch oft so. Es half, wenn sie sich mit Bernd austauschen konnte. Oder sogar mit Valerie. Da fiel ihr ein, dass sie ja noch mit ihrer Nichte verabredet war, und Vorfreude auf das gemeinsame Abendessen erfüllte sie.

Sie setzte Matthias an einer roten Ampelkreuzung in der Nähe seiner Wohnung ab und fuhr weiter ins Präsidium, wo sie nicht einmal mehr hinauf ins Büro ging, sondern nur den Dienstwagen gegen ihr Privatfahrzeug tauschte. Dann rief sie Valerie an, um ihr Bescheid zu geben, dass sie unterwegs sei.

»Sehr gut, Tante Mika, ich dachte schon, du hättest mich vergessen.«

»Nie im Leben. Ich habe mich gebessert«, antwortete

sie und spielte dabei auf ihren ersten gemeinsamen Tag an, an dem sie so in die Arbeit vertieft gewesen war, dass sie überhaupt nicht mehr an ihre Nichte gedacht hatte, die bei ihr einziehen sollte. Valerie war vor verschlossenen Türen gestanden, hatte über die Dienststellen herausgefunden, dass Michaela sich im rechtsmedizinischen Institut aufhielt und war ihr kurzerhand dorthin nachgefahren. Gott sei Dank war Valerie nicht nachtragend, sie hatte Michaela diesen unglücklichen Start schon lange verziehen.

Weitere Minuten verbrachte Michaela dann schließlich mit der Parkplatzsuche, was zu dieser Uhrzeit in der Nähe der Mariahilferstraße ein nahezu unmögliches Unterfangen darstellte. Doch dann kam ihr das Glück zu Hilfe. Jemand fuhr gerade aus einer Lücke, als sie vorbeikam. Michaela setzte den Blinker und kümmerte sich nicht um das Hupen hinter ihr, als sie in zweiter Spur wartete, bis der Parkplatz frei wurde. Sie bezahlte die Parkgebühr mittels Smartphone, eine genial einfache Möglichkeit, einen Strafzettel zu vermeiden, besonders für Leute wie sie, die ständig vergaßen, sich Parkscheine in Papierform zu kaufen. Seit sie die Park-App verwendete, war das Autofahren, vielmehr das Parken, mit wesentlich weniger Stress verbunden.

Bis zur Wohnung von Thomas und Angelika waren es noch weitere zehn Minuten zu Fuß, doch Michaela brauchte fast doppelt so lange, weil sie den Spaziergang genoss und sich die Auslagen ansah – das Maximum an Shoppinglaune, das sie aufbringen konnte. Nur Valerie zuliebe hatte sie in den letzten neun Monaten ihren Widerwillen gegen Boutiquen und Umkleidekabinen weitgehend zurückgedrängt. Spaß hatte sie allerdings am

Shoppen nie wirklich gefunden, ihr genügten ein paar Jeans, T-Shirts, einige Pullis und Jacken – und natürlich die von ihr heiß geliebten und praktischen Sneakers, von denen sie mehrere Paare in verschiedenen Farben besaß. Darin fühlte sie sich am wohlsten. In den meisten anderen Kleidungsstücken kam sie sich irgendwie verkleidet vor. Hin und wieder war das ja in Ordnung, aber sie gehörte nun mal nicht zu den Frauen, die gerne Röcke, Kleider und High Heels trugen.

Überhaupt war Michaelas ganzes Outfit von reiner Zweckmäßigkeit geprägt. Das fing schon beim kurzen Haar an, das in Windeseile gestylt werden konnte; ein wenig Gel und einmal mit den Fingern hindurchfahren reichte völlig aus. Sie färbte es nicht, weil sie mit dem Hellblond zufrieden war und nicht Stunden beim Friseur verbringen wollte. Das war nicht immer so gewesen, als Kind hatte sie ihre Haarfarbe gehasst, weil sie von allen »Engelchen« genannt wurde. Heute tröstete sie sich damit, dass man sie gelegentlich mit der Popsängerin Pink verglich. Überhaupt war sie mehr der natürliche Typ, verwendete Make-up nur, um ihre Narbe zu überdecken, und trug hin und wieder Lippenstift, aber das war's auch schon.

In einer Auslage, kurz vor Valeries Wohnung, blitzten ihr wiesengrüne, knöchelhohe Lederturnschuhe entgegen, die ihr auf Anhieb gefielen. Der Preis war allerdings gesalzen. Für Schuhe beinahe 200 Euro ausgeben, auch wenn sie aus Leder waren? Sie ging kopfschüttelnd weiter, drehte dann aber an der Haustür doch noch einmal um. Warum eigentlich nicht? Sie gönnte sich ja sonst kaum etwas, und die Schuhe sahen aus, als wären sie bequem und für lange Tage und weite Strecken geeignet.

Fünf Minuten vor Ladenschluss betrat sie das Geschäft. »Ich hätte die gerne in Größe 40 anprobiert«, sagte sie zu der Verkäuferin und zeigte in die Auslage.

»Natürlich, ich sehe gleich nach, ob wir sie in der Größe haben. Die sind schon etwas Besonderes, nicht wahr?«

Kurze Zeit später kam die Frau mit einer Schachtel zurück. Michaela schlüpfte in die Schuhe hinein und wusste sofort, dass sie die Turnschuhe kaufen würde, selbst wenn sie noch teurer gewesen wären. Sie saßen perfekt, wie eigens für sie gemacht. Das weiche Leder, die Farbe, der Schnitt...

»Ich nehme sie«, sagte sie und fühlte sich, als hätte sie Geburtstag.

Sie kaufte noch Schuhcreme dazu und verließ glücklich den Laden. Und da behauptete Valerie immer, sie wäre nicht spontan. Na, die würde gleich Augen machen, wenn Michaela ihr die Schuhe zeigte.

»Sehr cool«, kommentierte Valerie Michaelas Neuanschaffung. »Ich frag mich bloß, zu was du die anziehen willst. Ich meine, deine Lederjacke ist absolut toll, ich liebe sie. Aber sie ist schwarz. Vielleicht solltest du dir auch eine passende Jacke dazu kaufen, und wenn du die alte dann nicht mehr brauchst, würde ich mich opfern, ihr ein neues Zuhause zu geben.«

Michaela grinste. Dass Valerie sich in ihre Jacke verguckt hatte, wusste Michaela, aber diese Jacke hatte eine lange Geschichte, die würde sie nicht einfach verschenken, auch wenn Michaela für ihre Nichte sonst so ziemlich alles tun würde.

»Ich glaube, zu der kann ich alles tragen«, konterte

sie. »Abgesehen davon kann dein Kleiderschrank wegen Überfüllung keine neuen Mitglieder aufnehmen.«

Valerie zuckte die Schultern. »Doch, Asyl geht schon noch. Da rücken die anderen Teile gern zusammen. Aber ich weiß, es ist ein hoffnungsloses Unterfangen. Du wirst diese Jacke in hundert Jahren nicht hergeben, oder?«

Todernst antwortete Michaela: »Nein, ich möchte mit ihr begraben werden.«

»Ehrlich?« Valerie starrte sie ungläubig an.

Michaela nickte. »Die neuen Schuhe und die Lederjacke. Gleich bei nächster Gelegenheit werde ich das in mein Testament aufnehmen lassen.«

»Tante Mika, ich werde dafür sorgen, dass dein letzter Wille befolgt wird«, spann Valerie Michaelas Scherz weiter, »und jetzt lass uns essen. Wir hatten einen Deal, weißt du noch?«

Wie hätte Michaela den vergessen können? Ihre Nichte wollte kochen, und sie sollte im Gegenzug über den neuen Fall berichten. Sie hatte eindeutig den besseren Part ergattert, fand sie.

Valerie hatte Kürbiscremesuppe gemacht und servierte sie in einem ausgehöhlten Brotleib. Woher das Mädchen diese Ideen nahm, fragte sich Michaela. Es verblüffte sie immer wieder, wie vielfältig und patent ihre Nichte war. Sie kochte, sie backte, sie spielte hervorragend Klavier. Sie interessierte sich für Psychologie, kannte sich mit technischen Dingen aus und schraubte auch mal Gegenstände zusammen, weil Thomas Wert darauf legte, dass Valerie sich auch mit »Männerdingen« beschäftigte. Michaela befürwortete das sehr. Sie fand es nie verkehrt, wenn man nicht auf andere angewiesen war.

»Und nun erzähl«, forderte Valerie sie auf und brachte sie damit zurück ins Hier und Jetzt. Michaela wusste, dass ihre Nichte auf den Bericht über die tote Prostituierte wartete – auch ohne dass Valerie das eigens erwähnte. Aber zuerst wollte sie ihr von ihrem neuen Kollegen erzählen.

Wie erwartet musste Valerie bei Michaelas Schilderungen lachen. »Na, dem wird die Gemütlichkeit unter deiner Obhut bestimmt bald vergehen.«

»Wie meinst du das denn?«

»Na, du als Powerfrau bringst ihn bestimmt auf Trab. Faulenzen geht nicht, wenn du neben ihm herumwuselst.«

Michaela blickte ihre Nichte skeptisch an. »Ich bin mir jetzt nicht sicher, ob ich das als Kompliment verstehen darf, oder ob es eine versteckte Kritik sein soll.«

Valerie lächelte. »Vermutlich beides. Nein, im Ernst, du bist immer so quirlig und busy, dass neben dir jeder untätig wirkt. Dabei können die meisten mit deinem Tempo einfach nur nicht mithalten. Hast du schon mal darüber nachgedacht, dass du deine Mitmenschen eventuell ein klitzekleines bisschen überforderst?«

»Tu ich das?«, fragte Michaela.

»Das kannst du dir nur selbst beantworten«, gab Valerie diplomatisch zurück. »Und jetzt will ich alles über diese tote Frau wissen.«

Michaela fasste ihre Eindrücke der Wohnung zusammen und berichtete von ihrem Besuch bei Ferreira. »Dass die Hand der Frau abgetrennt wurde, könnte verschiedene Gründe haben. Matthias vermutet einen symbolischen Sinn dahinter. Oder ich habe einen verrückten Fall an Land gezogen, bei dem ein Täter mit einem kranken Hirn Hände als Trophäen sammelt.«

»Oder er hat sie aus rein praktischen Überlegungen entfernt«, warf Valerie ein.

»Und die wären?«

Valerie biss sich auf die Unterlippe, während sie nachdachte. »Hm, um die Fingerabdrücke ging es ihm nicht, sonst hätte er die andere Hand auch amputieren müssen. Außerdem hat er ihre Tasche mit den Papieren liegen lassen. Das heißt, er wollte nicht ihre Identität verschleiern.« Sie hielt kurz inne und sprang dann auf, als ihr eine neue Idee kam. »Aber vielleicht war etwas an ihrer Hand, das er nicht abbekam. Ein Ring oder ein Armreif.«

»Gute Idee«, räumte Michaela ein. »Aber das müsste ein sehr wertvoller Gegenstand sein, wenn er sich so viel Arbeit damit macht. Und ich glaube nicht, dass die Frau etwas so Teures bei der Arbeit getragen hat – also nicht bei dem Job, den sie ausübte, und den Kunden, die sie bediente, falls sie überhaupt wertvollen Schmuck besaß. In der Wohnung haben wir jedenfalls nichts Derartiges gefunden.«

»Schade.«

Für einen Moment breitete sich Schweigen zwischen ihnen aus. Eine Stille, die Raum zum Nachdenken und für Ideen ließ.

»Geplant hatte der Täter es nicht«, sprach Michaela schließlich ihren Gedanken laut aus.

»Die Tat an sich oder die Amputation?«, hakte Valerie nach.

»Beides, irgendwie. Jedenfalls hatte er nicht einmal

richtiges Werkzeug dabei. Ferreira ist der Meinung, der Täter hätte ziemlich stümperhaft agiert.«

»Du meinst, wenn er vorgehabt hätte, die Hand mitzunehmen, wäre er besser vorbereitet gewesen.«

»Ja«, stimmte Michaela ihrer Nichte zu. »Es sei denn, er hätte den Mord spontan verübt. Vielleicht hat er einfach die Gunst der Stunde genutzt.«

»Oder er ist aus irgendeinem Grund ausgerastet«, meinte Valerie.

Sie ließen noch eine Weile ihren Gedanken freien Lauf. Es war nicht das erste Mal, dass sie einen Fall mit ihrer Nichte besprach. Anfangs hatte sie strikt versucht, alles von Valerie fernzuhalten, was mit ihrem Job zu tun hatte, mit dem Erfolg, dass Valerie neugieriger geworden war, als ihr guttat. Sie hatte angefangen, eigene Nachforschungen anzustellen, und hätte ihren Wissensdrang beinahe mit dem Leben bezahlt. Damals hatte sich Michaela geschworen, ihre Nichte nicht mehr von den Ermittlungen auszuschließen, auch wenn sie eigentlich zum Stillschweigen verpflichtet war. Doch an diese Regel hielten sich ohnehin die wenigsten Beamten, außer vielleicht Vincent.

»Und, vermisst du ihn schon?«, fragte Valerie.

Michaela blinzelte. »Wie bitte?« Wann hatte Valerie das Thema gewechselt?

»Bernd. Ob du ihn vermisst?«

Sie zuckte die Schultern. »Ich habe keine Zeit, um jemanden zu vermissen. Heute, zum Beispiel, werde ich ins Bett fallen, sobald ich heimkomme. Dann schlafe ich wie ein Stein bis morgen früh um sieben und fahre anschließend ins Büro.«

Valerie verdrehte die Augen. »Ich meine die Gespräche am Abend, die gemeinsamen Abendessen, der Austausch, das Joggen? Fehlt dir das alles, fehlt er dir?«

Michaela seufzte. »Ja, ich hätte ihn gern wieder hier.«

»Dann solltest du ihn bei Gelegenheit besuchen.«

»Am anderen Ende von Österreich? Ausgerechnet jetzt, wo ich einen neuen Fall habe? Keine Chance.«

»Na, ein Wochenende wirst du dir wohl für einen Trip nach Vorarlberg freinehmen können.«

Das würde bedeuten, dass sie sich damit auseinandersetzen musste, wie ihre gemeinsame Zukunft aussehen könnte, falls es denn überhaupt eine gab. Andererseits schob sie diese Entscheidung schon viel zu lange vor sich her. Es wurde Zeit, für Klarheit zu sorgen. Michaela gab sich einen Ruck. »Du hast recht. Sobald dieser Fall abgeschlossen ist. Vorher hab ich eh keinen Kopf dafür.« Einmal ausgesprochen, klang es wie eine Zusage. Nun gab es kein Zurück. Sie würde zu Bernd fahren, wenn der Mord an der Prostituierten geklärt war. Und Valerie sorgte sicher dafür, dass sie keine kalten Füße bekam. Bei diesen Dingen konnte ihre Nichte richtig hartnäckig sein.

Wie Michaela prophezeit hatte, kam sie kurz vor Mitternacht nach Hause, legte sich schlafen und wachte erst auf, als ihr Wecker summte. Der gestrige Abend mit Valerie war nett gewesen, sie hatten nicht nur über Michaelas neuen Kollegen, abgetrennte Hände, tote Prostituierte und über Bernd gesprochen, sondern auch über Valeries Aufnahmeprüfung am Konservatorium und über Thomas' und Angelikas baldige Rückkehr aus Lesotho nach Wien.

Schnell duschte Michaela, trank einen Kaffee und bekam prompt ein schlechtes Gewissen, dass sie statt der Schuhe gestern nicht eine neue Kaffeemaschine fürs Büro gekauft hatte. Wenigstens saßen sie dank Haralds Leihgabe nicht völlig auf dem Trockenen. Und vermutlich würde Harald noch eine Weile darauf warten müssen, bis er die Kaffeemaschine zurückbekam.

Für den heutigen Tag hatte Michaela nach der Morgenbesprechung Zeugenbefragungen geplant und fuhr mit Matthias zum Prater, wo sie versuchten, Maria Kocis Kolleginnen zu befragen. Leider waren nur wenige bereit, mit der Polizei zu sprechen. Laut deren Aussage hatte Maria keinen Ärger mit Reini, ihrem Zuhälter. Eine, die das Opfer ein wenig näher gekannt hatte, erzählte, Maria wäre mit Anfang zwanzig an den falschen Typen geraten – nicht an Reini, den hatte sie erst später kennengelernt –, und der hätte sie zur Prostitution gezwungen. Und sobald man einmal dabei sei, arrangiere man sich. Michaela war sich nicht sicher, ob die Frau von Maria oder von sich selbst sprach. Jedenfalls schien Reini – Reingard Lohner – kein Motiv für den Mord an Maria zu haben. Befragen würden sie ihn natürlich dennoch. Blieben also nur noch die Kunden. Maria hatte ungefähr zwanzig Stammkunden, die mehr oder weniger regelmäßig zu ihr kamen. Bei den anderen Männern handelte es sich um Laufkundschaft, von denen keine der Damen die Namen wusste.

Matthias hielt sich weit im Hintergrund, während Michaela mit den Frauen sprach. War ihm der Umgang mit Prostituieren unangenehm? Dass man als Mordermittler mit Menschen zu tun hatte, die am Rande oder jenseits der gesellschaftlichen Norm lebten, daran würde er sich gewöhnen müssen, sonst war das nicht der richtige Job für ihn. Aber das würde sie ihm später unter vier Augen schon noch sagen.

Mit den spärlichen Informationen, die sie leider als nicht sehr belastbar einstufen konnte, fuhren sie und Matthias zurück ins Präsidium. »Wie geht es jetzt weiter?«, fragte er, als sie das Auto abstellte. Sie hatte beschlossen, selbst zu fahren, statt sich weiterhin im Schneckentempo durch Wien zu bewegen.

»Jetzt müssen wir den Typen finden, zu dem Maria kurz vor ihrem Tod ins Auto gestiegen ist.«

»Aber wie wollen wir das anstellen? Es war Nacht.«

Michaela seufzte. »Ja, das erschwert die Sache. Aber immerhin wissen wir, welches Auto er gefahren hat. Das ist besser als nichts.«

Skeptisch blickte Matthias sie an. »Na, ich weiß nicht. Einen weißen Skoda Octavia – die gibt es wie Sand am Meer. Ich selbst habe auch einen.«

»Du hast ein Auto?«, fragte Michaela verblüfft.

Matthias blinzelte irritiert. »Ja, natürlich, ich habe nie etwas anderes behauptet.«

»Aber, ich dachte, weil du ... also, weil du dir mit dem Dienstfahrzeug so schwertust ...«

»Nur, weil es ein fremdes Auto ist.« Er machte eine kurze Pause und fügte dann hinzu: »Ehrlich gesagt mag ich Autofahren generell nicht, zumindest nicht in der Stadt. Ich finde es auch gar nicht nötig, so gut, wie der öffentliche Verkehr in Wien ausgebaut ist, vom Umweltgedanken gar nicht zu reden.«

Da musste Michaela Matthias recht geben. Würde sie nicht so weit am Stadtrand wohnen, wo die Busverbindung keine echte Alternative darstellte und die nächste Schnellbahnstation eine Viertelstunde Fußweg entfernt lag, würde sie vielleicht auch öffentliche Verkehrsmittel benutzen. Allerdings, räumte sie ein, wusste sie in ihrem Job nie, ob sie zu einer christlichen Zeit Dienstschluss hätte oder vielleicht irgendwann mitten in der Nacht. Nein, praktikabel war das mit den Öffentlichen wohl nur, wenn man normale Arbeitszeiten hatte.

»Das Kennzeichen wäre hilfreich«, nahm Matthias den Faden wieder auf.

»Ja. Schade, dass niemand darauf geachtet hat.«

Mittlerweile waren sie im Büro angekommen, wo Vincent sie mit Neuigkeiten erwartete. Auf dem Körper der Frau waren DNA-Spuren gefunden worden, die Harald gerade mit der Datenbank auf Übereinstimmungen abglich.

»Spuren dieser Art sind bei so einem Job auch nicht weiter verwunderlich«, warf Matthias für Michaelas Geschmack zu abfällig ein.

»Das stimmt. Trotzdem muss die DNA abgeglichen werden.« Schön langsam ging Matthias ihr mit seiner Geringschätzung Prostituierten gegenüber auf die Nerven. Schon zuvor bei der Befragung hatte er sich so weit im Abseits gehalten, als könne er sich bei einer der Frauen mit einer Krankheit anstecken. »Übrigens hat unsere Tote einen Namen. Maria Koci.«

Matthias sah sie verständnislos an. »Wieso regst du dich wegen so einer auf? Sie war nur eine Nutte.«

»Wie bitte, *wegen so einer? Nur eine Nutte?*«, explodierte Michaela. »Wir haben kein Recht, jemanden wegen seines Jobs zu verurteilen. Wir geben unser Bestes, egal ob das Opfer prominent, reich, obdachlos, drogensüchtig oder eine Prostituierte ist. Nationalität und Hautfarbe spielen keine Rolle. Der Tod macht keine Unterschiede – und wir auch nicht, verstanden?«

Er presste die Lippen zusammen.

»Ob du das verstanden hast?«, wiederholte Michaela ihre Frage.

»Ja«, antwortete Matthias knapp. Es war offensichtlich, dass er anderer Meinung als Michaela war.

Etwas milder gestimmt fuhr sie fort: »Wir können uns die Fälle doch nicht aussuchen. Glaubst du, ich habe nicht bemerkt, wie unwohl du dich vorhin im Prater gefühlt hast? Ich weiß ja nicht, was dein Problem ist, aber das gehört nun mal zu unserer Arbeit, also tust du gut daran, einen Weg zu finden, mit diesen Menschen umzugehen. Sie sind nämlich dein tägliches Brot.«

Sie fing Vincents Blick auf, der ihr zustimmend zunickte. Matthias blies die Luft aus seinen Wangen. »Okay, was kann ich tun?«

Na bitte, ging doch. »Wie wär's, wenn du dich um die Skoda-Octavia-Suche kümmerst?«, schlug Michaela vor. Ohne ein weiteres Wort klappte Matthias seinen Laptop auf und machte sich an die Arbeit.

## KAPITEL 7

In den nächsten Stunden wurde Mephistopheles' Geduld auf eine harte Probe gestellt. Die Frau – mittlerweile wusste er mehr über sie als manche ihrer Freundinnen – war eine ehrgeizige Medizinstudentin, die viel Zeit an der Uni verbrachte und mit Lernen beschäftigt war. Nebenbei jobbte sie samstags für eine Bekleidungskette, um sich über Wasser zu halten. Offenbar bekam sie nicht viel finanzielle Unterstützung, denn sie lebte sehr sparsam. Der Latte macchiato letztens war eine Ausnahme gewesen. Sie war kein Partygirl, hatte sich aber, seit er sie beobachtete, zweimal mit Freunden getroffen.

Es war eine prickelnde Erfahrung gewesen, in das Geschäft hineinzugehen und mit ihr zu sprechen. Er hatte sich von ihr mehrere Pullover zeigen lassen, hatte an allen etwas auszusetzen gehabt, trotzdem blieb sie freundlich. Schließlich hatte er einen Pulli gekauft. Eigentlich brauchte er keinen, aber ihm gefiel der Gedanke, dass das Kleidungsstück ihn an sie erinnern würde.

Mephistopheles war überzeugt, dass Prometheus niemals so viel Zeit in die Beobachtung der Zielperson investiert hätte wie er. Doch wenn man etwas richtig machen wollte, durfte man nichts überstürzen. Nicht umsonst hieß es, gut Ding braucht Weile. Die Erfahrung hatte ihn gelehrt, dass seine Chance kommen würde, er musste nur abwarten. Und seine Ausdauer zahlte sich nun endlich aus. Er hatte in dem kleinen Bistro gegenüber ihres Hauseingangs Stellung bezogen. Von hier sah er nicht nur das Haustor, sondern auch die Fenster zu ihrer Wohnung. Es war noch nicht ganz dunkel, doch sie hatte bereits das Licht an und die Vorhänge nicht zugezogen. Das tat sie immer erst, bevor sie schlafen ging.

Er beobachtete, wie sie telefonierte, und nach Beendigung des Gesprächs ihre Sachen zusammensuchte. Gleich darauf ging das Licht in der Wohnung aus.

Er bezahlte seine Cola, trank das Glas in einem Zug leer und verließ das Bistro gerade, als sie aus der Haustür trat und sich zielstrebig nach rechts wandte, ohne auf ihre Umgebung zu achten. Sie überquerte die Straße und blieb an der Straßenbahnhaltestelle stehen.

Als die Tram kam, sprintete er über die Fahrbahn und stieg ganz hinten ein. Zum Glück war die Straßenbahn nicht so voll wie zu den Stoßzeiten, sonst hätte er sie womöglich aus den Augen verloren. Wohin fuhr sie? Traf sie sich mit ihren Freunden? Sie trug normale Kleidung, was ihn vermuten ließ, dass sie weder ins Theater noch in ein Restaurant unterwegs war. Natürlich konnte er sich auch irren, die Zeiten hatten sich geändert. Die jungen Leute unterschieden nicht mehr zwischen festlicher und sportlicher, gewöhnlicher und vornehmer Kleidung. Jogginghosen waren salonfähig geworden, und über eine Jeans im Burgtheater regte sich niemand mehr auf. Er gehörte einer anderen Generation an, ihm war beigebracht worden, dass es eine Schulhose gab, auf die man achtgeben musste, eine Sonntagshose und Hosen für die Freizeit, die er drei Tage trug, ehe sie gewaschen wurden. Er hatte noch den Wert der Dinge zu schätzen gelernt, eine Eigenschaft, die heutzutage immer mehr in Vergessenheit zu geraten schien.

Er war so in Gedanken über die Vergangenheit versunken, dass er beinahe den Moment verpasst hätte, als sie ausstieg und Richtung Cineplexx ging. Kino. Ja, das passte zu ihrer saloppen Kleidung. Welchen Film sie sich wohl ansah? Vom aktuellen Kinoprogramm hatte er keine Ahnung. Dafür interessierte er sich einfach nicht. Sein letzter Kinobesuch war bestimmt schon zwanzig Jahre her; natürlich wegen einer Frau, eine Romanze. Die Zeit hätte er sich sparen können, denn weder der Film noch die Frau, wie er später feststellen musste, hatten ihn wirklich beeindruckt.

Er nahm sich eine der Werbebroschüren, die hier überall ausgelegt waren, setzte sich auf eine Bank gegenüber dem Kinoeinlass und tat, als würde er den Flyer studieren, während er in Wahrheit seine Zielperson genau im Blick behielt. Sie trat auf zwei junge Frauen zu und wurde mit Küsschen begrüßt. Dann gingen sie zu dritt zur Kasse, kauften Karten und strebten gleich den Kinosälen zu. Ihre Tickets wurden entwertet, danach stellten sie sich um Popcorn und Getränke an. Noch so eine Unart, fand er. Konnte man denn nicht mehr einfach nur einen Film ansehen, ohne nebenbei etwas in sich hineinzustopfen? Das Popcorn gab es inzwischen eimerweise. Wer sollte das denn essen können? Die Menschheit würde noch an ihrer Gier zugrunde gehen. Nichts war groß oder gut genug. Immer musste es mehr, mehr, mehr sein. Und alles schnell, schneller, am schnellsten. Nicht Qualität, sondern Quantität bestimmte den Wert der Dinge. Aber was trauerte er den alten Zeiten nach? Nicht alles war früher besser gewesen, so ehrlich musste er sich selbst gegenüber schon sein.

Er sprang auf und warf fluchend die Broschüre in den nächsten Mülleimer. Er hatte die drei Frauen verloren. Sie mussten in einen der Kinosäle verschwunden sein, die er aus seiner Position heraus nicht einsehen konnte. Mit ein paar Schritten war er beim Kartenabreißer. »Ohne Ticket dürfen Sie hier nicht durch«, sagte der Mann.

»Ja, ich weiß. Ich will gar nicht rein, ich möchte nur wissen, welche Säle sich dort hinten befinden.«

»Kino 6, 7 und 8«, gab der Mann zur Antwort.

»Und in welchem beginnt die Vorstellung gleich?«

»Saal 7 hat eben angefangen. Aber noch ist Werbung.«

»Danke«, sagte er, nicht weil er dem Mann tatsächlich dankbar für die Auskunft war, sondern weil es sich so gehörte. Er trat an die Übersichtstafel und las nach, wie lange der Film, eine Geschichte über den Aufstieg eines Rockstars, dauerte. Rund hundert Minuten. Gut, dann konnte er in der Zwischenzeit gemütlich etwas essen oder einen Kaffee trinken gehen. Die Gefahr, dass die drei Frauen das Kino vorzeitig verließen, war zu vernachlässigen. Er spürte ganz genau, dass heute seine Stunde käme, er musste nur an der Studentin dranbleiben.

Rechtzeitig zum Ende der Kinovorstellung war er wieder zur Stelle. Die drei gehörten zu den Letzten, die den Saal verließen.

Versteckt hinter einer Säule wartete er, bis sie an ihm vorbeikamen, dann folgte er ihnen die Rolltreppe hinunter. Er konnte sogar ihr Gespräch mithören. Sie unterhielten sich über den Film, der allen gefallen hatte, und bekräftigten, dass es schön war, sich wieder einmal getroffen zu haben.

Unten trennten sie sich. Eine ging Richtung U-Bahn, die andere hatte ihr Auto in der Parkgarage stehen. »Soll ich dich mitnehmen?«, fragte sie die Studentin.

Ihm stockte kurz der Atem. Am liebsten hätte er »Nein!« gerufen.

»Nein, danke. Da ist doch diese Party bei Celia, ich habe versprochen, mich blicken zu lassen. Ich will eh nicht lange bleiben, aber sie wird sonst echt sauer. Dass ich letztes Mal nicht gekommen bin, hält sie mir immer noch vor. Als ob ich sonst nichts zu tun hätte.«

»Na dann, viel Spaß!« Küsschen links und rechts, einmal noch winken, und die Freundin war weg, während die Studentin auf die Uhr sah, laut seufzte und sich zum Ausgang wandte, wo sich die Bushaltestelle befand.

Drei Stunden später war er nahe dran, die Sache für den heutigen Tag nicht weiter zu verfolgen. Wie hatte sie gesagt? Sie wollte nicht lange bleiben? Unter »nicht lange« verstand er etwas anderes. Gerade beschloss er, sich auf den Weg zum nächsten Taxistand zu machen, der von seinem Standort etwa fünf Minuten zu Fuß entfernt lag. Er hatte früher nie öffentliche Verkehrsmittel benutzt. Entweder er lief, auch weite Stecken, oder er nahm das Taxi. Hin und wieder lieh er sich ein Mietfahrzeug, wenn er sperrige Gegenstände oder Personen transportieren musste. Nur wegen ihr, der Studentin, hatte er seine Gewohnheiten abgelegt, zumindest für eine gewisse Zeit. Ein wenig Flexibilität musste man für seine Vorlieben schon aufbringen.

Da ging die Haustür auf, und mehrere Personen traten heraus, auch sie. Die Leute verstreuten sich in alle Richtungen. Sie lief zur Bushaltestelle auf der anderen Straßenseite, sah auf den Fahrplan und fluchte. Der letzte Bus war weg. Ein Taxi konnte oder wollte sie sich nicht leisten, und bis zur nächsten U-Bahn-Station waren es mindestens drei Kilometer, eher mehr.

Man sollte meinen, Wien sei eine pulsierende Großstadt, in der auch nachts viel los war. Doch das traf nur auf manche Viertel zu. Hier herrschte tote Hose. Die Straßen waren jetzt, kurz vor eins, menschenleer. Missmutig machte sie sich auf den Weg. Er tat es ihr gleich. Lautlos verschmolz Mephistopheles mit der Nacht, bereit für seine Aufgabe.

## KAPITEL 8

Im Laufe der Tage wurde Michaela immer gereizter. Die Zeugenbefragungen hatten nicht wirklich viel ergeben, der Zuhälter, Reingard Lohner, war im Moment ihr einziger Verdächtiger. Allerdings nur, weil er kein Alibi vorweisen konnte. Er leugnete hartnäckig, etwas mit Maria Kocis Tod zu tun zu haben, und pochte darauf, keinen Anlass für ihre Ermordung gehabt zu haben, da sie ihm ja laufend Geld einbrachte. Bisher gab es keine Anhaltspunkte für die Annahme, dass er nicht die Wahrheit sagte.

Bei den Stammkunden waren sie nicht weitergekommen, mindestens zwei waren in Maria verliebt gewesen. Niemand sprach schlecht von ihr, im Gegenteil. Offenbar hatte Maria neben anderen Teilen ihres Körpers ihren Kunden auch ihr Ohr geliehen, der Hauptgrund, warum die Männer gerne immer wieder zu ihr gegangen waren. Aber das kannte Michaela schon. Den wenigsten, die die Dienste von Prostituierten annahmen, ging es ausschließlich um Sex. Vielmehr wollten die Freier für eine kleine Weile der Einsamkeit entfliehen, mit jemandem reden, gehalten werden, Nähe spüren oder ohne schlechtes Gewissen Neigungen ausleben, die sie sonst unterdrücken mussten.

Vincent und Matthias arbeiteten immer noch die Autos ab, eine wenig Erfolg versprechende Aufgabe, die aber nun mal erledigt werden musste. Die Forensiker taten ebenfalls ihr Bestes, doch bei der Menge an Müll am Fundort hätten sie schon unheimlich viel Glück haben müssen, um auf etwas zu stoßen, das sie dem

Täter näher brachte. Michaelas ganze Hoffnung lag nun auf den DNA-Ergebnissen, die allerdings immer noch nicht vorlagen.

Gemeinsam mit Vincent und Matthias, der sich seit Michaelas Zurechtweisung zurückhaltend gab, hatten sie mittlerweile alle Unterlagen aus der Wohnung von Maria Koci durchgesehen, die Haralds Team mitgenommen hatte. Auch hier fanden sich weder Hinweise auf ihren Mörder noch auf irgendein Motiv. Keine Feinde, keine Schulden, keine Vorstrafen, keine Schwierigkeiten mit der Polizei, nichts. Abgesehen von ihrem Job hatte Maria einen untadeligen Lebenswandel geführt. Michaela fragte sich langsam, ob sie diesen Fall jemals lösen würde, oder ob er sich zu den unaufgeklärten Fällen gesellte, sobald sie einen aktuelleren, dringenderen Mordfall hereinbekam.

Diese ungeklärten Fälle, die jedes Team mit sich herumschleppte, lagen ihr wie Steine im Magen. Sie zeigten ihr, dass Wissen, Fähigkeiten und Fertigkeiten manchmal nicht ausreichten, und dass Ermittlungserfolge sich trotz Wissenschaft und Technik nicht immer einstellten. Wenn auch noch das Quäntchen Glück fehlte oder der Zufall nicht zu Hilfe kam, konnte ein noch so simpel erscheinender Mord durchaus offenbleiben. In Michaelas Aktenschränken stapelten sich zwar deutlich weniger Fälle als bei manchem Kollegen, doch sie war sich sehr wohl bewusst, dass die hohe Aufklärungsrate nicht allein ihr zu verdanken war. Vincent und Doris hatten einen großen Anteil an ihrem Erfolg. Bernd ebenso, Ferreira, Harald… all diese Menschen halfen mit, Mörder zu überführen. Doch wenn keiner weiterwusste, und alle ihre Möglichkeiten ausgeschöpft hatten, kamen die

Ermittlungen zum Stillstand. Erfolge ließen sich nun mal nicht erzwingen.

»Zeit für die Morgenbesprechung«, erinnerte Matthias sie. Sie legte den Kugelschreiber aus der Hand und stand auf. Ihr Blick blieb an Doris' verwaistem Stuhl hängen. Ihre Kollegin fehlte hier, auch wenn Matthias sich langsam eingewöhnte. Hoffentlich kam sie bald wieder. Michaela nahm sich vor, Doris später anzurufen, um nachzufragen, wie es Jonas ging.

»Michaela?«

Sie nickte. »Ich komme schon.«

Steurers Hemd war heute ungewohnt dezent in Blautönen kariert. Hübsch war es trotzdem nicht, aber wenigstens musste man nicht die Augen zusammenkneifen, wenn man ihn ansah.

Wie immer fragte er nach den Ermittlungsständen der einzelnen Teams, und Michaela musste zum dritten Mal in Folge erklären, dass es keine Neuigkeiten gab und sie die DNA-Analysen abwarten mussten.

»Bleibt dran«, meinte Steurer und ließ sich dann berichten, was es in den anderen Teams zu vermelden gab: eine Verhaftung und ein Durchbruch, beides wurde von den Kollegen mit Applaus honoriert. Schließlich kam es zur Verteilung der neuen Fälle.

»Sabine Volkner, 26 Jahre alt, Studentin. Ihre Leiche wurde heute früh im Erholungsgebiet Wienerberg gefunden. Auf ihrem Oberschenkel ist ein Symbol eingeritzt«, las Steurer aus der Akte vor. Er blickte erwartungsvoll in die Runde. Keiner der Teamleiter meldete sich freiwillig. »Okay, Gernot, da ihr gerade den Doppelmord erfolgreich geklärt habt, übernehmt ihr die Studentin, bitte.«

Auf Michaelas Braue begann die Narbe zu pulsieren, doch sie ignorierte es. Nein, ihr Team war ausgelastet genug. Und Gernot war zwar ein chauvinistisches Schwein, aber er verstand seine Arbeit.

»Noch irgendwelche Fragen?«, wandte sich Steurer wieder an die ganze Besatzung. Allgemeines Kopfschütteln. Nur Matthias meldete sich mit einem Handzeichen.

»Matthias, bitte.«

»Kann ich nicht zu Herrn Königberg wechseln?«, fragte Matthias.

Steurers Augenbraue ging nach oben. »Weshalb denn?«

»Ich würde davon profitieren, verschiedene Arbeitsweisen kennenzulernen«, sagte Matthias.

Steurer überlegte kurz, schüttelte dann den Kopf. »Nein, solange Doris fehlt, bleibst du bei Michaela. Danach können wir darüber reden. Sonst noch was?«

Niemand reagierte. »Nun denn, an die Arbeit«, beendete Steurer daraufhin die Morgenbesprechung, und alle verließen den Sitzungssaal. Michaela beeilte sich, Matthias einzuholen. »Hey, dein Versetzungsgesuch gerade kam sehr überraschend für mich«, sagte sie und bemühte sich um einen scherzhaften Ton. Matthias blieb stehen und drehte sich zu ihr um. »Oh ... das hat natürlich nichts mit dir zu tun. Oder mit Vincent. Ich glaube nur, dass ich bei euch nicht mehr viel tun kann. Und diese tote Studentin klingt spannend.«

Klar, den Tod einer Studentin zu untersuchen, entsprach wohl mehr Matthias' Vorstellungen einer sinnvollen Arbeit, als den an einer Prostituierten aufzuklären, dachte Michaela bitter. All ihre Bemühungen, ihn davon zu überzeugen, dass jede und jeder Tote das Recht auf vollen Einsatz seitens der Mordermittler hatte, waren fehlgeschlagen. Er hatte seine Abneigung gegen die Klientel aus dem Umfeld des Opfers nicht verbergen können, was Michaela ihm übel nahm, auch wenn sie es nicht zeigte. Schließlich hatte seine Antipathie bestimmt auch einen Grund, dachte sie, fragte sich aber gleichzeitig, ob sie es sich nicht bloß schönreden wollte, dass Matthias schlicht ein intoleranter Idiot war. Wenn man es von dieser Warte aus betrachtete, fand sie es eigentlich schade, dass Steurer Matthias' Wunsch nicht entsprochen hatte. Sie hätte nämlich ganz gut auf ihn verzichten können, unabhängig davon, wann Doris wiederkam.

»Tut mir leid für dich«, sagte sie. »Weißt du was, wenn Doris zurück ist, werde ich bei Steurer ein gutes Wort für dich einlegen.« Und ob sie das täte. Sie hatte ihn von Anfang an nicht in ihrem Team haben wollen, hatte sich breitschlagen lassen, sich dann bemüht, ihm vorurteilsfrei zu begegnen, ihm immer wieder Chancen gegeben und gehofft, dass er aus seinen Fehlern lernen würde, nur um dann festzustellen, dass alle Bemühungen umsonst gewesen waren. Er würde seinen Charakter und seine Ansichten nicht ändern. Und die passten nun mal nicht zu ihren. Gernot wäre für Matthias wohl wirklich die bessere Wahl, denn die beiden tickten recht ähnlich. Gernot tat seine Arbeit, und das nicht mal schlecht, aber er benahm sich wie eine Walze, die über alles hinwegrollte, was ihm nicht passte. Seine sexistischen Sprüche fand Michaela mehr als daneben, seine Witze geschmacklos, die Art, über Mitarbeiterinnen herzuziehen, grenzte an Mobbing. Michaela wurde von ihm kritisch beäugt, denn eine Ermittlungsleiterin passte so gar nicht in sein Weltbild. Eine Frau, und dann auch noch eine, die jünger war als er und trotzdem mehr Fälle gelöst hatte.

Während Matthias den Aufzug ansteuerte, anstatt die eine Etage vom zweiten in den dritten Stock zu Fuß zu gehen, wandte sich Michaela der Treppe zu. Sie hielt kurz inne und lief dann kurzerhand abwärts ins Erdgeschoss. Sie wollte Harald einen Besuch abstatten und nachfragen, wie es mit den Untersuchungsergebnissen stand. Dem neuen Mordfall würde naturgemäß eine höhere Priorität beigemessen werden, und da konnte es leicht passieren, dass die Ergebnisse der DNA-Analyse, die sie so dringend brauchte, um endlich einen Schritt weiterzukommen, in Vergessenheit gerieten.

Die forensische Abteilung war, zumindest wenn man den Gerüchten glauben konnte, von einem dankbaren Politiker und einer reichen Hotelerbin finanziert worden, nachdem Haralds Vorgänger deren entführte Tochter gerettet hatte. Michaela war es ziemlich egal, woher die Geldmittel für das Labor kamen, für sie zählte nur, dass es sich um das modernste in ganz Österreich handelte. Alle Kriminalämter schickten in kniffligen Fällen Proben zur Untersuchung an Harald, weil er über die besten Geräte verfügte. Die forensische Abteilung umfasste mehrere Bereiche: das Labor, in dem Blut, DNA, Fasern und ähnliches Material untersucht wurden; die Kriminaltechnik, der eine eigene Autowerkstatt angeschlossen war; eine Computerabteilung, eine entomologische und eine ballistische Abteilung. Harald leitete die gesamte Forensik, ähnlich wie Steurer die Abteilung »Leib und Leben«, wie die Mordkommission eigentlich hieß. Meist war er im Labor anzutreffen, wo sich auch sein Büro befand, so wie auch jetzt. Als Michaela eintrat, wandte er seinen Kopf zur Tür. Er lächelte sie an und kam zu ihr herüber. »Habt ihr wieder ein Kaffeeproblem?«, begrüßte er sie.

»Nein, die Maschine ist super. Ein paar Tage würde ich sie mir noch gerne ausleihen, ich kam bis jetzt noch nicht dazu, eine neue zu kaufen«, erwiderte sie.

Er winkte ab. »Kein Problem. Bei uns stand sie eh nur unbenutzt in der Abstellkammer. Was kann ich sonst für dich tun?«

»Ich wollte wegen der DNA im Prostituiertenfall nachfragen. Ihr habt sie doch nicht vergessen, oder?«

»Nein, bestimmt nicht. Aber wir sind gerade sehr ausgelastet. Der neue Fall, diese Studentin. Du hast bestimmt heute Morgen von ihr gehört.«

Michaela nickte. »Gernot hat sie bekommen. Von dem wirst du sicher innerhalb kürzester Zeit mit Anfragen und Aufträgen bombardiert. Du kennst ihn ja.«

Harald verzog das Gesicht, als hätte er in eine Zitrone gebissen. »Ach der. Einer meiner Mitarbeiter hat ihn mal als Kombination aus Pest und Cholera bezeichnet. Ich würde sagen, da hat er nicht ganz unrecht.«

Michaela musste lachen. »Das trifft es ungefähr. Aber eins muss man Gernot lassen. Er ist hartnäckig.«

»Man könnte auch penetrant sagen.«

»Und er ist ziemlich erfolgreich, zumindest in der Aufklärung seiner Fälle.«

»Das bist du auch, ohne dass du deine Mitmenschen niedermachen musst.«

Sie überging Haralds letzten Satz. »Penetrant bin ich übrigens auch. Was ist denn nun mit der DNA?«

»*Du* bist höchstens hartnäckig«, erwiderte Harald

grinsend. »Die Ergebnisse sind eben fertig geworden.« Er blätterte einen Stapel Zettel durch, fischte dann ein paar zusammengeheftete Blätter heraus und drückte sie Michaela in die Hand. »Wir haben verschiedenes genetisches Material an ihr gefunden, aber kein Sperma. Sie hat wohl wert auf Kondome gelegt. Sehr vernünftig, wenn du mich fragst, und keine Selbstverständlichkeit – auch, oder gerade nicht, in dem Job.«

Michaela seufzte. »Ja, das stimmt. Maria Koci hat sich sogar regelmäßig untersuchen lassen. Ebenfalls keine Selbstverständlichkeit.«

Einen kurzen Moment hingen beide ihren Gedanken nach, ehe Michaela den Bericht in ihrer Hand überflog. »Und der Abgleich mit dem System, hat der einen Treffer ergeben?«

Harald schüttelte den Kopf. »Wenn es so wäre, hätte ich es gleich herausposaunt.«

»Mist! Dann hilft uns die ganze Analyse eigentlich nicht weiter, oder?«

»Sieht so aus. Tut mir leid, ich kann halt auch keine Ergebnisse herbeizaubern.«

»Ich weiß. Ärgerlich ist es trotzdem. Ich habe keine Ahnung, wo ich jetzt noch ansetzen soll. Es ist zum Haare raufen. Und du meintest, das wäre ein einfach gelagerter Fall? Scheint, als hättest du dich getäuscht.«

Er zuckte die Schultern. »Sah ja auch auf den ersten Blick so aus.«

»Ich wünschte, Bernd wäre hier. Der könnte uns sicher weiterhelfen.«

»Wie geht es ihm denn?«

»So weit ganz gut, sagt er. Ich werde ihn besuchen, sobald ich diesen Fall abgeschlossen habe.«

»Na, dann hoffe ich, dass du ihn bald zu einem Abschluss bringst.«

»Danke, ich gebe mein Bestes«, versicherte Michaela. Nur, was wäre jetzt das Beste?, fragte sie sich. Sie hatte alle Möglichkeiten ausgeschöpft, die ihr zur Verfügung standen. Was hatte sie übersehen? Wo war sie falsch abgebogen? Bei einem derartigen Stillstand blieb oft nur die Devise »Zurück auf Anfang«, was ärgerlich war, weil es Zeit kostete. Und je mehr Zeit verstrich, desto schwieriger wurde es, den Mörder zu finden. Mordfälle, die sich nicht innerhalb kurzer Zeit aufklären ließen, blieben leider oft auch ungeklärt. Jäh erfasste sie eine solche Sehnsucht nach Bernd, dass es ihr die Kehle zuschnürte. Sie winkte Harald zum Abschied und wandte sich schnell dem Ausgang zu. Erst draußen lehnte sie sich für einen Moment gegen die Wand und atmete ein paar Mal tief ein und aus. Als sie das Gefühl hatte, sich wieder gefangen zu haben, ging sie die Treppe hoch in den dritten Stock, zurück an ihren Arbeitsplatz.

»Und?«, fragte Vincent, wortkarg wie immer.

Er musste gar nicht mehr sagen, Michaela verstand auch so, dass er sich nach den DNA-Ergebnissen erkundigen wollte.

»Ich muss sie mir erst näher ansehen, aber bislang gibt es keine Übereinstimmungen, das heißt, sie bringt uns nicht weiter. Mist! Wo steckt Matthias eigentlich?«

»Is' noch nicht wieder da«, brummte Vincent.

»Wie? Von der Morgenbesprechung?«

»Yep.«

»Und er hat nicht gesagt, wohin er will?«

Vincent schüttelte den Kopf.

Jetzt reichte es ihr. Oh, sie konnte sich vorstellen, wo

er abgeblieben war. Bei Gernot. Um sich einzuschmeicheln.

Sie griff zum Telefon und wählte Gernots Durchwahl.

»Ja?«, meldete er sich. Sie fand es befremdlich, dass er seinen Namen nicht nannte, so als würde er voraussetzen, dass jeder ihn an der Stimme erkannte.

»Michaela hier. Gib mir mal Matthias, bitte.«

»Bin ich die Vermittlung?«, beschwerte sich Gernot, reichte aber den Hörer weiter. Michaela grinste Vincent an und hob den Daumen.

Mit zuckersüßer Stimme, die jeden, der sie kannte, alarmiert hätte, säuselte sie ins Telefon: »Matthias, schön, dass ich dich erreiche.« Dann setzte sie kalt hinzu: »Schwing deine Knochen her und zwar auf der Stelle. Noch bist du mir zugeteilt, und mein Geduldsfaden ist gefährlich dünn.«

»Ich hätte ihn in Ruhe gelassen«, murmelte Vincent.

»So wie der sich benimmt, das geht gar nicht«, gab Michaela zurück.

Als Matthias endlich hereinkam und ohne ein Wort der Entschuldigung oder Erklärung an seinen Platz schlurfte, drehte sich Michaela mit ihrem Stuhl zu ihm. »Scheint so, als müsste ich dir mal die Regeln hier in diesem Büro erklären.«

»Regeln?«, fragte Matthias misstrauisch.

»Oh, ganz simple Regeln der Zusammenarbeit, von denen ich nicht vermutet hätte, dass sie jemand nicht kennt.« Sie hob den Daumen. »Nr. 1: Es muss immer jemand wissen, wo du bist. Egal, ob du auf die Toilette oder in ein anderes Büro gehst, ob du dir einen verdammten Kaffee holst oder hinunter in die Kantine willst... du sagst Bescheid.«

Matthias hob an, um zu protestieren, doch Michaela streckte den Zeigefinger hoch und sprach weiter: »Nr. 2: Ich erwarte ein Mindestmaß an Höflichkeit und Respekt. Dazu gehört, Danke, Bitte, Guten Morgen, Entschuldigung oder auch einfach nur Hallo zu sagen, wenn man das Büro betritt.«

»Hab ich doch ...«

Michaela fuhr mit dem Mittelfinger fort: »Nr. 3: Wenn einem etwas nicht passt, spricht man es intern an und rennt nicht zum Chef, um sich in eine andere Abteilung versetzen zu lassen.«

»Aber das ...«

Michaelas Ringfinger gesellte sich zu den anderen. »Nr. 4: In diesem Büro möchte ich kein einziges Mal mehr hören, dass jemand *nur* Prostituierte war. Das Gleiche gilt für jeden anderen Beruf, für jeden Hauttyp, jede Abstammung, jede Religionszugehörigkeit. In meinem Büro ...«, und dabei betonte sie das Wort »meinem«, damit bei Matthias kein Zweifel daran aufkam, wer hier der Boss war. Auch wenn sie ihre Leitungsfunktion sonst nie gern hervorhob, jetzt schien es ihr nötig. »... in meinem Büro lautet der Grundsatz, dass alle Opfer gleich sind. Wem das nicht passt oder wer damit nicht zurechtkommt, ist hier fehl am Platz – das habe ich dir schon einmal gesagt und auch so gemeint. Und schließlich Nr. 5: Jedes Teammitglied zeigt Einsatz und surft nicht den halben Tag privat im Internet oder geht stundenlang im Haus spazieren.« Michaela räusperte sich. »So, das war's. Noch Fragen?«

Vincent unterdrückte ein Grinsen, Matthias schüttelte den Kopf und beugte sich über seinen Rechner. Es war offensichtlich, dass er sich unwohl fühlte, sei es, weil Michaelas Ansprache ihm ein schlechtes Gewissen bereitet hatte oder – was sie eher glaubte – er sich jetzt noch dringender wünschte, einem anderen Team, Gernots Team, zugeteilt zu werden.

Sie hatte keine Ahnung, womit Matthias danach seine Zeit verbrachte, es war ihr auch egal, für sie stand der Entschluss fest, Steurer so lange zu bearbeiten, bis er Matthias versetzte, und wenn sie ihm dafür reinen Wein über das Verhalten des neuen Kollegen einschenken musste. Es lag ihr fern, irgendjemanden zu denunzieren oder bei Steurer zu verpetzen, das hatte sie noch nie gemacht. Eher sah sie es als ihre Pflicht an, die Verantwortung für Fehler, die ihre Mitarbeiter machten, als Leiterin des Teams zu übernehmen.

Sie war noch tief in diese Gedanken versunken, als Matthias plötzlich aufstand. »Ich bin dann mal kurz…« Er deutete mit dem Daumen vage Richtung Tür.

Michaela blickte ihn freundlich, aber fragend an.

»…auf der Toilette«, beendete Matthias seinen Satz schließlich.

Sie nickte nur, wartete, bis er an der Tür war und rief ihn dann noch einmal zurück. »Ach, übrigens, das ist kein Spleen von mir. Ich meine, die Sache mit dem Abmelden. Es steht in der internen Dienstordnung, und es hat leider einen ernsten Hintergrund. Aber den erzähle ich dir ein anderes Mal. Ich will dich ja nicht von deinen… Geschäften abhalten.«

»Okay«, sagte er und verließ das Büro.

»Regeln? Interne Dienstordnung?«, fragte Vincent, sobald sie allein waren.

»Hm, sag bloß, du hast diese interne Dienstordnung nicht gelesen?«

Er grinste. »Doch, sicher.«

»Dachte ich mir. Und jetzt ruf ich Doris an und sag ihr, sie soll ein Kindermädchen einstellen, ihre Eltern einfliegen lassen oder Jonas mitbringen. Der kann auch nicht anstrengender sein als das Kleinkind, das wir hier gerade versorgen müssen.«

## KAPITEL 9

*Ehre, wem Ehre gebührt. Hey, Mephisto, ich muss sagen, dass du dir wirklich Mühe gegeben hast. Und das Logo gefällt mir.*

Nach einem langen Tag hatte Prometheus es gar nicht abwarten können, endlich in seinen eigenen vier Wänden zu sein, vor seinem sicheren Computer zu sitzen und sich ins Forum einzuloggen. In den letzten Tagen war es ihm fast unmöglich gewesen, Zeit dafür zu finden.

Prometheus schickte die Nachricht ab. Ein wenig neidisch war er schon, das musste er zugeben. Im Nachhinein betrachtet hatte Mephisto nämlich recht gehabt, auch wenn Prometheus das niemals zugeben würde. Die Nutte war keine große Herausforderung gewesen. Er hatte es sich wirklich zu leicht gemacht, hatte nicht genug nachgedacht und vieles dem Zufall überlassen, anstatt alles genau durchzuplanen, was seinem Nicknamen und vor allem seinem Charakter eher entsprochen hätte. Mephisto das Wasser zu reichen war nicht leicht, verdammt. Aber er würde das schon noch hinkriegen – nein, mehr als das.

Das Nachrichtenfenster ploppte auf.

*Meine Fotos gefallen dir also? Bei aller Bescheidenheit, das Logo war nur eine meiner grandiosen Ideen.*
*M*

Prometheus tippte seine Antwort schnell:

*Die Bilder sind ein wenig dunkel geraten. Jedenfalls ist der Schluss naheliegend, dass du kein Berufsfotograf bist. Hast du keine Angst, dass jemand das Logo erkennen könnte?*

*Wieso denn? Es gibt nur eine Handvoll Menschen, die das Logo überhaupt kennen. Dass ausgerechnet einer von denen es zu Gesicht bekommt, ist doch sehr unwahrscheinlich.*

*Mephisto, und was ist, wenn die Polizei damit an die Öffentlichkeit geht?*

Gespannt wartete Prometheus auf die Antwort. So cool und überlegen, wie Mephistopheles immer tat, war er nicht. Auch ihm unterliefen Fehler. Das Logo von »Der_Kreis_des_Bösen« zu verwenden, mochte zwar vordergründig eine gute Idee gewesen sein, Mephisto hatte sie sogar als grandios bezeichnet, doch besonders umsichtig war sie nicht.

*Bist du ein kleiner Hosenscheißer? Die Polizei hält solche Dinge doch immer unter Verschluss, keine Sorge. Die wollen im Fall einer Verhaftung sicher sein, dass sie den echten Täter haben. Nur der kann ihnen das Logo im Detail beschreiben. Glaub mir, ich kenne mich mit solchen Dingen aus, ist nicht das erste Mal, dass ich mich künstlerisch betätige. Auch wenn ich es schade finde, aber keines meiner Kunstwerke war bisher in den Medien. Das nennt man kalkulierbares Risiko, mein Lieber. Und genau das macht den Nervenkitzel aus. Das bedeutet nicht, dass man dumm ist oder die Dinge dem Zufall überlässt. Dumm ist eher, dass man in Panik eine Hand abschneiden muss, weil man sonst Spuren hinterlassen hätte. Denk mal drüber nach. Auf jeden Fall beweist das Logo, dass ich die Studentin ermordet habe – ein Erkennungszeichen, nicht nur für diese eine Tote, sondern auch für jene, die nachfolgen. Es werden doch noch welche folgen, oder hast du etwa schon die Lust verloren?*

Prometheus unterdrückte die aufkeimende Wut über Mephistos herablassende Worte. In jedem seiner Sätze steckte Kritik. Über die Hand ärgerte er sich mittlerweile wirklich. Er hatte es in dem Moment als tollen Einfall empfunden, sie abzuschneiden, als Eingebung, geboren aus der Zwangslage, in die er durch die Gegenwehr dieser Nutte geraten war. Er dachte, er hätte aus der Not eine Tugend gemacht. Doch nüchtern betrachtet hatte er bloß so gehandelt, weil ihm keine Wahl blieb, nicht weil er es so wollte. Er hatte sich unter Druck setzen lassen – das Schlimmste, was einem wie ihm passieren konnte. So wurden Täter gefasst. Die Polizei übte Druck aus, erhöhte ihn sukzessive, bis die Mörder in Panik gerieten und Fehler machten. Gut, er hatte gerade noch die Kurve gekriegt, aber das war lediglich seinem Glück zu verdanken und nicht seinem Verstand.

Er beugte sich über die Tastatur und schrieb:

*Ja, warum nicht? Auf in eine neue Runde! Von mir aus auch mit Erkennungszeichen.*

Die Antwort kam beinahe postwendend.

*Mein Lieber, du hast Biss und lässt dich nicht unterkriegen. Das gefällt mir. Aber verkauf dich diesmal nicht wieder unter deinem Wert. Du kannst mehr, das weiß ich. Eine Nutte ist definitiv zu wenig Herausforderung.*
*Und mein Freund, lass dir Zeit für die Vorbereitung und genieße sie mindestens genauso wie die Tat selbst. Ich bin gespannt auf deine Wahl und noch mehr auf die Fotos. M*

Prometheus las Mephitopheles' Nachricht mehrmals durch, lächelte in sich hinein und verzichtete darauf, zurückzuschreiben. Oh, wie durchschaubar Mephisto doch war. »Mein Lieber« und »mein Freund«… als ob er nicht merken würde, welche Show Mephisto hier abzog. Er wollte, dass er sich geschmeichelt fühlte, wollte Nähe herstellen. Prometheus hätte es genauso gemacht. Sie waren sich wirklich ähnlich in ihrem Denken und Handeln. Nur mit einem Unterschied: Er war besser. Denn er war näher an Mephisto dran, als dieser dachte.

Er wusste ja nicht, wie alt Mephistopheles war. Nicht, dass er nicht versucht hatte, das herauszubekommen, so wie Mephistopheles mit Sicherheit auch möglichst viel über ihn in Erfahrung bringen wollte. Das war nur verständlich. Doch Mephisto würde es genauso wenig gelingen, etwas über ihn herauszufinden, wie umgekehrt vermutlich auch. Trotzdem, und darauf war er stolz, meinte er aufgrund von Mephistos antiquierter Wortwahl zu ahnen, dass sein Konkurrent mindestens eine Generation, wenn nicht sogar zwei, älter war als er selbst. Gleichzeitig musste Mephisto trotz seines Alters körperlich fit sein. Prometheus bezweifelte, dass ein gebrechlicher alter Mann eine junge, durchtrainierte Studentin einfach so überwältigen konnte. Er schätzte Mephisto auf etwa sechzig Jahre. Wahrscheinlich trieb er regelmäßig Sport oder ging einer körperlich schweren Arbeit nach, vielleicht sogar beides. Er dachte an seinen Onkel, der noch mit fünfundsechzig beim Hausbau mitgeholfen hatte. Heutzutage war fünfundsechzig das neue fünfzig und somit kein gebrechliches Alter mehr.

Natürlich konnte er sich auch irren, und Mephistopheles war in Wahrheit ein junger Nerd, der bloß gern die Sprache der Fünfzigerjahre verwendete, aber das glaubte Prometheus nicht. Er kannte genug Menschen, die ähnlich sprachen, wie Mephisto schrieb – nicht aus seinem Familienumfeld, denn dort waren alle ungebildet, hatten nur Hauptschulabschluss, wenn überhaupt. Gewählt drückte sich von denen keiner aus. Ihr Blick reichte gerade bis zum Stall oder zu den Weiden, auch heute noch. Schule war Pflicht, weil es eine »Schulpflicht« in Österreich gab. Hauptsache durchkommen, das war die Devise. Ausreißer gab es nur selten, genau genommen nur zwei. Ihn und eine Cousine. Sie hatte eine höhere Schule mit Matura abgeschlossen. Was aus ihr geworden war, wusste er nicht, interessierte ihn auch gar nicht, in Wahrheit interessierte er sich für niemanden, außer für sich selbst.

Und er hatte sogar studiert. Seine Familie brüstete sich gern mit ihm, sprach von seinen Leistungen, seiner Arbeit und davon, dass keiner gedacht hatte, dass er je so weit kommen würde, wo er doch ein schwieriges Kind war...

Ihm war das egal, Familie war ihm genauso unwichtig wie Freunde oder Kollegen. Sie waren ein Ärgernis, mit dem er zurechtkommen musste. Mit der Zeit und viel Training, nicht ohne Hilfe des Forums »Der_Kreis_des_Bösen«, hatte er es geschafft, sich eine Maske zuzulegen, eine Larve, hinter der er sich verstecken konnte und die gesellschaftstauglich war. Der Rest wurde als eigenbrötlerisch verbucht. Eine bessere Tarnung konnte es gar nicht geben.

Mephistopheles rieb sich die Hände und freute sich über den Mailwechsel mit Prometheus, dem Lichtbringer, dem kleinen Schisser. Er hoffte sehr, dass er die Sorgen des Jüngeren bezüglich des Logos zerstreut hatte. Es würde ihm gefallen, wenn Prometheus es ebenfalls verwendete. Das Chaos in den Ermittlungen wäre vorprogrammiert, und er liebte es, Verwirrung zu verbreiten. Man musste schon genau hinsehen, um das Logo zu erkennen, ein Kreis mit einem zu einer Schlange geformten S. Die Schwünge waren eine echte Herausforderung gewesen. Die so hinzubekommen, dass sie nicht zu kantig aussahen, hatte Zeit gekostet. Schließlich war er in einem öffentlichen Park gewesen, und es hätte jederzeit jemand vorbeikommen können. Doch auch das war ein kalkulierbares Risiko gewesen. Wie hoch war die

Wahrscheinlichkeit, dass ausgerechnet, als er mit der Studentin zugange war, jemand vorbeikam? Schließlich war es mitten in der Nacht gewesen, er hatte dafür gesorgt, dass sie nicht einmal schreien konnte – alles war sehr schnell gegangen, ein gekonnter Griff, den er im Laufe der Jahre perfektioniert hatte, und innerhalb von Sekunden war sie bewusstlos geworden. Er hatte sie in das Dickicht gezerrt. Ein zufällig vorbeikommender Spaziergänger hätte nur ein Rascheln gehört und angenommen, es handle sich um einen Vogel oder um irgendein anderes Tier. In den Parks, besonders in den großen, gab es ja allerhand Viecher: Igel, Füchse, ja sogar Waschbären waren gesichtet worden, von Enten, Schwänen oder Gänsen ganz zu schweigen. Er hasste jede Form von Säugetieren, inklusive der menschlichen Rasse, und er verabscheute alles, was Fell oder Federn trug. Blieben nicht mehr viele Lebewesen, die er mochte. Amphibien, zum Beispiel. Er hatte mehrere Terrarien und hielt Schlangen, Agamen, aber auch Spinnen. Die waren seine Lieblinge, schon seit der Kindheit. Wenn es ihm möglich gewesen wäre, hätte er seine Opfer ebenfalls eingesponnen. An diesem Traum arbeitete er unentwegt, doch nichts, was er bisher versucht hatte, stellte ihn zufrieden. Mittlerweile betrachtete er diese Aufgabe als sein Lebenswerk, das er noch erfüllen wollte, bevor er starb. Jeder brauchte schließlich Ziele im Leben.

Seine Wohnung hatte drei Zimmer, ein Bad, eine Küche und einen Vorraum. Im größten Raum, dem Wohnzimmer, lebte, schlief und arbeitete er. In einem der beiden kleineren Zimmer, im Plan als Elternschlafzimmer eingezeichnet, befanden sich seine Terrarien und alles, was er für die Versorgung seiner Tiere brauchte.

Das dritte, das »Kinderzimmer«, war sein Experimentierraum. Er hatte viel Zeit und Mühe, aber auch Geld investiert, um es zu isolieren, sodass weder Gerüche noch Geräusche nach außen dringen konnten. Außerdem hatte er die Tür so versteckt, dass man sie nicht auf Anhieb sah, weil sie sich kaum von den Tapeten an den Wänden abhob. Nicht, dass er viel Besuch bekam, zumindest keinen, der freiwillig hier war, aber sicher war sicher.

Dieses Zimmer war sein Heiligtum, mehr noch als das andere, in dem die Terrarien standen. Er war kein religiöser Fanatiker, hatte keinen Altar oder Bilder seiner Opfer an den Wänden. Er brauchte auch keine Erinnerungsstücke. Die Sache mit dem Pullover, den er bei der Studentin gekauft hatte, war etwas anderes. Den würde man auch nicht zwangsläufig mit ihr in Verbindung bringen, wenn man ihn entdeckte. Wahrscheinlich liefen in Wien Tausende Männer mit genau dem gleichen Modell herum. Er hatte keinen exklusiven Geschmack, was Kleidung betraf. Sie musste weder teuer noch besonders sein, im Gegenteil, je unauffälliger, desto besser. Beizeiten hatte er gelernt, dass man hinter einer unscheinbaren Fassade alles Mögliche verstecken konnte: einen genialen Geist, abnorme Neigungen, ungewöhnliche Vorlieben, eine dunkle Seele. Während er seine Mitmenschen sehr genau beobachtete, war er sicher, dass manche der Hausbewohner nicht einmal wussten, in welcher Wohnung er lebte, geschweige denn, ihn beschreiben konnten. Sein halbes Leben hatte er damit verbracht, verschiedene Kampfkünste zu erlernen, um sich geschmeidig und fit zu halten. Bis heute trainierte er jeden Tag, ohne Ausnahme. Sein Körper gehorchte seinem Willen. Wann er das letzte Mal krank gewesen war, wusste er gar nicht mehr. Eigentlich war er ein Naturbursche, jemand, der in den Bergen oder Wäldern besser aufgehoben wäre als in der Großstadt. Andererseits bot die Stadt ihm die Anonymität, die er brauchte, um ungestört zu töten. Siebenundzwanzig Menschen hatte er in rund dreißig Jahren umgebracht. Nur in drei Fällen wurde wegen Mordes ermittelt, die anderen waren entweder als Unfälle zu den Akten gelegt worden, oder die Leichen waren gar nicht erst gefunden worden. Bei der Studentin war das anders, die sollte entdeckt werden.

Nun war er wirklich gespannt, was Prometheus sich einfallen lassen würde. Nicht nur sein junger Freund, auch er war ein Planer. Längst hatte er das Finale dieses Wettkampfes festgelegt. Zuerst hatte er überlegt, Prometheus diese allerletzte Aufgabe anzuvertrauen, sich zurückzulehnen und zuzusehen, wie dieser die Arbeit für ihn erledigte. Besser als Kino oder Fernsehen. Doch dann hatte er sich gesagt, dass er sich noch nie vor einer Aufgabe gedrückt hatte, und das war definitiv eine große. Außerdem – und das war eine nicht unwesentliche Überlegung – würde es Prometheus endgültig auf seinen Platz verweisen, auf den zweithöchsten Sockel, abgespeist mit dem silbernen Pokal, der Silbermedaille. Denn das Siegerpodest gehörte ihm, und er, der Teuflische, tat gut daran, Prometheus daran zu erinnern. Der war noch lange nicht so weit, musste noch viel lernen, vor allem Demut vor der Weisheit des Alters.

# KAPITEL 10

Gernot Königberg stand in der rechtsmedizinischen Abteilung und wartete auf seinen Mitarbeiter Patrick Sailer, den er dazu verdonnert hatte, an der Autopsie der toten Studentin teilzunehmen. Es gab vieles an seinem Job, das ihm nach bald zwanzig Jahren als Mordermittler immer noch Spaß machte. Rechtsmedizinern zuzusehen, wie sie tote Menschen aufschnitten, gehörte allerdings nicht zu seinen Lieblingsbeschäftigungen, weshalb er sich davor drückte, wann immer es ging. Schon der Geruch löste bei ihm Unwohlsein aus, der Anblick erst recht. Aber sein Motto lautete, jedem das Seine, in dem Sinne, dass jeder das tun sollte, worin er gut und wofür er bestimmt war.

Die Tür zum Autopsiesaal öffnete sich, ein Schwall kühle Luft drang nach außen und ließ ihn frösteln. Seit er auf Anraten seines Arztes abnahm, fror er viel leichter. Der Doktor hatte ihm dringend nahegelegt, seine Ernährung umzustellen, abzuspecken und mehr Sport zu treiben, sonst würde er nicht alt werden. Sein Gewicht und sein Blutdruck waren zu hoch, seine Leber- und Cholesterinwerte ebenfalls, und wenn er nicht besser auf seine Gesundheit achtete, hatte der Internist gewarnt, müsse er damit rechnen, an Diabetes zu erkranken. Alles gute Gründe, die Gernot dazu bewogen, umzudenken, auch wenn es ihm nicht leichtfiel, seine Gewohnheiten zu ändern. Aber schließlich hatte er vor, seinen Mitmenschen noch länger auf die Nerven zu gehen.

»Und was sagt Ferreira?«, fragte er seinen Kollegen,

der eben aus dem Sezierraum kam und jetzt den weißen Kittel auf den Haken an der Wand hängte.

»Die Todesursache ist irgend so eine Kung-Fu-Technik«, antwortete Patrick. »Dabei drückt man dem Gegner die Halsschlagader ab, und wenn man den Druck verstärkt, wird das Opfer innerhalb kürzester Zeit bewusstlos und stirbt. Sie war auf jeden Fall tot, als ihr das Zeichen eingeritzt wurde.«

»Todeszeitpunkt?«

»Laut Ferreira etwa zwischen halb eins und halb vier letzte Nacht. Minimaler Aufwand, größtmöglicher Erfolg.«

»Hm, einen Kung-Fu-Mörder hatten wir bislang noch nicht. Als Erstes checken wir das Umfeld der Toten. Wir müssen rekonstruieren, was sie an dem Abend gemacht hat und mit wem sie zusammen war. Wir sprechen mit den Kampfsportvereinen und Kung-Fu-Schulen, außerdem mit ihren Kommilitonen und den Professoren an der Uni, mit ihren Eltern, Freunden, Bekannten. Und wir müssen uns in ihrer Wohnung umsehen.«

»Ziemlich viel auf einmal. Wo fangen wir an?«

Gernot überlegte nicht lange. »Wir untersuchen ihr Handy und die getätigten Anrufe. Ebenso die gespeicherten Kontakte.«

»Das Handy ist in der Kriminaltechnik«, gab Patrick zu bedenken.

»Dann fahren wir dorthin und holen es, anschließend sehen wir uns an, wie sie gelebt hat. Was hältst du übrigens von dem Neuen? Er möchte bei uns mitspielen.« Er wandte sich Richtung Ausgang, sein Kollege folgte ihm und zuckte auf seine Frage hin die Schultern. »Dann soll er. Wir sind eh unterbesetzt, seit Rudi frühpensioniert wurde. Mittlerweile hab ich schon so viele Überstunden, dass ich drei Monate nicht mehr arbeiten müsste. Meine Frau kocht nicht mal mehr für mich mit, und meine Kinder haben letztens gefragt, wer der Fremde im Schlafzimmer ist. Gut, ich gebe zu, ich war nicht rasiert.«

Gernot lachte und klopfte seinem Kollegen auf die Schulter. »Vielleicht war es wirklich ein Fremder. Da solltest du noch mal nachfragen. Aber gut, ich spreche mit Steurer. Ich verstehe sowieso nicht, warum er den Neuen der Baltzer zugeteilt hat, vielleicht haben die beiden was laufen.«

»Wer? Die Baltzer und der Neue? Glaub ich nicht, sie ist nicht sein Typ, so wie er heute Vormittag über sie gesprochen hat. Und er ihrer wohl auch nicht.«

»Ich meine die Baltzer und Steurer. Ist dir noch nie aufgefallen, dass er sie ständig bevorzugt?«

»Ehrlich gesagt, nein. Glaub ich auch nicht. Sie ist eben eine Frau, vielleicht reicht das schon als Bonus. Und sie ist gut, das musst selbst du zugeben.«

»Pfff. Ich sage nur, Harald Kammerer und Bernd Dalisch. Sie vögelt mit der halben Belegschaft, um sich Vorteile zu verschaffen. Was soll daran gut sein?«

Patrick grinste. »Das sind nur Gerüchte, und zwei sind nicht gleich die *halbe Belegschaft*. Vielleicht bist du nur neidisch. Für meinen Teil, wenn ich nicht verheiratet wäre ...«

Gernot zeigte Patrick den Vogel. »Spinnst du? Nicht in diesem Leben. Dann schon eher mit Doris. Die sieht wenigstens aus wie eine Frau. Vielleicht lad ich sie mal ein, ich hab gehört, sie hat sich gerade scheiden lassen.«

»Lass lieber die Finger von der. Erstens hat sie ein

Kind, zweitens hat sie einen neuen Typen, einen Zeitungsfritzen. Ich hab mal mit ihm ein paar Worte gewechselt, als er sie abgeholt hat. Sieht aus wie Robbie Williams, gegen so einen haben wir beide keine Chance.«

»Ist eh egal, wer braucht schon Weiber?« Sie hatten mittlerweile den Parkplatz erreicht, Gernot setzte sich hinter das Steuer und Patrick auf den Beifahrersitz. Auf der Fahrt zurück ins Präsidium hielten sie am Drive-in-Schalter eines Fastfood-Restaurants, denn sie hatten noch keine Zeit für ein Mittagessen gehabt, obwohl bereits Nachmittag war.

Zum Teufel mit der Gesundheit, dachte Gernot, als er von seinem Burger abbiss. Die gesunde Lebensweise konnte er morgen wieder aufnehmen. Oder nächste Woche. Oder vielleicht gar nicht. Ihm würde ohnehin niemand eine Träne nachweinen, wenn er den Löffel abgab. Das sollte der Arzt ihm erst einmal vormachen, wie man in so einem Job regelmäßig und gesund essen konnte – nämlich gar nicht. Und das Thema Bewegung war auch so eine Sache. Manchmal lief er den ganzen Tag zu Fuß durch die Gegend, dann saß er wieder tagelang am Schreibtisch vor dem Computer. Doch solange er noch den Fitness-Check bestand, den alle Kripobeamten jährlich absolvieren mussten, konnte es um seine Gesundheit nicht so schlecht stehen, oder?

Zurück im Präsidium schickte er Patrick vor, um Kaffee zu organisieren, während er zuerst zu Steurer und anschließend in die Kriminaltechnik gehen wollte.

Steurer war wie immer beschäftigt, unterbrach aber seine Arbeit und winkte ihn herein. »Gernot, was kann ich für dich tun?«

Er verschränkte die Arme vor der Brust. »Wie du weißt, gehen Patrick und ich schon seit Monaten auf dem Zahnfleisch. Wir schieben Überstunden ohne Ende. Und dann wird ein neuer Kollege eingestellt, doch nicht etwa zu unserer Unterstützung. Stattdessen kriegt ihn Michaela, und ich frage mich, was hat sie, was ich nicht habe. Mir fallen nur Titten ein.«

Steurer runzelte bei Gernots Wortwahl die Stirn. »Das hat vor allem mit ihrer Fähigkeit zu tun, auf Leute einzugehen und ihnen Dinge zu erklären. Ich fand, sie wäre besser geeignet, Matthias einzuarbeiten, als jemand, der die Brüste einer Frau als ›Titten‹ bezeichnet. Aber du hast recht, ich hätte eure Überbelastung mit einrechnen sollen – du kannst Matthias haben.«

Gernot blinzelte irritiert. Das war ja einfach. Er hatte befürchtet, er müsse sich mit Steurer streiten, ordentlich mit der Faust auf den Tisch hauen und dann vielleicht sogar mit der Mitleidstour kommen.

»Sonst noch was?«, fragte Steurer.

»Nein, das war's schon. Danke.« Gernot drehte sich um und verließ das Büro seines Vorgesetzten. Er hatte gerade bekommen, was er wollte, und trotzdem stellte sich kein Triumphgefühl ein. Warum nicht?

Wahrscheinlich, weil es keine Herausforderung gewesen war, sagte er sich. Wenn man ein Wettrennen gewann, an dem nur Krüppel teilnahmen, hatte man zwar einen Sieg errungen, aber trotzdem keinen Grund, stolz darauf zu sein. Egal, Patrick würde sich über die Nachricht freuen.

Und auf ihn hatte der Neue keinen schlechten Eindruck gemacht. Unerfahren, ja. Aber das waren sie alle am Anfang gewesen.

Was hatte Steurer gerade gesagt? Er hatte Matthias Pfistermann Baltzer zugeteilt, weil sie die Fähigkeit besaß, Dinge besser zu erklären und auf Leute einzugehen? Das hatte der Neue aber anders erzählt. Gernot wollte ja nicht behaupten, er wäre ein guter Lehrer, aber den Jungen beibringen, wie der Hase lief, das konnte er sehr wohl. Ihre Erfahrungen mussten sie ohnehin selbst machen, indem sie die Dinge einfach ausprobierten, Fehler begingen, einen auf den Deckel bekamen und daraus lernten. So war es in seinen Anfängen bei der Kripo gewesen und so hielt er es auch heute mit den neuen Kollegen unter seiner Obhut.

Er drückte auf den Rufknopf des Aufzugs und wartete. Als die Tür aufging, stieg er ein und wählte die vierte Etage.

»Und was hat der Boss gesagt?«, war Patricks erste Frage.

»Wir kriegen den Neuen.«

»Cool. War es schwierig, Steurer zu überzeugen?«

»Ich musste mir ganz schön den Mund fusselig reden, bis er zugestimmt hat.« Patrick brauchte nicht zu erfahren, wie leicht die Sache in Wirklichkeit gewesen war.

»Hauptsache, du hattest Erfolg. Kann ich dann nächsten Freitag schon gegen Mittag Schluss machen? Hochzeitstag. Den kann ich nicht wieder versemmeln.«

»War der nicht erst?«, fragte Gernot.

»Ja, vor einem Jahr«, gab Patrick zurück. »Du meinst vielleicht Nadines Geburtstag vor drei Wochen. Als ich bis zehn Uhr abends gearbeitet habe und danach auf der Couch schlafen musste.«

»Ich wusste doch, da war gerade erst was. Na, dann

reservier doch in einem schicken Restaurant einen Tisch für Freitag.«

»Danke, das mach ich. Oder wir fahren gleich übers Wochenende in ein nettes Hotel.«

»Gute Idee. Aber vorher besorgst du uns das Handy aus der Kriminaltechnik.«

»Ich dachte, du wolltest das übernehmen, nach deinem Gespräch mit Steurer.«

»Vergessen.«

Seufzend stand Patrick auf. »Na schön. Brauchen wir sonst noch was von unten?«

»Die Untersuchungsergebnisse – und zwar so schnell wie möglich.«

Nachdem Patrick das Büro verlassen hatte, griff Gernot zum Telefon und wählte Michaela Baltzers Durchwahl. Leider hob nur Vincent ab. »Kommt morgen wieder«, teilte er mit.

»Ist nicht tragisch. Ich wollte nur sagen, dass Matthias Pfistermann jetzt bei uns arbeitet.«

»Sofort?«

»Sagen wir, ab morgen.«

»Gut«, antwortete Vincent und legte auf.

Gernot beschlich ein ungutes Gefühl. Kein Protest, kein Bedauern, weil er sich den neuen Kollegen unter den Nagel gerissen hatte? Hoffentlich würde er die Entscheidung nicht noch bereuen.

Patrick kam mit einem Plastikbeutel zurück, in dem das Smartphone der Studentin steckte. Er legte es auf Gernots Tisch. »Hier. Mehr gibt es derzeit noch nicht aus der Forensik, sie arbeiten aber unter Hochdruck daran, sagen sie.«

»Ja, ja, das heißt es immer. Wenn wir so lahmarschig wären…« Gernot nahm das Handy aus der Plastiktüte. »Ich nehme an, es wurde bereits auf Fingerabdrücke untersucht«, sagte er.

»Ja, und die Daten wurden auch gesichert, wir haben also freie Hand. Ach ja, außerdem ist der Code zurückgesetzt worden. Wir müssen nichts mehr eingeben, nur einschalten.«

Gernot hatte den On/Off-Knopf entdeckt. Ein paar Sekunden lang hielt er ihn gedrückt, ehe der Bildschirm aufleuchtete. »Dann schauen wir mal, mit wem Sabine Volkner an ihrem letzten Abend telefoniert hat.« Er rief die Anrufliste auf. »Jessica Supper hat Sabine um 17:23 Uhr angerufen. Und später noch eine Tamara Biel um 18:02 Uhr.«

Er wählte die Nummer von Jessica Supper, doch niemand antwortete. Er versuchte es bei Tamara Biel und hatte Glück. Beim dritten Läuten hob sie ab. »Hey, Süße, wie geht's?«, fragte eine Frauenstimme.

»Frau Biel?«, sagte Gernot, ohne auf ihre Worte einzugehen.

»Ja. Wer spricht da? Und wie kommen Sie an Sabines Handy?«

»Mein Name ist Gernot Königberg, Landeskriminalamt Wien. Ich wollte Sie fragen, wann Sie Sabine Volkner das letzte Mal gesehen haben.«

»Gestern. Wir waren im Kino. Sie, Jessica und ich. Aber was…? Ist etwas passiert? Landeskriminalamt, sagen Sie. Hat Sabine das Handy verloren?«

»Frau Biel, haben Sie Zeit? Ich möchte das alles nicht gerne am Telefon besprechen«, wich Gernot der Frage der jungen Frau aus.

»Ja, ich habe hier gleich Schluss. Aber was ist denn los?« Leichte Panik schlich sich in Tamara Biels Stimme.

»Das werden Sie bald erfahren. Kommen Sie bitte zu uns ins Präsidium. Je eher, desto besser.« Er gab ihr die Adresse durch und legte dann auf. »So, die Biel kommt her«, informierte er seinen Kollegen.

Patrick blickte auf seine Armbanduhr. »Na, hoffentlich ist sie schnell da. Ich hatte gehofft, zur Abwechslung zum Abendessen zu Hause zu sein.«

»Nach drei Jahren bei der Truppe bist du immer noch so optimistisch?«

»Tja, was soll ich sagen? Ich gebe halt die Hoffnung auf bessere Zeiten nicht auf.«

Während sie auf Tamara Biels Ankunft warteten, erreichte sie Ferreiras Obduktionsbericht per E-Mail. Er enthielt allerdings keine neuen Informationen, die über das hinausgingen, was Patrick ihm bereits mündlich mitgeteilt hatte. Sabine Volkner war aufgrund der Unterbrechung der Blutzufuhr zum Gehirn durch Abdrücken der Halsschlagader getötet worden. Als Zeitraum des Todes gab Ferreira zwischen halb eins und vier Uhr morgens an. Sabine war im Park getötet worden, an der Stelle, an der ein pakistanischer Zeitungsverkäufer ihre Leiche gefunden hatte. Patrick und er hatten mit dem Mann gesprochen, bevor sie ins rechtsmedizinische Institut gefahren waren. Doch viel hatten sie nicht erfahren. Der Pakistaner war durch den Park gegangen, weil das der kürzeste Weg zur U-Bahn-Station war, wo er seine Zeitungen in aller Frühe verkaufte. »Gute Kunden, in der Früh auf dem Weg in Arbeit«, erklärte der Zeuge in gebrochenem Deutsch.

Er habe zunächst nur ein Bündel gesehen und gedacht, es wäre einer der Penner, die häufig im Park übernachteten. Erst als er näher kam, bemerkte er, dass es sich nicht um einen Obdachlosen handelte. »Habe gerufen, Frau soll aufwachen, habe sie geschuttelt, keine Reaktion.«

»Sie haben die Tote also angefasst?«, hatte Patrick nachgefragt.

»Ich habe geruttelt am Arm und Rücken und gefühlt ihren Puls, aber da war nichts. Dann ich rufe die Polizei.«

»Wir brauchen Ihre Fingerabdrücke für einen Abgleich«, hatte Gernot zu dem Mann gesagt, der ergeben nickte. Wahrscheinlich bereute er bereits, die Polizei verständigt zu haben. Nichts als Scherereien, dabei war er bloß ein Zeuge. Kein Wunder, dass die Menschen so wenig Zivilcourage zeigten, wenn sie durch bürokratische Hindernisse erschwert wurde.

Die Freundin des Opfers traf etwa eine Stunde nach dem Telefonat mit Gernot im Präsidium ein.

»Kommen Sie ruhig herein und nehmen Sie Platz«, forderte Gernot Tamara Biel auf.

Zögernd folgte sie seiner Bitte. Man sah ihr an, dass sie sich unwohl fühlte und eigentlich nicht hier sein wollte.

»Frau Biel, zunächst muss ich Sie fragen, in welchem Verhältnis Sie zu Sabine Volkner standen.«

»Wir sind befreundet. Sagen Sie mir jetzt, was los ist? Es ist ihr doch nichts passiert, oder?« Sie blickte von Gernot zu Patrick und zurück.

»Leider doch. Ihre Freundin wurde heute gegen halb fünf in der Früh tot aufgefunden. Wir ermitteln wegen

Mordes. Auf Frau Volkners Handy haben wir gesehen, dass Sie sie am Abend, bevor sie starb, angerufen haben. Worüber haben Sie mit ihr gesprochen? Können Sie uns helfen herauszufinden, was Sabine an diesem Abend gemacht hat? Hatte sie Pläne?«

Tamara Biel schlug die Hand vor den Mund. Ihre Augen füllten sich mit Tränen, und sie schluckte, ehe sie leise antwortete: »Wir waren im Kino, Sabine, Jessica und ich. Ich habe Sabine angeboten, sie mit dem Auto mitzunehmen, aber sie wollte noch auf eine Party.«

»Wo war diese Party?«, fragte Patrick.

»Bei Celia Schenk. Ich kenne sie nur dem Namen nach, sie war wohl eine Studienkollegin von Sabine.«

»Dann wissen Sie auch nicht, ob Frau Volkner tatsächlich dort war?«

Tamara Biel schüttelte den Kopf. »Nein, leider.«

»Und diese Jessica?«

»Die ist nach dem Film heimgegangen, soweit ich weiß.« Ohne Vorwarnung brach Tamara Biel in Tränen aus. Genervt sah Gernot zu Patrick, der die Achseln zuckte, aber immerhin eine Packung Taschentücher über den Tisch schob. Mit Heulsusen war er noch nie gut zurechtgekommen, auch wenn er seine Abneigung gut verbergen konnte.

»Danke«, schniefte die Zeugin, putzte sich die Nase und tupfte die Tränen aus den Augenwinkeln. »Entschuldigen Sie, ich kann es gerade gar nicht glauben, dass Sabine ... sie ist ... war so ein wunderbarer Mensch.«

»Erzählen Sie doch von ihr«, bat Gernot und bemühte sich um einen einfühlsameren Ton.

Tamara blies die angestaute Luft aus ihrer Lunge. »Puh, wo soll ich anfangen?«

»Wie haben Sie sich kennengelernt?«, bot er ihr Hilfestellung.

»Wir kennen uns schon seit der Volksschule, seit damals sind wir auch befreundet. Eine Weile hatten wir uns aus den Augen verloren, bis zu Jessicas zwanzigstem Geburtstag. Jessica ist eine gemeinsame Freundin, auch noch aus Schulzeiten. Sie hatte mich zu ihrer Fete eingeladen und Sabine ebenfalls. Wir haben uns auf Anhieb wieder verstanden. Seither treffen wir uns alle zwei, drei Wochen, um etwas zu unternehmen. Mal zu zweit, mal zu dritt.«

»Hatte Sabine einen Freund? Lebte sie in einer Beziehung?«

»Nein, dafür hatte sie keine Zeit. Sie war sehr ehrgeizig, müssen Sie wissen. All ihre Energie hat sie in ihr Studium gesteckt. Samstags jobbte sie als Verkäuferin. Sie war kein Mauerblümchen oder so, aber sie wollte keine feste Beziehung.«

Gernot machte sich Notizen, während Tamara sprach. »Was studierte Frau Volkner überhaupt?«

»Medizin. Im zehnten Semester. Sie wollte Ärztin werden, den Menschen helfen. Und so war sie. Immer hilfsbereit, immer für einen da, wenn man sie brauchte.«

»Hatte Ihre Freundin Feinde? Jemanden, der ihr schaden wollte, mit dem sie sich gestritten hatte?«

Diesmal dachte Tamara Biel ein wenig länger nach, ehe sie antwortete: »Nein, warum solle ihr jemand etwas antun wollen?«

»Vielleicht ein enttäuschter Ex?«, schlug Patrick vor.

Tamara Biel biss sich auf die Lippen und dachte noch einmal nach. Schließlich sagte sie: »Da gibt es nur Roman, aber ich glaube nicht, dass der ihr etwas angetan hätte. Ach, und sie hat erwähnt, dass sie sich in letzter Zeit irgendwie verfolgt fühlte. Sie blickte ständig über die Schulter, aber da war keiner. Vielleicht wurde sie gestalkt?«

»Hat sie je etwas in diese Richtung angedeutet?«

»Nein, sie hat nie etwas erwähnt, bis gestern. Da sagte sie, sie habe seit Tagen das Gefühl, jemand würde sie beobachten. Deshalb habe ich ihr angeboten, sie nach Hause zu bringen. Ich war ja mit dem Auto da, und es wäre keine große Sache gewesen. Hätte ich doch bloß darauf bestanden!« Ein Schluchzer löste sich aus ihrer Kehle, und sie wischte mit dem zerknüllten Taschentuch erneut über ihre Augen.

»Frau Biel, wissen Sie, wie wir Sabines Angehörige erreichen können?«

Tamara Biels Blick wurde hart. »Sie wollte mit ihren Eltern nichts zu tun haben, aber das ist eine andere Geschichte.«

»Wir müssen sie trotzdem verständigen. Wenn Sie uns also helfen könnten, sie zu finden ...«, blieb Gernot hartnäckig.

»Haben Sie etwas zum Schreiben?«

Er schob ihr einen Zettel und einen Kugelschreiber hin. Sie kritzelte einen Namen und eine Adresse auf das Papier. »Hier. Soweit ich weiß, wohnen sie immer noch dort.«

Gernot bedankte sich. Er stellte ein paar weitere Fragen, merkte aber, dass Tamara Biel erschöpft war, sodass er sie schließlich mit der Bitte entließ, sich zu melden, wenn ihr noch etwas einfallen sollte, egal, wie unwichtig es ihr erscheinen mochte. Dann gab er ihr seine Visitenkarte, und sie verließ das Büro. Fast zwei

Stunden hatten sie mit der Zeugin gesprochen und zumindest ein paar neue Einblicke gewonnen.

Gernot schickte seinen Kollegen nach Hause. »Du schaffst es vielleicht nicht mehr zum Abendessen, aber wenn du dich beeilst, kannst du wenigstens noch deinen Kindern Gute Nacht sagen.«

»Und es macht dir wirklich nichts aus?«

»Hau schon ab. Wir sehen uns morgen.«

Nachdem Patrick gegangen war und er das Büro für sich allein hatte, machte Gernot sich daran, den Obduktionsbericht ein zweites Mal zu lesen. Anschließend übertrug er seine handschriftlichen Notizen von Tamara Biels Aussage in den Computer. Bis er mit allem fertig war, zeigte die Uhr nach neun. Keine ungewöhnliche Zeit für ihn. Es kam öfter vor, dass er so lange arbeitete, und es störte ihn nicht. Er hatte schließlich niemanden mehr, der mit dem Abendessen auf ihn wartete oder darauf, dass er Gutenachtgeschichten erzählte. Das Leben hatte andere Pläne für ihn gehabt. Es war müßig, der Vergangenheit nachzutrauern, die Zeit ließ sich ohnehin nicht zurückdrehen.

Einen Trost hatte er: Er war nicht der Einzige, dem es in dem Job so erging. Es gab natürlich auch Ausnahmen. Steurer, zum Beispiel. Der war auch nicht gleich als Chef geboren worden, sondern hatte sich emporgearbeitet. Er kannte die Ermittlungsarbeit, wusste nicht nur in der Theorie, worauf es ankam, sondern auch, wie es in der Praxis lief. Wahrscheinlich war er deshalb bei den meisten Mitarbeitern der Abteilung so beliebt. Jedenfalls war Steurer bereits über fünfundzwanzig Jahre verheiratet – glücklich, wie er immer betonte.

Patrick hatte es immerhin geschafft, zehn Jahre verheiratet zu bleiben. Aber viele andere mit intakten Beziehungen fielen Gernot nicht mehr ein. Gut, das mochte auch daran liegen, dass er die meisten Mitarbeiter zu wenig kannte. Egal, ihm gefiel das weit verbreitete Klischee des Ermittlers vom einsamen Wolf.

Auf ein Abendessen verzichtete er, sozusagen als Buße für den Burger, stattdessen trank er zwei Flaschen Bier vor dem Fernseher, ging dann gegen dreiundzwanzig Uhr zu Bett und schlief tief und traumlos bis zum nächsten Morgen.

## KAPITEL 11

Eigentlich entdeckte Prometheus sein nächstes Opfer eher zufällig. Aber es kam ihm wie Vorsehung vor. Er hatte einen Termin beim Zahnarzt. Bei der Anmeldung stand jemand vor ihm. Roger Kienast, selbstständig. Prometheus erfuhr alle wichtigen Daten, von der Adresse über die Versicherungsnummer bis zum Geburtsdatum, ohne dafür etwas tun zu müssen. Während er wartete, bis er in den Behandlungsraum gerufen wurde, beobachtete er den Mann. Und später, auf dem Zahnarztstuhl, kreisten seine Gedanken unablässig darum, ob Roger Kienast wohl Mephistos Studentin übertreffen konnte. Am Ende der Behandlung war er zum Schluss gekommen, dass die Antwort »Ja« lautete, er aber noch weitere Nachforschungen anstellen müsste, um ganz sicherzugehen, dass die Herausforderung auch groß genug wäre, um Mephistopheles zufriedenzustellen. Wobei er sich langsam fragte, ob er es überhaupt jemals schaffen würde, Mephistos Ansprüchen gerecht zu werden. Er schien immer ein Haar in der Suppe zu finden, egal, wie sehr sich Prometheus auch anstrengte. *Hör auf zu jammern*, befahl er sich selbst ärgerlich. Natürlich hatte Mephisto immer etwas auszusetzen, schließlich war die Perfektion sein Ziel – und ihm sollte ebenfalls nichts Geringeres genügen.

Er gab sich nicht der Illusion hin, er wäre bereits vollkommen. Er war zwar schon verdammt nah dran, aber Mephistopheles war ihm eben immer einen Schritt voraus. Er sollte dankbar sein für die Gelegenheit, etwas dazuzulernen. Das Problem war nur, dass Soziopathen generell nie Dankbarkeit empfanden. Sie konnten lediglich so tun als ob. Das beherrschte auch er gut. Überhaupt war er ein Meister der Täuschung. Niemand in seinem Umfeld, weder seine Nachbarn noch seine Kollegen oder Freundin ahnten, wer oder was er wirklich war. Er gab sich als freundlicher Zeitgenosse, den man im Hausflur grüßte, mit dem man ein paar belanglose Worte wechselte, von dem man sich Zucker oder Eier leihen konnte und der auch mal ein Paket annahm, wenn man nicht zu Hause war; jemand, dem man vertraute, den man um Rat fragen konnte und bei dem man das Gefühl hatte, er interessiere sich für seine Mitmenschen. Zumindest der letzte Punkt war keine Show. Prometheus hörte wirklich zu, wenn jemand ihm etwas erzählte. Und das Interesse war nicht mal geheuchelt, denn er wollte wirklich viel über seine Gesprächspartner erfahren, allerdings aus einem wenig noblen Grund. Bei jeder Information, die er erhielt, überlegte er, ob sie ihm nützlich sein könnte. Und tatsächlich stellte sich heraus, dass das meiste in irgendeiner Form verwendbar war, und sei es nur, um sein Gegenüber besser für die eigenen Zwecke manipulieren zu können.

Als er vom Zahnarzt heimkam, fuhr er als Erstes den Computer hoch. Er gab in die Suchmaschine den Namen Roger Kienast ein, und als er beim Anklicken der ersten Links merkte, welchen Fisch er da ganz unabsichtlich – oder war es unbewusst gewesen? – an Land gezogen hatte, machte sich leichte Aufregung in ihm breit. Kienast war ein erfolgreicher Geschäftsmann, ein Jungunternehmer, der ein Start-up gegründet hatte und damit sogar im Fernsehen aufgetreten war. Der Name und das Gesicht sagten ihm nichts. Aber von dem Produkt, einem neuartigen, natürlichen Klebstoff, den man sogar für Lebensmittel verwenden konnte, hatte er bereits gehört.

Roger Kienast war so ziemlich das Gegenteil seines ersten Opfers. Er war häufig auf Partys oder Events unterwegs, hatte Termine, war beliebt und würde sicherlich vermisst werden, wenn er verschwand.

Eines der vielen Fotos zeigte ihn mit seinen Eltern, rechts der Vater, links die Mutter. Beiden war der Stolz auf ihren Sprössling anzusehen. Eine Vorzeigefamilie wie aus dem Bilderbuch. Prometheus hätte bei so viel Harmonie kotzen können. Ja, je länger er sich mit Roger Kienast beschäftigte, desto überzeugter war er, dass er sein nächstes Opfer vor sich hatte – allein schon, um diese Eintracht, dieses friedliche Bild, dieses ach so erfüllte Leben zu zerstören.

Wie leicht Roger Kienast – oder vielmehr das Internet – es ihm doch machte. Zwei Stunden später hatte Prometheus dank der sozialen Medien das Gefühl, Roger Kienast zu kennen, als wäre er ein Freund. Prometheus wusste, welche politische Gesinnung Kienast hatte, dass er sich für den Tierschutz engagierte und Geld an eine Organisation spendete, die Flüchtlinge unterstützte. Kienast las Motivationsbücher, ging häufig ins Kino. Vor rund acht Monaten hatte er seinen Beziehungsstatus auf »in einer Beziehung« geändert und vor drei Wochen hatte er sich mit einer Frau namens Annika Biske verlobt. Nun, wie es aussah, würde Kienast seine Hochzeit nicht mehr erleben.

Seinen letzten Urlaub hatte er mit Annika in Neuseeland verbracht. Durch die zahlreichen Fotos hatte Prometheus beinahe das Gefühl, dabei gewesen zu sein. Vielleicht sollte er auch einmal nach Neuseeland reisen, die Gegend gefiel ihm.

Eine weitere Stunde später wusste er, wo er Kienast demnächst würde antreffen können, und in seinem Kopf entstand ein vager Plan, wie er ihn in seine Gewalt bringen und töten konnte. Es blieben ihm nur einige Tage für die Entwicklung einer Strategie, für die Planung und die Durchführung der Tat. Nicht sehr viel Zeit, aber doch ausreichend, um die Fehler zu vermeiden, die ihm bei der Nutte unterlaufen waren. Diesmal würden keine Spuren zurückbleiben. Zumindest keine unabsichtlichen.

Bei seinem ersten Mord war er seinem Nicknamen nicht gerecht geworden, aber er war von der Situation gleichermaßen überrascht wie überfordert gewesen. Spontanität lag ihm einfach nicht, das hätte er bedenken und berücksichtigen müssen, aber es war eben sein erstes Mal gewesen. Er hatte Glück gehabt. Mit jeder weiteren Tat würde es schwieriger werden, das wusste er. Die Ermittler waren nicht auf den Kopf gefallen, sie würden Parallelen entdecken. Aber solange sie nicht herausfanden, wer die Morde verübt hatte, konnte er sich beruhigt zurücklehnen und zusehen, wie sie sich abmühten, ein Phantom zu jagen. Sie würden ihn nie finden, dafür sorgte er schon.

Michaela Baltzers Nacht war kurz gewesen. Am Abend hatte sie lange gearbeitet, weil ja ohnehin niemand auf sie wartete. Der Vorsatz, nicht in alte Muster zu verfallen, hatte nicht lange gehalten. Es war eben einfacher gesagt als getan. Beim Verlassen des Präsidiums, bevor sie in ihr Auto stieg, stellte sie voller Genugtuung fest, dass es noch andere gab, die auch kein Ende fanden, zum Beispiel Gernot. In seinem Büro brannte Licht, und er lief trotz der späten Uhrzeit geschäftig hin und her.

Als sie endlich zu Hause war, telefonierte sie kurz mit Valerie, um zu fragen, wie es ihr ging. Sie selbst konnte keine Neuigkeiten zu dem Gespräch beisteuern. Danach rief sie Bernd an, mit dem sie fast zwei Stunden sprach. Ihre Gespräche verliefen immer nach dem gleichen Muster. Die ersten Minuten vergingen schleppend, weil keiner von ihnen so recht wusste, worüber sie sprechen sollten. Einer fragte, wie es dem anderen ging, der antwortete mit »Gut«... Small Talk eben. Erst als Bernd wissen wollte, ob es Fortschritte bei ihrem Fall gab, sprudelte es aus ihr heraus. Sie erzählte von den DNA-Ergebnissen und den fehlenden Übereinstimmungen. Sie berichtete von ihrem neuen Kollegen, der hinter ihrem Rücken in ein anderes Team wechseln wollte, und dass sie ihm bestimmt keine Steine in den Weg legen würde, so wie er sich benahm.

Auch Bernd taute auf, hatte Ideen und ließ Michaela

an seinen Überlegungen zu dem Täter teilhaben. Es war fast wie früher.

»Schick mir doch die Fotos vom Tatort und der Leiche per Mail«, schlug er vor. »Und den Bericht von Ferreira und alles, was du sonst noch hast«, fügte er hinzu.

»Aber du sollst dich doch erholen. Und wieder auf die Beine kommen«, wandte Michaela ein.

»Das passiert bestimmt nicht, wenn ich vor Langeweile sterbe. Klar, ich habe meine Therapien, und ich will gar nicht behaupten, sie würden nichts bringen, aber zusätzlich zu den körperlichen Übungen brauche ich einfach eine geistige Herausforderung.«

»Aber du versprichst mir, dass du dich nicht überanstrengst.«

»Versprochen. Michaela ...?«

»Ja?«

»Ach, nicht so wichtig. Pass auf Valerie und auf dich auf.«

»Mach ich«, antwortete sie und konnte sich des Gefühls nicht erwehren, dass Bernd eigentlich etwas anderes hatte sagen wollen.

Bis weit nach Mitternacht scannte sie die Fotos und Berichte für Bernd ein und schickte ihm schließlich das Gewünschte.

Danach ging sie zu Bett, wälzte sich aber nur von einer Seite auf die andere. Zu viele Gedanken kreisten in ihrem Kopf. Der Fall, Bernds Gesundheitszustand, die Frage, was er ihr hatte sagen wollen, als er sich unterbrach und meinte, es wäre nicht wichtig. Und auch die Überlegung, ob es vielleicht ein Zeichen war, dass Bernd und sie offenbar nur dann unbefangen miteinander umgehen konnten, wenn sie über die Arbeit sprachen.

Irgendwann war sie dann doch eingeschlummert, aber erholt fühlte sie sich nicht, als es Zeit zum Aufstehen war. Sie duschte ausgiebig, zuerst heiß und dann kalt – etwas, das sie endlich wieder tun konnte, seit Valerie in der Früh nicht mehr Michaelas Bad okkupierte. Immerhin ließ danach der Druck im Kopf ein wenig nach. Sie nahm sich die Zeit, Make-up aufzulegen. Damit kaschierte sie dieses Mal nicht nur die Narbe auf ihrer Braue, sondern auch die dunkeln Ringe unter den Augen.

Auf dem Weg in die Arbeit fiel ihr ein, dass Doris zugesagt hatte, heute wieder zum Dienst zu erscheinen. Jonas, ihrem Sohn, ginge es so weit wieder besser, auch wenn er noch nicht in den Kindergarten gehen konnte. Sie habe Clemens an seine Vaterpflichten erinnert und ihn dazu verdonnert, sich den Rest der Woche Urlaub zu nehmen.

Die Aussicht, dass ihre Kollegin wieder da wäre, hob Michaelas Laune beträchtlich. Auch wenn es immer wieder mal Reibereien und Meinungsverschiedenheiten zwischen ihnen gab – nicht zu vergessen Doris' Fahrweise, die Michaela regelmäßig Schweißausbrüche bescherte –, so hatte sie ihre Kollegin doch richtig vermisst. Doris hatte oft einen ganz eigenen Blick auf die Dinge und würde neuen Schwung in die Ermittlungen bringen, da war sich Michaela sicher.

Als sie in ihrem Büro ankam, saß Vincent schon an seinem Schreibtisch, Matthias' Tisch war hingegen leer geräumt.

»Na, was ist da los?«, fragte sie.

Vincent zuckte mit den Schultern. »Ist jetzt bei Königberg.«

»Yes!«, rief Michaela aus. »Dem weine ich keine Träne nach. Scheint, als wäre ein Glückstag für uns. Doris hat auch gesagt, dass sie heute wiederkommt.«

»Endlich«, brummte Vincent. Zumindest meinte Michaela, das verstanden zu haben. Auf jeden Fall sprach Vincents zufriedener Gesichtsausdruck Bände.

Doris betrat das Büro eine halbe Stunde nach Michaela. Sie hängte ihren Mantel auf den Garderobenständer, warf ihre Handtasche auf den Tisch und lief zuerst zu Vincent und dann zu Michaela, um beide zu umarmen. »Ist das schön, wieder da zu sein.«

»Sag bloß, du hast dich zu Hause gelangweilt.«

Doris verdrehte die Augen. »Und wie! Ich sag euch, ein krankes Kind ist wie eine Strafverschärfung. Ich meine, Jonas ist so schon sehr anhänglich, aber wenn er Fieber hat, klebt er an mir wie eine Klette. Ich war froh, dass Max mich unterstützt hat, ich hätte sonst nicht mal auf die Toilette gehen können.«

»Wie läuft es denn mit Max und dir?«, wollte Michaela wissen. Max war Doris' neuer Freund. Sie hatten sich im Sommer bei einem Autorennen kennengelernt. Zwei Autofreaks und Geschwindigkeitsjunkies, da hatte es natürlich nicht lange gedauert, bis sie sich ineinander verliebt hatten. Einzig, dass Max für eine bekannte Tageszeitung arbeitete, hatte Doris zögern lassen, denn eigentlich konnte sie Pressetypen nicht ausstehen. Doch offenbar hatte Max mehr Vorzüge als Fehler. Er ließ sich nicht von ihr abwimmeln und überredete sie, mit ihm auszugehen, und schließlich hatte sie ihre anfänglichen Bedenken abgelegt. Wie es aussah, war das die richtige Entscheidung gewesen. Max tat ihr gut, sie lachte wieder und war rundum glücklich. Auch mit Jonas verstand er sich auf Anhieb. Clemens, Doris' Ex, fürchtete offenbar, dass der Neue ihm seinen Rang bei Jonas ablaufen könnte, deshalb gab er sich nach anfänglichen Eifersüchteleien nun richtig Mühe mit dem Jungen. Abgesehen davon sah Max aus wie ein Model und passte auch optisch zu der elfengleichen Doris. Die beiden gaben einfach ein Traumpaar ab, zumindest war das Michaelas Eindruck, als sie ihn einmal von Weitem gesehen hatte.

»Alles bestens«, antwortete Doris auf Michaelas Frage. Dann grinste sie und streckte ihre linke Hand vor, an deren Ringfinger ein dreifach geschlungener goldener Ring steckte.

»Oh, wie schön. Ist es das, wofür ich es halte?«

»Ja, Max und ich haben uns verlobt. Ich weiß, wir kennen uns noch nicht sehr lange, aber worauf soll ich denn warten? Er ist perfekt, er liebt mich, er liebt Jonas, er findet meinen Job gut...«

»Ich glaube, es kommt gar nicht darauf an, wie lange, sondern wie gut man sich kennt«, antwortete Michaela und musste daran denken, dass man manche Menschen nicht mal nach drei Jahren Beziehung kannte. Zumindest war es ihr mit ihrem Ex so ergangen, sonst hätte sie Saschas Ankündigung an ihrem dritten Jahrestag, er wolle eine Beziehungsauszeit nehmen, wohl nicht so überrumpelt. Heute war sie froh, dass alles so gekommen war. Sie und Sascha wären niemals glücklich miteinander geworden. Nicht nur das, wahrscheinlich wäre sie auch beruflich nicht so weit, wie sie heute war, wenn sie auf einen Lebensgefährten Rücksicht hätte nehmen müssen. Und wieder fiel ihr Bernd ein. Eigentlich war sie der geborene Single. Sie hatte zu lange allein gelebt, um sich anzupassen. *Nein, stimmt nicht*, protestierte leise eine Stimme in ihr. *Was ist mit Valerie? Mit ihr hast du dich auch arrangiert, hast dein Leben auf ihre Bedürfnisse abgestimmt – und du hast es genossen, dass sie bei dir gewohnt hat. Tja, und gib es zu, es gefällt dir nicht, dass sie jetzt nicht mehr bei dir ist, sondern wieder daheim lebt.*

Ja, das stimmte alles. Nur was Bernd anging, war sie sich immer noch unschlüssig. Es gab Zeiten, da fühlte es sich wie Liebe an. Und dann wieder gab es Momente wie am Abend zuvor, als sie nicht einmal wusste, worüber sie sich mit ihm unterhalten sollte, als wären sie zwei Fremde.

»Michaela?« Doris stupste sie an. »Träumst du?«

»Oh, entschuldige, ich war in Gedanken. Was hast du gesagt?«

»Dass wir zur Morgenbesprechung müssen. An wen hast du gedacht? An Bernd?«, fragte ihre Kollegin grinsend.

Michaela merkte, dass sie ein wenig rot wurde. »Auch. Ich habe überlegt, ob ich ihn besuchen soll.«

»Unbedingt.«

»Starke Schuhe hast du da übrigens, sind die neu?«

Michaela blickte an sich hinunter. Es war eine richtig gute Entscheidung gewesen, sie zu kaufen. »Ja, und sie passen, als wären sie maßgeschneidert.«

# KAPITEL 12

Während Michaela und Doris zu Fuß in den Konferenzraum hinuntergingen, nahm Vincent den Aufzug. Trotzdem waren sie schneller als er.

Im Besprechungszimmer waren die meisten Kollegen bereits versammelt. Sie standen in Gruppen, plauderten zwanglos miteinander, andere saßen bereits auf den Stühlen. Matthias sah schnell in eine andere Richtung, als Michaela ihn entdeckte. Feige war er also auch.

»Das da drüben ist der Neue«, flüsterte Michaela Doris zu.

»Sieht eigentlich ganz umgänglich aus.«

»Das kannst du nur sagen, weil du mit ihm bis jetzt nichts zu tun hattest«, gab Michaela zurück.

»Schade eigentlich. Den hätte ich gerne kennengelernt«, meinte Doris.

Michaela wurde einer Antwort enthoben, denn Steurer betrat den Raum und setzte sich. Die Gespräche verebbten, alle nahmen ihre Plätze ein.

Steurers Hemd erinnerte an Weihnachten, rote und grüne Kästchen – allerdings rund zwölf Wochen zu früh.

»Guten Morgen«, begrüßte er sie und ging dann zur Tagesordnung über. Wie immer berichteten die einzelnen Teams von ihren Ermittlungsständen. Dieser Austausch war immens wichtig, denn häufig brachten die Kollegen neue Ideen oder Ansätze ein.

Michaela gab einen kurzen Überblick über die DNA-Ergebnisse. »Leider gibt es auch hier keine Übereinstimmungen im System. Eigentlich stehen wir wieder am Anfang«, beendete sie ihre Ausführungen und versuchte, nicht allzu frustriert zu klingen.

Nach ihr war Gernot dran. »Wir stehen tatsächlich gerade am Anfang. Sabine Volkner war im Kino. Laut ihrer Freundin wollte sie danach auf eine Party. Ob sie dort war, müssen wir noch klären. Wir konzentrieren uns als Nächstes auf das eingeritzte Zeichen. Es muss schließlich eine Bedeutung haben.«

Steurer nickte. »Noch eine Info für alle: Matthias Pfistermann arbeitet ab sofort mit Gernot und Patrick zusammen. Nun denn, an die Arbeit«, schloss er und beendete die Besprechung.

Zurück in ihrem Büro fasste Michaela für Doris den Fall zusammen.

»Okay, das heißt, wir sind in einer Sackgasse«, stellte Doris pragmatisch fest.

»Sieht so aus. Ich habe keine Idee, was wir noch tun, wen wir noch befragen können oder was wir übersehen haben.«

Demonstrativ nahm sie alle Bilder und Zettel von der Pinnwand. Wenn sie schon zurück an den Start mussten, dann richtig.

Sie nahm die Fotos vom Fundort in die Hand. »Doris, fährst du mit mir auf den Kahlenberg?«

»Sicher, gerne. Was wollen wir da genau?«

»Was wir immer als Erstes tun. Wir sehen uns den Tatort an, oder vielmehr den Fundort.«

Vincent, der nach der Morgenbesprechung noch einen Abstecher in die Kantine unternommen hatte und gerade zurückkam, sah sie fragend an, als sie sich bereit zum Aufbruch machten. »Ich habe gerade auf ›Reset‹

gedrückt«, erläuterte Michaela. Er nickte bloß zustimmend. Das war das Schöne an diesem Team. Vincent und Doris wussten auch ohne große Erklärungen, was sie meinte. »Vielleicht kannst du einstweilen den Obduktionsbericht durchgehen?«

»Klar.«

Eigentlich hätte Michaela frustriert sein müssen, weil sie noch mal von vorne anfingen. Alles, von der Tatortbesichtigung über die Wohnungsbegehung bis hin zu den Zeugenbefragungen musste wiederholt werden. Stunden über Stunden an Arbeit waren umsonst gewesen, und nicht nur das, sie würden noch einmal genauso viel Zeit investieren müssen Doch anstatt enttäuscht zu sein, fühlte sie sich regelrecht beflügelt. Sie hatte das Gefühl, dass jetzt alles so war, wie es sein sollte.

Auf dem Weg zum Parkplatz maulte Doris, weil Michaela wieder die Treppe nahm.

Michaela gab keine Antwort und lächelte nur.

»Was gibt's denn da zu lachen?«, fragte Doris.

»Eh nichts. Ich bin nur froh, dass du wieder da bist. Ich hab dich echt vermisst.«

Michaela revidierte ihre Meinung, als Doris in einem Höllentempo die Kurven auf den Kahlenberg hinauffuhr. Doch sie erinnerte sich an Matthias' Fahrstil und ihren Schwur, nicht über Doris' Fahrkünste zu schimpfen, deshalb verkniff sie sich jede Bemerkung, hielt sich am Griff fest und betete stumm, dass ihnen kein Fahrzeug entgegenkam. Erst als Doris den Motor abstellte und sie beide ausgestiegen waren, atmete sie auf.

»Schön hier«, sagte Doris und drehte sich um die eigene Achse. »Wien hat schon ein paar grandiose Flecken.«

»Ja. Nur schade, dass die Idylle durch eine Leiche getrübt wurde. Wusstest du, dass es hier Wildschweine gibt?«

»Echt? Und ich habe meine Dienstwaffe nicht dabei. Du etwa?« Doris blickte sich alarmiert um.

»Nein. Aber ich glaube, die kommen nur in der Dämmerung.« Michaela lief vor zu dem Platz, an dem die Leiche von Maria Koci gelegen hatte. Dort ging sie in die Knie, holte die Fotos des Opfers heraus und legte sie auf den Boden.

»Ist nicht ganz so wie damals, aber es wird auch so gehen müssen«, stellte Michaela fest, nachdem sie sich wieder aufgerichtet hatte und die Fotos samt der Umgebung auf sich wirken ließ.

»Harald hat mit seinem Team die Spuren gesichert. Ferreira war da. Er meinte, dass Tiere sie angefressen haben.«

»Aber die Hand nicht«, stellte Doris fest.

»Nein, die Hand wurde abgetrennt. Mit einem Taschenmesser oder so. Auf jeden Fall dilettantisch.«

»Und der Mörder hat die Hand wieder mitgenommen?«

Michaela blickte Doris erstaunt an. »Keine Ahnung.«

»Vielleicht hat er sie vergraben? Ich würde nicht mit einer Hand durch die Gegend spazieren wollen.«

»Ich auch nicht. Aber ich fürchte, wir sind kein Maßstab. Kann ja sein, dass der Täter ein Erinnerungsstück haben wollte.«

»Hm, dafür hätte er ein Ohr oder einen Finger nehmen können. Das wäre einfacher gewesen, zumal er ja auch kein geeignetes Werkzeug dabeihatte«, überlegte Doris laut.

Michaela musste ihrer Kollegin recht geben. Wenn es dem Täter um eine Trophäe gegangen wäre, hätte er es sich leichter machen können. Es musste also einen anderen Grund geben, warum er die Hand abgetrennt hatte – warum er gerade diese Hand und nicht die andere genommen hatte. Ein Bild schob sich vor ihr inneres Auge. Sie sah Maria. Sie wehrte sich, riss sich los, lief davon, doch er holte sie ein. Nein, Ferreira hatte gesagt, sie wäre nicht hier umgebracht worden. Vielleicht im Auto. Ja, wahrscheinlich sogar. Er lässt sie einsteigen, bringt sie an einen einsamen Ort, würgt sie, sie kämpft um ihr Leben, die Nägel, sie sind scharf, spitz, fast wie Waffen. Sie beißt, kratzt...

»Maria hat ihn verletzt, unter ihren Nägeln war seine DNA, deshalb hat er ihr die Hand abgetrennt«, sagte Michaela.

»Klingt schlüssig. Was würdest du mit der Hand machen?«

»Verbrennen«, antwortete Michaela wie aus der Pistole geschossen.

»Das oder verfüttern.«

»Du spinnst. Wer frisst denn eine menschliche Hand?«, fragte Michaela und stockte. Sie und Doris sahen sich an und wussten, dass sie das Gleiche dachten. »Tiere«, sprach Michaela den Gedanken aus. Verdammt, gleich nachdem die Leiche gefunden wurde, hätten sie vielleicht noch eine Chance gehabt, die Hand zu finden. Falls der Mörder sie wirklich einfach irgendwo hier im Wald weggeworfen und den Tieren überlassen hatte.

»Glaubst du, wir finden sie jetzt noch?«

Michaela dachte an den Zustand der Leiche, an den Tierfraß. Dabei hatte sie bloß ein paar Stunden hier gelegen. »Höchstens abgenagte Knochen. Es ist schon zu lange her. Und wer weiß, wo die überall verstreut sind.«

»Aber wir werden sie trotzdem suchen.«

»Wir können es nicht *nicht* tun«, antwortete Michaela und zückte ihr Handy. Es gab jemanden, der sie bei solch einem aussichtslosen Unterfangen unterstützen würde. Jemand, auf den sie immer zählen konnte.

»Wen rufst du an?«, wollte Doris wissen.

»Harald. Er soll mit seinem Team herkommen.«

»Hat er zufällig einen Leichensuchhund?«, witzelte Doris.

»Nein, aber wenn ich schon dabei bin, kann ich Steurer auch gleich anrufen und ihn fragen, ob wir einen anfordern dürfen.« Er würde sie wahrscheinlich für verrückt erklären, aber sei's drum, damit konnte sie leben. Sie hatte ohnehin den Ruf, ein wenig ... unkonventionell zu sein. Und mehr als sich eine Absage einzuhandeln, konnte ja nicht passieren. Einen Versuch war es wert.

Harald fragte sie direkt, ob sie jetzt völlig durchgeknallt sei. »Falls du recht haben solltest ...«, fing er an, doch sie unterbrach ihn. »Wenn ich recht habe, dann sind wir ein ganzes Stück weiter. Komm schon, Harald. Allein können Doris und ich schwer den ganzen Wald absuchen.«

Als sie ihn laut seufzen hörte, wusste sie, dass sie gewonnen hatte. »Also gut. Nicht, dass es nachher heißt, wie hätten etwas übersehen.«

»Danke!«, rief sie und legte auf. Hoffentlich würde Steurer ähnlich positiv reagieren.

Leider erfüllte sich Michaelas Wunsch nicht. »Das kann ich nicht befürworten. Die Kosten stehen in keiner Relation zum Nutzen«, sagte er, nachdem sie ihm ihren Wunsch dargelegt hatte.

»Wenn wir was finden, schon. Vielleicht ist es das entscheidende Indiz, um den Täter zu überführen. Genau genommen können wir es uns gar nicht leisten, nicht nach der Hand zu suchen.«

Steurer sagte eine Weile nichts, er dachte wohl nach. Michaela merkte, dass er hin- und hergerissen war; einerseits war die Chance, die Hand zu finden, ziemlich klein – sie wussten ja nicht einmal mit Sicherheit, ob der Täter sie überhaupt in der Gegend abgelegt hatte. Andererseits hatte Michaela schon häufig den richtigen Riecher bewiesen, und Steurer wusste ganz genau, dass eine Suche ohne Hund erst recht aussichtslos wäre.

»Und du glaubst, die Forensiker hätten die Hand übersehen?«

»Ich glaube, dass sie nicht weiträumig genug gesucht haben. Harald kommt auch noch einmal hierher. Wer weiß, vielleicht hat ein Tier die Hand in seinen Bau geschleppt. Deshalb brauchen wir ja einen Suchhund, der auf Leichenteile spezialisiert ist, sonst finden wir sie nie.«

Steurer seufzte. »Na gut, ich sehe, was ich machen kann.«

»Danke!«, rief Michaela. Eine solche Aussage von Steurer war schon so gut wie eine Genehmigung. Er fand meistens Mittel und Wege, um seine Wünsche – und die seiner Mitarbeiter – durchzusetzen. Wie er das anstellte, wollte Michaela gar nicht wissen, wahrscheinlich hatte er schon Dutzende Male seine Seele verkauft und war mindestens ebenso oft anderen irgendwelche Gefallen schuldig. Niemand konnte behaupten, Steurer würde sich nicht für die Belange seiner Mitarbeiter einsetzen.

Doris und sie setzten sich ins Auto, um auf Haralds Truppe und auf Steurers Rückruf zu warten. Michaela drehte das Radio auf und suchte einen Nachrichtensender.

»Wir hätten etwas zu essen mitnehmen sollen«, klagte Doris. Sie hatte immer Hunger. Unglaublich, dass sie mit ihrem Appetit so zierlich blieb, aber Michaela vermutete, dass ihr Sohn sie ziemlich auf Trab hielt. Außerdem konnte Doris nur schwer stillsitzen und war ständig in Bewegung. Wahrscheinlich war das das Geheimnis ihrer guten Figur trotz ihres gesegneten Appetits.

»Ich habe nicht damit gerechnet, dass wir so lange bleiben. Ich habe ein paar Müsliriegel und Mineralwasser, wenn du willst«, bot sie an. Sie hatte sich schon vor langer Zeit angewöhnt, immer ein paar Snacks und Wasser einzupacken. So war sie für alle Fälle gerüstet und konnte zur Not durcharbeiten, wenn es sein musste sogar die ganze Nacht.

»Gerne. Jetzt wegfahren, um etwas zu kaufen, wäre auch unsinnig.«

Da war Michaela mit Doris einer Meinung, deshalb teilte sie die Riegel auf und reichte Doris eine Flasche Mineralwasser. Michaela wollte gerade von ihrem Riegel abbeißen, als ihr Handy klingelte. Es war Steurer. »Ich habe so ziemlich alle Hebel in Bewegung gesetzt, du bekommst deinen Hund.«

»Yes! Danke, Werner, du bist eine Wucht«, rief sie erfreut.

»Die Sache hat allerdings einen Haken«, fuhr er fort. Sofort wurde Michaela misstrauisch. »Welchen?«

»Die Aktion wird gefilmt werden.«

»Nicht dein Ernst, oder?«

»Doch. Es ist die einzige Möglichkeit. Eigentlich war die Dokumentation über die Suchhunde schon vor vier Wochen geplant, doch da wurde Sheila, also unser Hund, bei dem Erdbeben in Somalia gebraucht. Du hast Glück, die Anfrage kam zum richtigen Zeitpunkt, denn sie hatten gerade überlegt, wo gedreht werden soll. Und als ich mein Anliegen vortrug, waren alle Feuer und Flamme.«

»Schön für alle, aber ich bin es nicht. Wir führen hier eine Mordermittlung durch.«

»Dann sieh es halt als True-Crime-Dokumentation an. Entweder die Kameras sind dabei, oder der Hund sucht irgendwo in Neunkirchen nach einer Attrappe. Medienwirksamer ist natürlich Ersteres. Und auch wenn du nicht begeistert bist, so hätten zumindest alle etwas davon.«

Michaela schnaubte, wusste aber, dass sie keine Wahl hatte, wenn sie diesen Suchhund haben wollte.

»Na schön, wenn es sein muss, dann mit Kameras. Ich hoffe aber, sie filmen nur den Hund.«

»Der ist auf jeden Fall der Hauptdarsteller.«

»Wann tanzen die hier an?«, wollte Michaela wissen.

»Gegen zwei.«

Michaela blickte auf die Uhranzeige. Es war gerade erst Mittag. Vielleicht sollten Doris und sie doch irgendwohin zum Essen fahren.

Sie verabschiedete sich von Steurer. Ihre Kollegin, die ja bloß einen Bruchteil der Unterhaltung mitbekommen hatte, sah sie neugierig an. Michaela berichtete ihr von Steurers Angebot. »Wir kommen ins Fernsehen?«

Warum klang Doris überhaupt nicht ungehalten, sondern eher aufgeregt?

»Na ja, primär der Hund. Sie drehen eine Dokumentation über Suchhunde.«

»Cool!«

Michaela war sich sicher, dass Valerie es ebenfalls *cool* gefunden hätte. Offenbar war sie die Einzige, die sich daran störte.

Doris schien ihren unglücklichen Gesichtsausdruck bemerkt zu haben, denn sie sagte: »Keine Sorge, das wird bestimmt klasse.«

»Aber ich ... ich weiß überhaupt nicht, was ich tun und was ich sagen soll. Ich hasse es ja schon, fotografiert zu werden. Und die kommen mit Filmkameras!« Sie konnte sich nicht gegen den Anflug von Panik in ihrer Stimme wehren.

»Sei einfach du selbst, sei ganz natürlich.«

»Du hast leicht reden, du siehst auf jedem Foto gut aus.«

Doris winkte ab. »Blödsinn.«

Auch wenn Doris es leugnete, es stimmte. Sie war einfach fotogen. Es gab solche Menschen. Michaela zählte sich aber nicht dazu. Schon als Kind war sie vor Fotokameras geflüchtet. Mit vierzehn oder fünfzehn hatte sie sogar einmal die Schule geschwänzt, um den Klassenfotos zu entgehen.

Zum Glück hatte sie sich in der Früh die Zeit genommen, Make-up aufzulegen, und irgendwo in ihrer Handtasche kugelte bestimmt auch noch ein Lippenstift herum. Unwillkürlich wanderte ihre Hand zu ihrer Braue. Doris blieb die Geste nicht verborgen. »Hey, du siehst toll aus. Mach dir keine Sorgen, okay?«

Michaela versuchte ein Lächeln, es gelang ihr aber nicht recht. Irgendwie würde sie auch das überstehen. Hoffentlich lohnte es sich am Ende wenigstens.

## KAPITEL 13

Es stellte sich heraus, dass Michaelas Sorgen und Ängste zum größten Teil unbegründet waren. Sheila, die Belgische Schäferhündin, eine von zwölf Leichensuchhunden in Österreich, eroberte sofort Doris' und ihr Herz. Stefan Geiger, der Hundeführer, erklärte ihnen, wie er mit Sheila arbeitete. Über seinen spannenden Ausführungen vergaß Michaela völlig die Kameras. Sheila tat ihr Übriges, sie war ein liebes, verschmustes Tier, das die vielen Streicheleinheiten genoss, die ihr nicht nur von den beiden Frauen, sondern auch von den Mitgliedern aus Haralds Team, das kurz vor Stefan und dem Hund eingetroffen war, zuteilwurden. Nur Harald selbst hielt sich im Hintergrund, sodass Michaela zu ihm hinüberging.

»Alles in Ordnung mit dir?«, fragte sie.

»Sicher«, antwortete er betont munter, doch Michaela glaubte ihm nicht. Als Sheila schwanzwedelnd zu ihr herüberkam und Harald sich neben ihr versteifte, wurde ihr klar, was ihn beschäftigte. Er hatte Angst.

»Sie ist total harmlos«, versuchte Michaela, ihn zu beruhigen.

»Das glaub ich dir, aber ich fühle mich trotzdem nicht wohl, wenn Hunde so nah bei mir sind.«

Als hätte Sheila Haralds Worte verstanden, trabte sie weiter zum nächsten Mitarbeiter, um sich streicheln zu lassen. »Ich wusste nicht, dass du dich vor Hunden fürchtest. Ich hoffe, das wird nicht problematisch für dich.«

Harald grinste schief. »Ich bleibe einfach ganz hinten in der Reihe. Es wäre übrigens hilfreich gewesen, wenn ich mich darauf hätte einstellen können, dass wir mit einem Spürhund arbeiten.«

»Tut mir leid, ich wollte dich nicht überrumpeln, aber ich wusste ja selbst nicht, ob es überhaupt klappt. Dann hat Steurer seine Kontakte spielen lassen, und voilà, da ist der Hund, samt einem ganzen Kamerateam.«

»Du weißt, wie ich über Leute denke, die an Tatorten herumtrampeln.«

»Ja, das weiß ich. Aber es wurden ja bereits alle Spuren gesichert. Und ich sehe keinen anderen Weg, um herauszufinden, ob die Hand hier irgendwo ist. Wenn ja, dann wird dieser Hund sie finden, sagt Stefan. Er meint, sie könne sogar erschnüffeln, ob es hier vor zehn Jahren eine Leiche gab. Oh, es geht los.«

Stefan hatte ein Zeichen gegeben, die Kameraleute machten sich bereit, Doris stand ebenfalls in den Startlöchern. Michaela ging zum Hundeführer, der eben Sheilas Halsband austauschte. »Das hier ist ihr Arbeitshalsband«, erklärte Stefan. »Sonst ist sie verspielt wie jeder andere Hund, doch sobald sie dieses Halsband umhat, weiß sie, es ist Schluss mit lustig. Es wird gearbeitet.«

Sheila scharrte bereits an der Stelle, an der Marias Leiche gelegen hatte. Michaela erläuterte für die Kameras, dass sie auf der Suche nach einer abgetrennten Hand seien. »Wir können nicht einmal mit Sicherheit sagen, ob der Täter die Hand hiergelassen oder vielleicht mitgenommen hat. Es kann auch sein, dass Tiere sie verschleppt oder sogar gefressen haben. Und nun hoffe ich, dass Sheila uns weiterhelfen kann. Stefan?«

Die Kamera schwenkte zu dem Angesprochenen. »Eine Garantie gibt es natürlich nie, aber wir tun unser Bestes, nicht wahr, Sheila?« Er lenkte die Hündin weg vom Fundort der Leiche und sagte: »Los!« Dabei zeigte er mit dem ausgestreckten Arm in die entgegengesetzte Richtung, weg von dem Platz, an dem Maria gelegen hatte, hinein in den Wald.

Sheila schnupperte nach allen Richtungen und lief los, immer mit der Nase am Boden.

Michaela hielt den Atem an und folgte mit Doris dem Hundeführer. Hinter ihnen gingen der Kameramann, dessen Assistent, die Tontechnikerin und der Moderator, der gerade erklärte, dass Belgische Schäferhunde rund zweihundertzwanzig Millionen Riechzellen besaßen, ein Mensch hingegen nur etwa fünf Millionen. Deshalb eigne sich diese Rasse besonders gut als Spürhund.

Sheila war an einer Lichtung angelangt, wo sie sich erst einmal orientieren musste und eine Runde drehte, bis sie sich dazu entschied, nach links weiterzugehen.

»Hat sie denn schon eine Fährte gefunden?«, fragte Doris Stefan.

»Nein, sie folgt noch keiner konkreten Spur«, erwiderte er.

»Wie lange wird sie durchhalten?« Michaela dachte besorgt an die Größe des Waldes. Bestimmt konnten sich auch Suchhunde nicht stundenlang konzentrieren und brauchten regelmäßige Pausen.

»Im Moment ist es für sie eher wie ein langer Spaziergang, aber wenn sie einer bestimmten Spur folgt, wir nennen das Feinsuche, braucht sie nach zwanzig Minuten eine Erholungspause, weil ihre Atemfrequenz dann viel höher ist. Normalerweise arbeiten wir deshalb mit mehreren Hunden, die sich abwechseln«, erklärte Stefan gerade, als durch Sheilas Körper ein Ruck ging und sie zweimal aufbellte.

»Sie hat etwas«, rief Stefan aufgeregt. Sie und Doris blickten sich an, Michaelas Puls begann schneller zu schlagen, auch wenn sie sich bemühte, nicht zu viel zu erwarten. Sheila konnte alles Mögliche wittern, hier gab es bestimmt eine Menge verweste Tiere.

»Kann sie eigentlich auch zwischen toten Menschen und toten Tieren unterscheiden?«, fragte sie sicherheitshalber nach.

»Ja, so leicht lässt sie sich nicht austricksen«, antwortete Stefan. »Die Eiweißzersetzung ist bei Menschen und Tieren unterschiedlich.«

»Und was wäre, wenn es sich nicht um einen Toten, sondern um einen Verletzten handelte?«, zeigte sich Doris wissbegierig.

»Sheila kann auch lebende Menschen aufspüren. Sie riecht sogar, ob in einem Kofferraum eine Leiche transportiert wurde, selbst wenn man ihn gesäubert hat.« Der Stolz auf seine Hündin in Stefans Stimme ließ sich nicht überhören. Zu Recht, wie Michaela fand.

Sheila lief voraus, blieb aber immer wieder stehen, um auf Stefan zu warten. »Sie muss in Sichtkontakt bleiben«, sagte Stefan. »Das lernen sie schon ganz zu Beginn der Ausbildung.« Der Moderator fragte: »Wie lange dauert denn so eine Ausbildung?«

»Das Grundmodul rund zwölf Wochen. Das müssen alle Diensthunde absolvieren, das Zusatzmodul mit dem

Spezialtraining, um Verwesungsgeruch oder Blut zu wittern, noch mal acht. Aber wir arbeiten und trainieren natürlich mehrmals pro Woche.«

Michaela hielt den Atem an, Sheila hatte begonnen, neben einem Busch mit den Pfoten zu scharren. »Sie hat etwas gefunden«, bestätigte Stefan ihre Vermutung.

Es sah ganz danach aus, als habe Sheila einen Finger aufgespürt. Sie fand noch weitere Teile, die vermutlich ebenfalls zu der vermissten Hand gehörten. Endgültige Gewissheit würde aber erst ein DNA-Abgleich bringen. Harald und seine Leute verpackten die Knochen zur weiteren Untersuchung, während Michaela sich bei Stefan für seine Mithilfe bedankte. Sheila hatte mittlerweile wieder ihr »Freizeithalsband« um, und Doris, die einen Narren an ihr gefressen hatte, spielte mit ihr.

»Wann wird die Sendung ausgestrahlt?«, wollte Doris wissen.

»Das ist noch nicht sicher«, antwortete der Moderator. »Am besten, Sie geben mir Ihre Mailadresse, dann schreibe ich Sie an, sobald wir einen Sendetermin haben.«

Doris zog aus ihrer Tasche eine Visitenkarte und reichte sie dem Moderator. Der nahm die Karte entgegen und fragte: »Meinen Sie, wir könnten auch mal einen Dokumentarfilm über den Job einer LKA-Beamtin drehen? Das käme bestimmt gut bei den Zuschauern an. Derzeit stehen ja True-Crime-Formate hoch im Kurs, die Menschen interessieren sich für Polizeiarbeit.«

Ehe Doris etwas sagen konnte, übernahm Michaela eine Antwort: »Das wird ziemlich schwierig, fürchte ich. Schließlich sind wir damit beschäftigt, Verbrechen aufzuklären. Und viele Dinge sind aus ermittlungstechnischen Gründen gar nicht für die Öffentlichkeit bestimmt. Aber letztlich fällt solche Entscheidungen der Leiter des Landeskriminalamts, Werner Steurer. Am besten, Sie fragen bei ihm nach.«

»Werner Steurer. Ja, den kenne ich. Wir hatten schon mal ein Interview zusammen. Ich hatte den Eindruck, dass er sehr zuvorkommend ist und sich um eine gute Zusammenarbeit mit den Medien bemüht. Danke, ich werde mich mit ihm in Verbindung setzen.«

Dass der Moderator Werner Steurer kannte, überraschte Michaela nicht, ihr Chef schien überall seine Kontakte zu haben, auch zu Film und Fernsehen. Zum Glück. Sonst hätte sie den Suchhund nicht bekommen, zumindest nicht so schnell und auf gar keinen Fall so unbürokratisch. Und die Kameras waren gar nicht so schlimm gewesen, wie sie erwartet hatte.

Harald versprach, die Überreste der Hand so schnell wie möglich zu untersuchen.

»Allein, dass wir die Hand gefunden haben, ist schon ein riesiger Erfolg. Erwarte nicht zu viel von den Ergebnissen«, meinte Harald beim Abschied.

Michaela nickte. Eine hohe Erwartung garantierte meist ein Frustrationserlebnis, aber andererseits, hoffen durfte man ja wohl noch, oder?

Nachdem das Filmteam, Stefan mit Sheila und auch die Forensiker abgezogen waren, wandte sich Michaela an Doris. »Ich weiß, wir sollten eigentlich für heute Schluss machen, aber wenn du Zeit hast, würde ich gerne noch in Marias Wohnung fahren.«

Doris grinste. »Warum nicht? Max kommt heute spät, und Jonas wird von seinem Vater versorgt.«

»Fein«, antwortete Michaela. Es hatte auch etwas Gutes, dass sie ohne schlechtes Gewissen Überstunden machen konnte. Klar, sie vermisste Valerie, aber erst jetzt merkte Michaela, wie sehr sie sich eingeschränkt hatte. Auch wenn Valerie schon beinahe erwachsen war und gut alleine zurechtkam, hatte sich Michaela doch darum bemüht, möglichst viel Zeit mit ihrer Nichte zu verbringen, pünktlich Feierabend zu machen und nur selten Wochenenddienste zu übernehmen. Sie musste sich immer wieder in Erinnerung rufen, dass sie nun wieder allein lebte, frei über ihre Zeit verfügen konnte – und dass sie kein schlechtes Gewissen haben musste, wenn sie länger arbeitete.

Doris schaffte den Weg zu Maria Kocis Wohnung trotz des Feierabendverkehrs in nur fünfundzwanzig Minuten. »Ich bin echt gespannt«, sagte Doris als sie das Auto in eine freie Parklücke zwängte.

»Ich bin auch echt gespannt, wie du da je wieder herauskommen willst«, erwiderte Michaela. Doris hatte Millimeterarbeit geleistet. Sie selbst hätte niemals versucht, hier einzuparken.

Doris winkte ab. »Keine Sorge, wo man reinkommt, kommt man auch wieder raus.«

Michaela hatte ein Déjà-vu-Erlebnis, als sie das Hausinnere betrat und die Treppe zu Maria Kocis Wohnung hochstieg. Es gab nur eine Abweichung: Sie hatte dieses Mal Doris an ihrer Seite. Und das war ein ziemlich bedeutsamer Unterschied zu ihrem ersten Besuch.

Ehe sie die Wohnungstür aufsperrte, sagte sie zu ihrer Kollegin: »Ich möchte, dass du zuerst reingehst.«

Doris blickte sie verwirrt an. »Weshalb das denn?«

»Weil ich beim besten Willen nicht so tun kann, als wäre ich noch nie hier gewesen.«

»Na schön, wenn du meinst.« Doris straffte die Schultern, trat über die Schwelle, blieb stehen und ließ alles auf sich wirken. Dann ging sie, ähnlich wie Michaela es bei ihrem ersten Besuch getan hatte, langsam durch den Raum und sah sich um, ohne etwas zu berühren. Michaela bezeichnete das als »die Atmosphäre einatmen«. Wissenschaftlich gesehen war das natürlich Unsinn, und Michaela war Esoterik gegenüber generell skeptisch eingestellt. Sie glaubte nicht an die Kraft von Edelsteinen oder daran, dass sich Räume durch Räucherstäbchen von belastenden Erlebnissen reinigen ließen. Doch sie glaubte an Intuition und Bauchgefühl. Deshalb maß sie dem ersten Eindruck auch so viel Bedeutung bei – und die Erfahrung hatte sie gelehrt, dass die Erkenntnisse, die man dabei gewann, meist nicht nur richtig, sondern oft auch aussagekräftig waren.

»Klein aber heimelig«, riss Doris' Kommentar sie aus ihren Gedanken. Ja, das war auch genau ihr Eindruck gewesen. »Sie hat sich Mühe gegeben, ihren Job geheim zu halten«, sprach Doris weiter.

»Geheim halten? Wie kommst du darauf?«

Doris zuckte mit den Schultern. »Keine Ahnung. Wenn wir nicht wüssten, dass sie eine Professionelle war, könnte man es nicht ahnen, wenn man sich hier umsieht.«

Ja, das stimmte ebenfalls mit Michaelas Meinung überein, auch wenn sie nicht von Geheimhaltung, sondern eher von Trennung zwischen Job und Privatleben ausgegangen war.

»Warum hätte sie ihren Job geheim halten sollen und vor wem? Sie hatte ihn schließlich als Gewerbe angemeldet«, fragte Michaela.

»Weiß ich nicht, vielleicht vor den anderen Hausbewohnern oder der Hausverwaltung.«

»Klar, dass sie kein Türschild mit der Aufschrift ›Maria Koci, Prostituierte, Dienstzeiten montags bis freitags, 16 bis 24 Uhr‹ hängen hatte. Aber dass sie es bewusst geheim gehalten hat, glaub ich nicht«, widersprach Michaela. »Schließlich haben wir unsere Dienstwaffen ja auch nicht privat herumliegen oder Tatortfotos als Wandschmuck. Oder erkennt jemand, der bei dir zu Besuch ist, auf Anhieb, dass du für das LKA arbeitest?«

Doris dachte über Michaelas Worte kurz nach. »Nein, du hast recht. Im Haus wissen die wenigsten, dass ich bei der Polizei bin. Oder vielleicht ist das sogar bekannt, nur ich weiß nicht, dass die anderen es wissen.« Doris grinste.

Michaela überlegte, wie das bei ihr war, und kam zum Ergebnis, dass auch sie zwar kein Geheimnis aus ihrer Arbeit machte, damit aber auch nicht hausieren ging. Wobei sie ohnehin keine engen Kontakte zu ihren Nachbarn pflegte. Die unmittelbaren Anwohner kannte sie namentlich, aber das war's dann schon. Man grüßte sich, wechselte ein paar belanglose Worte, wenn man sich auf der Straße oder im Garten traf – und das war ihr ganz recht so. Sie war noch nie der gesellige Typ gewesen, und hätten Bernd und Valerie sich nicht so hartnäckig um eine gute nachbarliche Beziehung bemüht, wäre vieles anders gekommen. Bernd müsste jetzt nicht seine Feinmotorik neu trainieren, weil eine Wahnsinnige ihn umbringen wollte, zum Beispiel. Allerdings wäre vielleicht auch Valerie nicht mehr am Leben. Ohne Bernds Hilfe hätte Michaela sie nicht rechtzeitig finden und retten können. Aber weil es nichts brachte, über Vergangenes zu grübeln und sich in Was-wäre-wenn-Fragen zu verlieren, kam Michaela wieder auf den Grund zurück, der sie und ihre Kollegin in die Wohnung geführt hatte: Maria Kocis Ermordung. »Ich glaube, sie war nicht stolz darauf, eine Prostituierte zu sein, aber sie hat es akzeptiert, weil sie keine andere Möglichkeit sah, ihren Lebensunterhalt zu bestreiten. Für sie war es eben ein Job. Nicht mehr und nicht weniger.«

Mittlerweile war Doris dazu übergegangen, die Schubladen und Schränke zu durchsuchen. Michaela stand hinter ihr und blickte ihrer Kollegin über die Schulter.

»Meinst du, sie hatte einen Freund?«

»Wir haben nichts gefunden, das darauf hindeutet«, antwortete Michaela. »Keine Fotos, kein Männershampoo, kein Rasierer, was natürlich nicht ausschließt, dass sie doch jemanden hatte. Aber ich würde sagen, die Wahrscheinlichkeit ist eher gering.«

»Stimmt. Max hat schon die Hälfte seines Wohnungsinventars bei mir deponiert.«

»Bernd nicht«, antwortete Michaela und spürte dem Gefühl nach, das diese Erkenntnis in ihr auslöste. War sie enttäuscht, weil er ihr Bad und ihr Schlafzimmer nicht mit seinen Sachen belagerte? Nein, sie war erleichtert, musste sie zugeben. Es hatte sie oft genug gestört, dass Valerie überall im Haus ihre Habseligkeiten verstreute. Weder Putzen noch Aufräumen gehörte zu Michaelas Lieblingsbeschäftigungen. Zumeist fehlte ihr die Zeit und noch mehr die Lust dazu. Sie tat es, weil Unordnung und Schmutz sie störten und sie beides nur schwer aushielt. Valerie hatte ihr einmal nach einem Streit vorgeworfen, eine überpenible Neurotikerin zu sein. Bedingt stimmte das vielleicht sogar, weil sie, wenn sie wütend war, am liebsten staubsaugte oder Töpfe schrubbte, um sich abzureagieren. Sie fand das besser als Teller gegen die Wand zu werfen. Außerdem war Michaelas Leben schon an sich ein einziges Chaos, darum brauchte sie, zumindest in ihren eigenen vier Wänden, ein gewisses Maß an Ordnung, um sich wohlzufühlen.

Doris war mittlerweile mit ihrer Durchsuchung in Maria Kocis Badezimmer angelangt. Michaela folgte ihr und lehnte sich an den Türstock, während sie weiterhin beobachtete, wie Doris Schubladen aufzog, Schranktüren öffnete und wieder schloss. »Sie hat ziemlich viel Geld für ihre Körperpflege ausgegeben«, stellte Doris fest.

Michaela stieß sich von der Tür ab und trat zu ihrer Kollegin. Die hielt eine Flasche Duschgel hoch. »Das ist eine Londoner Kultmarke. Eine Flasche kostet über zwanzig Euro, und sie hat hier die ganze Serie. Seife, Peeling, Handcreme, Duschbad, Lotion ...«

»Vielleicht war es ein Geschenk«, mutmaßte Michaela.

»Vielleicht. Wenn ich mich so umsehe, werde ich direkt neidisch. Ich sollte den Job wechseln.«

»Komm, das meinst du nicht ernst. Nur wegen ein paar Kosmetikartikeln?«

»Nein, das ist es nicht allein. Hast du das nicht gesehen? Allein in ihrem Schrank befinden sich Kleidungsstücke im Wert von mehreren tausend Euro.« Doris griff nach einem mit kleinen Planeten bestickten T-Shirt und hielt es hoch. »Das Teil kostet knappe achtzig Euro. Im Sale, wohlgemerkt. Der Originalpreis war sogar doppelt so hoch. In ihrem Kleiderschrank hab ich zwei Pullis der gleichen Marke entdeckt, und das nur bei oberflächlicher Betrachtung. Wer weiß, was ich noch alles finde, wenn ich den Schrank ausräume.«

»Wow! Und ich dachte, meine neuen Schuhe wären teuer gewesen.«

»Ich glaube, dass sie besser verdient hat, als wir annehmen. Abgesehen davon scheint sie sonst nicht viele Ausgaben gehabt zu haben. Die Wohnung kostet... fünf-, sechshundert Euro?«

Michaela, die aufgrund der Kontoauszüge den Mietpreis kannte, sagte: »Vierhundertfünfzig. Glaubst du, dass es sich um nachgemachte Sachen oder sogar Fälschungen handelt?« Doris' Entdeckung ließ sie nicht los. Selbst wenn die Wohnung verhältnismäßig günstig für Wiener Verhältnisse war, wie hatte sich Maria das alles leisten können? Hatte sie wirklich so gut verdient? Oder hatte sie noch andere, dubiose Geldquellen gehabt, die sie womöglich das Leben gekostet hatten?

Doris betrachtete noch einmal das Etikett näher. »Wenn, dann ist das eine verdammt gute Fälschung. Aber das werden unsere Forensiker bestimmt herausfinden.«

Michaela konnte es immer noch nicht fassen. Sie ging zum Kleiderschrank hinüber und sah alles noch einmal, dieses Mal mit anderen Augen, durch. Doris griff nach einer Bluse. »Hundertfünfzig Euro«, kommentierte sie. »Und diese Collegejacke locker vierhundert.«

Michaela schüttelte ungläubig den Kopf. »Wer gibt

denn so viel Geld für Kleidung aus? Und dabei gefällt mir das nicht einmal. Und ich dachte, Maria wäre einfach nur total altmodisch angezogen gewesen. Dabei ist das Gegenteil der Fall.«

Doris lachte. »Altmodisch. Erzähl das bloß nicht laut, wenn du nicht gelyncht werden willst.«

Michaela winkte ab. »Mode war sowieso noch nie mein Ding. Aber die hier…«, sie deutete auf die Bluse in Doris' Hand. »… teuer hin oder her, die würde ich nicht einmal anziehen, wenn ich sie geschenkt bekäme.«

Sie verbrachten fast drei Stunden in der Wohnung, Zeit, die gut investiert war, fand Michaela. Überhaupt hatte sie das Gefühl, dass sie und Doris an nur einem Tag weitergekommen waren als an den Tagen zuvor.

»Möchtest du nicht auf einen Kaffee mit zu mir kommen? Dann lernst du endlich Max kennen. Ich habe ihm schon so viel von dir erzählt, er würde sich bestimmt freuen«, sagte Doris, als sie das Auto im Innenhof des Präsidiums abstellte.

Michaela überlegte kurz. Sie hatte nichts vor. Auf sie wartete nur ein voller Wäschekorb und ein Wohnzimmer, das gesaugt werden musste – also nichts, was sich nicht auf später oder auf morgen verschieben ließ.

»Okay, warum nicht. Ich muss ehrlich gestehen, ich bin auch schon neugierig darauf, Mr Superman kennenzulernen.«

Sie fuhren mit zwei Autos zu Doris' Wohnung. Michaela hatte Mühe, ihrer Kollegin zu folgen, weil sie ständig die Spur wechselte. Schließlich gab Michaela es auf und legte den Rest des Weges in ihrem Tempo zurück.

Vor dem Hauseingang wartete ihre Kollegin bereits

auf sie. »Ah, da bist du ja. Ich dachte, du kommst gar nicht mehr.«

»Ich lasse mir doch nicht einen ordentlichen Kaffee entgehen«, gab Michaela zurück.

Doris grinste. »Und Max hat sogar einen Kuchen dazu gebacken.«

»Dafür gebührt ihm meine Hochachtung.«

Doris lachte. »Warte lieber, bis du ihn probiert hast.«

»Schlimmer als meiner schmeckt er bestimmt nicht«, antwortete Michaela und musste dabei an ihre eigenen Kochdesaster denken. Weder fürs Kochen noch fürs Backen hatte sie Talent. Manchmal fragte sie sich, wie sie überhaupt überlebt hatte, bevor Valerie zu ihr gezogen war und ihr Nachhilfe in der Küche gegeben hatte.

Tatsächlich stellte sich heraus, dass Max zusätzlich zu den anderen tollen Eigenschaften auch noch gut backen konnte. Der Kuchen war ein Traum. Michaela aß zwei Stück und überlegte, ob es wohl einen schlechten Eindruck hinterließ, wenn sie auch noch ein drittes nahm.

»Woher kommst du, Max?«, fragte sie zwischen zwei Bissen. Er hatte einen leichten Dialekt, den Michaela nicht zuordnen konnte.

»Aus dem Waldviertel. Kleines Kaff, nur Wald und Wiesen.«

Doris drückte Max' Hand, die feingliedrig war wie die eines Chirurgen und bis auf eine kleine Narbe makellos, fast wie Valeries Pianistenhände. »Ich finde ja, dass ein Kind auf dem Land schöner aufwachsen kann als in der Stadt, aber noch konnte ich Max nicht davon überzeugen, wieder zurückzugehen.«

»Nein, das kommt für mich überhaupt nicht infrage, tut mir leid.« Er lächelte Doris an. Sie seufzte. »Ich weiß.

Trotzdem schade. Ich könnte mich mit einem Häuschen am Waldrand sehr gut anfreunden.«

»Aber vermutlich eher nur im Urlaub«, warf Michaela ein. »Du wärst auf dem Land kreuzunglücklich, glaub mir. Du bist kein Landmensch.«

»Vielleicht, aber für Jonas ...«, beharrte Doris.

»Kinder wachsen auch in Wien gut auf, und Jonas ist überall dort glücklich, wo seine Eltern sind«, unterbrach Michaela ihre Kollegin.

»Ganz meine Meinung«, pflichtete Max ihr bei.

Ehe Michaela sichs versah, war es neun Uhr geworden. Über den Gesprächen hatte sie gar nicht auf die Zeit geachtet. Als Doris sagte, sie habe Hunger, und Max vorschlug, sie könnten sich etwas zum Abendessen liefern lassen, winkte Michaela ab. »Für mich nicht, ich habe euch schon viel länger aufgehalten, als ich wollte.« Sie stand auf.

»Doris, wir sehen uns morgen früh. Max, es war mir ein Vergnügen, dich kennenzulernen.«

Er deutete eine kleine Verbeugung an und nahm ihre dargebotene Hand. »Danke, ich habe mich auch sehr gefreut. Vielleicht können wir das bald wiederholen. Und dann bleibst du zum Essen, okay?«

»Ja, gerne.«

Doris brachte sie zur Tür. »Und, wie findest du ihn?«, fragte sie Michaela leise.

»Er scheint wirklich ein Sechser im Beziehungslotto zu sein«, gab sie ebenso flüsternd zurück und meinte es ehrlich. Es war schön mit anzusehen, wie liebevoll die beiden miteinander umgingen. Sie wünschte ihnen von ganzem Herzen, dass sie möglichst lange auf der rosaroten Wolke, auf der sie sich gerade befanden, blieben. Doris hatte ihrer Meinung nach alles Glück der Welt verdient.

Gott sei Dank hatte sich der Verkehr weitgehend beruhigt. Der Verkehrsfunk meldete keine Staus, in zwanzig Minuten wäre sie zu Hause. Sie hatte den halben Heimweg geschafft, als Bernd anrief. »Hast du Zeit?«

»Für dich immer«, antwortete Michaela.

»Hör zu, ich habe mir ein paar Gedanken zu deinem Fall gemacht.«

»Okay, ich bin gespannt. Doris und ich haben auch einige neue Informationen gesammelt.«

»Du zuerst«, forderte er sie auf.

Die restliche Fahrt über erzählte sie Bernd von ihrem neuerlichen Besuch am Tatort, dem Suchhund und wie er die fehlende Hand gefunden hatte, und natürlich von der verschwenderischen Lebensweise des Opfers. »Jetzt überlege ich, ob ihre Ermordung womöglich damit zu tun hat. Ich fürchte, ehe die Untersuchung der Hand nicht abgeschlossen ist, werden wir trotzdem nicht weiterkommen.« Sie hatte mittlerweile ihre Doppelhaushälfte erreicht und klemmte das Handy zwischen Schulter und Ohr, um die Haustür aufzusperren.

Drinnen schlüpfte sie aus ihren Schuhen, stellte die Tasche ab und hängte die Jacke auf, während Bernd ihr bestätigte, was sie ohnehin geahnt hatte. »Falls du andeuten willst, ein Profikiller könnte sie ermordet haben, um eventuelle Schulden einzutreiben, klingt das für mich nicht schlüssig.«

»Das habe ich auch gar nicht gesagt. Ich habe nur laut darüber nachgedacht, um auch diese Möglichkeit auszuloten, seit ich weiß, wie viel Geld sie ausgegeben hat. Vielleicht wollte ihr jemand einfach ein wenig Angst einjagen und hat dabei übertrieben.«

»Das ist unlogisch. Ein Profi hätte ihr wehgetan, sie aber nicht umgebracht. Schließlich kann eine Tote kein Geld mehr zurückzahlen. Nein, ich glaube, Maria war einfach zur falschen Zeit am falschen Ort. Der Mord geschah spontan, ergab sich aus der Situation, was aber nicht heißen muss, dass der Mörder sich nicht vorher gedanklich damit beschäftigt hat. Es kann eine sexuell motivierte Tat sein – das sind ja viele, auch wenn man sie vordergründig gar nicht als solche erkennt –, muss aber nicht zwingend so sein. Vielleicht hat sie den Täter an jemanden erinnert. Oder eine bestimmte Handlung oder Aussage von ihr hat bei ihm etwas getriggert. Aber vielleicht war er auch einfach auf der Suche nach einem leichten Opfer, um seine Fantasien endlich in die Tat umzusetzen.«

»Das würde bedeuten, dass er wieder morden könnte, weil die Realität nie an die Fantasien herankommt, oder?«

»Du hast gut aufgepasst. Es ist aber auch möglich, dass die Tat viel besser war, als er es sich vorgestellt hat. Dann wird er ebenfalls danach trachten, es noch einmal und wieder und wieder zu erleben.«

»Das heißt, egal, welchen der beiden Gedanken ich weiterführe, lautet das Ergebnis, dass ich womöglich wieder hinter einem Serientäter her bin.«

»Sieht so aus. Es sei denn, du erwischst ihn vor dem nächsten Mord.«

Auch nachdem Bernd schon lange aufgelegt hatte, spukten seine Worte in Michaelas Kopf herum und begleiteten sie bis in den Schlaf. Serienmörder erzeugten mehr Druck auf die Ermittler als andere Täter, denn es war so gut wie sicher, dass sie wieder zuschlagen würden, nur wann das war, wusste keiner. Manche Serientäter brauchten Jahre für den nächsten Mord, manche bloß Stunden. Wie viel Zeit würde Michaela bleiben?

## KAPITEL 14

Bernd beendete das Gespräch mit Michaela und legte das Handy neben sich auf das Bett. Sogar die richtigen Tasten zu treffen, fiel ihm schwer. Es war frustrierend, dass die einfachsten Alltagstätigkeiten wie Zähne putzen, rasieren, Tastatur bedienen, schreiben, Seiten umblättern, ihn immer noch so viel Mühe kosteten, dabei hatte er seit Beginn der Reha durchaus Fortschritte gemacht. Allerdings ging es für seinen Geschmack viel zu langsam voran. Die Ärzte und Physiotherapeuten meinten, er dürfe nicht zu ungeduldig mit sich sein. Auch wenn er einsah, dass er die Behandlungen brauchte, um wieder ein halbwegs normales Leben führen zu können, drängte alles in ihm wieder zurück nach Wien, zurück zu seinem Job, in sein Haus und zurück zu Michaela. Und genau das war der Grund, warum er sich von den Tiefschlägen nicht unterkriegen ließ, sich anstrengte, seine Übungen gewissenhaft durchführte und zusätzlich in der freien Zeit zwischen den Behandlungen seine Feinmotorik trainierte. Auch er war nicht vor den Empfindungen gefeit, die Menschen häufig nach traumatischen Erlebnissen befielen, wie zum Beispiel die Frage nach dem Warum. Warum er? Oder warum ausgerechnet zu dem Zeitpunkt, an dem er und Michaela endlich einen Weg zueinander gefunden hatten? Aber als Psychologe gelang es ihm dann doch relativ schnell, Antworten auf diese Fragen auszumachen. Nämlich, dass das Leben nun mal nicht vorhersehbar war und er sich glücklich schätzen konnte, den Angriff ohne schlimmere gesundheitliche Schäden überlebt zu haben – ja, überhaupt noch am Leben zu sein.

Er und Michaela hatten während seines Krankenhausaufenthaltes über vieles gesprochen, nur nicht darüber, ob und wie es mit ihnen weitergehen sollte. Bernd hatte sie dazu gedrängt, mit Valerie nach Lesotho zu fliegen, er fand, das Mädchen habe es nicht verdient, enttäuscht zu werden oder gar die Reise alleine antreten zu müssen. Aber er wollte auch auf keinen Fall, dass Michaela sich seinetwegen einschränkte. Auch wenn sie angeboten hatte, die Reise abzusagen, und er sicher war, dass sie es ihm nie zum Vorwurf gemacht hätte: Das Gefühl, sie hätte wegen ihm darauf verzichtet, wäre immer unausgesprochen im Raum gestanden. Er wusste, wie fragil die Beziehung zwischen ihm und Michaela war. Sie liebte ihre Unabhängigkeit genauso sehr wie ihn, vielleicht sogar mehr. Das stellte kein Problem für ihn dar. Ebenso wenig, dass für Michaela die Arbeit an erster Stelle stand. Ein Workaholic war er auch, das gehörte zu ihren Gemeinsamkeiten. Deshalb fiel es ihm auch so schwer, untätig am anderen Ende von Österreich festzusitzen. Nun ja, seit Michaela ihm die Unterlagen geschickt hatte, war er nicht mehr ganz zur Tatenlosigkeit verurteilt. Wie das rechtlich aussah, wusste er nicht, aber es war ihm auch egal. Endlich fühlte er das alte Prickeln, das er immer empfand, wenn er sich in einen Fall einarbeitete. Wie hatte er das in den letzten Wochen vermisst! Seit seiner Entlassung aus dem Krankenhaus hatte er sich nicht mehr so lebendig gefühlt.

Die halbe Nacht hatte er damit verbracht, sich die Fotos vom Tatort anzusehen und die Ermittlungsberichte durchzulesen. Beinahe hätte er seinen ersten Therapietermin versäumt, weil er verschlafen hatte. Und trotz der kurzen Nacht, des anstrengenden Tages, vollgestopft mit Terminen und Übungen, dazwischen kaum Zeit zum Luftholen, und seiner eingeschränkten körperlichen Belastbarkeit, an der er regelmäßig beinahe verzweifelte, war er immer noch topfit, obwohl es mittlerweile auf dreiundzwanzig Uhr zuging. Heute war eindeutig ein guter Tag gewesen.

Zufrieden nahm er das Buch von seinem Nachtkästchen. »Die Psychologie des Mörders«, ein kriminalpsychologisches Fachbuch, verfasst von einem Kollegen aus den USA, der sich mit den biologischen Wurzeln von Mördern auseinandersetzte und zu diesem Thema viele Artikel in Fachzeitschriften veröffentlicht hatte. Bernd las das Buch nur fertig, weil er es hasste, etwas, das er angefangen hatte, nicht abzuschließen. Und weil er nicht viele eigene Bücher mitgebracht hatte, in der Meinung, er könne sich welche aus der Bibliothek des Rehazentrums ausleihen. Leider hatte die auf der Internetseite umfangreicher und besser bestückt ausgesehen, als sie es in Wahrheit war. Die meisten Bücher schienen von ehemaligen Patienten vergessen worden oder absichtlich hiergelassen worden zu sein, beim Großteil handelte es sich um Liebesromane und Thriller. Einige historische Romane und ein paar Klassiker, die er aber schon kannte, waren ebenfalls dabei. Er las hauptsächlich Biografien, Sach- und Fachliteratur, sodass er für seinen Geschmack nichts fand.

Wahrscheinlich lag es an der ermüdenden Lektüre, dass ihm immer wieder die Augen zufielen. Er raffte sich auf und drehte sich nach links zum Nachtkästchen. Nach zwei Versuchen gelang es ihm, den Schalter des Radioweckers hochzuschieben. Warum mussten die immer so unhandlich und klein sein? Dann drückte er den Lichtschalter über dem Kopfende des Bettes, lehnte sich zurück, dachte an Michaela und ihren Fall, der sich komplizierter gestaltete als vermutet. Er dachte an Valerie, die in seinem Herzen die Stelle der Tochter einnahm, die er nie hatte. Er dachte an sein Zuhause, seinen Job, und auch daran, wie es gelaufen wäre, wenn er mit Carmen, seiner Exfrau verheiratet und in Graz geblieben wäre. Wie gut, dass es anders gekommen war.

Er erinnerte sich, wie sehr er darunter gelitten hatte, als Carmen die Scheidung eingereicht und er einen klaren, schmerzhaften Schnitt vollzogen hatte und nach Wien übersiedelt war. Er war sicher gewesen, nie wieder für jemanden so viel empfinden und keinem Menschen nach solch einer Enttäuschung je wieder vertrauen zu können.

Und er dachte daran, wie gut es ihm trotz allem ging. Ja, er war ein glücklicher Mann, das musste er sich immer vor Augen halten, wenn die Verzweiflung oder der Frust drohten, die Oberhand zu gewinnen.

Gernot hatte die Ermittlungsakte der Studentin mit nach Hause genommen. Obwohl ihr Umfang von Tag zu

Tag wuchs, war sie immer noch erschreckend dünn. Dabei hatten sie den ganzen Tag damit verbracht, Zeugen zu befragen. Der Neue, Matthias, stellte sich noch ein wenig ungeschickt an, aber immerhin war er bemüht dazuzulernen. Da unterzog man sich einer langen, intensiven Ausbildung und musste dann feststellen, dass eben vieles nur Theorie war, und die Praxis sich doch wesentlich unterschied. Die Jungen wurden mit Wissen über Dienstvorschriften vollgestopft, hatten aber keine Ahnung, wie man eine ordentliche Befragung führte. Für die brauchte man nämlich eine gute Mischung aus Freundlichkeit, Vertrauenswürdigkeit, Druck und Hartnäckigkeit – die prozentuale Verteilung dieser Attribute hing vom jeweiligen Befragten und dessen Rolle ab und erforderte viel Fingerspitzengefühl und Erfahrung. Von beidem besaß Gernot ein hohes Maß und manchmal fragte er sich, ob er nicht das Angebot der SIAK, der Sicherheitsakademie, vielleicht doch hätte annehmen sollen. Major Alexander Smutney, der Leiter der Akademie, und er kannten sich noch aus ihrer Ausbildungszeit. Hin und wieder liefen sie sich über den Weg, einmal auch bei einer Fortbildung, die Gernot besucht hatte. Alex hatte ihn auf einen Kaffee eingeladen, sie unterhielten sich, hauptsächlich über den Dienst und die Möglichkeiten der Weiterbildung für Kriminalbeamte. »Ich habe von dir und deinen Erfolgen gehört«, sagte Alex zwischen zwei Schlucken zu ihm. Gernot zuckte nur mit den Schultern. »Von welchen? Ich wusste gar nicht, dass man über mich spricht.«

Alex lachte. »Nur in den höchsten Tönen. Ich meine ganz konkret den Buschner-Fall. Ohne dich hätte der Täter nicht gestanden.«

Gernot hob die Brauen. »Das ist nur einer unter vielen. Die richtige Verhörtechnik ist mindestens genauso wichtig wie die Ermittlungsarbeit.« Er wunderte sich nicht, dass Alex gerade diesen Fall als Beispiel anführte, war er doch durch alle Medien gegangen. Die Verhöre hatten zwei Tage in Anspruch genommen, ohne Ergebnis. Bis die Kollegen ihn dazugebeten hatten. Für ihn war eine Befragung immer ein wenig wie Theaterspielen. Er war Schauspieler, Regisseur und Drehbuchautor in einem. Man durfte sich nicht von persönlichen Empfindungen leiten lassen, die eigene Meinung sollte man tunlichst hintanstellen und man musste sich auf den Befragten einlassen und ihm vorgaukeln, man wäre ein Freund, womöglich der einzige, den er hatte, und natürlich wolle man nur das Beste für alle Beteiligten. Offenbar hatte er bei Otto Buschner den richtigen Ton getroffen, die Chemie zwischen ihnen hatte gestimmt, was nicht ganz unwesentlich für seinen schnellen Erfolg gewesen war, allerdings keine Grundvoraussetzung für eine geglückte Befragung darstellte.

Alex gab ihm recht und sagte: »Du könntest an der SIKA den jungen Kollegen die richtige Verhörtechnik beibringen.«

»Ist das ein Angebot für ein Seminar?«

Alex sah ihn durchdringend an. »Nein, ehrlich gesagt hatte ich an eine dauerhafte Lehrtätigkeit gedacht.«

Auch wenn Gernot das Angebot schmeichelte – wer hätte das an seiner Stelle nicht als Kompliment empfunden? –, hatte er es abgelehnt. Um zu unterrichten, hätte er seinen Job aufgeben müssen, und das kam für ihn definitiv nicht infrage.

Hin und wieder ertappte er sich heute noch dabei,

darüber nachzudenken, was gewesen wäre, wenn. Wie hätte sich sein Leben entwickelt? Allerdings hatte er auf diese Frage bisher noch keine Antwort gefunden.

Er griff zu der Bierflasche auf dem Couchtisch und führte sie zum Mund. Verdammt, schon wieder leer? Missmutig stellte er sie neben die drei anderen. Sollte er sich noch eine weitere holen? Ein schlechtes Gewissen wallte in ihm auf. Vier Flaschen Bier, und er konnte sich nicht einmal daran erinnern, dass er sie getrunken hatte. Es musste nebenher geschehen sein, während er die Unterlagen durchging. Er überlegte, wie viele Kalorien und Kohlenhydrate er mit dem Bier wohl zu sich genommen hatte, und hörte im Geiste seinen Arzt schimpfen, dass er seit seinem letzten Besuch kaum abgenommen hatte. Er musste wirklich etwas an seiner Lebensweise ändern. Wenn das bloß so einfach wäre.

Mühsam kämpfte er sich aus dem Sitzen hoch. Seine Knie knackten. Kopfschüttelnd trug er die leeren Flaschen in die Küche. Morgen. Morgen würde er anfangen, besser auf sich zu achten, und diesmal wirklich dabeibleiben. Kein Bier mehr. Oder nur alkoholfreies. Und leichte Kost. Salat, Gemüse, kein Fleisch, dafür Fisch ... na ja, er musste es ja nicht gleich übertreiben.

Nun hatte er den ganzen Abend über den Akten gebrütet, hatte alles wieder und wieder durchgekaut und war trotzdem keinen Schritt weitergekommen. Anhand der Zeugenaussagen von Freunden und Bekannten ließen sich die letzten Stunden im Leben von Sabine Volkner rekonstruieren. Sabine war nach dem Kinobesuch bei ihrer Bekannten Celia Schenk auf einer Party gewesen. Nach Angaben weiterer Gäste hatte Sabine kaum Alkohol getrunken, sie hatte sich gut unterhalten, hatte getanzt und mit vielen Leuten gesprochen, ehe sie die Party zeitgleich mit drei weiteren Besuchern verlassen hatte.

Während des Zähneputzens stellte Gernot sich vor, wie die junge Studentin aus dem Wohnhaus trat und überlegte, wie sie nach Hause kommen sollte. Er hätte sich ein Taxi genommen. Aber Sabine war Studentin und besaß nicht viel Geld. Sie hatte nicht auf die Unterstützung ihrer Eltern zählen können, denn die lebten von der Sozialhilfe, das hatte Sabines Vater bei der Befragung durch Gernot und seine Kollegen erzählt. Er deutete an, Sabine hätte sich für etwas Besseres gehalten. Dabei hatte er seine massige Wampe gekratzt, was Gernot zu dem sofortigen Entschluss geführt hatte, es auf keinen Fall so weit kommen zu lassen. Allerdings hielten die guten Vorsätze nicht besonders lange an, wie er sich eingestehen musste.

Es war kurz vor eins gewesen, als Sabine die Party verlassen hatte. Sie musste den letzten Bus knapp verpasst haben, blieb noch die U-Bahn, die an den Wochenenden und vor Feiertagen die ganze Nacht hindurch fuhr, wenn auch in großen Abständen. Um nicht allzu lange warten zu müssen, hatte Sabine die Abkürzung durch den Park genommen, was ihr zum Verhängnis geworden war. Entweder hatte der Täter ihr dort aufgelauert oder er hatte sie schon vorher beobachtet und sie verfolgt. Vielleicht hatte sie ihn auf dieser Party kennengelernt – allerdings hatte Gernot sich genau erkundigt, und keiner der Gäste konnte sich daran erinnern, dass sie mit jemandem besonders lange oder innig gesprochen hätte, was natürlich trotzdem nichts bewies. Vorsichtshalber hatten er und sein Team die Alibis aller Partybesucher für den weiteren Verlauf der Tatnacht abgefragt. Matthias und Patrick waren dabei, diese zu überprüfen, allerdings bislang ohne Ergebnis. Und Gernot glaubte auch nicht, dass dabei etwas herauskam, denn die wenigsten Gäste konnten jemanden nennen, der bezeugte, dass sie zur fraglichen Zeit zu Hause waren und bereits geschlafen hatten.

Die Zeitspanne von Sabines Verlassen der Party bis zu ihrem Tod war sehr gering. Es blieb ein Fenster von etwa zehn Minuten, in dem die Tat passiert sein musste, und das lag vermutlich eher bei ein Uhr als bei halb zwei. Rechtsmediziner vermochten das ja nie so genau zu sagen, Jorge Ferreira war allerdings recht nah herangekommen. Es kam selten vor, dass es den Ermittlern gelang, den Todeszeitpunkt so genau zu bestimmen. Doch was nützte ihm das im Moment?

Im Bett nahm er sich vor, am nächsten Morgen der Forensik einen Besuch abzustatten und ihnen so lange auf die Nerven zu gehen, bis sie mit Untersuchungsergebnissen rausrückten, die ihm weiterhalfen. Harald war zwar eine Kapazität auf seinem Fachgebiet, das musste man ihm neidlos zugestehen, doch ließ er sich dafür auch immer ziemlich viel Zeit. Und er war nicht unvoreingenommen. Den Fällen seines Lieblings Michaela Baltzer gab er den Vorrang, da war sich Gernot sicher. Tja, gegen Titten und ein hübsches Lächeln kamen weder er noch seine beiden Kollegen an, dachte er bitter. Wenigstens schien sie sich an ihrem aktuellen Fall genauso die Zähne auszubeißen wie er an seinem. Das machte die ganze Sache ein wenig gerechter.

## KAPITEL 15

Werner Steurer wirkte bei der Morgenbesprechung angespannt. Er hatte noch nie lange um den heißen Brei herumgeredet, aber heute hielt er sich noch kürzer als sonst. Als alle Fälle besprochen waren und er zu den Neuverteilungen kam, blickte er von seinen Notizen auf und wartete ab, bis es ruhig im Raum wurde.

»Es gibt einen zweiten Mord, der dem gleichen Täter zuzuschreiben ist wie der an Sabine Volkner.«

Gernot setzte sich gerade auf. »Scheiße. Nicht dein Ernst, oder?«

Steurer seufzte. »Doch. Leider. Das gleiche Symbol.«

»Wieder eine Frau?«, fragte Gernot.

Steurer schüttelte den Kopf. »Nein, diesmal ist das Opfer ein Mann. Roger Kienast, ein Start-up-Unternehmer, der sogar schon im Fernsehen war. Seine Verlobte hat ihn vor zwei Tagen als vermisst gemeldet, aber die Kollegen sahen keinen Anlass, tätig zu werden, da es keine Hinweise auf ein Verbrechen gab. Bis heute Morgen seine Leiche am Mühlwasser gefunden wurde. Der gehört also eindeutig dir, Gernot.«

»Und weshalb hat man mich dann nicht gleich verständigt?« Gernot klang eindeutig verstimmt. Aber daraus konnte Michaela ihm keinen Vorwurf machen. Sie wäre ebenfalls verärgert gewesen, wenn man sie in solch einem Fall nicht benachrichtigt hätte. Sie hielt es für unerlässlich, die Leiche noch am Fundort zu sehen, wann immer das möglich war. So bekam man ein Gefühl für die Situation, konnte sich besser in Täter und Opfer hineinversetzen. Und das gelang am besten, solange am Tatort noch nichts verändert worden war.

Doris beugte sich zu ihr. »Den kenn ich. Max hat ihn vor Kurzem interviewt. Meinst du, Gernot sollte das wissen?«, flüsterte sie.

Michaela zuckte die Schultern. »Deine Entscheidung. Aber ich denke, das spielt für die Ermittlungen keine Rolle«, gab sie ebenso leise zurück.

»Okay, dann warte ich erst mal ab.«

Wie klein doch manchmal die Welt war, dachte Michaela. Über sieben Ecken kannte jeder irgendwie jeden, oder waren es gar nur sechs? Das hatten Studien gerade wieder bestätigt. Doris wollte Gernot nicht auf die Nase binden, dass ihr Freund mit dem Opfer bekannt gewesen war, das konnte sie nachvollziehen. Gerade Gernot konnte das leicht falsch interpretieren und sich womöglich auf dieses Detail stürzen, selbst wenn es komplett unwichtig war, einfach nur, um Doris das Leben schwer zu machen. So war er.

Sie schwor sich, falls es relevant werden sollte, dass Max das Opfer gekannt hatte, würde sie Doris raten, Gernot davon zu unterrichten, aber im Moment hätte sie sich ebenfalls dafür entschieden abzuwarten.

Als Steurer ihren Namen nannte, schreckte sie aus ihren Gedanken. »Vielleicht möchtest du uns erzählen, wie es mit dem Suchhund gelaufen ist?«, forderte Steurer sie auf.

»Oh, das war super. Sheila, also der Leichensuchhund, hat die fehlende Hand gefunden.« Sie fasste kurz den letzten Nachmittag zusammen und schloss mit den Worten: »Jetzt müssen noch die Spuren ausgewertet werden. Ich hoffe, dass nicht alle durch Tierfraß vernichtet wurden. Stellenweise konnte man die Knochen durchsehen, einige fehlten. Doris und ich waren auch noch einmal in der Wohnung, und auch dabei haben sich neue Erkenntnisse ergeben.« Sie berichtete von der Designerkleidung und den Luxusprodukten.

»Vielleicht handelt es sich um Hehlerware«, meinte einer der Kollegen.

»Das ist möglich. Wir werden das überprüfen«, gab Michaela zurück. Sie wusste auch schon, wer das übernehmen würde. Vincent war genau der Richtige für diese Aufgabe.

Wie es schien, hatte der Kollege den richtigen Riecher gehabt. Die Markenkleidung und die Luxuskosmetikartikel in Maria Kocis Wohnung waren gestohlen, wie Vincent nach umfangreichen Recherchen herausgefunden hatte. Auch wenn Michaela nicht mehr daran glaubte, dass Maria wegen des Diebesgutes oder wegen Geldes umgebracht worden war, stimmte es sie trotzdem zufrieden, auf wenigstens eine der vielen offenen Fragen eine Antwort gefunden zu haben.

In der Morgenbesprechung hatte sie nichts von Bernds Vermutung, Marias Ermordung könne der Auftakt zu einer Serie sein, erwähnt. Niemand, nicht einmal Steurer, hätte Verständnis dafür gezeigt, dass sie Bernd, der sich in Rekonvaleszenz befand, mit ins Boot geholt hatte, noch dazu, ohne Steurer vorher um Erlaubnis zu bitten. Sie hatte nur Vincent und Doris gegenüber Bernds Theorie angesprochen, und beide fanden, dass sie durchaus schlüssig klang.

»Dass du aber auch immer solche Fälle an Land ziehen musst«, sagte Doris.

»Ja, versteh ich auch nicht. Absichtlich mach ich das aber nicht. Der hier wurde mir als einfacher Fall verkauft«, gab Michaela zurück.

»Das heißt, wir können im Grunde nur warten«, erfasste Doris ihre Lage.

Michaela seufzte. »Sieht so aus.« Doris hatte es richtig erkannt. Warten war eine der schwierigsten Übungen im Job eines Kripobeamten. Und für sie besonders, denn es gab nichts, das sie mehr hasste, nichts, das sie mehr frustrierte. Sie war schon ungeduldig zur Welt gekommen, erzählte Michaelas Mutter gerne. Zehn Tage vor dem errechneten Geburtstermin und nur eine halbe Stunde nach Einlieferung ins Krankenhaus war sie geboren worden. Und auch später noch wollte Michaela nie warten. Nicht auf Weihnachten, nicht auf ihren Geburtstag, nicht auf ihre Einschulung, um endlich Lesen und Schreiben zu lernen …

Sie hatte immer das Gefühl, beim Warten auf etwas Bestimmtes etwas anderes zu versäumen. Ständig kreisten ihre Gedanken darum, was sie in der Zwischenzeit alles hätte erledigen können. Dass Warten aber auch Vorfreude bedeutete, hatte sie erst bei der Versorgung ihres Gartens gelernt. Denn Pflanzen konnte man zwar dazu bringen, ein wenig schneller zu wachsen, wenn man sich gut um sie kümmerte, aber selbst, wenn man sie düngte, goss, sie von Unkraut befreite und sie an einen geeigneten Platz setzte, dauerte es eben so lange, wie es dauerte, bis sie blühten oder Früchte trugen und man diese ernten konnte.

Das Warten dagegen, von dem Doris sprach, hatte einen besonders bitteren Beigeschmack, denn es bedeutete, dass womöglich ein weiterer Mensch starb, ohne dass sie etwas dagegen unternehmen konnten. Zum ersten Mal, seit sie den Fall übernommen hatte, überlegte sie, ob es nicht besser wäre, die Presse einzuschalten, um die Bevölkerung zu warnen. Gleichzeitig wusste sie, dass das rein gar nichts bringen würde. Denn erstens hatten sie selbst dafür zu wenige Anhaltspunkte, und zweitens war ihr klar, dass eine solche Aktion bloß eine Verzweiflungstat wäre. Ganz abgesehen davon, hätte sie dafür Steurers Einverständnis gebraucht und zum gegenwärtigen Zeitpunkt, bei dem Stand der Ermittlungen, hätte er ihr das verweigert, und das zu Recht. Sie würde an seiner Stelle genauso handeln. Eine goldene Regel im Umgang mit den Medien lautete: Gib nur Fakten weiter, keine Spekulationen, keine Mutmaßungen.

## KAPITEL 16

Michaela tippte unmotiviert an ihrem Bericht, der ohnehin schon überfällig war. Wenigstens das konnte sie erledigen, wenn sie sonst schon nichts weiter tun konnte. Doris telefonierte, wahrscheinlich mit Max, vermutete Michaela. Sie wollte nicht lauschen, aber es ließ sich nicht ganz vermeiden. Ihr gefiel, wie die beiden miteinander umgingen.

Was Vincent tat, sah sie nicht genau, wahrscheinlich versuchte er, die Designerkleidung aus Maria Kocis Wohnung mit den gestohlen gemeldeten Gegenständen abzugleichen. Auch wenn das Tötungsmotiv wohl ein anderes war, gehörte auch diese Aufgabe erledigt, und Michaela war froh, dass Vincent sich darum kümmerte.

Eben dachte sie über eine Formulierung nach, als ihr Telefon klingelte. »Michaela Baltzer«, meldete sie sich ein wenig abwesend, denn ihre Gedanken waren noch mit dem Bericht beschäftigt.

»Harald hier.«

Sofort hatte er ihre Aufmerksamkeit. Wenn Harald sie anrief, dann hatte das einen Grund. Der war zwar nicht immer erfreulich, aber da die Ermittlungen ohnehin stillstanden, konnte es viel schlimmer auch nicht mehr werden. »Hast du denn schon ein Ergebnis, die Hand betreffend?«

»Wie man es nimmt, es ist ... ach, besser du kommst zu mir herunter. Ich würde das nicht gern am Telefon besprechen.«

»Okay, in fünf Minuten bin ich da.« Sie legte auf und starrte noch eine Weile auf den Telefonhörer.

»Wer war das?«, wollte Doris wissen.

»Harald. Er hat etwas gefunden, aber er wollte es mir nicht am Telefon sagen.« Ihre Hand wanderte automatisch zu ihrer Braue, wo die Narbe ein dumpfes Pochen aussandte.

»Und dann sitzt du noch da?«, fragte Doris.

»Ich geh ja gleich. Aber komisch ist es trotzdem.« Wenn sie es sich genau überlegte, war es sogar mehr als ungewöhnlich. Was hatte er herausgefunden, das er ihr nur persönlich mitteilen konnte?

Mit gemischten Gefühlen ging sie die Treppe hinunter in die Forensik. Sie wollte ja nicht den Teufel an die Wand malen, aber ihr Bauch sagte ihr, dass sie etwas Unangenehmes erfahren würde. Das Pochen an ihrer Braue hatte sich in ein Ziehen verwandelt, ein Indiz für bevorstehende Probleme. Sie sollte vielleicht besser auf diese Anzeichen hören. Allerdings konnte sie auch schlecht einfach wieder umdrehen und in ihr Büro zurückgehen.

Vor der forensischen Abteilung blieb sie stehen, atmete tief durch und straffte die Schultern, ehe sie die Tür schwungvoll öffnete und beinahe mit Gernot zusammenstieß. Gerade rechtzeitig konnte sie ihm ausweichen, doch weder entschuldigte er sich noch erwiderte er ihren Gruß. Dir ist auch nicht zu helfen, dachte sie und trat ein, um Harald zu suchen. Der war kurz angebunden und wirkte gestresst. Kein Wunder, schließlich gab es mit dem neuen Fall jede Menge für ihn zu tun. Wahrscheinlich hatte er die halbe Nacht am Tatort verbracht, zumindest würde das die Schatten auf seinen Wangen, die müden Augen und seine gereizte Stimmung erklären.

»Ich kann auch ein anderes Mal wiederkommen«, bot sie an.

Er fuhr sich mit beiden Händen durch das Haar. »Nein, entschuldige, bei uns ist gerade die Hölle los.«

»Das kann ich mir vorstellen.« Sie verschränkte die Arme vor der Brust und fuhr fort: »Dann lass uns einfach Zeit sparen. Reden wir nicht um den heißen Brei herum. Weshalb hast du mich hergebeten? Hat es etwas damit zu tun, dass Gernot gerade hier rausgestürmt ist?«

Harald schüttelte den Kopf. »Gernot soll sich nicht so aufspielen. Ich tu eh schon, was ich kann, seit fünf bin ich auf den Beinen und hab noch nicht einmal gefrühstückt.«

Sofort bekam Michaela Mitleid mit ihm. »Dann solltest du eine Pause machen und etwas essen. Wir haben schon fast Mittag.«

»Keine Zeit.« Er wollte an ihr vorbei, doch sie verstellte ihm in den Weg. »Harald, sonst drängst *du* mich immer, etwas zu essen, wenn ich vor lauter Arbeit nicht weiß, wo mir der Kopf steht. Jetzt ist es einmal umgekehrt. Komm schon, ich lade dich ein. Du wolltest mir ja eh was sagen. Das kannst du in der Kantine genauso tun.«

Harald zögerte, schließlich gab er sich einen Ruck. »Überredet. Aber nur, weil du es bist. Und weil ich dann das nächste Mal wieder mit dir schimpfen kann, wenn du nichts essen willst.«

Michaela hielt ihm lächelnd die Hand hin. »Deal.« Da sie außer Kaffee ebenfalls noch nichts im Magen hatte, konnte sie durch ihren Vorschlag zwei Fliegen mit einer Klappe schlagen und nicht nur Harald, sondern auch sich selbst etwas Gutes tun.

Die Kantine war meist gut besucht, es kamen auch häufig Mitarbeiter aus den umliegenden Büros und Geschäften, um hier ihre Mittagspause zu verbringen. Michaela hatte früher oft in der Kantine gegessen, und später, als Valerie bei ihr lebte, hatte sie häufig etwas mit nach Hause genommen, wenn keine Zeit zu kochen gewesen war.

Michaela steuerte einen Tisch in der Ecke an, wo sie sich ungestört unterhalten konnten. Jetzt, kurz nach elf, waren die meisten Tische unbesetzt, aber schon in einer halben Stunde würde es voll sein.

Harald nahm sich ein Tablett, legte einen Teller mit zwei Lachsbrötchen und einen Schokomuffin darauf und bestellte sich an der Theke einen großen Braunen dazu.

Michaela schloss sich bei den Lachsbrötchen an, allerdings verzichtete sie auf Kuchen, dafür gönnte sie sich eine Obershaube auf ihrer Melange.

Gerade hatten sie Platz genommen, als Matthias Pfistermann die Kantine betrat, sie entdeckte, ihnen zunickte, sich eine Flasche Mineralwasser nahm, bezahlte und wieder verschwand. Auf seiner linken Wange klebte ein Pflaster. Er hatte sich wohl beim Rasieren geschnitten.

»Scheint es eilig zu haben«, meinte Harald.

»Wahrscheinlich hält ihn Gernot auf Trab«, gab Michaela zurück.

Harald legte sein Brötchen auf den Teller, wischte sich die Finger an einer Serviette ab und trank einen Schluck Kaffee. »Du hast mit ihm wohl ebenfalls keine guten Erfahrungen gemacht«, sagte er. Sie wusste sofort, dass Harald auf Matthias' Fauxpas am Fundort anspielte.

Da sie nicht näher auf ihre Differenzen mit Matthias eingehen wollte, antwortete sie knapp: »Er hat einfach nicht ins Team gepasst. Aber du wolltest sicher nicht mit mir über ihn sprechen, oder?«

»Was?« Gernot glaubte, sich verhört zu haben. Er hatte den Neuen in die Kantine hinuntergeschickt, damit er ihm Mineralwasser besorgte. Zu viel mehr als solchen Botendiensten war der nämlich nicht zu gebrauchen, wie sich herausgestellt hatte. Langsam hatte Gernot das Gefühl, dass Matthias geschummelt haben musste, um durch die Prüfungen zu kommen, wie sonst hatte er die Ausbildung geschafft? Er hatte so wenig Ahnung von Ermittlungsarbeit, dass es beinahe wehtat. Nun verstand Gernot auch, warum keiner protestiert hatte, als der Neue in sein Team versetzt werden sollte. Allerdings lernte er schnell, das musste man ihm anrechnen. Und er dachte mit, wie gerade jetzt auch. Denn neben der Flasche Wasser überbrachte Matthias nämlich auch noch die Nachricht, dass die Baltzer mit dem Leiter der Forensik gemütlich beim Mittagessen saß. »Ich dachte, ich seh nicht richtig. Kein Wunder, dass da mit unseren Proben nichts weitergeht.«

Gernot musste ihm recht geben. Wieder einmal zeigte sich, dass Harald Kammerer die Dringlichkeit der Untersuchungen nach eigenem Ermessen und aufgrund von persönlichen Vorlieben entschied. Das durfte nicht sein. Gernot hatte die Ermittlungen zweier Morde am Hals, eine Menge Überstunden und einen Kollegen, der neuerdings jeden Abend um sechs Uhr nach Hause ging, um mehr Zeit mit seiner Familie zu verbringen. Patricks zehnter Hochzeitstag war trotz des romantischen Abendessens nicht nach Wunsch verlaufen. Seine Frau hatte ihm ein Ultimatum gestellt – entweder er wäre zu Hause präsenter, oder sie wolle die Trennung. Gernot hatte Patrick geraten, das Unvermeidliche nicht hinauszuzögern, da es seiner Meinung nach über kurz oder lang ohnehin zur Scheidung käme. Doch der hatte ihn angesehen wie das verletzte Reh, das Gernot einmal in der Nacht angefahren hatte, und er hatte Mitleid mit dem jungen Kollegen bekommen. »Scheiß drauf, dann schau, dass du das mit Nadine wieder hinkriegst«, hatte er gesagt, auch wenn er wusste, dass das für ihn noch mehr Überstunden bedeutete.

Patrick hatte ein paarmal geblinzelt und sich mit der Hand über die Augen gewischt. »Und du? Ich kann dich mit diesem verdammten Fall doch nicht allein lassen.«

»Ach, nimm dich bloß nicht so wichtig, ich krieg das ganz gut alleine hin. Und zur Not hab ich den Grünschnabel.«

»Das heißt aber, dass du die ganze Arbeit erst recht selbst erledigen musst.«

Gernot zuckte die Achseln. »Wenn schon. Ich bin ganz gern allein. Im Gegensatz zu dir bin ich das gewohnt.«

Patrick bemühte sich in der Folge, Gernots Entgegenkommen durch besonders hohen Einsatz wettzumachen, aber die zu erledigenden Aufgaben richteten sich leider nicht immer nach den üblichen Büroarbeitszeiten. Außerdem musste man oft ein hohes Maß an Zeit und Geduld aufbringen, etwa beim Warten auf Untersuchungsergebnisse. Und Gernot wollte ungern länger als nötig warten. Vorhin in der Forensik, als er nachfragen wollte, wie weit die Untersuchungen gediehen waren, hatte Harald ihn vertröstet und sich mit Stress herausgeredet. Stress, ha! Ihn jammerte Harald an, wie anstrengend seine Arbeit war, und kaum war Gernot gegangen, ließ er sich von Michaela um den Finger wickeln, damit ihr Fall bevorzugt wurde. Das durfte es eigentlich nicht geben. Gernot würde sich bei Steurer beschweren.

Doch dann fiel ihm ein, dass der Chef ebenfalls zu Michaela Baltzer hielt. Meistens. Nein, immer. Sogar dann, wenn er vorgab, unabhängig zu entscheiden, wie bei Matthias' Versetzung. Nein, Gernot würde die Sache selbst in die Hand nehmen müssen. War vielleicht ohnehin besser. Seine Devise lautete: Wenn du willst, dass es gut wird, mach es selbst. Das war natürlich etwas überspitzt, und er wusste schon, wem er etwas anvertrauen konnte. Patrick hatte sich als zuverlässig erwiesen, war aber im Moment damit beschäftigt, seine Ehe zu retten. Eine Handvoll anderer Kollegen gab es noch, an deren Kompetenz er nicht zweifelte und mit denen er, wenn nötig, wieder zusammenarbeiten würde. Und dann gab es noch die anderen, leider die Mehrheit seiner Kollegen, die ihm zuwider waren – was auf Gegenseitigkeit beruhte. Aber er war schließlich auch nicht zum LKA gegangen, um Freunde zu gewinnen, sondern um Verbrecher hinter Gitter zu bringen – mit Erfolg. Und wenn ihm nicht ständig Steine in Form von unkollegialen Mitarbeitern, vielmehr in Form *einer* unkollegialen Mitarbeiterin, in den Weg gelegt würden, wäre er noch erfolgreicher. Irgendetwas musste er gegen Michaela Baltzer unternehmen, das stand fest, nur was?

## KAPITEL 17

Roger Kienast zu erwischen, war einfacher gewesen als gedacht. Zunächst hatte Prometheus sich mit Rogers Wesen vertraut gemacht, sich mit seinen Vorlieben und Gewohnheiten befasst. Roger war ein angenehmer Zeitgenosse. Prometheus wäre niemals auf die Idee gekommen, ausgerechnet ihn zu töten, höchstens aus Neid, wenn er denn ein neidischer Mensch gewesen wäre. Roger besaß zu viel Charme, zu viel Geld, zu viel Erfolg, zu viel Glück. Während bei manchen, denen alles in den Schoß fiel, der Charakter litt, schien Roger sich durchaus bewusst zu sein, welch privilegiertes Leben er führte und dass das keine Selbstverständlichkeit war. Daher unterstützte er verschiedene karitative Projekte. Prometheus hatte sich wirklich ernsthaft überlegt, ob er Roger nicht laufen lassen und sich stattdessen lieber ein mieses Arschloch als nächstes Opfer suchen sollte. Damit hätte er der Welt sogar noch einen Gefallen erwiesen. Doch genau darum war es in Mephistopheles' Kritik unter anderem gegangen: Das Opfer sollte nicht so ein Niemand sein wie die Nutte, sondern jemand, an den man schwer herankam, der eine echte Lücke hinterlassen würde, jemand, der im Fokus des öffentlichen Lebens stand. Prometheus erinnerte sich, dass er es als Fügung des Schicksals empfunden hatte, Roger beim Zahnarzt begegnet zu sein. Das bot ihm beim zweiten Aufeinandertreffen einen guten Aufhänger, um mit seinem Opfer ins Gespräch zu kommen. »Sehr angenehm, Sie kennenzulernen. Kann es sein, dass wir uns schon irgendwo begegnet sind?«, hatte er gefragt und dabei Rogers Hand geschüttelt. Der hatte den Händedruck erwidert und geantwortet: »Nicht, dass ich wüsste, aber finden wir es doch einfach heraus.«

Sie sprachen über viele Dinge. Zuerst nur Small Talk, dann auch über Themen, die polarisierten, wie Umweltschutz, den US-Präsidenten und die österreichische Politik, wobei Prometheus meist vorgab, Rogers Meinung zu teilen, natürlich nicht in allem, sonst hätte es womöglich aufgesetzt oder zu anbiedernd gewirkt. Schließlich war Prometheus der Zahnarzt eingefallen. »Welch ein Zufall«, sagte Roger. »Da haben wir so viele Gemeinsamkeiten, und dann auch noch denselben Zahnarzt.« Er schlug vor, sich einmal zum Sport zu verabreden, vielleicht zum Laufen. Da Prometheus Rogers Tagesablauf kannte, antwortete er mit einem Augenzwinkern: »Oh, gerne, so als Leidgenossen. Nur fürchte ich, dass es dir«, sie waren da schon längst beim Du angelangt, »zu zeitig sein könnte. Ich bin um fünf meist schon unterwegs. Um die Uhrzeit hat man beinahe das Gefühl, man wäre allein auf der Welt.«

»Kein Problem, ich bin ebenfalls Frühaufsteher und laufe auch immer um die Zeit.«

Prometheus grinste still in sich hinein und freute sich, dass Roger nicht der Heilige war, auf den man bei seinem Lebenswandel hätte schließen können, sondern offenbar schwindelte, um sich in ein besseres Licht zu setzen. Roger lief normalerweise nicht um fünf, sondern erst um halb sieben morgens, aber dafür ohne Ausnahme jeden Tag, wie Prometheus sehr genau wusste.

»Na, dann würde ich mir gerne deine Laufstrecke ansehen«, sagte er, und sie verabredeten sich für den übernächsten Tag zu einer gemeinsamen Morgenrunde am Mühlwasser.

Der Rest gestaltete sich genauso einfach. Sie liefen gemächlich und plauderten über alles Mögliche. An einer Stelle, die Prometheus günstig erschien, weil man sie nicht einsehen konnte, ließ er sich zurückfallen und stieß einen lauten Fluch aus. Sofort kehrte Roger um. »Alles okay?«, fragte er besorgt, als Prometheus sich den Knöchel hielt. »Ich fürchte, ich bin umgeknickt, eine Wurzel oder ein Stein«, antwortete er und verzog das Gesicht, als hätte er Schmerzen. An ihm war offenbar ein Schauspieler verloren gegangen. Er schien überzeugend zu wirken.

Roger trat an ihn heran, beugte sich zu ihm hinunter. Prometheus wickelte blitzschnell in einer fließenden Bewegung die Drahtschlinge, die er verdeckt am Körper getragen hatte, um Rogers Hals und zog zu. Dann schleppte er den zuckenden Körper seines Opfers in das angrenzende Gebüsch. Dort brachte er es zu Ende.

Prometheus überprüfte Puls und Atmung, und als er sich sicher war, dass Roger tot war, schob er dessen Laufshirt hoch und ritzte das Forenlogo in die Brust seines Opfers. Die ganze Sache hatte keine zehn Minuten gedauert. Etwa noch einmal so lange nahm er sich Zeit, das Opfer mit seinem Handy zu fotografieren und seine Spuren zu verwischen.

Auf dem Heimweg fühlte er sich regelrecht von einem Hochgefühl berauscht. Seine erste Handlung, nachdem er in der Wohnung angekommen war, führte ihn an den Computer, um Mephistopheles die Fotos zu schicken und voller Euphorie von seiner Tat zu berichten.

Als das erledigt war, stellte er sich unter die Dusche und merkte erst unter dem Strahl des heißen Wassers, dass seine Wange brannte. Da hatte ihn wohl ein Zweig erwischt und ihm einen kleinen Kratzer verpasst. Für einen Moment verkrampfte sich sein Magen. Wieder war ihm ein Fehler unterlaufen. Doch dann entspannte er sich wieder. Er musste sich keine Sorgen über hinterlassene DNA-Spuren machen, das Areal war riesig. Die Polizei konnte unmöglich alles nach Spuren absuchen. Und sollte er wider Erwarten doch mit dem Tatort in Verbindung gebracht werden, konnte er immer noch behaupten, er würde dort häufig joggen. Er wohnte nicht so weit entfernt, als dass es unglaubwürdig klang. Und Mephistopheles, dem würde er gar nicht erst davon erzählen. Der würde darin bloß wieder einen Anlass finden, ihm diesen kleinen Schnitzer vorzuhalten. Nein, das ersparte er sich lieber. Ein Fehler war keiner, solange niemand davon erfuhr.

Michaela hatte ihre Neugier gezähmt und darauf verzichtet, Harald weitere Fragen nach der Sache, die er mit ihr besprechen wollte, zu stellen. Sie fand, er solle erst mal in Ruhe seinen Kaffee trinken und essen. Trotzdem brachte sie selbst vor Aufregung kaum einen Bissen hinunter.

»Isst du das noch?«, fragte er und zeigte auf ihr Brötchen. Sie schüttelte den Kopf. »Meine Augen waren wohl größer als der Magen.«

Mit zwei Bissen verschwand das Lachsbrötchen in Haralds Mund. Dann war der Muffin dran. Nachdem er auch den verdrückt hatte, spülte er mit einem Schluck Kaffee nach, trank den Rest in einem Zug aus, wischte sich den Mund mit der Serviette ab und stellte die Tasse auf den Tisch. Michaela blickte ihn erwartungsvoll an. Was kam jetzt?

»Danke, das hat echt gutgetan. Also, ich wollte es dir als Erste sagen, gleich im Anschluss gehe ich zu Steurer. Ich denke, er muss entscheiden, was zu tun ist«, begann Harald. Michaela rutschte unruhig auf ihrem Stuhl hin und her, wollte Harald aber nicht unterbrechen, jetzt, wo er endlich dabei war, die Katze aus dem Sack zu lassen.

»Dieser neue Fall …«

»Gernots Fall?«, fragte sie nach.

»Ja. Also … eigentlich …«, er seufzte, ehe er weitersprach, »eigentlich sieht es so aus, als wäre er deiner.«

»Was?!« Das war bestimmt nur ein schlechter Scherz. Doch Haralds Miene wirkte kein bisschen belustigt. Mittlerweile waren die Tische rundum ebenfalls belegt, sodass er sich zu ihr herüberbeugte, damit die anderen Gäste ihn nicht hören konnten. »Michaela, wir haben doch verschiedene DNA-Spuren auf Maria Kocis Leiche sichergestellt. Eine war auch unter einem der Fingernägel der gefundenen Hand. Und die gleiche haben wir in unmittelbarer Nähe des Tatorts von heute Morgen entdeckt.« Er ließ seine Worte sacken.

Michaela war zu perplex, um zu antworten. Sie wusste nicht, was sie von dieser neuen Entwicklung halten sollte.

Erst nach und nach wurde ihr die Tragweite von Haralds Entdeckung bewusst. Wenn Maria Koci und dieser neue Fall zusammenhingen, und dieser wiederum mit der Medizinstudentin ...

»Was heißt, ›in unmittelbarer Nähe‹?«, fragte sie nach.

»Am Gestrüpp direkt bei der Leiche. Offenbar hat sich der Täter verletzt. Wir haben winzige Blutspuren gefunden. Und ja, es handelt sich um menschliches Blut. Mehr noch, wir haben eine Übereinstimmung, verstehst du? Einen Treffer beim DNA-Abgleich.«

»Irrtum ausgeschlossen?« Sie konnte es immer noch nicht glauben. »Wie könnt ihr das überhaupt so schnell wissen?«

»Weil wir die DNA nur miteinander vergleichen mussten. Und natürlich ist ein Irrtum ausgeschlossen. Wenn du nicht eben unser Essen bezahlt hättest, wäre ich jetzt beleidigt«, gab Harald zurück.

Michaela dachte nach. Schließlich fragte sie: »Darf ich dich um etwas bitten?«

»Kommt darauf an.«

»Kannst du noch ein paar Minuten warten, bis du damit zu Steurer gehst?«

»Du machst es mir nicht leicht. Ich habe schon jetzt zig Verstöße begangen, weil ich es zuerst dir erzählt habe.«

Michaela legte ihre Hand auf seine. »Eben, da kommt es auf zehn Minuten auch nicht mehr drauf an. Harald, bitte. Ich möchte ganz kurz mit Doris und Vincent besprechen, wie wir vorgehen wollen.«

»Was gibt es denn da zu besprechen?«, fragte Harald misstrauisch.

Michaela zog ihre Hand weg und lehnte sich zurück. »Es gibt zwei Möglichkeiten: entweder wir übernehmen alle drei Fälle, oder Gernot übernimmt sie. Ich tendiere zur ersten Möglichkeit. Durch die beiden anderen Morde haben wir ganz neue Ansätze, die wir verfolgen können. Außerdem ...«, sie rückte ganz nach vorn, beugte sich weit über den Tisch zu Harald und setzte flüsternd hinzu: »... außerdem habe ich Bernd eingeweiht und der ist uns schon ein paar Schritte voraus. Er hat gleich vermutet, dass es sich um einen Serienmord handelt. Und er hat recht.«

»Verdammt, Michaela, wie konntest du? Er ist krank, er soll in Ruhe gesund werden.«

»Psst! Das weiß ich«, gab sie immer noch flüsternd zurück. »Aber er hat mich regelrecht angefleht, ihm die Unterlagen zu schicken. Ihm fällt dort die Decke auf den Kopf, fürchte ich, und das hilft ihm nicht gerade dabei, schneller wieder gesund zu werden. Ich dachte, er braucht eine Motivation. Also, bekomme ich meine zehn Minuten?«

Harald warf resigniert die Arme in die Luft. »Ach, was soll's. Von mir aus.« Er sah auf die Uhr. »Aber um Punkt zwölf steh ich vor Steurers Schreibtisch.«

Michaela stand auf, umarmte Harald flüchtig und sagte: »Danke.«

»Und du weißt natürlich von nichts.«

»Natürlich nicht.« Sie ließ ihr Tablett ausnahmsweise auf dem Tisch stehen und lief die Treppe hoch in ihr Büro. Harald war großzügig gewesen, statt der von ihr erbetenen zehn hatte er ihr ganze zwanzig Minuten geschenkt.

Fünf Minuten vor zwölf hatten Doris, Vincent und sie eine einstimmige Entscheidung gefällt. Sie würden die drei Fälle übernehmen, egal, wie sehr sich Gernot auch wehrte. Sie war für den ersten Mord zuständig, und die anderen Fälle hingen jetzt mit dran. Es wäre sinnlos, weiterhin zwei Teams mit den Ermittlungen zu betrauen. Das würde Steurer mit Sicherheit ebenso sehen.

Kurz vor eins rief er an und bat Michaela in sein Büro. Offenbar war der Lift diesmal schneller, denn als sie noch ein halbes Stockwerk entfernt war, hörte sie Gernot bereits an Steurers Tür klopfen und eintreten.

Gleich darauf stand auch sie vor ihrem Chef, der hinter seinem Schreibtisch saß. Wie immer war der Tisch mit Unterlagen und Papieren übersät, und sie fragte sich jedes Mal, wie jemand in solch einem Chaos etwas wiederfinden konnte, aber sie musste ja nicht hier arbeiten.

»Nimm Platz!«, forderte Steurer sie auf. Michaela setzte sich auf den freien Stuhl neben Gernot und sah ihren Chef erwartungsvoll an, auch wenn sie in Wahrheit wusste, warum sie hergerufen worden war.

Steurer lehnte sich zurück und blickte erst Gernot an und dann sie. »Vorhin war Harald Kammerer bei mir«, fing er an. Gernot unterbrach ihn: »Über den wollte ich mit dir sowieso sprechen.« Doch Steurer ließ sich von Gernots Einwand nicht beirren. »Es haben sich ziemlich gravierende, neue Entwicklungen ergeben, die sich auf euch und eure Arbeit auswirken.« Er machte eine kurze Pause, um seine Worte wirken zu lassen.

Michaela verschränkte ihre Arme. Sie wusste ja, was nun kam. Gernot hingegen hatte keine Ahnung, wie auch?

»Am Tatort des neuen Falles wurde DNA gefunden, und zwar die gleiche wie bei Michaelas Fall.«

Gernot blieb der Mund offen stehen. »Wie? Dann ist Roger Kienast gar nicht mein Fall? Trifft sich gut, ich bin mit der Studentin eh ausgelastet.«

Steurer nickte. »Zu der kommen wir auch gleich. Roger Kienasts Ermordung steht eindeutig mit der von Maria Koci in Verbindung. Somit gehört der Fall Michaela. Aber wie du weißt, war Sabine Volkner das gleiche Zeichen eingeritzt worden wie dem neuesten Opfer, was wiederum die Schlussfolgerung zulässt, dass sie ebenfalls vom gleichen Täter ermordet wurde und zu den anderen gehört.«

Jetzt ergriff Michaela das Wort. »Sinnvollerweise sollte daher ein Team die Ermittlungen in allen drei Fällen übernehmen. Oder sieht das einer von euch anders?«

»Nein«, sagte Gernot.

»Ich bin ebenfalls deiner Meinung«, antwortete Steurer.

Michaela stand auf, klatschte in die Hände und wandte sich an Gernot: »Wunderbar, dann sind wir uns einig. Bitte lass mir doch alle Unterlagen zukommen. Ich muss wohl nicht betonen, dass es eil...« Ehe sie den Satz beenden konnte, war Gernot aufgesprungen. Seine Gesichtsfarbe hatte einen ungesunden Rotton angenommen, er wirkte, als würde er gleich platzen.

»Einen Scheiß werd' ich dir zukommen lassen, du...«, schrie er.

»Setzt euch. Alle beide«, befahl Steurer streng. Michaela gehorchte zuerst, schließlich nahm auch Gernot seinen Platz wieder ein. Erst da sprach Steurer weiter. »Angesichts der Komplexität dieser Fälle habe ich beschlossen, ein neues Team mit den Ermittlungen zu beauftragen.«

Sowohl Gernot als auch Michaela wollten protestieren, doch Steurer ging über ihre Einwände hinweg. »Ihr habt ja beide gesagt, dass es sinnvoll ist, die Fälle von einem Team klären zu lassen. Ich habe intensiv darüber nachgedacht, was das Beste wäre, und bin zu dem Entschluss gelangt, dass ihr ab sofort gemeinsam als ein Team an den Mordfällen arbeitet. Michaela übernimmt die Leitung, da sie den ersten dieser Fälle, bei denen es sich offenbar um eine Serie handelt, in Bearbeitung hat. Außerdem hat sie, gerade in den letzten Monaten, Erfahrungen mit Serientätern gesammelt. Gernot, ich schätze deine Arbeit sehr, das weißt du. Es hat keinerlei persönliche Gründe, dass ich Michaela die Leitung übertrage, das ist eine rein pragmatische Entscheidung. Richtet euch einen der kleinen Konferenzräume als Gemeinschaftsbüro ein. Wenn ihr noch etwas braucht, gebt mir Bescheid. Ich werde mich bemühen, euch alle Mittel bereitzustellen und euch so gut es geht zu unterstützen. Und nun, an die Arbeit – und bitte, ohne Gezeter. Dafür hab ich weder die Zeit noch den Nerv. Außerdem möchte ich, dass die Presse außen vor bleibt. Keine Interviews oder sonstigen Informationen. Alles, was nach außen dringt, läuft über mich.«

Michaela brachte kein Wort heraus. Das Presseverbot

bereitete ihr keine Sorgen, doch der Rest des Gesprächs war völlig anders verlaufen als erwartet. Gernot und sie. In einem Team? Das würde zu Mord und Totschlag in den eigenen Reihen führen. Patrick war ja ganz okay, aber Matthias ... Den würde sie dann auch wieder ertragen müssen.

Gernot hatte es im ersten Moment ebenfalls die Sprache verschlagen. Doch nachdem er sich gefangen hatte, appellierte er an Steurer: »Das wird nicht gut gehen. Du kennst doch den Spruch: Zu viele Köche verderben den Brei. Es sind nun eindeutig zu viele Personen in der Küche. Wir werden uns gegenseitig auf die Zehen steigen.«

»Herrschaftszeiten, Gernot, was verstehst du an ›kein Gezeter‹ nicht? Ihr seid erwachsene Menschen, und ich erwarte eine professionelle Herangehensweise und Teamarbeit. Das steht übrigens auch im Anforderungsprofil eurer Stellenbeschreibungen.« Mit dieser Ansage hatte Steurer ihnen beiden den Wind aus den Segeln genommen.

In Michaela breitete sich eine Welle des Widerwillens aus, die sie nur mit Mühe unterdrücken konnte. Gernot schien es nicht besser zu ergehen. Er stand auf, lief zur Tür, riss sie auf, stürmte hinaus und schlug die Tür wieder hinter sich zu. Auch Michaela erhob sich.

»Tja. Dann werde ich mal Vincent und Doris über diese ... neue Entwicklung informieren. Schönen Tag noch.«

Sie hatte die Tür bereits geöffnet, als Steurer sie zurückrief. Sie drehte sich zu ihm um und blieb abwartend stehen.

»Mag sein, dass du mit meiner Entscheidung nicht

einverstanden bist, aber ich wollte einfach meine zwei besten Mordermittler damit beauftragen. Seht es als Chance. Doppeltes Personal, doppelter Einsatz, doppelter Erfolg.«

Sie nickte, dachte aber, dass sie liebend gern auf Gernot und seine Mitarbeiter verzichtet und dafür mehr Überstunden in Kauf genommen hätte, wenn sie die Fälle allein hätte bearbeiten dürfen. Es würde keine Zusammenarbeit, sondern ein einziges Desaster werden.

»Mit ein bisschen gutem Willen geht das schon«, fügte Steurer hinzu.

»Ich glaube, guter Wille allein reicht hier nicht aus«, murmelte Michaela, verabschiedete sich und zog die Tür hinter sich zu. So mühsam wie heute war ihr das Treppensteigen noch nie vorgekommen. Die ganze Zeit über zermarterte sie sich das Hirn, wie sie Steurers Entscheidung schonend ihren Kollegen beibringen konnte.

Gernot musste sich zurückhalten, um nicht mit der Faust gegen die Wand zu schlagen. Alles in ihm sträubte sich gegen die Zusammenlegung seines Teams mit dem von Michaela. Ob Steurer das absichtlich entschieden hatte, um ihn auszubooten? Es war offensichtlich, wen er bevorzugte. Ha! Keine persönliche, sondern eine pragmatische Entscheidung? Das nahm er ihm nicht ab.

Er riss die Tür zu seinem Büro auf, sie krachte gegen die Wand, doch das war ihm egal. Genauso heftig knallte er die Tür hinter sich wieder zu.

»Scheinst keine guten Nachrichten zu haben«, sagte Patrick.

Als wäre ganz plötzlich durch diesen Ausbruch die Luft aus ihm entwichen, ließ Gernot sich auf seinen

Stuhl plumpsen. Er stützte seinen Kopf auf beide Hände und sah zu Boden, um sich ein wenig zu sammeln. Es half ja doch nichts – bis ihm eine Lösung einfiel, musste er sich Steurers Entscheidung beugen. Er hob den Kopf und blickte seine Kollegen an. »Ihr könnt schon mal eure Sachen packen. Wir ziehen um.«

»Wie ... wohin denn?«, fragte Matthias irritiert.

»Einen Stock tiefer. Wir sind ab sofort der Baltzer zugeteilt, unsere beiden Fälle gehören jetzt offiziell ihr. Patrick, du kannst dir von mir aus auch Urlaub nehmen, ist eh schon egal. Und eine bessere Gelegenheit wirds sicher nicht so schnell geben.« Er griff zu der Wasserflasche auf seinem Schreibtisch, trank einen großen Schluck, um den bitteren Geschmack aus seinem Mund zu vertreiben, doch es half nicht. Dafür hätte es einen Kognak oder Whisky gebraucht, auf jeden Fall etwas Alkoholisches, etwas, das stärker war als Bier. Heute Abend, nahm er sich vor, würde er die Flasche Single Malt öffnen, die er seit einem Jahr in seiner Bar stehen hatte. Er hatte sie für einen besonderen Anlass aufbewahrt, und wie es schien, war jetzt der Tag gekommen, sich mit einem wirklich guten Whisky zu betrinken.

Michaela nahm sich einen Moment Zeit, ehe sie ihr Büro betrat. Tausend Dinge waren nun zu erledigen, allen voran musste sie dafür sorgen, dass sie in einem der Besprechungsräume vernünftig arbeiten konnten, sie brauchten die Infrastruktur, Computer, Telefonanschlüsse, Flipcharts ...

»Und, wie ist es gelaufen?«, fragte Doris, sobald Michaela das Büro betreten hatte.

»Die gute oder die schlechte Nachricht zuerst?«,

fragte sie zurück. Nun drehte sich auch Vincent zu ihr um und sagte: »Die gute.«

Sie holte tief Luft und setzte ein Lächeln auf. »Also, die gute Nachricht lautet, dass Steurer die Leitung aller drei zusammengehörigen Fälle mir übertragen hat.«

»Das ist doch toll. Genau, was wir wollten«, sagte Doris.

Michaela nickte. »Damit kommen wir zur schlechten Nachricht. Wir haben Gernot und sein Team, inklusive Matthias – schon wieder – am Hals.«

In der Stille, die nach ihrer Ankündigung herrschte, hätte man die sprichwörtliche Stecknadel fallen hören können. Dann räusperte sich Vincent. »Das packen wir«, sagte er.

Schön, dass er das so positiv sah. Und Doris meinte: »Na ja, wenigstens bist du der Boss, oder? So gesehen hätte es auch schlimmer kommen können.«

Da war sich Michaela nicht so sicher. Mit Gernot zusammenzuarbeiten wäre auch so schon schwierig genug, aber jetzt, da auch noch an seinem Ego gekratzt wurde? Dass Steurer sie als Leitung für das Team ausgewählt hatte, musste Gernot ziemlich sauer aufstoßen, er war ohnehin nicht gut auf sie zu sprechen, genau genommen mochte er niemanden. Wenn er alleine hätte arbeiten dürfen, hätte er das getan. Die Zusammenarbeit mit Patrick funktionierte nur deshalb, weil der ein gutmütiger und friedliebender Mensch war, der alles tat, was Gernot von ihm verlangte. Wie Gernot zu Matthias, dem neuen Kollegen, stand, konnte sie nicht sagen. Zumindest in einigen Dingen waren die beiden einer Meinung, und das genügte vielleicht schon, um Gernots Wohlwollen zu genießen.

»Heißt das, wir müssen jetzt unser Büro teilen? Ich meine, zu sechst wäre es dann schon sehr kuschelig«, gab Doris zu bedenken. Vincent riss erschrocken die Augen auf. »Bloß nicht«, sagte er.

Beim Anblick seines Gesichtsausdrucks musste Michaela lachen. Gut, dass sie ihren Humor nicht verloren hatte. »Nein, keine Sorge. Wir wechseln in einen der Besprechungsräume auf der Etage. Steurer hat gesagt, wir kriegen, was wir brauchen. Also, was brauchen wir dringend?«

»Eine neue Kaffeemaschine«, sagte Vincent wie aus der Pistole geschossen.

»Ich glaube, das hat Steurer damit nicht gemeint«, gab Michaela lächelnd zurück. Aber sie nahm sich vor, auf dem Heimweg in einem Elektronikmarkt eine Kaffeemaschine zu besorgen, denn offenbar hing Vincents Glück davon ab. Es musste ja nicht gleich die teuerste sein.

»Telefon, Fax, Internetanschluss«, zählte Doris auf. »Die überzähligen Tische und Stühle müssen ausgeräumt werden. Und wir brauchen die große Tafel.« Doris bezog sich auf die Tafel, die in ihrem Büro an der hinteren Wand stand und auf der Michaela ein eigenes System entwickelt hatte, mit dem sich ihre Fälle und die dazugehörigen Fakten strukturieren ließen. Diese Art der Visualisierung half dabei, Zusammenhänge zu erkennen, die sie sonst vielleicht nicht gesehen hätten.

»Die muss natürlich mit«, stimmte Michaela zu. »Hoffentlich ist sie groß genug, sonst brauchen wir noch eine zweite.«

»Wenn nicht noch mehr Morde dazukommen, reicht sie«, gab Doris trocken zurück.

Doris' Worte ließen Michaela frösteln, und ihre Narbe zog sich schmerzhaft zusammen. Drei Menschen waren in den letzten drei Wochen gestorben, und die Wahrscheinlichkeit, dass es noch weitere Opfer geben könnte, war hoch. Sehr hoch sogar. In einem Anflug von Galgenhumor überlegte sie, ob sie nicht gleich noch eine zweite Tafel organisieren sollte.

## KAPITEL 18

Mephistopheles sah sich die Bilder an, die Prometheus ihm geschickt hatte. Ihm gefiel, was er sah. Prometheus hatte sich im Vergleich zu seinem ersten Mord deutlich gesteigert. Er war nicht planlos an die Sache herangegangen, hatte nicht jemanden ausgewählt, der ihm zufällig über den Weg gelaufen war, sondern sich gezielt ein Opfer gesucht. Er hatte den richtigen Ort und die richtige Zeit abgepasst und sogar das Logo in die Brust des Mannes geritzt. Mephistopheles selbst hätte es zwar nicht so groß und auffällig angebracht, aber er musste zugeben, dass es ganz passabel aussah. Prometheus lechzte nach seiner Anerkennung, das konnte Mephisto aus jedem der Sätze herauslesen. Doch genau die würde er dem Jüngeren verwehren. Denn auch das musste Prometheus dringend lernen: Seine Überheblichkeit und seine Geltungssucht zu zähmen. Menschen wie Prometheus, die mit ihren Morden prahlten, kamen schnell zu Fall. Sie ließen sich leicht aus der Reserve locken, indem man ihre Taten herabwürdigte.

Prometheus gierte geradezu nach einer Reaktion von ihm, wartete auf sein Lob. Nun, in nächster Zeit würde der Junge eine Menge Geduld brauchen, denn Mephisto dachte nicht daran zu antworten. Sein Urteil würde folgen, natürlich. Ihm schwebte eine ganz besondere Antwort vor. Er hatte eine Sängerin im Visier, der es gelungen war, durch eine dieser Castingshows, die Mephisto so verabscheute, einen gewissen Bekanntheitsgrad zu erlangen. Er hatte in den Promi-Nachrichten von ihr erfahren. Die Karten für die Konzerte waren schon seit einem halben Jahr ausverkauft. Er konnte ja solchen Massenveranstaltungen nichts abgewinnen, aber das sollte jeder für sich entscheiden. Als Vorbereitung hatte er sich ein paar ihrer Songs und Videos im Internet angesehen. Was so viele Menschen an dieser Art von Musik fanden, war ihm ein Rätsel. Manche Dinge würde er nie nachvollziehen können. Musste er auch nicht. Die besondere Herausforderung lag nun darin, an die Sängerin heranzukommen, allerdings war sie auch nicht gerade ein Hollywoodstar – und selbst die waren zuweilen ohne Bodyguard unterwegs. Einmal hatte er diesen Actionstar, dessen Namen er sich nicht merken konnte und der die gewagten Stunts angeblich alle selbst ausführte, gesehen, wie er einfach so, komplett unbehelligt, mit Ehefrau und dem gemeinsamen Kind in der Innenstadt über die Kärntnerstraße spaziert war. Ohne Schminke sahen selbst Stars durchschnittlich aus, hatte er festgestellt. Er hatte den Schauspieler trotzdem sofort erkannt.

Die ständige Medienpräsenz der Sängerin kam ihm jetzt zu Hilfe. Er erfuhr in den Morgennachrichten, in welchem Hotel sie absteigen, und dass sie vier Tage in Wien bleiben würde, um sich die Stadt anzusehen. Heute Nachmittag würde sie am Flughafen Schwechat landen. Begleitet von Presse und Fernsehkameras würde sie in ihr Hotel fahren, wo bestimmt eine Menge Fans warteten, um ein Autogramm zu ergattern. Auch er wäre da, eingebettet in die Menschenmenge, präsent, aber doch unsichtbar zwischen all den anderen; einer unter vielen, wenn auch mit einem ganz eigenen Ziel. Dass für seine Aufgabe nur vier Tage zur Verfügung standen, machte die Angelegenheit einerseits schwieriger, andererseits aber auch interessanter.

Er sah auf die Uhr. Langsam sollte er sich auf den Weg machen. Zu Fuß brauchte er bis zum Hotel über eine Stunde. Einen Zeitpuffer von dreißig Minuten hatte er eingeplant, man konnte ja nie wissen. Außerdem könnte er weiter vorne in der Menge stehen, wenn er früh dran war, und er wollte sie unbedingt aus der Nähe sehen, um ein Gefühl für sie zu bekommen. Viele Menschen rühmten sich ja, jemanden auf den ersten Blick durchschauen zu können. Und Soziopathen wie er besaßen ohnehin die Fähigkeit, ihre Mitmenschen innerhalb kürzester Zeit einschätzen und ihre wunden Punkte ausmachen zu können. Es ging dabei um weit mehr als nur genaues Beobachten. Man musste die Informationen auch einordnen und miteinander verknüpfen. Es waren viele kleine Zeichen, die ein Gesamtbild des Gegenübers ergaben: Mimik, Gestik, Körpersprache.

Wie genau er das bewerkstelligte, wusste er selbst nicht, vielleicht war es eine Gabe oder ein Talent, aber es war jedenfalls immens hilfreich, wenn nicht sogar überlebensnotwendig. Vielleicht wäre er ohne dieses Geschick sogar schon längst verhaftet worden.

Der lange Fußmarsch von seiner Wohnung zum Hotel hatte beinahe etwas Meditatives. Die überflüssigen

Gedanken, die in seinem Kopf herumspukten, verflogen, er richtete seinen Fokus auf das Wesentliche, ging im Geist seine Möglichkeiten bis zum Schluss durch. Als er endlich am Hoteleingang angekommen war und direkt vor dem goldenen Seil, das als Absperrung diente, Position bezog, hatte er nicht nur eine, sondern mehrere Ideen entwickelt und bis ins Detail ausgearbeitet. Welche er umsetzen wollte, würde er entscheiden, sobald er sie in natura sah.

Neben ihm wurde es eng. War es vorhin noch eine überschaubare Menge an Fans gewesen, die sich um die Absperrung scharten, hatte die Zahl der Schaulustigen, die einen Blick auf den Star erhaschen wollten, in der letzten halben Stunde beträchtlich zugenommen, vorwiegend junge Leute, alle bewaffnet mit Smartphones, um Fotos zu machen und diese gleich in den sozialen Netzwerken zu verbreiten.

Und dann endlich fuhr die weiße Stretchlimousine vor, und er wusste, noch ehe er sie sah, dass er gut daran getan hatte, sich für sie zu entscheiden. Er hasste Menschen, die mit ihrem Reichtum protzten, ihren Status wie einen Orden vor sich hertrugen und so taten, als wären sie der Nabel der Welt. Die Limousine hielt, der Fahrer stieg aus, lief um den Wagen herum und öffnete die hintere Wagentür, um die Frau aussteigen zu lassen. Die erste Überraschung erblickte er an dem Paar Füße, das aus dem Wagen gestreckt wurde. Er hatte erwartet, dass sie Stöckelschuhe trug, doch es wurden zwei weiße Turnschuhe sichtbar. Bestimmt waren sie exklusiv und extrem teuer.

Die Frau, die dann ausstieg, sah völlig anders aus als auf den Bildern, die er im Internet angeklickt hatte.

Eine Sonnenbrille steckte auf ihrem Haar, anstatt ihre Augen zu verbergen. Sie war kleiner, als er anhand der Fotos vermutet hatte. Auf der Straße hätte er sie sicher nicht erkannt. Sie blieb einen Moment stehen, um ihren Fans die Möglichkeit zu geben, sie zu fotografieren. Dabei drehte sie sich um ihre eigene Achse, lächelte und winkte ihnen zu. Ihre Bewegungen und Posen wirkten routiniert und geübt, trotzdem war nichts an ihr gekünstelt.

Sie trat an die Absperrung, schüttelte Hände, sprach mit den Menschen, die auf sie gewartet hatten, und gestattete sogar einigen, Selfies mit ihr aufzunehmen. Als sie auf seiner Höhe stand, trafen sich ihre Blicke für einen Moment. Jedes Detail ihres Gesichts prägte sich ihm ein: die bernsteinfarbenen Punkte auf ihrer Iris, die lustigen Sommersprossen auf Nase und Wangen, die winzigen Lachfältchen um Augen und Mund, die Farbe ihres Haares, das ihn an Waldhonig erinnerte. Sie schenkte ihm ein Lächeln, eines, das nur ihm gehörte und das er für immer in seinem Herzen bewahren wollte. In diesem Moment hatte er das Gefühl, sie würde ihn bis in sein Innerstes kennen, sie war keine Fremde mehr für ihn und er nicht länger für sie. Doch dann ging sie weiter, und der Zauber des Augenblicks war vorbei. Er sah ihr nach, bis sie durch die große Glastür in der Lobby verschwand. Das Rufen, Kreischen und Pfeifen der Menschen wurde weniger und verebbte schließlich ganz. Langsam zerstreute sich die Menge wieder, nur er blieb und versuchte seine Gedanken, die immer noch unter dem Bann der Begegnung mit Alicia Schwarz standen, zu ordnen. Selten war er solch einer beeindruckenden Persönlichkeit begegnet.

Der Star auf der Bühne und vor den Kameras hatte so wenig mit der Frau gemein, die er hier eben getroffen hatte, als wären es zwei komplett verschiedene Menschen. Es musste diese Ausstrahlung sein, der sich nicht einmal er entziehen konnte, die sie bei ihren Fans so beliebt machte.

Langsam entfernte er sich vom Eingangsbereich des Hotels, aber nicht allzu weit, nur in die nächste Seitenstraße, wo es ruhiger war. Dann nahm er sein Smartphone, suchte die Telefonnummer des Hotels heraus und wählte.

»Guten Tag, wie können wir Ihnen behilflich sein?«, fragte die Dame von der Rezeption.

»Ich benötige ein Zimmer für eine Nacht.«

»Natürlich. Gerne, der Herr. Wann gedenken Sie anzureisen?«

»Morgen. Ich hoffe, das ist nicht zu kurzfristig.«

»Kein Problem. Auf welchen Namen darf ich reservieren?«

Prometheus' Laune sank mit jeder Stunde, die er auf Antwort wartete. Er hatte sich extra beeilt, nach Hause zu kommen, in der Hoffnung, eine Nachricht von Mephisto vorzufinden, in der er ihm seine Bewunderung für die gelungene Aktion aussprach. Doch sein Mailordner war leer, und er musste sich mit der Erkenntnis begnügen, dass Mephistopheles entweder die Fotos noch gar nicht betrachtet oder keine Zeit gehabt hatte zu antworten.

Eigentlich wurde Prometheus heute noch erwartet und würde wohl die Nacht nicht in seinen eigenen vier Wänden verbringen, wie so oft in letzter Zeit. Dass sein

Privatleben leiden würde, dessen war er sich bewusst gewesen, als er sich zu einer festen Beziehung entschlossen hatte. Er hatte lange überlegt, ob eine solche Bindung für jemanden wie ihn überhaupt infrage kam oder machbar war. Er war zu dem Ergebnis gelangt, dass das von der Partnerin abhing, grundsätzlich aber vielleicht sogar eine gute Idee darstellte, da es zu seiner Tarnung beitragen konnte. Wer verdächtigte schon einen liebevollen und fürsorglichen Mann, der alles für seine Familie tat, ein Psychopath und Mörder zu sein?

Es fiel ihm nicht schwer, sich anzupassen, zudem war seine Freundin ein toleranter Mensch und akzeptierte seine Eigenheiten, wie zum Beispiel, dass er seine Wohnung behalten wollte, auch wenn er die meiste Zeit bei ihr verbrachte, ja eigentlich sogar schon bei ihr eingezogen war.

Die Beziehung zu ihr war ein Stück Normalität, nach der er sich immer gesehnt hatte. Früher hatten die Leute ihn im besten Fall als Egozentriker bezeichnet, als Sonderling. Im schlimmsten Fall handelte er sich Beschimpfungen ein, wobei »Spinner« oder »komischer Kauz« noch die harmlosesten waren. Sosehr er sich auch anstrengte, wie alle anderen zu werden, es gelang ihm nie, und er schwor, sich eines Tages an all seinen Peinigern zu rächen, auch wenn er damals noch keine Ahnung hatte, wie er das anstellen wollte. Heute wusste er es. Zwar hatte ihm bis vor Kurzem der Mut gefehlt, doch durch Mephistopheles' Zuspruch, seine Unterstützung und Anleitung hatte er den ersten Schritt gewagt. Und dann den zweiten. Ihm war klar, dass er einen Weg eingeschlagen hatte, von dem es keine Umkehr gab. Er konnte natürlich stehen bleiben, wo er jetzt war.

Da gefiel es ihm nicht schlecht, und niemand würde je herausfinden, woher er gekommen war. Aber würde ihm das reichen? Jetzt, wo er wusste, wohin der Weg führen konnte und welche Abenteuer ihn auf seiner Reise möglicherweise erwarteten? Die Antwort war ein lautes, eindeutiges Nein aus seinem Inneren. Und wer sagte eigentlich, dass er nicht beides haben konnte? Er musste es nur geschickt anstellen. Es machte ihm zwar nichts aus, alleine zu wohnen, aber es brachte durchaus Vorteile mit sich, mit jemandem das Bett zu teilen. Und er meinte damit nicht nur den Sex, auch wenn der ebenfalls nicht schlecht war. Er genoss es, dass es jemanden gab, der zu ihm aufsah, für den er Vorbild sein konnte; dass er gebraucht und respektiert wurde, und dass jemand Wert auf seine Meinung legte. Das war etwas, das er sich in seinem Berufsleben hatte hart erkämpfen müssen, während seine Freundin ihm das einfach schenkte. Sie kennenzulernen war ein Glücksgriff gewesen. Anfangs hatte sie so getan, als wolle sie nichts von ihm wissen. Dadurch war sein Jagdinstinkt geweckt worden, und er wollte sie um jeden Preis erobern.

Er musste sich mächtig ins Zeug legen, um sie herumzukriegen, aber schließlich war sie seinem Charme doch erlegen. Hätte er Liebe empfinden können, würde er sie wohl lieben, doch nun tat er eben so, als ob. Er wusste ganz genau, was sie hören wollte, kannte ihre Wünsche und Erwartungen an ihn, und offenbar machte er seine Sache gut, denn sie hatte bisher nicht gemerkt, dass seine Gefühle nur gespielt waren, im Gegenteil. Sie sagte sogar, dass sie noch nie jemanden getroffen hatte, der so aufmerksam ihr gegenüber war wie er. Und dass sie sich immer gewünscht hatte, ein Mann würde sie ohne viele Worte verstehen. Wobei das eine leichte Übung für ihn darstellte, denn er tat bloß, was er immer schon getan hatte: seine Mitmenschen beobachten, um ihr Verhalten zu kopieren und im richtigen Moment selbst anzuwenden. Früher hatte er dabei häufig Fehler gemacht und unpassende Reaktionen gezeigt, wodurch man ihn erst recht als Sonderling abgestempelt hatte. Aber er beging den gleichen Fehler nie zweimal, sondern zog aus jedem seine Lehren.

Seine Überlegungen wurden vom Klingelton seines Handys unterbrochen. »When You Came Into My Life« von den Scorpions. Ihr zuliebe hatte er den Klingelton personalisiert, der Song schien ihm passend, und sie war davon sehr berührt gewesen, also hatte er ihn beibehalten, auch wenn es ihm eigentlich nur darum gegangen war, schon beim ersten Ton zu wissen, wer ihn anrief.

»Hallo, Schatz«, sagte er. Er lauschte ihrem Redeschwall. Frauen schätzten es, wenn Männer zuhören konnten.

»Ich dachte, wir könnten heute zur Abwechslung essen gehen.«

»Das würde ich wirklich gern. Aber es geht nicht. Ich wollte dich deswegen schon anrufen. Wie es aussieht, bin ich in den nächsten Tagen beruflich sehr eingespannt, kann sogar sein, dass ich ins Ausland muss. Ich fürchte, ich werde gar keine Zeit haben.«

»Ach, das ist ja schade. Das heißt, ich sehe dich in nächster Zeit gar nicht?«

»Ich fürchte, ja. Aber sei nicht traurig. Ich bringe dir was Nettes mit.«

Ihr Seufzen drang an sein Ohr. Dann sagte sie: »Kann man wohl nicht ändern. Du musst viel arbeiten, und wie es aussieht, ich auch. Dann pass gut auf dich auf, ja?«

»Ich melde mich, sobald ich kann. Ich liebe dich.« Er legte auf. Die Lüge war ihm leicht über die Lippen gekommen, sie diente einem guten Zweck und machte sie glücklich. Warum sollte er die Worte nicht aussprechen? Sie wurden, wie er fand, sowieso stark überbewertet, immer dieser Rummel um das »Ich liebe dich«: ganze Romane, abendfüllende Filme – alles nur dieser drei Worte wegen.

Der Vorwand, er müsse beruflich verreisen, war ein spontaner Einfall gewesen, aber ein guter. So musste er sich keine Gedanken mehr darüber machen, dass sie ihn auf die Kratzer ansprechen könnte. In ein paar Tagen wären sie ohnehin nicht mehr zu sehen.

Aber das war nicht der einzige Grund, warum er lieber in seiner Wohnung bleiben wollte, anstatt die Zeit, wie üblich, mit seiner Freundin zu verbringen. Er wollte auf Nachricht von Mephistopheles warten. Seine Mails konnte er natürlich überall abrufen, auch in den sozialen Netzwerken war er mit dem Smartphone, seinem Tablet oder mit dem Laptop unterwegs, nicht aber im Forum »Der_Kreis_des_Bösen«. Dieses besuchte er nur von seinem gesicherten und geschützten Rechner von zu Hause aus, genauso wie er mit Mephistopheles ausschließlich von diesem Computer aus in Kontakt trat. Mancher hätte das vielleicht für eine übertriebene Maßnahme gehalten, aber Sicherheit ging in dem Fall über alles. Und schließlich stand nicht nur seine Freiheit auf dem Spiel, sondern auch die seines Mentors und Freundes. Und wenn er nicht sicher gewesen wäre, dass dieser ebensolche Vorkehrungen getroffen hatte, hätte er es gar nicht erst gewagt, ihm die Fotos seiner Opfer zu schicken.

Nachdem Prometheus über zwei Stunden umsonst auf Antwort von Mephistopheles gewartet hatte, verließ er schweren Herzens die Wohnung. Die Geschäfte schlossen bald, und er musste einkaufen gehen, um sich für die nächsten drei, vier Tage, noch besser für eine ganze Woche, mit Lebensmitteln einzudecken. Solange gedachte er, unterzutauchen und so zu tun, als wäre er verreist. Gegenüber allen, mit denen er sich unterhielt, erwähnte er beiläufig, dass er beruflich für ein paar Tage wegmüsse. Für den unwahrscheinlichen Fall, dass er die Wohnung während dieser Zeit doch verlassen musste und dabei gesehen wurde, konnte er ja immer noch behaupten, er wäre früher als geplant zurückgekehrt.

Nachdem alles erledigt und er wieder zu Hause war, rief er seine Nachrichten auf, doch Mephisto hatte immer noch nicht zurückgeschrieben. Auch eine Stunde später nicht, nicht um Mitternacht und um zwei Uhr, als er ins Bett ging, ebenso wenig. Prometheus meldete sich in »Der_Kreis_des_Bösen« an und stellte fest, dass Mephisto zuletzt vor zwei Tagen eingeloggt war. Es schien, als wäre er von der Bildfläche verschwunden. Noch war es zu früh, um sich Sorgen zu machen. Man konnte ja nicht erwarten, dass Mephisto den ganzen Tag vor dem Rechner saß, bestimmt hatte er noch andere Dinge zu tun. Doch trotz aller Erklärungen, die er sich für Mephistopheles' Schweigen zurechtlegte, wurde Prometheus von herber Enttäuschung erfasst. Hieß es nicht, man solle den Tag nicht vor dem Abend loben? Dieser Tag jedenfalls endete bei Weitem nicht so gut, wie er angefangen hatte.

## KAPITEL 19

Den Nachmittag verbrachte Michaela damit, einen der größeren Räume auf ihrer Etage in ein funktionierendes Büro für sechs Personen umzugestalten. Steurer hatte zwar betont, er würde ihnen alle Mittel zur Verfügung stellen, die sie benötigten, aber Handwerker gehörten wohl nicht dazu. Es war nicht das erste Mal, dass zwei oder mehr Teams zu einer Sondereinheit zusammengeschlossen wurden, auch sie hatte mehrmals in solch einer SOKO mitgearbeitet, aber noch nie zuvor die Leitung innegehabt. Normalerweise richteten die Teammitglieder der Sonderkommission gemeinsam die Arbeitsräume ein. Das ging schneller, und jeder konnte seine Wünsche äußern, allerdings glaubte sie nicht, dass Gernot ihr zur Hand gehen würde und genauso wenig, dass er Patrick oder Matthias gestattete, ihr zu helfen. Deshalb war sie überrascht, als kurz nach vier die beiden vor ihr standen. Matthias hatte seinen Laptop unter einen Arm geklemmt, in der Hand trug er einen Stapel Papiere. Über Patricks Schulter hing ein Rucksack, der ziemlich schwer aussah. Auch er schleppte einen Berg Akten. Matthias legte die Papiere und den Laptop auf einen der Tische und blickte sich um. »Na, da steht euch noch eine ganze Menge Arbeit bevor.«

»Du kannst gerne mit anpacken«, antwortete sie. Er war noch keine Minute hier und schon ging er ihr auf die Nerven.

»Oh, ich kann nicht, hab gleich einen Termin.«

Sie wandte sich an Patrick, der sich bisher noch gar nicht geäußert hatte, weder zu dem Raum noch zu Matthias' Arbeitshaltung. Wobei, die kannte er wahrscheinlich schon zur Genüge. »Und, was meinst du?«

»Ich überlege, ob ich mir Urlaub nehmen soll.«

Michaela knallte mit der Handfläche auf den Tisch. »Spinnt hier jetzt jeder, oder was?«

Matthias murmelte eine schnelle Verabschiedung und flüchtete dann regelrecht aus dem Raum, Patrick blickte sie irritiert an. »Was ist dir denn über die Leber gelaufen?«

»Entschuldige, aber gerade ist es nicht besonders lustig für mich. Ich habe es mir nicht ausgesucht, dass euer Team mit unserem zusammengelegt wird. Das ist auf Steurers Mist gewachsen.« Sie deutete mit dem Kopf auf die Tür, durch die eben Matthias hinausgegangen war. »Der verschwindet immer dann, wenn es etwas zu tun gibt. Und Gernot... über den sprechen wir am besten gar nicht. Keine Ahnung, was er gegen mich hat. Ich wollte ihm bestimmt nichts weg-, sondern höchstens etwas abnehmen, nämlich eine Menge Arbeit. Wenn es nach mir gegangen wäre, hätte ich eure zwei Morde übernommen und fertig. Von mir aus hättet auch ihr alle drei haben können. Mir ging es nur darum, dass sie bei *einem* Team bleiben, ob bei uns oder bei euch, wäre mir herzlich egal gewesen. Ist ja nicht so, dass ich mich sonst gelangweilt hätte. Aber mir jetzt einen Strick daraus zu drehen oder sich einfach abzuseilen, finde ich unfair.«

Patrick hob beide Hände. »Oho. Ich habe gar nichts gegen unsere Zusammenarbeit, ehrlich. Und der Urlaub... ich dachte nur, es wäre ein guter Zeitpunkt, jetzt, wo wir mehr Leute zur Verfügung haben. Ich bin mir eh noch nicht sicher, denn eigentlich möchte ich schon gerne dabei sein.«

Michaela freute sich, dass wenigstens einer aus Gernots Team sich nicht querlegte. »Super. Dann hilfst du bestimmt bei der Gestaltung unseres neuen, gemeinsamen Arbeitsplatzes. Nicht, dass es nachher heißt, ich hätte niemanden von euch mit entscheiden lassen.«

Patrick sah auf seine Uhr. »Eine Stunde hab ich Zeit, dann muss ich auch gehen. Es ist ... ein wenig kompliziert.« Er legte den Aktenstapel ab und sah sich um. »Sieht doch gut aus hier. Was kann ich denn noch tun?«

Michaela bat ihn, die Telefonapparate und das Multifunktionsgerät, das Drucker, Kopierer und Fax in einem war, anzuschließen. Während er sich daranmachte, ihrer Bitte nachzukommen, holte sie aus dem Magazin zwei Packungen Papier, für jeden Tisch eine Ablage und etliche Kugelschreiber, sowie farbige Karteikarten, von denen sie immer eine ganze Menge brauchte.

Dann stellten sie gemeinsam die große Tafel auf. Darauf waren bereits Tatortfotos von Maria Koci angepinnt. Außerdem hatte Michaela Karteikärtchen mit Stichwörtern dazugeheftet, auf denen Fakten, wie Orts- oder Personennamen vermerkt waren, die mit dem Fall in Verbindung standen. Darüber hinaus – und das unterschied ihre Tafel vermutlich von der anderer Teams – gab es noch weitere Kärtchen, auf denen Michaela freie Assoziationen notiert hatte, die ihr oder ihren Kollegen durch den Kopf gegangen waren. Diese Zettel hoben sich farblich von den anderen ab, damit gleich auf Anhieb klar war, dass es sich dabei bloß um subjektive Gedanken, manchmal sogar Hirngespinste handelte, und nicht um Tatsachen. Diese persönlichen Deutungen konnten die Ermittlungen in eine andere Richtung lenken, wenn man sich festgefahren hatte, es kamen neue

Impulse hinzu, die Bewegung in einen stagnierenden Fall bringen konnten.

Nachdem die Tafel einen Platz neben dem Fenster gefunden hatte, betrachtete Patrick sie mit schiefgelegtem Kopf. »Luxusgirl?«, las er vor.

Michaela nickte. »Ja, ihr Kleiderschrank ist mit superteuren Klamotten gefüllt. Woher sie das Geld hatte, ist uns schleierhaft. Wobei das wohl keine Rolle mehr spielt. Es hat nichts mit ihrer Ermordung zu tun, wie wir jetzt wissen.«

»Weshalb nimmst du den Zettel dann nicht ab?«, fragte Patrick.

»Weil es darum geht, das Opfer von allen Seiten zu beleuchten und es so gut wie möglich kennenzulernen. Würde ich einen der Zettel wegnehmen, fehlte etwas«, versuchte Michaela zu erklären. Ganz schien sie Patrick noch nicht überzeugt zu haben, denn er blickte sie skeptisch an.

»Damit wird ja nicht nur das Opfer deutlicher gezeichnet«, fuhr sie in ihrer Erklärung fort, »sondern man erfährt unter Umständen auch noch etwas über den Mörder. Bei den Gottesurteil-Morden etwa haben wir erst durch diese Zettel bemerkt, dass Bernd alle Opfer kannte.« Sie verschwieg, dass sie ihn sogar für eine Weile verdächtigt hatte, der Mörder zu sein. Im Nachhinein war das natürlich lächerlich, aber damals durfte die Tatsache, dass es eine Verbindung zu den Opfern gab, keinesfalls unberücksichtigt bleiben, auch wenn sie damit Bernd vor den Kopf gestoßen hatte. Und wie sich dann herausstellte, hatte diese Verbindung durchaus Relevanz gehabt, denn er selbst wurde zum Opfer der wahnsinnigen Täterin, die überzeugt war, sie wäre

Gottes rechte Hand und müsse die Welt von allem Übel befreien.

Patrick nickte. »Okay, jetzt verstehe ich, was du meinst. Ich bin gespannt, was wir herausfinden, wenn wir alle drei Morde zueinander in Beziehung setzen.«

Michaela grinste. »Heißt das, du hilfst morgen dabei, die beiden anderen Opfer an die Tafel zu pinnen, und gehst nicht in Urlaub?«

»Ja«, bestätigte Patrick. »Es ist eh besser, während der Ferienzeit Urlaub zu haben, dann können wir mit den Kindern wegfahren.«

»Sehr gut.« Michaela freute sich, dass Patrick, der Einzige aus Gernots Team, bei dem sie das Gefühl hatte, die Zusammenarbeit könnte reibungslos klappen, weiterhin mit dabei sein wollte und seine Urlaubswünsche verschob.

Nachdem Patrick auf die Uhr gesehen und festgestellt hatte, dass es für ihn höchste Zeit war, nach Hause zu gehen, unternahm Michaela noch einen letzten Rundgang. Alles stand, wo es stehen sollte, bis auf die Kaffeemaschine. Sie beschloss, es ihrem Kollegen gleichzutun, zumal Doris und Vincent sich ebenfalls bereits verabschiedet hatten. Schließlich war morgen auch noch ein Tag, für heute hatte Michaela genug gearbeitet.

Auf dem Heimweg machte sie einen Abstecher in einen der großen Elektrofachmärkte und kaufte nach kurzem Überlegen einen Kaffeevollautomaten. Er war nicht so teuer wie der ihres Bruders, aber die Bohnen wurden trotzdem frisch gemahlen, und man konnte Stärke und Größe des Kaffees einstellen und auch Milch für Cappuccino aufschäumen. Die Maschine war im Sonderangebot, sodass sie einen kurzen Moment darüber nachdachte, eine zweite für sich zu Hause anzuschaffen. Da die Aktion aber noch eine ganze Woche galt, entschied sie, erst einmal abzuwarten, wie sich die neue Kaffeemaschine im Büro bewährte.

Gut gelaunt fuhr sie danach heim und freute sich schon auf die Gesichter ihrer Kollegen, vor allem Vincents. Der war nämlich noch ein größerer Kaffeejunkie als sie selbst. Von seiner Vorliebe für Kaffee hatten ihn nicht einmal die tibetischen Mönche, bei denen er vor Kurzem seinen Urlaub verbracht hatte, abbringen können. In Zukunft könnte niemand mehr behaupten, in ihrem Team gäbe es nicht mal ordentlichen Kaffee. Und wenn es sonst kein gutes Argument dafür gab, unter ihrer Leitung zu arbeiten, dann wenigstens dieses.

Bernd kam gerade aus der Dusche, als sein Handy klingelte. Es war Michaela. Er beeilte sich abzuheben, doch das Telefon entglitt seinen Fingern. Er fluchte, als er es aufhob. Das waren die Momente, in denen ihm bewusst wurde, wie viel es noch zu tun gab, bis er wieder zu seiner alten Form zurückgefunden hätte. Handwerklich geschickt war er ja noch nie gewesen. Sein Vater, ein pensionierter Automechaniker, hätte sich einen Sohn gewünscht, der die Werkstatt übernahm. Stattdessen hatte er einen, der lieber Bücher las, als an Motoren herumzuschrauben. Überhaupt war das Verhältnis zu seinem Vater nicht das beste, wahrscheinlich mit ein Grund, warum er seit seinem Weggehen nicht mehr in Graz gewesen war, sehr zum Leidwesen seiner Mutter. Sie war dann auch diejenige, die ihn im Krankenhaus besucht hatte. »Einen schönen Gruß von deinem Vater soll ich dir ausrichten«, hatte sie gesagt und seine Abwesenheit damit entschuldigt, dass es ihm gesundheitlich nicht so gut ginge. Auf Bernds Frage, was er denn hätte, meinte sie: »Das Übliche. Er wird halt nicht jünger…«

Das Übliche waren in dem Fall Rückenschmerzen, die Bernds Vater aber noch nie davon abgehalten hatten, all das zu tun, was ihm wichtig war. Bernd zu besuchen gehörte offensichtlich nicht dazu.

Bernd hatte sich damit längst abgefunden, er war schon lange nicht mehr darüber verbittert und nahm es als gegeben zur Kenntnis.

Er rief Michaela zurück. »Entschuldige, das Handy ist mir runtergefallen. Was gibt es denn?«

Während sie erzählte, schaltete er das Gespräch auf Lautsprecher, damit er die Hände für Übungen mit den Therapiebällen frei hatte. Hin und wieder warf er eine Frage ein, aber im Wesentlichen ließ er sie reden und lauschte dem Klang ihrer Stimme. Wie er sie vermisste!

»Kannst du herkommen?«, fragte er und unterbrach ihren Redeschwall.

»Wo war ich gerade? Ach ja…«, sie stockte. »Wie bitte?«

»Ich vermisse dich«, sagte er.

»Oh… ja, ich dich auch. Du hattest recht. Von Anfang an hattest du den richtigen Riecher, was den Serienmord betrifft. Du bist einfach genial. Ich wünschte, du wärst hier.«

Bernd seufzte. Das war nicht ganz, was er zu hören gehofft hatte, aber er ließ es gelten. Michaela war offenbar über die neuen Entwicklungen in ihrem Team immer noch fassungslos. Aber Bernd konnte Steurers Entscheidung nachvollziehen, er hätte an dessen Stelle wahrscheinlich ähnlich gehandelt.

»Nichts lieber als das«, entgegnete er. »Aber das geht nicht. Wie du weißt, kann ich nicht weg. In frühestens drei Wochen kann ich für ein paar Tage nach Hause, meinte der Arzt. Er sagt, ich mache gute Fortschritte.«

»Das ist großartig. Sag, hast du Zeit, dich in die anderen Fälle einzulesen? Ich meine, du musst das natürlich nicht tun, schließlich haben die anderen ganz recht, dass du dich erholen sollst und gesund werden musst. Also, wenn es dir lästig oder zu viel ist, dann sag das bitte, aber ...«

»Ich dachte schon, du fragst nie«, gab er zurück. »Ehrlich, ich bin froh, wenn ich etwas zu tun habe, das nicht in Zusammenhang mit Therapie und Übungen steht, egal, was die ›anderen‹ sagen. Wer sind die anderen überhaupt?«

»Also, Harald, Vincent und Doris. Sonst habe ich niemandem etwas von deiner Mithilfe erzählt.«

»Dann belassen wir es einstweilen dabei.«

Sie sprachen noch ein wenig über die neue Kaffeemaschine, die sie gekauft hatte, und die hoffentlich hielt, was sie versprach.

»Wenn ich wieder zurück im LKA bin, komme ich immer zu dir, wenn ich Lust auf Kaffee habe.« Für einen Augenblick beschlich ihn der Gedanke, dass er womöglich nie wieder zurückkehren könnte. Doch er verbannte ihn ganz schnell wieder. Es gab keinen Grund, daran zu zweifeln, dass er seinen Job als Kriminalpsychologe im LKA wieder antrat. Er durfte bloß die Geduld mit sich selbst und die Hoffnung nicht verlieren.

Michaela ging auf seine scherzhafte Aussage ein: »Na, hoffentlich besuchen uns nicht plötzlich alle. Sonst kommen wir gar nicht mehr zum Arbeiten.« Dann wurde sie plötzlich wieder ernst. »Bernd, was soll ich denn nun mit Gernot machen?«

»Lass es doch auf dich zukommen. Vielleicht wird es gar nicht so schlimm, wie du befürchtest.«

Sie seufzte. »Du hast recht.« Nach einer kurzen Pause fragte sie: »Aber wenn es doch schlimm wird?«

»Dann darfst du mich volljammern«, gab Bernd zurück.

»Jederzeit?«

»Zu jeder Tages- und Nachtzeit.«

## KAPITEL 20

Valerie konnte sich nicht so recht auf das Klavierspielen konzentrieren. Es war immer die gleiche Stelle, die nicht so flüssig klang wie der Rest. Doch sooft sie sie auch wiederholte, es wollte einfach nicht klappen. Kein Wunder. Seit sie mit Tante Mika telefoniert und die ihr erzählt hatte, dass sie seit heute die Leitung einer Sonderkommission innehatte, kreisten Valeries Gedanken um ihre Tante. Tante Mika sah nicht gut aus, sie aß wahrscheinlich kaum, und wenn, dann ungesund – ganz wie früher, bevor Valerie bei ihr gewohnt hatte. Wie es aussah hatten drei Wochen Alleinsein gereicht, um wieder in die alten, vertrauten Verhaltensmuster zurückzufallen. Ihre Tante behauptete zwar bei jedem Telefonat, dass es ihr gut ginge, doch wie gut konnte es einem gehen, wenn man einen Mörder jagte, der bereits drei Menschen getötet hatte? Valerie fragte sich, ob es wirklich eine gute Idee gewesen war, wieder zurück in die Wohnung ihrer Eltern zu ziehen, und ob es nicht besser wäre, zumindest bis zur Klärung dieser Mordfälle, ihrer Tante Gesellschaft zu leisten. Vielleicht brauchte sie auch Unterstützung. Valerie hatte sich zwar entschlossen, auf das Konservatorium zu gehen und eine Karriere als Pianistin anzustreben, aber hin und wieder keimten doch Zweifel auf, ob es die richtige Entscheidung war. Denn eigentlich fand sie immer noch, dass sie eine gute Kriminalpolizistin abgeben würde. Sogar Tante Mika, die ja bei jeder Gelegenheit versuchte, sie davon zu überzeugen, wie viel besser jeder andere Job sei, hatte eingeräumt, dass Valerie mehr Gespür für die kriminalistische Arbeit besaß als der neue Kollege, mit dem sich Tante Mika jetzt wieder herumschlagen musste. Natürlich hatte sie das nicht wörtlich gesagt, aber in etwa so gemeint.

Valerie hätte es ihrer Tante und auch sonst niemandem gegenüber zugegeben, dass sie sich manchmal regelrecht einsam fühlte. Ihre Tage waren mehr als ausgefüllt mit Schule und Klavierunterricht. Nebenher musste sie ihre Hausaufgaben erledigen, lernen und natürlich üben, täglich mindestens zwei Stunden hatte ihr Anna, die weltbeste Klavierlehrerin ever, empfohlen, nein aufgetragen. Seit sie Valerie auf die Aufnahmeprüfung vorbereitete, war sie noch strenger als früher. »Ich kann nicht mehr«, hatte Valerie in der letzten Stunde genervt widersprochen, als Anna sie zum gefühlten hundertsten Mal immer dieselbe Stelle spielen ließ.

»Wenn du schon perfekt wärst, glaubst du, du müsstest dann noch ans Konservatorium?«, hatte Anna gefragt.

»Nein. Aber meine Finger machen einfach nicht, was ich will.«

»Vielleicht solltest du sie dann machen lassen, was sie wollen«, hatte Anna lächelnd entgegnet. »Und jetzt noch einmal.«

Und genau das war Valeries größtes Problem. Immer. Sie versuchte, sich darauf zu konzentrieren, Fehler zu vermeiden, anstatt einfach die Finger spielen zu lassen, ohne darüber nachzudenken. Anna hatte ihr erklärt, dass das Gedächtnis dabei eine große Rolle spielte. Handlungen, die man oft wiederholte, wurden gespeichert, und man konnte sie automatisch abrufen, wie beim Autofahren etwa. Da dachte man auch nicht über die einzelnen Schritte nach, man drehte einfach den Zündschlüssel, stieg auf das Kupplungspedal, schaltete ... Man reagierte schneller, als man denken konnte. Dorthin musste Valerie auch beim Klavierspielen kommen. Und das ginge eben nur, indem man die Abläufe durch ständiges Wiederholen verinnerlichte.

Valerie gab sich einen Ruck. Es half ja doch nichts, sie musste diese schwierige Stelle irgendwie meistern, und wenn sie eine weitere Stunde daran übte.

Sie stand auf, schüttelte ihre Hände aus, streckte ihren Rücken, dehnte ihre Nackenmuskeln, die vor lauter Anstrengung schon völlig verspannt waren. Dann atmete sie tief durch, setzte sich wieder auf den Klavierhocker, legte die Finger auf die Tasten und schloss die Augen. Sie setzte einige Takte zuvor ein und ließ sich dann von der Musik forttragen, fühlte Edvard Griegs Klavierkonzert in a-Moll bis in ihr Innerstes. Es war wie ein Streicheln der Seele, als würde sie schweben. Ihre Finger glitten über die Tasten, diesmal ohne Stolpern, ohne Zögern, mit einer Selbstverständlichkeit, als würde sie das Stück schon seit Jahren spielen.

Verwundert öffnete Valerie die Augen und ließ den letzten Akkord verhallen. Sie hatte es tatsächlich geschafft, das Stück fehlerfrei zu beenden. Für heute konnte sie endlich Schluss machen und sich vielleicht noch etwas zu essen zaubern, sich gemütlich vor den Fernseher setzen und eine dieser True-Crime-Sendungen ansehen, die echte Kriminalfälle nachstellten. Sie wunderte sich immer wieder, mit welch dummen Ausflüchten und Lügen Mörder versuchten, ihre Taten zu verschleiern oder Alibis zu erfinden, die dann einer Überprüfung doch nicht standhielten. Ob Tante Mika mit solchen Tätern auch zu tun hatte? Waren das dann die »einfachen« Fälle, die sich praktisch fast von selbst lösten?

Valerie hatte eben ein Kräuteromelette mit Schinken und Käse zubereitet und es sich mit dem Teller auf der Wohnzimmercouch gemütlich gemacht, als ihr Handy klingelte. Der Ärger über die Störung wandelte sich in Freude, als sie den Namen des Anrufers auf dem Display sah.

»Hallo, Papa.«

»Hallo, Große, ich wollte mich mal melden und fragen, wie es dir geht.«

»Gut. Aber manchmal vermisse ich Tante Mika. Und euch vermisse ich die ganze Zeit. Ich freu mich schon, wenn ihr wieder da seid.«

»Ja, deshalb ruf ich dich auch an. Wir müssen unsere Heimreise verschieben.«

Valerie konnte die unterschiedlichen Gefühle gar nicht so schnell sortieren, wie sie in ihr aufwallten. Wut, Enttäuschung, Angst, Frust… Tapfer kämpfte sie gegen die aufsteigenden Tränen an. Mit belegter Stimme fragte sie: »Warum denn? Ich hoffe, es ist nichts Schlimmes passiert? Ist mit Mama alles okay?«

»Ja, deiner Mutter geht es gut, mach dir keine Sorgen. Hier ist das Gesundheitszentrum abgebrannt, zum Glück gibt es keine Verletzten, aber wir können die Menschen auch nicht sich selbst überlassen, das verstehst du doch, nicht wahr?«

Am liebsten hätte Valerie »Nein!« in den Hörer gebrüllt. Die Menschen in Afrika konnten ihre Eltern nicht sich selbst überlassen, ihre Tochter aber schon? Gleichzeitig kam sie sich furchtbar kindisch und kleinlich vor. Sie hatte alles, was man sich wünschen konnte, während in Lesotho die Menschen fast nichts besaßen, wie sie erst vor ein paar Monaten selbst gesehen hatte. Sie lebten zu sechst in Blechhütten, die nicht größer waren als ihr Zimmer. Die hygienischen Zustände waren katastrophal, und ihre Eltern leisteten wesentliche Arbeit zur Sensibilisierung der Bevölkerung, indem sie aufklärten und immer wieder darauf hinwiesen, wie wichtig Sauberkeit für die Vermeidung und Bekämpfung von Krankheiten war. Ihre Eltern kämpften gegen Aids, während sie hier wie ein kleines, trotziges Kind schmollte. Dabei war sie beinahe erwachsen. Sie seufzte. »Die Hauptsache ist doch, dass niemand zu Schaden kam. Glaubst du, dass ihr es wenigstens zu Weihnachten schafft, hier zu sein?«

»Du weißt, dass ich nichts verspreche, was ich womöglich nicht halten kann, aber wir werden uns bemühen. Ich werde alles daransetzen, dass wir Weihnachten gemeinsam verbringen können, okay?«

»Okay«, antwortete Valerie. Der letzte Satz beruhigte sie ein wenig. Egal wie, aber ihr Vater würde dafür sorgen, dass sie das Weihnachtsfest zusammen verbringen konnten. Bis dahin dauerte es gar nicht mehr so lange.

»Willst du unter diesen veränderten Umständen trotzdem allein zu Hause bleiben, oder soll ich Michaela anrufen und mit ihr klären, ob du noch eine Weile bei ihr wohnen kannst?«

Valerie dachte kurz nach. »Ich werde es mir überlegen. Sie hat im Moment wenig Zeit, und ich muss jeden Tag üben. Das war ja eigentlich der Grund, warum ich lieber zu Hause sein wollte.«

»Du wirst dich schon richtig entscheiden. Ich soll dir von Mama ausrichten, dass sie dich liebhat, ich dich natürlich auch.« Dann legte ihr Vater auf. Der Kummer schnürte Valeries Brustkorb wie ein Korsett zusammen und erschwerte ihr das Atmen. Klar, Tante Mika würde sich bestimmt freuen, wenn sie wieder bei ihr wohnte. Und sie müsste sich nicht mehr so viele Gedanken um das Wohlergehen ihrer Tante machen. Aber in erster Linie war sie traurig und enttäuscht, dass ihre Eltern doch nicht, wie geplant, bereits in drei Wochen zurückkamen, sondern wohl eher erst in drei Monaten.

Als sie im Bett lag, rollte sie sich zusammen und ließ ihren Tränen freien Lauf. Sosehr sie sich auch immer wünschte, als erwachsen wahrgenommen und behandelt zu werden, heute hätte sie gern jemanden gehabt, der sie wie ein kleines Kind in den Arm nahm, tröstete und ihr sagte, dass alles wieder gut werden würde. Kurz bevor ihr endgültig die Augen zufielen, fasste sie den Entschluss, trotz der aufwändigen Hin- und Herfahrt von Tante Mikas Doppelhaus am Stadtrand zur Wohnung in der Innenstadt, doch wieder bei ihrer Tante zu wohnen, zumindest den überwiegenden Teil der Woche.

Auch wenn es stressig werden würde, schien das die beste Lösung – für sie, aber vielleicht auch für Tante Mika.

Mephistopheles hatte in das Hotel eingecheckt, natürlich unter falschem Namen. Schon vor langer Zeit hatte er sich zur Sicherheit Dokumente unter verschiedenen Namen besorgt, die er bisher noch nie verwenden musste. Er besaß auch rund fünfzigtausend Euro in bar, die er gemeinsam mit den falschen Papieren in einem Safe aufbewahrte, und noch etwa dreimal so viel auf verschiedene anonyme Konten verteilt. Wenn es hart auf hart kam, konnte er sofort alle Brücken hinter sich abbrechen, das Land verlassen und irgendwo ein neues Leben anfangen, vorzugsweise in Mexiko oder einem anderen südamerikanischen Land, wo die Behörden korrupt waren und man mit Geld so ziemlich alles bekam, auch komplette Identitäten und einen Schönheitschirurgen, der einem ein neues Gesicht verpasste.

Vielleicht wirkten seine Vorsichtsmaßnahmen übertrieben, aber er wollte lieber vorsorgen, als das Nachsehen haben. Nach diesem Motto lebte er, und es hatte ihm während seiner Zeit als Auftragsmörder mehr als einmal das Leben gerettet – vor einer gefühlten Ewigkeit. Seither tötete er nur mehr rein zum Vergnügen, auch wenn er durchaus noch mal den einen oder anderen Auftrag angenommen hätte. Die alten Zeiten fehlten ihm. Vielleicht versuchte er deshalb, durch diesen Wettkampf den Nervenkitzel wieder anzufachen, den er geliebt hatte und schon so lange vermisste.

Das Schicksal meinte es gut mit ihm. Zwei Zimmermädchen unterhielten sich flüsternd über Alicia Schwarz, und er hörte die eine von ihnen sagen, wie sehr sie sich wünschte, ein Autogramm von ihr zu bekommen. »Vielleicht klopfst du einfach frech an«, schlug das zweite Zimmermädchen vor.

»Oder du fragst Zelina, die für den zehnten Stock zuständig ist, ob sie mit dir einen Tag lang tauscht, dann bekommst du vielleicht sogar die Chance, dich mit Alicia fotografieren zu lassen. Ich hab gehört, sie ist echt nett.«

»Du meinst, die würde das tun?«

»Klar, warum nicht?«

Die beiden gingen an ihm vorbei, die Unterhaltung wurde leiser, schließlich verschwanden sie in einem Zimmer, vor dem der Servicewagen stand. Alicia Schwarz' Zimmer lag also zwei Etagen über ihm. Wie viele Suiten gab es pro Stockwerk? Höchstens drei, wahrscheinlich weniger. Jedenfalls eine ziemlich überschaubare Zahl. Würde er auffallen, wenn er sich dort oben herumtrieb und sich umsah? Und war Alicia alleine? Seit ihrer Ankunft waren vierundzwanzig Stunden vergangen, in denen er sie nicht hatte beschatten können. Hoffentlich gab es keine unangenehmen Überraschungen. Noch einmal nach Hause zu gehen und sie unbeobachtet zu lassen, war ihm sehr schwergefallen, aber unumgänglich gewesen, um alles für einen glaubhaften Identitätswechsel vorzubereiten.

Er nahm die Treppe in den zehnten Stock. Oben angekommen, spazierte er einmal in die eine, dann in die andere Richtung und stellte dabei fest, dass auf der linken Seite zwei kleinere Suiten lagen, während sich rechts vom Aufgang nur eine Tür befand.

Im Stockwerk war alles ruhig, nichts drang aus den

Räumen nach außen. Wahrscheinlich besaßen die teuren Zimmer schallisolierte Türen. An sich eine gute Sache, nur gerade jetzt für ihn nicht so gut. Da fiel ihm eine weitere Tür neben dem Lift auf. Dahinter vermutete er eine Wäsche- oder Putzkammer. Alle Hotels, in denen er bisher logiert hatte – und das waren nicht wenige, von billigen Absteigen über solide Mittelklassehotels bis hin zu Luxushotels wie diesem hier –, hatten solche Kammern, meist auf jeder Etage, wo Ersatzbettwäsche, Handtücher, Toilettenpapier, Putzmittel und noch vieles mehr gelagert wurde.

Noch einmal blickte sich Mephistopheles vorsichtig um, lauschte, ob er sich nähernde Schritte oder Stimmen hörte, und als alles ruhig blieb, trat er zu der Tür und drehte den Knauf, um zu sehen, ob sie vielleicht unversperrt war.

Sie war es nicht, aber er benötigte weniger als eine Minute, um das simple Schloss zu knacken. Er öffnete die Tür, huschte hinein, zog sie hinter sich zu und tastete nach dem Lichtschalter. Der fensterlose Raum diente, wie er bereits vermutet hatte, tatsächlich als Abstellkammer. Zwei Servicewagen standen vor weiß lackierten Regalen aus Metall. Die Nische zwischen der Wand und einem der Regale war zwar eng, bot aber die Möglichkeit, sich zu verstecken, falls ein Zimmermädchen hereinkam. Er hatte vor, es sich in der Kammer gemütlich zu machen, denn sie war der ideale Beobachtungsposten. Er brauchte sich nur auf die Lauer zu legen und abzuwarten. Irgendwann würde Alicia Schwarz das Zimmer verlassen oder sich etwas bringen lassen, schließlich musste sie etwas essen. Und dann wusste er endlich, welche der drei Suiten ihre war. Ein Schritt nach dem anderen. Nichts überstürzen, gut überlegen und planen, aber doch so flexibel sein, eine sich bietende günstige Situation für sich zu nutzen – das waren die drei Eckpfeiler seines Erfolgs. Damit war er immer gut gefahren und er war davon überzeugt, dass es auch diesmal klappen würde.

Prometheus fühlte sich wie der sprichwörtliche Tiger im Käfig. Er lief in seiner Wohnung auf und ab, ungeduldig und frustriert, dann wieder voller Sorge. Was fiel Mephistopheles ein, ihn so lange warten zu lassen, sich nicht zu melden, ihn einfach zu ignorieren? War das wieder eine seiner Lektionen, die er Prometheus so gerne angedeihen ließ? Und was, wenn ihm wirklich etwas zugestoßen war? Erst unlängst war er doch zu dem Schluss gekommen, dass Mephisto nicht mehr der Jüngste sein konnte. In dem Alter war es nicht ungewöhnlich, dass man gewisse Krankheiten mit sich herumschleppte. Was wusste er denn schon über die Lebensweise seines Mentors? Hatte er Stress? Nun ja, bei dem, was sie beide taten, konnte man kaum von einem stressfreien Leben ausgehen.

Bei jedem Pling, das eine eingehende Nachricht ankündigte, stürzte er zum Rechner, doch keine von ihnen war von Mephistopheles. Immer noch nicht, dabei war es jetzt über vierundzwanzig Stunden her, dass Prometheus die Bilder geschickt hatte. Vierundzwanzig Stunden ohne eine Reaktion. Prometheus hatte keine Ahnung, was er nun tun sollte. Abwarten? Weitermachen? Aber womit? Alles hing doch von Mephistos nächstem Schritt ab. Prometheus hatte sich selten so abhängig und ohnmächtig gefühlt, und er hasste es.

## KAPITEL 21

Michaela war heute früher als sonst im Landeskriminalamt, sogar noch vor Vincent. Zum einen wollte sie die neue Kaffeemaschine aufstellen und testen, damit sie betriebsbereit wäre, wenn die anderen kamen. Zum anderen wusste sie nicht, wann Gernot, Patrick und Matthias zum Dienst erscheinen würden, und ihr war es wichtig, die Erste zu sein, schon rein aus psychologischen Überlegungen. Auch wenn es so aussah, dass sie Patrick für sich und für eine Zusammenarbeit gewinnen hatte können, machte sie sich nichts vor. Mit Matthias war es schon vorher schwierig gewesen, das würde sich jetzt bestimmt nicht ändern. Und Gernot wartete nur darauf, dass sie einen Fehler machte, und sei er noch so klein, um Steurer aufzuzeigen, dass sie unfähig war, die Sonderkommission zu leiten, und er für diese Aufgabe doch viel besser geeignet wäre.

Sie hatte gerade den Kaffeeautomaten angesteckt und wollte die Bedienungsanleitung durchlesen, als ihr Handy klingelte. Es war Valerie.

»Hi, ich hoffe, ich habe dich nicht geweckt.«

»Nein, ich bin sogar schon im Büro«, antwortete sie.

»Echt? Das ist aber früh. Ist etwas passiert?«

»Du meinst, außer dass ich mich mit dem chauvinistischsten Kollegen, den das LKA zu bieten hat, ab heute herumschlagen muss? Nein. Und bei dir? Ist ja nicht alltäglich, dass du mich um sieben in der Früh anrufst.«

Michaela war sicher, dass ihre Nichte etwas auf dem Herzen hatte. Die stieß auch sogleich einen tiefen Seufzer aus und sagte: »Ich habe gestern mit Papa telefoniert.«

»Und? Was erzählt er?«

Da sprudelte es aus Valerie heraus, dass das Gesundheitszentrum abgebrannt war und Thomas und Angelika sich entschlossen hatten, länger als geplant zu bleiben, um beim Wiederaufbau zu helfen. »Aber Papa hat gesagt, Weihnachten würden wir auf jeden Fall gemeinsam feiern. Und es ist ja nur eine kleine Verzögerung.«

»Stimmt, aber ich schätze, enttäuscht bist du trotzdem.«

Valerie seufzte abermals. »Ja, schon. Ich habe mich echt so auf meine Eltern gefreut. Tante Mika, wäre es sehr unangenehm für dich, wenn ich wieder bei dir wohne?« Sie beeilte sich hinzuzufügen: »Eh nicht die ganze Woche über, ich muss ja so viel Klavier üben, und manchmal ist es dann praktischer, wenn ich zu Hause schlafe.«

Michaelas Herz ging bei der Frage ihrer Nichte auf. Valerie wollte wieder zurück zu ihr. Also hatte sie im letzten Jahr als Tante wohl nicht ganz versagt, auch wenn es eine ganze Weile gedauert hatte, bis sie sich daran gewöhnt hatte, ein Kind im Haus zu haben – oder vielmehr eine Jugendliche, rief sie sich Doris' Ratschlag in Erinnerung, Valerie unter keinen Umständen als Kind zu bezeichnen.

»Ja, klar. Ich freue mich. Ehrlich gesagt war es die letzten drei Wochen sehr einsam, ohne dich und Bernd.«

»Mir ging es auch so«, gestand Valerie. »Dann komme ich heute nach meiner Stunde bei Anna zu dir.«

Gerade als Michaela sagte: »Ja, ich freu mich auf dich«, kam Gernot zur Tür hereingestapft. Missmutig blickte er sich um, nahm einen Schreibtisch in Beschlag, setzte sich auf den Stuhl und begann, seine Tasche auszuräumen.

Michaela steckte ihr Handy weg und wünschte ihrem Kollegen betont freundlich einen Guten Morgen. »Möchtest du vielleicht Kaffee?«

»Nein.«

Kein Gruß, kein »Danke«. Schön, dann eben nicht. Sie versuchte, ihn so gut wie möglich zu ignorieren, auch wenn es ihr schwerfiel, den gekippten Stuhl und seine Füße auf dem Tisch zu übersehen. Für einen Moment überkam sie der kindische Wunsch, gegen eines der Stuhlbeine zu stoßen, aus Versehen natürlich, was sie aber selbstverständlich nicht tat. Stattdessen widmete sie sich weiter dem Kaffeevollautomaten, füllte, wie in der Beschreibung angegeben, Wasser in den Wassertank und Bohnen in den entsprechenden Behälter und drückte auf den Startknopf. Gleich darauf war der Raum von Kaffeeduft erfüllt. Gerade, als sie den ersten Schluck aus ihrer Tasse nahm, um das Ergebnis zu testen, kamen gleichzeitig Vincent und Patrick zur Tür herein.

Vincent schnupperte, sein Blick traf den ihren, und sein Gesicht hellte sich auf, als er die neue Kaffeemaschine auf dem halbhohen Aktenschrank entdeckte.

»Guten Morgen. Kaffee?«, wandte sie sich an die eben Angekommenen.

»Guten Morgen. Ja, bitte«, antwortete Vincent strahlend und Patrick ergänzte: »Für mich auch gerne. Ich hatte heute noch keinen. Zu viel Stress mit den Kindern.«

Michaela lächelte in sich hinein und bereitete zwei Tassen Kaffee für ihre Kollegen zu. Die bitterbösen Blicke, die Gernot Patrick immer wieder zuwarf, waren ihr nicht entgangen. Patrick vermutlich auch nicht, auch wenn sie ihn offenbar genauso wenig beeindruckten wie sie.

Schließlich schien Gernot sein eigenes Verhalten zu dumm zu werden. Er stellte das Schaukeln ein, nahm die Füße vom Tisch und ging zu dem Automaten. »Wie funktioniert das Ding noch mal?«, fragte er, an niemand Bestimmten gerichtet.

Patrick hob überrascht die Brauen und blickte vielsagend zu Michaela, die sich neben Gernot stellte und ihm geduldig erklärte, wie er den Mahlgrad und die Wassermenge einstellen konnte. »Und dann drückst du einfach auf den Knopf. Fertig. Man kann damit auch Milch für Cappuccino aufschäumen, aber das habe ich noch nicht versucht.«

Auch jetzt kam kein »Danke« über Gernots Lippen, aber er nahm sich eine Tasse, stellte sie unter den Auslass und folgte Michaelas Anweisungen. Nachdem der Kaffee fertig war, gab er einen Schuss Milch dazu und kostete vorsichtig. »Kann man trinken«, war sein Kommentar. Michaela unterdrückte ein Lächeln. Für den Anfang lief es gar nicht schlecht, fand sie. Außerdem würde ihre Nichte wieder zurück zu ihr ziehen. Der Tag fing schon mal gut an.

Der Rest des Tages verlief ähnlich positiv. Gemeinsam bestückten sie die Tafel mit den Bildern der Opfer. Maria Koci, Sabine Volkner, Roger Kienast. Zwei Frauen, ein Mann. Verschiedene Berufe, verschiedene Lebensweisen, auf unterschiedliche Weise ermordet. »Immer nur zwei von ihnen haben etwas gemeinsam, nie alle drei«, stellte Doris fest.

»Doch«, widersprach Matthias.

Alle sahen ihn erwartungsvoll an. Einen kurzen Moment keimte in Michaela so etwas wie Hoffnung auf, der Neue könnte vielleicht doch etwas Brauchbares zu den Ermittlungen beitragen.

»Na ja, es sind alle drei tot«, sagte Matthias, und die Hoffnung fiel in sich zusammen wie ein Luftballon, dem die Luft ausging.

Doris verdrehte die Augen. Bei Gelegenheit, und wenn sie unter sich waren, würde Michaela sie gerne daran erinnern, dass sie erst ein paar Tage zuvor bedauert hatte, Matthias nicht kennengelernt zu haben. Ob Doris ihre Meinung mittlerweile geändert hatte?

Matthias hob die Hände. »Klingt doof, aber es kam mir einfach in den Sinn. Dafür sind die blauen Kärtchen doch da, für spontane Eingebungen, oder? Vielleicht gibt es ja noch weitere Opfer, die nicht tot sind, die überlebt haben ...«

Michaela musste zugeben, dass die Idee gar nicht so schlecht war. »Dann kümmere du dich doch bitte darum, genau das herauszufinden. Und nicht nur, ob es Opfer gibt, die überlebt haben, sondern ob es noch ähnliche Fälle in Österreich in den letzten, sagen wir mal, fünf Jahren gab«, bat sie Matthias.

»Gernot, was wäre dein nächster Schritt bei Roger Kienast gewesen?«, fragte sie ihren Kontrahenten. Partizipation hieß das Zauberwort, um zufriedene Mitarbeiter zu haben, wie sie bei einer Fortbildung für Führungskräfte gelernt hatte. Funktionierte auch bei ihrer Nichte. Je mehr sie Valerie mitbestimmen ließ, desto eher hielt diese sich an Abmachungen. Eine Win-win-Situation also.

»Die Obduktion ist für heute Mittag angesetzt. Aber ich sage euch gleich, dass ich dort nicht hinfahre.«

»Kein Problem, das machen Doris und ich«, antwortete Michaela, froh, dass die Arbeitsteilung so wenig Schwierigkeiten bereitete. Sie hatte es sich schlimmer vorgestellt. »Und Vincent koordiniert unsere Ergebnisse und hält hier die Stellung.«

»Dann übernehmen Patrick und ich die Angehörigen«, sagte Gernot, der jetzt zumindest ansatzweise ein wenig zugänglicher wirkte als zuvor. Vielleicht war es der Kaffee, vielleicht auch Michaelas Bemühen, ihn, so gut es ging, mit einzubinden, möglicherweise hatte er auch gemerkt, dass es besser war, sich in die Situation zu fügen.

Bis zum Beginn der Morgensitzung hatten sie weitere anstehende Aufgaben verteilt, und Michaela musste zugeben, dass es sich ganz gut anfühlte, doppelt so viele Leute zur Verfügung zu haben, da auf diese Weise mehrere Ermittlungsschritte gleichzeitig vonstattengehen konnten. Sie gestattete sich sogar die Überlegung, ein Wochenende freizunehmen, um Bernd zu besuchen, jetzt, wo sie so viele Leute waren. Vielleicht, wenn die Ermittlungen gut anliefen.

Steurer, heute in grau-grünen Karos, stellte den anderen Teams die neu gegründete SOKO unter der Leitung von Michaela vor und betonte ausdrücklich den Kollegen gegenüber, dass diese drei Mordfälle im Moment oberste Priorität hatten. »Es sind bereits drei Tote, die Abstände zwischen den Morden sind ungewöhnlich kurz, und wir müssen davon ausgehen, dass es noch mehr Opfer geben wird. Deshalb behalte ich es mir vor, jederzeit weitere Mitarbeiter der Sonderkommission zuzuteilen.«

Diese Aussage Steurers kam auch für Michaela überraschend. Normalerweise galt, dass jedes Ermittlungsteam mit den ihm zugewiesenen Ressourcen zurechtkommen musste, da stets Personalmangel herrschte. Steurer schien neue Wege einzuschlagen. Hatte er etwa in letzter Zeit eine Schulung besucht und wollte das Gelernte umsetzen? Oder stand er besonders unter dem Druck der Öffentlichkeit und der Politik, Ergebnisse vorweisen zu müssen? Jedenfalls schien die Unterstützungszusage nicht nur ein Lippenbekenntnis zu sein.

»Danke. Wir sind gerade dabei, alle Informationen zusammenzutragen und auszuwerten. Ich hoffe, morgen um diese Zeit wissen wir schon mehr. Wer irgendeine Idee hat, wir nehmen sie dankbar an, denn im Moment hinken wir dem Mörder ziemlich hinterher«, sagte Michaela.

Danach gingen sie zur Tagesordnung über. Am Ende der Morgenbesprechung wünschte ihnen Steurer einen erfolgreichen Tag und schickte sie an die Arbeit.

Michaela rang kurz mit sich, ob sie ihm nicht doch erzählen sollte, dass sie Bernd eingeweiht und um Rat gefragt hatte. Schließlich hatte sie Steurer versprochen, es würde keine Geheimnisse mehr geben. Doch ehe sie sich dazu entschließen konnte, packte er seine Unterlagen zusammen und verabschiedete sich zu einem Termin mit den anderen Landesdirektoren.

Wahrscheinlich sollte sie ohnehin lieber zuerst Bernds Einverständnis einholen, sagte sie sich. Und im Grunde war Bernds Beteiligung ja auch kein richtiges Geheimnis. Immerhin wussten Harald, Vincent und auch Doris Bescheid. Michaela posaunte es bloß nicht jedem gegenüber hinaus, weil sie nicht wollte, dass Bernd womöglich Schwierigkeiten bekam, wenn er sie aus dem Krankenstand heraus unterstützte. Sie war sich sicher, dass es für solche Fälle eine offizielle Vorgehensweise gab, die Steurer kannte, oder die er zumindest herausfinden konnte. Ein weiterer Grund, warum sie möglichst bald mit ihm sprechen sollte. Sie nahm sich vor, es bei der nächsten sich bietenden Gelegenheit zu tun.

Als sie in das Gemeinschaftsbüro zurückkam, waren Gernot und Patrick bereits unterwegs. »Sie sind zu Roger Kienasts Eltern gefahren«, informierte Doris sie. Matthias saß auf seinem Stuhl und tippte eifrig auf seinem Smartphone herum. Michaela hoffte für ihn, dass er recherchierte. Ob er dazu das Handy oder den Rechner verwendete, war ihr egal, für sie zählten die Ergebnisse.

Vincent war mit dem Erstellen irgendwelcher Tabellen beschäftigt, und Doris stand vor der Tafel und pinnte die restlichen Fotos an.

Michaela ließ sich einen großen Becher Kaffee heraus, dankte still allen guten Geistern, die sie motiviert hatten, dieses Gerät zu kaufen, und stellte sich dann neben Doris, um das Gesamtbild, das gerade im Entstehen war, zu betrachten. »Es ist immer noch sehr verworren«, stellte sie fest. Normalerweise fanden sich bei Opfern ein und desselben Mörders immer irgendwelche Verbindungen, seien es Äußerlichkeiten, das soziale oder berufliche Umfeld, Todesursache, Tatwaffe ... irgendetwas. Doch hier war bislang nichts zu erkennen.

Michaela nahm die Akte des jüngsten Opfers Roger Kienast zur Hand, um sich auf den Obduktionstermin vorzubereiten. In der Akte war Sandra Lenz als zuständige Rechtsmedizinerin angeführt. Michaela hatte schon ein paarmal mit ihr zu tun gehabt. Sandra war zweifelsohne eine engagierte Frau, doch ihr fehlten die Erfahrung und der Biss von Ferreira. Seufzend griff Michaela zum Telefon und wählte Ferreiras Nummer. Es tutete ein paarmal, knackte in der Leitung, und dann war das übliche Freizeichen zu hören, das erklang, wenn ihr Anruf direkt in den Obduktionssaal durchgestellt wurde.

»Wer stört?«, meldete er sich schließlich barsch.

»Dr. Ferreira? Michaela Baltzer hier.«

»Oh. Entschuldigen Sie bitte, aber Sie sind heute der dreißigste Anrufer, ich komme nicht zum Arbeiten und bin schon stark im Verzug. Ist es wichtig?«, fragte er bedeutend freundlicher.

»Natürlich, sonst hätte ich nicht angerufen«, gab Michaela zurück. Was für eine Frage!

Sie hörte ein kreischendes Geräusch und hatte sofort das Bild der Knochensäge vor Augen. »Aber ich kann auch später anrufen, wenn Ihnen das lieber ist«, fügte sie hastig hinzu.

Das Geräusch verstummte. »Nein, nein. Später ist genauso gut oder schlecht. Legen Sie schon los. Was gibt es?«

»Sie müssen mir einen Gefallen tun«, fiel Michaela gleich mit der Tür ins Haus.

»Welchen?«

Sie berichtete ihm von Roger Kienast und seiner Verbindung zu Maria Koci und auch zu Sabine Volkner.

»Roger Kienast? Den hab ich aber nicht auf meiner Obduktionsliste«, entgegnete Ferreira.

»Eben. Laut unseren Unterlagen ist Sandra Lenz für ihn zuständig, sie war am Fundort und hat auch die Erstbeschau durchgeführt. Aber ich fände es sehr sinnvoll, wenn die drei Fälle alle von einem Rechtsmediziner bearbeitet würden. Bei uns hat Steurer die Zuständigkeit auch zusammengelegt.«

»Hatte ich nicht erwähnt, dass ich bereits im Verzug bin?«, fragte der Rechtsmediziner.

»Doch, das habe ich durchaus verstanden. Aber wir kämpfen hier wirklich mit drei sehr unterschiedlichen Mordfällen, die alle in irgendeiner Form zusammenhängen. Wenn etwas wirklich faszinierend ist, dann das. So etwas wollen Sie sich doch nicht entgehen lassen, oder?«, argumentierte Michaela.

Ferreira sagte eine Weile nichts, stattdessen drangen wieder eigenartig schabende Geräusche an Michaelas Ohr. Sie wollte sich lieber gar nicht vorstellen, um was es sich handelte.

»Also gut. Klären Sie das mit Sandra Lenz«, gab sich Ferreira geschlagen.

In Michaela machte sich Erleichterung breit. Sandra Lenz ließ bestimmt mit sich reden. Es war ja nicht so, dass sie arbeitslos wurde, nur weil sie einen Fall an Ferreira abgab. Wahrscheinlich wäre sie sogar über diese kleine Lücke in ihrem ohnehin immer übervollen Terminkalender froh. Erst letztens hatte sie sich bei Michaela beschwert, dass sie meist vor zwanzig Uhr nicht aus dem Institut kam und gar nicht wusste, wann sie ihre Berichte schreiben sollte, außer abends, wenn die Sektionen endlich erledigt waren.

»Ich kümmere mich darum. Wann könnten Sie Roger Kienast einschieben? Ich möchte nicht drängeln, aber Sie wissen ja, dritter Mord, derselbe Täter… und es sieht nicht so aus, als würde er von alleine aufhören.«

»Sie machen mich fertig, Frau Baltzer. Wenn es nach

meinem Terminkalender geht, könnte es nächste Woche am Mittwoch klappen.«

»Und wenn es nicht nach dem Terminkalender geht?«

Ferreira seufzte. »Dann opfere ich meine Mittagspause und mache es gleich.«

»Danke, Sie sind der Beste!«, rief Michaela aus.

»Kommen Sie am Hauptbahnhof vorbei?«, fragte der Rechtsmediziner.

»Das lässt sich bestimmt einrichten. Weshalb?«

»Weil dort der ›Josi‹ eröffnet hat. Bringen Sie mir zwei Semmeln mit Putenleberkäse, Senf und Ketchup und je einer Salzgurke darin mit. Ich zahle es Ihnen später.«

Michaela lachte. »Wenn es sonst nichts ist. Die Semmeln vom Josi sind die besten. Und sie gehen natürlich auf mich.«

Sie bedankte sich noch für Ferreiras Bereitschaft, die Obduktion von Roger Kienast zu übernehmen, und legte auf. Ihr nächster Anruf galt Sandra Lenz. Während sie darauf wartete, dass die junge Ärztin sich meldete, schlüpfte sie in ihre Jacke und gab Doris ein Zeichen für den Aufbruch.

Nach dem fünften Läuten wurde endlich abgehoben. »Frau Dr. Lenz, Michaela Baltzer hier. Ich habe eine Bitte ...«

## KAPITEL 22

Mephisto betrachtete die Frau auf dem Bett. Er hatte schon lange nicht mehr so empfunden, vielleicht sogar noch nie. Zärtlich strich er ihr das Haar aus dem Gesicht und fuhr mit seinem Zeigefinger ihren Hals nach.

Er zögerte. Die Gelegenheit wäre günstig gewesen, ihren Brustansatz oder sogar mehr zu berühren, aber so einer war er nicht. Außerdem war da der Altersunterschied. Er hätte ihr Vater sein können. Nicht, dass das noch eine Rolle spielte. Bedauerlich, dass es so enden musste, aber das ließ sich nun mal nicht ändern. Schon vor langer Zeit hatte er gelernt, sein Herz weder an materielle Dinge noch an Personen zu hängen. Alles im Leben war vergänglich.

Er zog die Decke über Alicia Schwarz' Körper, bedeckte die Stelle an der Schulter, an der er einen Kreis mit einem schlangenförmigen S eingeritzt hatte, klein und dezent. Wäre die Wunde nicht frisch gewesen, hätte man denken können, dass es sich um eine hübsche Tätowierung handelte, etwas, das dorthin gehörte.

Er blickte sich noch einmal in dem Raum um, ging im Geiste alle Stellen durch, an denen er eventuell Spuren hinterlassen haben könnte, doch mit den Handschuhen, zur Sicherheit sogar zwei Paar übereinander, dem Mundschutz und den Überschuhen aus Plastik hatte er wirklich jede denkbare Vorsorge getroffen. Die Kriminalbeamten würden nichts finden, was auf ihn hinwies. Jetzt musste er noch die letzten Spuren aus seinem eigenen Zimmer tilgen, dann würde er auschecken, bezahlen und von hier verschwinden. Man würde Alicia sicher bald finden. Sie hatte wahrscheinlich Verabredungen, Pressetermine, Proben oder Soundchecks für das Konzert. Man würde stutzig werden, wenn sie nicht auftauchte, würde sie anrufen, und wenn sie nicht abhob, würde jemand vorbeikommen oder einen Hotelangestellten bitten, nach ihr zu sehen.

Er hatte ein paar Fotos gemacht, eine Nahaufnahme

des Logos, eine Ganzkörperaufnahme und drei weitere, auf denen ihr Gesicht zu sehen war. Sie wirkte, als schliefe sie. Noch an Ort und Stelle hatte er die Fotos verschlüsselt an seine eigene Mailadresse geschickt und auch an Prometheus als Anhang zu einer privaten Nachricht. Ohne weitere Worte. Das war die Antwort, mit der sich Prometheus vorerst begnügen musste. Die Bilder hatte er sofort wieder von seinem Handy gelöscht und zwar unwiderruflich. Bevor er die Suite verließ, öffnete er die Tür einen kleinen Spalt, um zu lauschen, ob die Luft rein war, doch es war weder etwas zu hören noch zu sehen. Offenbar gehörte Ruhe bei den Luxuszimmern mit zum Service, während auf den anderen Etagen ein reges Kommen und Gehen herrschte.

Sanft zog er die Tür hinter sich zu, huschte die Treppe hinunter. Nach einem Stockwerk zog er die Überschuhe und die Handschuhe aus, nahm den Mundschutz ab und stopfte alles in seine Tasche. Als er im achten Stock angekommen war, ging er in sein Zimmer und fuhr mit einem weichen Tuch über alle Flächen, die er zuletzt angefasst hatte. Es ließ sich nicht vermeiden, dass er Hautschuppen und Haare hinterließ, er hoffte einfach auf eine gründliche Reinigung seitens des Hotelpersonals. Auf jeden Fall würde das Zimmer ordentlich gesaugt und die Bettwäsche gewechselt werden. Wenn man dann noch den hohen Durchlauf an Gästen und die DNA, die sie überall hinterließen, in Betracht zog, konnte er sich relativ sicher fühlen.

Er checkte aus, bezahlte in bar und fuhr mit einem Taxi zum Flughafen, um von dort aus die Schnellbahn zurück nach Wien zu nehmen. Er hätte viel lieber in der Hotellobby gewartet, bis die Leiche entdeckt wurde, und beobachtet, was danach geschah. Doch es wäre leichtsinnig, sogar gefährlich gewesen, sich diesen Wunsch zu erfüllen. Je früher und je weiter er sich nach einem Mord vom Tatort entfernte, desto besser.

Zu Hause angekommen, schaltete er sofort den Fernseher ein und ließ einen Nachrichtensender laufen. So würde er es nicht verpassen, wenn von Alicia Schwarz' Ermordung berichtet wurde. Natürlich konnte das seine persönliche Anwesenheit nicht ersetzen, aber immerhin wurde er informiert, und das war besser als nichts.

Der nächste Weg führte ihn zu seinem Computer. Prometheus hatte ihm gleich mehrere Nachrichten geschickt.

*Wo steckst du? Ich mache mir Sorgen, dass dir etwas passiert ist. Melde dich. Prometheus*

*Hoffentlich ist alles in Ordnung bei dir. Hast du meine Fotos schon gesehen? Eine schöne Laufstrecke hab ich da entdeckt. *grins* LG Prometheus*

*Melde dich, wenn du nicht gerade zu beschäftigt bist. Prom*

So ging es weiter. Die Nachrichten wurden von Mal zu Mal dringlicher. Dann kam er zu der Nachricht, die eingegangen war, als er Prometheus die Fotos von Alicia geschickt hatte.

*Du vergnügst dich, während ich mir Sorgen mache, aber ist okay. Da hast du einen großen Hecht an Land gezogen, das ist Alicia Schwarz, nicht wahr?*

*Wow, ich erstarre vor Ehrfurcht. Wie bist du an sie rangekommen? Erzähl doch ein bisschen. By the way, hast du meine Fotos schon gesehen? Auch nicht schlecht, oder? Roger Kienast ist natürlich nicht so bekannt wie die Schwarz, aber ein Niemand ist er auch nicht. Hoffentlich bis bald, oder bist du schon wieder eifrig bei der Sache und heckst etwas Neues aus? Ich steh gerade ein wenig unter Zugzwang, wie soll ich denn Alicia Schwarz toppen? Bis bald. Prometheus*

Mit einem Lächeln las Mephisto Prometheus' Worte. Und auch das, was zwischen den Zeilen stand. Immer noch bettelte der Jüngere um Anerkennung und war bereit, seinen Empfehlungen zu folgen. Mephistopheles war sich inzwischen nicht mehr sicher, ob Prometheus das Zeug dazu besaß, die Aufgabe zu übernehmen, für die Mephistopheles ihn ausgewählt hatte. Am Anfang schon, da war er sicher gewesen, wenn es jemand außer ihm selbst schaffen würde, dann Prometheus. Nach dem Mord an der Nutte begann Mephistopheles zu zweifeln und wollte die Sache lieber selbst in die Hand nehmen. Er fand, wenn einem etwas wichtig war, sollte man es nicht delegieren. Allerdings hatte Prometheus es schließlich doch geschafft, ihn zu überzeugen. Blieb also die Frage, was es für ihn bedeutete, wenn er Prometheus die Sache überließ.

Die Nachteile, genau genommen gab es nur einen, hatte er schnell aufgezählt: Er brächte sich selbst um das persönliche Erlebnis und um die Genugtuung. Aber so eitel war er nicht, dass er damit nicht umgehen konnte. Ohnehin überwogen die Vorteile. Nichts würde auf ihn hindeuten. Es war schon Jahre her, dass sie sich begegnet waren, seitdem hatte es keinerlei persönlichen Kontakt gegeben, was nicht hieß, dass sie ihn oder er sie vergessen hatte.

Wenn etwas schieflief, würde nicht er, sondern Prometheus zur Rechenschaft gezogen werden, was ihm den zusätzlichen Vorteil verschaffte, dass er die Angelegenheit immer noch zu Ende bringen konnte, falls Prometheus versagte.

Er war durchaus trainiert und fit, auf jeden Fall aber erfahrener und gewiefter als Prometheus. Dafür war dieser deutlich jünger und kräftiger als er, was es wesentlich leichter für Prom machte, gerade bei einer Person, wie sie es war. Und schließlich durfte man nicht vergessen, dass ein Mord ohne persönliches Motiv einfacher durchzuführen war, weil man einen kühlen Kopf behielt und einem keine Emotionen im Weg standen. Deshalb waren Auftragskiller meist erfolgreicher. Darum, und natürlich, weil Töten ihr Job war. Ein Tischler zimmerte in der Regel auch einen besseren Tisch als ein Heimwerker, es sei denn, es handelte sich um ein Naturtalent, solche gab es auch in seiner Branche. Doch normalerweise kannten sich die wenigsten Menschen damit aus, wie man Spuren verwischte oder am besten ganz vermied. Sie wussten nur so viel, wie in einschlägigen Serien und Filmen gezeigt wurde oder in Büchern gelesen werden konnte, glaubten aber oft, das reiche aus, um Experte zu sein.

Nachdem Mephisto zum Schluss gekommen war, dass er Prometheus diese Chance schenken würde, musste er nur noch überlegen, wie er es anstellen könnte, dass Prometheus glaubte, er hätte das nächste Opfer selbst ausgewählt. Denn nur Dinge, die man aus eigenem Antrieb tat, tat man gut. Für Mephistopheles war nicht das Geld, sondern das Vergnügen am Töten der stärkste Motor gewesen. Das, und der Reiz, nicht gefasst zu werden.

Er hatte diesen Wettbewerb mit Prometheus begonnen, weil er merkte, dass es langsam Zeit wurde, sich zur Ruhe zu setzen. Doch es gab diese eine Sache, die seit Jahren unerledigt geblieben war. Ehe er – oder Prometheus – sie zu Ende gebracht hätte, würde er keine Ruhe finden. Und das war, wonach er sich sehnte. Ruhe.

Nachdem er eine Weile überlegt hatte, was er Prometheus zurückschreiben sollte, setzte er sich an die Tastatur.

*Prometheus, wie du anhand der Fotos sehen kannst, war ich in der Tat beschäftigt. Und ich muss sagen, der Kitzel war ungleich besser, weil die Herausforderung sehr groß war. Alicia Schwarz ist eine Ikone. Ihr Tod wird wie eine Bombe einschlagen. Meine Tat wird Tausende Menschen erschüttern. Das muss mir mal einer nachmachen. Du fragst, wie du das toppen kannst? Dann überlege dir eine echte Herausforderung. Dein nächstes Opfer sollte es dir richtig schwermachen. Es sollte jemand sein, der dir ebenbürtig ist. Wen, frage ich dich, fürchtest du am meisten? Nur wer die Furcht besiegt, mehr noch, sie umkehrt, wird frei sein, in Zukunft immer zu tun, was er will. Denke darüber nach. Ich bin gespannt auf deine Antwort.*

Die Saat war gelegt. Nun war wieder Prometheus am Zug.

Mephistopheles schaltete den Rechner ab und stellte den Ton des Fernsehers ein wenig lauter, damit er ihn noch im Nebenraum hören konnte. In den letzten Tagen hatte er seine Tiere vernachlässigt, das musste er ändern. Er nahm den Deckel des ersten Terrariums ab und warf ein paar lebende Heuschrecken hinein. Sofort kamen die beiden Bartagamen hinter ihren Verstecken hervor und stürzten sich gierig auf das Futter. Er legte noch klein gewürfelte Paprika und geraspelte Karotten dazu. Seine Agamen waren handzahm, doch als er einer während des Fressens über den Kopf streicheln wollte, schnappte sie nach seinem Finger und fauchte. Lag wohl daran, dass sie einen Tag ohne Futter hatten auskommen müssen.

Er füllte den Wasserbehälter und stellte eine Schüssel mit lauwarmem Wasser in das Terrarium. Seine Agamen badeten hin und wieder ganz gerne. Nachdem die Bartagamen versorgt waren, widmete er sich seiner Theraphosa blondi. Sie zählte nicht nur zur größten Vogelspinnenart, sondern auch zu einer der aggressivsten. Er hatte außerdem ein paar Rotkniespinnen, die friedfertig waren und die man sogar auf die Hand setzen konnte. Bei der Theraphosa tat er gut daran, nicht hineinzugreifen und die übrig gelassenen Insekten mit einer langen Pinzette herauszunehmen. Auch sie und die Rotkniespinnen bekamen Heuschrecken als Futter.

Eben wollte er nach den Schlangen sehen, als der Nachrichtensprecher mit der Ankündigung, Alicia Schwarz wäre unter rätselhaften Umständen tot in ihrem Hotelzimmer aufgefunden worden, seine Aufmerksamkeit auf sich zog. Sofort unterbrach er seine Tätigkeit und ging zum Fernsehapparat hinüber. Viel sah man ja nicht, nur das Hotel – außerdem war der Schriftzug über dem Eingang unkenntlich gemacht worden, was irgendwie lächerlich wirkte, weil ohnehin jeder wusste, wo Alicia abgestiegen war. Erst tags zuvor hatte man es in allen Zeitungen lesen können. Aber wahrscheinlich hatte die Hotelkette mit rechtlichen Konsequenzen gedroht, falls sie namentlich in den Negativschlagzeilen erwähnt wurde.

Der Sprecher sagte, noch wären die Untersuchungen in vollem Gange. Laut Polizeisprecher ginge man von Fremdverschulden aus, aber eine eindeutige Aussage könne man erst nach der rechtsmedizinischen Untersuchung treffen. Die Konzerte seien natürlich abgesagt, stattdessen würde in der Stadthalle eine Gedenkfeier abgehalten, zu der alle Fans eingeladen seien. Der Preis für die Tickets würde rückerstattet.

Da hatte das Management ja wirklich beispielhaft und schnell reagiert, fand Mephistopheles. Der Sprecher ging zu einem anderen Thema über, und Mephisto schaltete mit der Fernbedienung zum nächsten Sender, wo ebenfalls gerade die Nachrichten liefen. Doch auch da erfuhr er nicht mehr. Zufrieden schaltete er den Fernseher wieder ab. Rund sechs Stunden waren vergangen, seit er das Hotel verlassen hatte. Weniger als er sich erhofft hatte, aber mehr als er realistischerweise erwarten konnte.

Ein Sender hatte anlässlich Alicia Schwarz' unerwartetem Tod eine Sondersendung für den späten Abend angekündigt, in der von neuen Erkenntnissen berichtet und ein Zusammenschnitt ihres Lebens und ihrer Erfolgsgeschichte gezeigt werden sollte. Die würde er sich ansehen und sich in seinem Ruhm sonnen, denn auch wenn nur er und Prometheus davon wussten, so war doch er für diesen ganzen Medienrummel verantwortlich. Bis dahin hatte er noch Zeit, dort weiterzumachen, wo er durch die Nachrichten unterbrochen worden war: die Schlagen zu füttern. Er hatte dafür bereits tiefgekühlte Mäuse in der Mikrowelle aufgetaut.

## KAPITEL 23

»Ich dachte, du wolltest in Urlaub gehen«, sagte Gernot zu Patrick, sobald sie den behelfsmäßigen Büroraum verlassen hatten, der durch die bloße Anschaffung einer neuen Kaffeemaschine, auch wenn sie noch so toll war, seinen eigenen Arbeitsplatz nicht ersetzen konnte.

Patrick sah ihn von der Seite an. »Ich habe meine Meinung eben geändert. Diese Fälle sind interessant. Wer weiß, wann ich das nächste Mal Gelegenheit bekomme, einen Serienmord zu untersuchen – oder zumindest an der Aufklärung mitzuwirken? Du scheinst dich ja offenbar auch mit der neuen Teamzusammensetzung abgefunden zu haben. Ich denke, Michaela hat mehr auf dem Kasten, als du ihr zutraust.«

»Das hat nichts mit ihren Qualitäten zu tun. Ich verschwende bloß keine Energie auf Dinge, die ich nicht ändern kann. Nebenbei bemerkt, finde ich immer noch, dass man ihr nicht die Leitung hätte übertragen sollen. Aber sei's drum, wenigstens muss ich nicht wieder in die Gerichtsmedizin.« Das war aber auch der einzige Vorteil, den er an der Zusammenarbeit mit Michaela

Baltzers Team entdecken konnte. Das, und der, zugegeben, gute Kaffee. Allerdings sollte er laut den Aussagen seines Arztes ohnehin nicht mehr als zwei Tassen am Tag trinken.

Er verstand nicht, was die Baltzer an sich hatte, dass sie alle für sich einnahm. Patrick, zum Beispiel. Noch gestern Früh hatte er Gernots Vorschlag, Urlaub zu nehmen, toll gefunden. Er war auch gut. Jeder hätte etwas davon gehabt. Patrick, weil er endlich genug Zeit mit seiner Familie verbringen konnte; Gernot, weil Patrick seinen Urlaub nicht zu einem späteren Zeitpunkt nahm, der vielleicht viel ungünstiger war; und sogar Matthias, der mehr Aufgaben hätte übernehmen müssen und dabei viel gelernt hätte. Und heute hatte Patrick seine Meinung plötzlich komplett geändert? Nun, Gernot würde sich von Michaela nicht um den Finger wickeln lassen. Auch wenn er gerade behauptet hatte, er habe sich an die Situation gewöhnt und wolle keine Energie darauf verschwenden, etwas zu ändern, das nicht zu ändern sei, lag es aber auch nicht in seiner Natur, kampflos aufzugeben, wenn ihm etwas wichtig genug war, um dranzubleiben. Dieser Biss zeichnete ihn aus. Den Teufel würde er tun, um das ausgerechnet jetzt zu ändern.

Michaela bat Doris, über den Hauptbahnhof zu fahren, um Ferreiras Mittagessen zu besorgen. Während Doris in zweiter Reihe parkte, mit dem Hinweis, dass sie schließlich quasi aus beruflichen Gründen halten mussten und sie daher nichts falsch daran fand, lief Michaela hinein, um Ferreiras Putenleberkäsesemmeln zu besorgen. Sie rochen verführerisch, und kurz überlegte sie, ob sie für sich und für Doris nicht auch gleich eine mitnehmen sollte, fand es dann aber besser, mit dem Essen bis nach der Obduktion zu warten. Sie fragte sich ohnehin, wann Ferreira gedachte zu essen, wenn er keine Mittagspause abhalten konnte. Immer einen Happen zwischendurch? Das Bild, das sich bei dieser Vorstellung aufdrängte, hätte sie gerne wieder verscheucht. Leberkäse war wohl für die nächsten Wochen von ihrem Speiseplan gestrichen.

Sie bezahlte und eilte zurück zum Auto. Doris unterhielt sich bei heruntergelassenem Fenster mit einem Streifenpolizisten. »Oh, da ist ja meine Kollegin. War nett, mit dir zu plaudern«, verabschiedete sich Doris, nachdem Michaela auf der Beifahrerseite Platz genommen hatte. Doris warf einen Blick in den Rück- und dann in den Seitenspiegel, ehe sie Gas gab und sich in den Verkehr einfädelte. »Der war echt süß«, sagte sie.

»Hat er sich nicht beschwert, dass du in zweiter Reihe gestanden bist?«

»Doch, anfangs schon. Aber nachdem ich ihm erklärt habe, dass wir Kollegen und dienstlich zur Rechtsmedizin unterwegs sind, nicht mehr. Im Gegenteil, er fand es interessant.«

Michaela lachte. »Unseren Job oder vielmehr dich?« Doris war Expertin, was das Flirten betraf, und nutzte jede Gelegenheit. Manchmal hatte Michaela allerdings das Gefühl, dass sie das gar nicht bewusst tat.

Doris zuckte die Schultern. »Wär mir total egal. Ich bin ja vergeben, auch wenn Max im Moment nicht da ist und ich ihn schrecklich vermisse. Ich bin es gar nicht mehr gewohnt, alleine zu sein. Jonas ist immer noch bei Clemens – das ist ein neuer Rekord. Ich hätte nicht gedacht, dass mein Ex das länger als zwei Tage durchhält.

Es geschehen Zeichen und Wunder. Als wir zusammen waren, konnte er nicht mal einen ganzen Tag auf unseren Sohn aufpassen, ohne die Krise zu kriegen.«

»Vielleicht tut er sich leichter, je älter Jonas wird«, vermutete Michaela. »Das geht vielen so. Übrigens kommt Valerie wieder zurück, zumindest temporär. Thomas und Angelika müssen ihren Aufenthalt in Lesotho verlängern.«

»Oh, wie findet sie das?«

»Sie ist natürlich enttäuscht, auch wenn sie es sich nicht anmerken lassen will, aber ich freue mich.«

»Ihr habt ja auch viel zusammen durchgemacht. Das schweißt zusammen.«

Doris hatte recht. Valerie und sie hatten wirklich einiges gemeinsam durchgestanden. Michaela hätte sich gewünscht, vieles davon ungeschehen machen zu können. Aber die Vergangenheit ließ sich nun mal nicht ändern. Sie war vor allem dankbar, immer wieder aufs Neue, dass Valerie die Ereignisse so gut weggesteckt hatte, was nicht unbedingt eine Selbstverständlichkeit war.

»Auf jeden Fall bin ich froh, dass ich noch keine Zeit hatte, ihr Zimmer umzuräumen«, sagte sie und stützte sich auf dem Armaturenbrett ab, da Doris gerade eine Kurve zu eng und zu schnell nahm. »Doris, verdammt.«

»Entschuldigung, aber der Idiot hinter mir ist so dicht aufgefahren, dass ich aufs Gas drücken musste, um mehr Abstand zwischen uns zu bringen. Du sagst doch immer, man soll den Sicherheitsabstand einhalten.«

Michaela seufzte. »Ja, aber muss das ausgerechnet in der Kurve sein?« Sie schwor sich, Doris zum nächsten Geburtstag einen Gutschein für eine Fahrt in einem Rennwagen zu schenken. Da konnte ihre Kollegin mal so richtig aufs Gas steigen. Oder lieber doch nicht. Man konnte ja nicht wissen, wie sich das auf ihr ohnehin schon rasantes Fahrverhalten auswirkte.

Endlich kamen sie im rechtsmedizinischen Institut an. Der Portier richtete ihnen aus, Ferreira würde in Saal 2 auf sie warten.

»Oh, mein Mittagessen ist da«, begrüßte Ferreira sie und zog die OP-Handschuhe aus. Er trat zum Waschbecken und schrubbte sich die Hände, dann kam er zu ihnen herüber. Michaela streckte ihm die beiden Leberkässemmeln entgegen. »Bitte schön. Doris hat alle Rekorde gebrochen, damit sie noch lauwarm ankommen.«

»Danke. Mit Salzgurke?«

»Genau, wie Sie gewünscht haben.«

Er wickelte eine der Semmeln aus dem Papier und biss herzhaft ab. In einer Geschwindigkeit, über die Michaela nur staunen konnte, hatte er die Semmel verspeist und wischte sich mit der beigelegten Serviette den Mund ab. »Das war jetzt gut. Mein Magen hing schon bis zu den Knien. Die zweite hebe ich mir für später auf.«

Michaela nickte. »Das kenne ich auch, dass man nicht zum Essen kommt. Aber bei der Umgebung, ich weiß nicht recht ...«

Ferreira winkte ab. »Wenn man das so lange macht wie ich, muss man sich eine Portion Pragmatismus angewöhnen, sonst bleibt man auf der Strecke. Und in meinem Fall hungrig. So, ich wäre dann so weit, und Sie?«

»Wir auch«, erwiderte Michaela. »Ich bin Ihnen sehr dankbar, dass Sie sich bereit erklärt haben, diese Obduktion durchzuführen.«

»Und ich Ihnen, dass Sie mich vor dem Hungertod gerettet haben«, gab Ferreira zurück. »Abgesehen davon finde ich den Fall tatsächlich ausgesprochen faszinierend. Während ich auf Sie gewartet habe, wollte ich die Zeit sinnvoll nutzen, also habe ich schon mit der äußeren Beschau angefangen.« Er streifte sich frische Handschuhe über, trat an den Stahltisch und winkte Doris und Michaela zu sich.

»Es gibt einige Dinge, die mich stutzen lassen«, führte er aus, als sie neben ihm standen. Er zeigte auf den Hals. »Hier. Sehen Sie?«

Michaela beugte sich hinunter. »Strangulationsmale«, stellte sie fest.

»Genau, das unterscheidet dieses Opfer von den anderen. Das erste wurde erwürgt, das zweite durch den Griff aus der asiatischen Kampfkunst getötet, mit dem man die Blutzufuhr zum Gehirn blockiert, und der hier wurde aller Wahrscheinlichkeit nach mit einem Drahtseil oder einer Schlinge erdrosselt. Drei Opfer, drei verschiedene Methoden. Wenn Sie mich fragen, weisen die Fälle mehr Unterschiede als Gemeinsamkeiten auf.«

»Das sehe ich nicht so«, widersprach Doris. »Sie sind alle erstickt, und die Fundorte sind sich alle sehr ähnlich.« Sie zählte an den Fingern auf: »Ein Waldabschnitt am Kahlenberg, ein riesiger Park, und dieser hier am Mühlwasser – alles abgelegene Orte, an denen der Täter davon ausgehen konnte, ungestört zu sein. Nicht zu vergessen, die gleichen Logos.«

»Sie zeigen das gleiche Motiv«, korrigierte Ferreira und setzte hinzu: »Beim ersten Opfer fehlt es aber ganz, beim zweiten und dritten sind deutliche Unterschiede feststellbar, nicht nur, was das Schneidewerkzeug betrifft, sondern auch in der Ausführung. Ich zeige Ihnen gleich, was ich meine.« Er bat seinen Assistenten um das Foto des Logos auf Sabine Volkners Leiche. Gleich darauf sahen sie es in Großaufnahme auf der Projektionstafel.

»Dieses«, Ferreira deutete auf das Bild, »ist viel feiner gearbeitet, fast schon künstlerisch, während das«, er zeigte auf die Brust des Toten auf dem Tisch vor ihm, »so aussieht, als hätte ein Kleinkind versucht zu schreiben. Die Schnitte gehen tiefer, der Schwung fehlt, es ist insgesamt eckiger. Man könnte beinahe meinen, es handelt sich um einen Nachahmungstäter.«

»Das schließen wir aus. Niemand weiß von den Logos. Es muss sich um ein und denselben Mörder handeln. Vielleicht liegt es, wie Sie schon sagten, an den unterschiedlichen Messern.«

»Das kann natürlich sein«, räumte Ferreira ein. »Ich wollte auch nur darauf hinweisen. Was ihr damit anfangt, bleibt euch überlassen.«

In Michaela hatten Ferreiras Worte etwas zum Klingen gebracht, doch ehe sie dem Gefühl nachspüren konnte, war es schon wieder vergangen, ohne dass sie es hätte greifen können.

»Und sonst? Die Todesursache ist ja ziemlich eindeutig, und es ist relativ klar, womit das Opfer ermordet wurde. Was können Sie uns zum Todeszeitpunkt sagen?«

»Da muss ich mich auf die Aufzeichnungen von Dr. Lenz stützen, die das Opfer am Tatort untersucht hat. Aus diesen sowie den Signa mortis geht hervor, dass der Tod zwischen drei und sechs Uhr morgens eintrat, realistischerweise eher später als früher. Wer geht denn um drei Uhr schon joggen?«

Michaela hätte beinahe »Ich« geantwortet. Sie hatte das tatsächlich schon getan, auch wenn es nicht unbedingt eine feste Angewohnheit von ihr war, nachts im Dunkeln durch die Gegend zu laufen. Nur hin und wieder, wenn sie lange gearbeitet hatte und noch zu überdreht zum Schlafen war, half es ihr, ein bisschen runterzufahren und den Kopf freizukriegen. Dabei kam ihr zugute, dass ihre Lieblingslaufstrecke, der nahe gelegene Park, nachts beleuchtet war.

»Den Mord auf drei Stunden eingrenzen zu können, ist mehr, als ich erwartet habe«, sagte sie nun statt einer Antwort auf Ferreiras rhetorische Frage.

»Ja, das klappt aber nicht immer. Noch nicht, aber es wird gerade ein neues Verfahren erprobt. Dabei soll der Todeszeitpunkt durch Genaktivität bis auf sechzig Minuten genau eingegrenzt werden können.« Ferreiras Augen begannen zu leuchten. »Das wäre eine echte Revolution in der Rechtsmedizin und für die Kriminalistik.«

»Und wie soll das funktionieren?«, fragte Doris. Das interessierte Michaela ebenfalls.

»Es geht im Grunde um die Analyse der RNA. Das sind die Erbgutmoleküle«, führte Ferreira aus. Er schien ganz in seinem Element zu sein. »Der Tod wirkt sich auf alle Aktivitäten in unseren Zellen aus. Dabei verändern sie sich, je nach Art, unterschiedlich. Muskelzellen reagieren anders als Hirnzellen oder Fettzellen. Die Analyse von nur vier verschiedenen Gewebestücken reicht aus, um auf eine Stunde genau den Zeitraum seit Eintritt des Todes zu bestimmen.«

»Das klingt zu schön, um wahr zu sein«, sagte Michaela. »Wie stehen die Chancen, dass so ein Verfahren bei uns zur Anwendung kommt?«

Ferreira schnalzte mit der Zunge. »Das Problem sind die hohen Kosten, die durch den Einsatz von künstlicher Intelligenz entstehen, die man für diese massiven Computerberechnungen braucht. Und nachdem der Staat nicht mal für seine lebenden Bürger und Bürgerinnen genug Geld hat, gibt es für die Toten erst recht keins. Wir werden wohl abwarten müssen, bis entweder das Verfahren so anerkannt ist, dass wir nicht umhinkönnen, es ebenfalls anzuwenden, wenn wir uns innerhalb der EU nicht lächerlich machen wollen. Oder, bis die Technik billiger wird. Vor zwanzig Jahren war ein Laptop beinahe ein Luxusgut, heute besitzt selbstverständlich jeder einen. Genauso ist es mit den Handys, und so wird es sich auch mit künstlicher Intelligenz verhalten. Irgendwann werden Maschinen und Roboter unsere Jobs erledigen.«

»Welch gruselige Vorstellung«, sagte Doris.

Und Michaela meinte: »Zweifelsohne können Roboter vieles übernehmen. Jetzt schon, und in gar nicht so ferner Zukunft bestimmt noch mehr. Aber ich bin trotzdem davon überzeugt, dass immer dort, wo es um Zwischenmenschliches und Soziales geht, der Mensch nicht einfach ersetzt werden kann, künstliche Intelligenz hin oder her.«

»Ihr Wort in Gottes Ohr«, antwortete Ferreira. »Wie auch immer, ich werde diese Zukunft aller Wahrscheinlichkeit nach eh nicht mehr miterleben – und soll ich Ihnen etwas sagen? Ich bin froh drum. Wie auch immer, es hilft nichts, darüber zu philosophieren. Da wir dieses neue Verfahren nicht benutzen können, müssen wir uns mit den bewährten Möglichkeiten zufriedengeben, auch wenn eine Spanne von etwa drei Stunden für den Todeszeitpunkt bleibt.«

Michaela empfand die Eingrenzung auf drei Stunden als großen Fortschritt. Oft umfasste die Zeitangabe sechs oder mehr Stunden, manchmal sogar Tage, je nachdem, wie die Leiche gelagert worden war. Einmal hatte sie einen Fall bearbeitet, bei dem ein Ehemann seine tote Frau in die Tiefkühltruhe gepackt hatte. Erst Jahre später, als er umziehen wollte und nicht wusste, wohin mit ihr, legte er die Leiche in einem Waldstück ab. Das Tiefkühlen hatte große Schäden an der Zellstruktur angerichtet, sodass es nahezu unmöglich war, den Todeszeitpunkt zu bestimmen. Erst durch das Datum der Vermisstenmeldung hatte Michaela ungefähr eingrenzen können, wann die Frau gestorben war.

Nachdem Michaela und Doris die wesentlichsten Fakten von Ferreira erfahren hatten, verabschiedeten sie sich. »Die genauen Untersuchungsergebnisse maile ich Ihnen, aber nicht vor morgen Mittag«, sagte Ferreira zum Abschied. »Und danke noch mal für die Leberkässemmeln. Ich freue mich schon jetzt auf die Nachmittagspause.«

Sie fuhren zurück ins Präsidium. Gernot und Patrick waren noch nicht da, aber das hatte Michaela auch gar nicht erwartet. Gespräche mit den Angehörigen nahmen in der Regel viel Zeit in Anspruch. Man durfte nicht außer Acht lassen, dass sie eben erst jemand Nahestehenden verloren hatten. Viele waren noch gar nicht fähig, rational über das Opfer zu sprechen, oft konnte man sie nur erzählen lassen, und man musste sich die Informationen, die man benötigte, erst mühsam aus dem Gespräch herauspicken, mehrmals nachfragen, wie das denn gewesen sei ...

Matthias hatte sein Smartphone mittlerweile gegen einen Laptop getauscht. Er blickte hoch, als sie und Doris ins Büro kamen. »Und, was sagt Ferreira?«, fragte er.

Auch Vincent unterbrach seine Arbeit und hörte zu, als Michaela die Informationen über Roger Kienasts Obduktion zusammenfasste. »Die Tatwaffe war eine Drahtschlinge. Der Täter scheint eine Vorliebe für Erwürgen oder Erdrosseln zu haben«, endete sie.

»Na ja, ich finde nicht, dass der Mister-Spock-Griff auch darunter fällt«, warf Matthias ein.

»Mister-Spock-Griff?«, fragte Doris.

»Ja, aus Raumschiff Enterprise«, erklärte Michaela. »Aber nicht umsonst wurde der Fall als Kung-Fu-Mord betitelt, denn eigentlich stammt dieser Griff aus der asiatischen Kampfkunst.« Während sie noch sprach, begann ihre Narbe zu jucken. Das war innerhalb kürzester Zeit bereits das zweite Mal, dass sie das Gefühl hatte, irgendetwas zu übersehen. »Matthias, was hast du in der Zeit, in der wir weg waren, herausgefunden?«

»Ehrlich gesagt, nichts. War wohl ein Schuss ins Blaue.«

»Das ist nicht schlimm und passiert uns allen öfter, als uns lieb ist. Der Ansatz war trotzdem nicht schlecht. Du könntest dich schlaumachen, ob es noch andere Fälle gibt, in denen dieser Kung-Fu-Griff angewendet wurde.«

»Mit den gleichen Parametern?«

Michaela dachte kurz nach. Hätte es in Österreich innerhalb der letzten fünf Jahre auch nur einen solchen Fall gegeben, hätte sie davon gehört, da war sie sich sicher.

Langsam schüttelte sie den Kopf. »Nein, ich würde sagen, europaweit, nein, besser noch weltweit. Geh zehn Jahre zurück. Oder lieber fünfzehn.«

Matthias sah auf die Uhr und nickte. »Das mach ich morgen als Erstes. Heute muss ich gleich weg. Das ist mir sehr unangenehm, gerade jetzt, aber es geht nicht anders.«

Ehe Michaela protestieren konnte, hatte er bereits seine Sachen zusammengepackt, zog sich die Jacke über, winkte ihnen lässig zu und ging. Sie, Doris und Vincent tauschten einen Blick. Doris war die Erste, die ihre Sprache wiederfand. »Spinn ich jetzt? Wir haben gerade mal drei. Gestern ist er auch schon früher gegangen.«

Michaela seufzte. »Tja, das ist eben Matthias. Übrigens würde ich heute auch gerne zu einer christlichen Zeit nach Hause kommen. Valerie zieht wieder bei mir ein, und ich habe nichts, aber wirklich gar nichts zum Essen im Kühlschrank. Das heißt, wenn man von einem Stück vertrocknetem Käse und zwei Scheiben abgelaufenem Schinken absieht. Ich muss also einkaufen, sonst denkt sie, ich habe mein Leben nicht im Griff. Dabei hatte ich bloß zu wenig Zeit.«

»Ja, davon hat man irgendwie nie genug«, gab Doris zurück.

»Oder man hat sie im Überfluss«, sagte Vincent zu Michaelas Überraschung. Sie vermutete ja schon lange, dass Vincent alleine lebte, aber seine Aussage untermauerte ihren Verdacht. »Du hast also mehr Zeit, als dir lieb ist?«, fragte sie im Versuch, ihm endlich mal eine persönliche Information zu entlocken. Freiwillig erzählte er ja nichts von sich.

»Das habe ich nicht behauptet«, entgegnete er. »Das

war ganz generell gemeint. Entweder man hat keine Zeit oder viel zu viel.«

Dem konnte Michaela nicht widersprechen, auch wenn sie sich kaum daran erinnern konnte, wie es war, zu viel Zeit zu haben. Dann dachte sie an Bernd, der vor lauter Langeweile rotierte und froh um jede Abwechslung war. Vincent hatte recht.

Doch während sie ihr Bestes tat, um Bernd mit Informationen zu versorgen, damit er etwas Sinnvolles zu tun bekam, wusste sie nicht, was sie an ihrem Leben ändern konnte. Es war eine Tatsache, dass ihr ständig die Zeit davonlief. Und das Schlimmste daran war nicht ihr leerer Kühlschrank, weil sie nicht zum Einkaufen kam, und auch nicht, dass sie sich die Nächte um die Ohren schlagen musste, um all die Arbeit zu erledigen, die sie sonst nicht schaffte. Auch nicht, dass in ihrem Schrank so viel Platz war, weil die Wäschekörbe überquollen. Sie hatte sicher eine Woche lang nicht gesaugt, und wenn sie nicht bald den Rasen mähte, würde sie ein Buschmesser brauchen, um von einem Ende des Gartens zum anderen zu gelangen. All diese Dinge waren zwar ärgerlich, aber sie konnte damit leben. Nein, das Schlimmste waren die Hilflosigkeit und Ohnmacht, beim Versuch, den nächsten Mord zu verhindern, und die sich aufdrängende Gewissheit, dass es ihr nicht gelingen würde.

Um zumindest irgendetwas tun zu können, stattete Michaela Harald einen Besuch ab, auch, um endlich die geliehene Kaffeemaschine zurückzubringen.

»Danke, sie hat uns gute Dienste geleistet und Leben gerettet. Aber ich habe gestern eine neue gekauft. Du bist herzlich eingeladen, sie zu testen. Wir sind alle schwer begeistert.«

»Ich komme sehr gerne, wenn sich die Gelegenheit ergibt. Und wie arbeitet es sich in der SOKO?«, fragte er.

Michaela zuckte mit den Schultern. »Ich bin unschlüssig, ob es mir gefällt oder nicht. Hat Vor- und Nachteile. Es ist jedenfalls nicht ganz so schlimm mit Gernot, wie ich dachte. Heute waren Doris und ich bei Ferreira. Der hat sich erbarmt und Roger Kienasts Obduktion durchgeführt.«

»Und was meint er?«

»Als Tatwaffe kommt ein Drahtseil oder eine Drahtschlinge infrage, und er legt den Eintritt des Todes auf zwischen drei und sechs Uhr morgens fest.«

»Das hat Sandra Lenz auch gesagt, als sie den Toten untersucht hat. Wieso hat sie den Fall abgegeben?«

»Weil ich sie darum gebeten habe. Ferreira war schon für die beiden anderen zuständig, daher macht es Sinn, wenn er auch diesen übernimmt.«

Harald lächelte. »Gibt es eigentlich etwas, das du nicht hinkriegst?«

»Wie bitte?«

»Versteh mich nicht falsch. Ich bewundere das an dir. Egal, was du in Angriff nimmst oder was du dir vornimmst, am Ende bekommst du das, was du willst.«

In diesem Moment klingelte Haralds Telefon. Er hob ab, und je länger er dem Anrufer zuhörte, desto mehr versteinerte sich seine Miene. »Wir kommen«, sagte er, legte auf und steckte das Diensthandy weg. »Du kannst dich ebenfalls bereit machen«, sagte er zu Michaela. Dann rief er das Team zusammen. Michaela blieb abwartend neben ihm stehen, während um sie herum Hektik ausbrach. »Verrätst du mir, was passiert ist?«

»Er hat wieder zugeschlagen«, sagte Harald knapp.

Michaela hatte für einen Moment das Gefühl, der Boden würde unter ihr wanken, nur gedämpft drang der Name des Hotels und des Opfers zu ihr durch. Alicia Schwarz. Den hatte sie doch schon mal irgendwo gehört, bloß wo?

Prüfend blickte Harald sie an. »Alles in Ordnung mit dir?«

»Ja«, versicherte Michaela ihm schnell. Das Letzte, was sie brauchen konnte, war, dass Harald sich um ihr Wohlergehen sorgte. »Du hast mich doch eben gefragt, ob ich alles erreiche, was ich mir in den Kopf setze. Die Antwort ist definitiv ›Nein‹. Ich sehe nach, wen ich aus meinem Team auftreiben kann. Wir treffen uns gleich unten.«

Michaela drehte sich um, und obwohl sie eiligen Schritts die Treppen hochstürmte, war sie kaum außer Atem, als sie im dritten Stock ankam. Sie erwischte Doris, die gerade gehen wollte, vor dem Lift.

»Ich hoffe, du hast dir für heute nichts mehr vorgenommen«, sagte sie zu ihrer Kollegin.

»Nur die Füße hochlegen, ein Glas Wein trinken und ein Buch lesen.«

»Vergiss es. Wie haben einen neuen Mord.«

»Verdammt.«

»Das kannst du laut sagen.«

## KAPITEL 24

Sie traten unten auf den Hof, gerade als Harald sich mit seinem Team im Kleinbus der Spurensicherung auf den Weg machte. Doris startete den Dienstwagen, und sie fuhren hinterher. »Wissen wir überhaupt, wo es hingeht?«, fragte sie nach einer Weile. »Nur für den Fall, dass ich sie aus den Augen verliere.«

»Wie ich dich kenne, ist das unwahrscheinlich«, stellte Michaela trocken fest, verriet Doris aber trotzdem ihr Ziel.

»Das ist ja das Hotel, in dem Alicia Schwarz abgestiegen ist!«, rief Doris mit leichter Aufregung in der Stimme. »Erst gestern ist sie in Wien angekommen. Es waren Hunderte Menschen dort, um sie zu begrüßen.«

»Dann wirst du gleich die Gelegenheit bekommen, sie zu sehen«, gab Michaela zurück.

»Echt? Glaubst du, ich krieg ein Autogramm von ihr?«

»Nein. Wenn ich eines mit Sicherheit sagen kann, dann das.«

»Aber du sagtest doch...« Doris stockte, als ihr klar wurde, was Michaela angedeutet hatte.

»Alicia Schwarz ist das Opfer«, bestätigte Michaela. »Du weißt sicher, woher man ihren Namen kennt. Ich weiß nur, dass ich ihn schon mal gehört habe.«

»Sie ist eine Sängerin, die bei European Popstar gewonnen hat.«

»Wo?«

Doris seufzte tief. »Okay, scheint so, als wärst du die Einzige, die diese megacoole Castingshow nicht kennt.« Doris erklärte, dass bei European Popstar die besten Stimmen Europas gesucht wurden. Den Gewinnern winkte ein Plattenvertrag, Radiosendungen, Fernsehshows, die ganze Palette. Häufig hielt der Rummel um den Sieger nicht lange an, der Hype verflog genauso schnell, wie er gekommen war. Doch Alicia Schwarz war eine der großen Ausnahmen. Für sie war European Popstar das Sprungbrett gewesen, das sie berühmt gemacht hatte. »Besonders bei der Jugend ist die Sendung echt beliebt. Frag Valerie«, schloss Doris.

»Oh, verdammt!«, entfuhr es Michaela. »Valerie kommt doch heute und…«

»Dann ruf sie an«, schlug Doris vor. »Und wenn du schon dabei bist, solltest du der Fairness halber auch Gernot verständigen. Schließlich buddeln wir jetzt in der gleichen Sandkiste.«

Doris' Ratschlag war in beiden Fällen sinnvoll. Sie hatte zwar Vincent Bescheid gegeben, ehe sie mit Doris zum Auto gehastet war, aber an Gernot hatte sie überhaupt nicht gedacht.

Da sie Gernots Telefonnummer nicht auswendig wusste, rief sie den Bereitschaftsdienst an, der die Kontaktdaten aller Mitarbeiter für Notfälle besaß. Sie ließ Gernot kontaktieren und um einen Rückruf bei ihr bitten.

Als Nächstes wählte sie Valeries Nummer. »Es tut mir schrecklich leid, aber ich bin zu einem Tatort unterwegs. Keine Ahnung, wie lange ich brauche, es kann spät werden. Du kommst doch allein zurecht?«

Valerie ließ nicht locker, bis sie zumindest den Namen des Opfers erfuhr. Sie stellte fest: »Oha, Tante Mika, ich erwarte später eine detaillierte Schilderung.«

»Valerie, du weißt, dass du davon nichts weitererzählen darfst? Den Schlüssel hast du doch, oder?«

»Schon klar, ich weiß. Und mach dir keine Sorgen. Ich habe den Haustürschlüssel, ich komme zurecht, ich bin ein großes Mädchen. Alles bestens. Ich gehe jetzt gleich zu Anna, dann fahre ich zu dir, mache mir etwas Gutes zu Essen und warte auf dich. Falls es nicht zu spät wird, bis du heimkommst.«

»Oje, ich fürchte, das mit dem Essen könnte ein wenig schwierig werden, vielleicht bestellst du dir einfach eine Pizza oder etwas anderes – worauf auch immer du Lust hast. Nimm Geld aus der Vitrine. Aber dein restlicher Plan klingt gut«, bot Michaela an, um ihr schlechtes Gewissen zu beruhigen. Wie gut, dass sie sich angewöhnt hatte, immer etwas Bargeld im Haus zu haben. In der Vitrine befanden sich meist ein paar Scheine, und Valerie durfte sich im Notfall bedienen.

»Und du musst dein Bett beziehen. Ich kam noch nicht dazu.«

»Geht klar, Tante Mika. Mach dir wegen mir keinen Stress. Weckst du mich, wenn ich schon schlafe? Nur damit ich weiß, dass alles in Ordnung ist.«

In Michaelas Brust machte sich ein warmes Gefühl der Zuneigung breit. Wie sie dieses Kind liebte! Diese junge Frau, verbesserte sie sich schnell. Niemals durfte ihre Nichte erfahren, dass Michaela sie in Gedanken als Kind bezeichnete.

»Ja, mach ich.« Dann legte sie auf.

Sie hatten das Hotel erreicht. Doris parkte das Auto, und als Michaela sich gerade abschnallen wollte, klingelte ihr Handy. Da sie die angezeigte Nummer nicht kannte, meldete sie sich förmlich mit ihrem vollen Namen.

»Ich soll dich anrufen.«

Sie brauchte ein paar Sekunden, bis sie die Stimme des Anrufers zuordnen konnte. Dass er selbstverständlich davon ausging, alle Welt müsse ihn erkennen, ärgerte Michaela jedes Mal. Warum konnte er sich nicht, wie jeder vernünftige Mensch, mit seinem Namen vorstellen?

»Gernot, ja. Entschuldige die Störung, aber ich fand, du solltest wissen, dass es ein neues Opfer gibt.«

»Wieder derselbe Mörder?«

»Sieht so aus. Ich bin eben erst angekommen und hatte noch keine Gelegenheit, das Opfer zu sehen. Ich melde mich, wenn ich hier so weit fertig bin. Erreiche ich dich unter der Nummer, die mir hier angezeigt wird?«

»Ja, das ist meine private Handynummer. Aber lass gut sein, du brauchst mich nicht anzurufen.«

»Okay«, sagte Michaela irritiert. »Ich dachte ...«

»Ich komme auch hin«, unterbrach Gernot sie.

Überrascht gab sie ihm die Adresse durch. Mit vielem hatte sie gerechnet, aber nicht, dass Gernot sofort herbeieilen würde. Blieb nur die Frage, ob sie sich über seinen Einsatz freuen oder über seine Einmischung ärgern sollte.

Die Hotelleitung hatte um größtmögliche Diskretion gebeten, die von höchster Stelle auch zugesichert worden war, deshalb wurden Michaela, Doris, Harald und sein Team am Hintereingang erwartet und über Nebenwege zu den Aufzügen in die zehnte Etage gelotst. Dass manche Hotelgäste von den Aktivitäten im Hintergrund dennoch etwas mitbekamen, war wohl unvermeidlich. Und dass sie ihre Beobachtungen und Mutmaßungen dazu teilten, ebenso. Es wäre wohl nur eine Frage der Zeit, bis die ersten Reporter und Fernsehkameras auftauchten, vermutete Michaela. So unauffällig konnte eine Mordermittlung gar nicht vonstattengehen, als dass die Kripobeamten nicht wahrgenommen wurden, selbst wenn es sich beim Tatort um ein Hotel handelte, in dem ein ständiges Kommen und Gehen sowie rege Betriebsamkeit herrschten.

Die Hoteldirektorin, in einem schmalen dunkelblauen Kostüm, zog eine Karte durch das Lesegerät am Lift. Das Schildchen auf ihrem Blazer wies ihren Namen als Miriam Wolf aus. »Diese Aufzüge sind ausschließlich für das Personal vorgesehen«, erklärte sie. »Die beiden vorne in der Halle werden von unseren Gästen benutzt.«

Die Tür glitt auf, die Direktorin ließ sie vorangehen. Michaela zögerte, doch Doris fasste sie schnell am Ellbogen und zog sie mit in die Kabine. »Denkst du allen Ernstes darüber nach, die Treppe zu nehmen? Vergiss es. Das Zimmer befindet sich im zehnten Stock!«, raunte sie in Michaelas Ohr. Dann wandte sie sich an die Hotelleiterin. »Wir brauchen Berechtigungskarten für den Aufzug, am besten gleich mehrere.«

»Ich sehe, was ich tun kann«, gab diese zurück.

»Ja, bitte. Wir müssen ja noch häufiger hoch- und runterfahren und müssten andernfalls auf den anderen Aufzug ausweichen. Ich denke nicht, dass das in Ihrem Interesse ist.«

Erschrocken schüttelte die Hoteldirektorin den Kopf. Ihr strenger Haarknoten bewegte sich dabei keinen Millimeter. »Sie kriegen die Berechtigungskarten«, sicherte sie zu.

Michaela tat die Frau leid. Ob sich diese Tragödie auf ihre Karriere auswirken würde? Sie konnte schließlich nichts dafür, dass der Täter ausgerechnet dieses Hotel als Tatort gewählt hatte, und jetzt galt es vorrangig, Schadensbegrenzung zu betreiben, aber ob das genügte?

»Ein Kollege von mir wird in Kürze eintreffen. Es

wäre toll, wenn jemand ihn hinaufbegleiten könnte«, bat Michaela und schob dann gleich eine Frage hinterher: »Wohnen eigentlich noch andere Gäste im zehnten Stockwerk?«

»Nein, die beiden anderen Suiten stehen derzeit leer«, antwortete Miriam Wolf. Der Lift hatte die zehnte Etage erreicht, und die Tür öffnete sich.

»Das ist schon mal gut. Bitte sorgen Sie dafür, dass niemand hier heraufkommt. Vielleicht schaffen wir es dadurch, den Rummel zu begrenzen.«

»Ich kümmere mich persönlich darum, dass Ihr Kollege zu Ihnen gebracht wird und auch, dass der Treppenaufgang zu dieser Etage gesperrt wird.«

»Und der Lift?«

»Der Liftboy wird angewiesen, den zehnten Stock mit dem Gästeaufzug nicht anzufahren.«

»Vielen Dank für Ihre Kooperationsbereitschaft«, sagte Michaela. »Wir melden uns, wenn wir Fragen haben, was ziemlich sicher bald der Fall sein wird«, sagte sie lächelnd.

»Gerne. Oder wenn Sie etwas brauchen. Jederzeit. Sie haben meine vollste Unterstützung.«

Die Frau blieb vor der geschlossenen Türe der Suite stehen. »Hier ist es. Bitte tun Sie, was Sie tun müssen, aber tun Sie es diskret.« Dann ließ sie die Crew alleine.

Harald hielt alle Anwesenden zurück. »Keiner geht ohne Handschuhe, Overall, Überschuhe und Mundschutz rein. Ich brauche Fingerabdrücke vom Türknauf. Wo ist Steve?« Der Angesprochene streckte seinen Arm hoch.

»Schön, du gehst zuerst rein, um die Tatortfotos zu machen.«

Michaela trat an Harald heran. »Nein, ich gehe als Erste. Gib mir zehn Minuten, ehe du deine Leute reinschickst.«

Harald seufzte. »Na schön. Steve, bitte warte noch.« Und an Michaela gewandt sagte er: »Aber wehe…«

»…wehe, ich rühre etwas an. Werde ich nicht.« Für Michaela bot sich nur selten die Gelegenheit, als Erste einen Tatort zu betreten. Normalerweise kam sie erst, wenn das Team von der Spurensicherung bereits zugange war. Dabei war es für sie enorm wichtig, den Tatort möglichst jungfräulich zu sehen, ohne Einflüsse von außen und ohne die Gegenwart eines Dutzends Beamter und Beamtinnen, die allein durch ihre Anwesenheit die Atmosphäre veränderten.

Doris wollte ihr folgen, doch Michaela schüttelte den Kopf. »Nein, ich muss da alleine rein.« Sie straffte die Schultern und atmete einige Male tief durch, bemühte sich, alles durch die Augen des Täters wahrzunehmen. Was würde er tun? Anklopfen. »Zimmerservice.« Mehr brauchte es nicht, damit einem die Tür geöffnet wurde, sogar wenn man nichts bestellt hatte, funktionierte das meistens.

Michaelas Blick blieb an dem gedeckten Tisch hängen. Eine abgedeckte Schüssel aus weißem Porzellan, ein sauberer Suppenteller, ein unbenutzter Löffel, ein Kristallglas, eine Karaffe mit Wasser und eine Vase mit einer einzelnen gelben Rose darin. Alles auf einem Tablett. Zum Essen war Alicia Schwarz nicht mehr gekommen.

Durch die offene Schlafzimmertür konnte sie das Kingsize-Bett erkennen. Das Opfer lag darauf, die Bettdecke sah hastig zurückgeschlagen aus. War sie zugedeckt gewesen, als man sie gefunden hatte? Das konnte unter Umständen wichtig sein. Michaela notierte sich im Geiste, später beim Zimmermädchen nachzufragen, das die Tote entdeckt hatte. Michaela trat näher, blieb an der Tür zum Schlafbereich stehen. Alicia trug Unterwäsche, so als hätte sie sich gerade umziehen wollen, vielleicht hatte sie nach einem leichten Mittagessen einen kleinen Spaziergang durch die Innenstadt geplant. Oder einen Einkaufsbummel. Vielleicht wollte sie sich mit jemandem treffen. Ob das Opfer so etwas wie einen Terminkalender hatte? Wenn ja, würden sie ihn finden. Vielleicht kannte Alicias Manager ihre Pläne. Auch mit dem würden sie reden müssen.

Vielleicht hatte sie zum Täter *»Stellen Sie es einfach auf den Tisch«* gesagt und war ins Schlafzimmer gegangen, um sich fertig zu machen. Er hatte aufgedeckt. Fingerabdrücke würden sie trotzdem keine finden, denn er hatte Handschuhe getragen. Alicia war das vermutlich nicht einmal aufgefallen. Servicepersonal in Hotels, besonders in noblen wie diesem hier, trug häufig weiße Handschuhe.

Er hatte alles ordentlich hergerichtet, wahrscheinlich machte er so etwas nicht zum ersten Mal. Oder er hatte bereits Gelegenheit gehabt zu beobachten, wie man korrekt aufdeckte. Eventuell als Gast? Doch anstatt danach die Suite zu verlassen, folgte er ihr ins Schlafzimmer. Sie bemerkte es nicht. Vielleicht, weil sie Musik hörte, gerade ins angrenzende Bad gegangen war, oder weil er sich leise bewegte.

Sie war wahrscheinlich überrascht gewesen, hatte aber eher keine Angst gehabt. Solche Situationen kannte sie. Vielleicht dachte sie, er wäre ein aufdringlicher Fan, zwar lästig und unverschämt, aber nicht bedrohlich. »*Was wollen Sie? Gehen Sie, sonst rufe ich den Sicherheitsdienst.*« Oder: »*Gut, ich geben Ihnen ein Autogramm, aber dann verschwinden Sie.*«

Möglicherweise hatte sie geschrien, doch niemand hatte sie gehört. Diese Zimmer waren besonders gut schallisoliert. Das hatte Michaela von der Hoteldirektorin erfahren. Das zehnte Stockwerk war den VIP-Gästen vorbehalten, den Promis und Stars. Etliche Politiker und Schauspieler waren hier bereits abgestiegen. Sänger und Musiker, die im Zimmer probten, ihre Gesangs- oder Fingerübungen machten und Wert darauf legten, das in Ruhe tun zu können. Natürlich hatten auch die anderen Hotelgäste Interesse daran, ungestört ihren Aufenthalt zu genießen oder ihren Tätigkeiten nachzugehen.

Michaela trat ans Bett und ließ ihren Blick über die Tote wandern. Alicia war eine attraktive Frau von kleiner, zarter Statur. Sie war eher der sportliche Typ, zumindest ihrer Unterwäsche nach. Keine Spitze oder Seide, stattdessen ein praktischer Baumwollslip und ein passender bügelloser BH, wie ihn auch Michaela gerne trug, weil er nicht einengte.

Alicia Schwarz hatte die Augen geschlossen, den rechten Arm von sich weggestreckt. Es waren keine Verletzungen erkennbar, ja nicht einmal Blut war zu sehen, und man konnte fast meinen, Alicia hätte sich nur kurz hingelegt und würde im nächsten Augenblick hellwach aufspringen.

»Hast du sie mit der gleichen Methode wie Sabine Volkner getötet?«, fragte Michaela leise in den Raum hinein und wusste die Antwort bereits. Ja. Alles deutete darauf hin. Aber warum nur bei diesen beiden? Warum hatte er nicht bei allen den Todesgriff angewendet? Vielleicht wusste Bernd darauf eine Antwort.

Sie hielt Ausschau nach dem eingeritzten Symbol, dem Kreis mit dem Schlangen-S, der zum Wahrzeichen dieses Mörders geworden war, und fand es auf der Schulter des Opfers. »Weshalb sie?«, fragte Michaela und hörte in sich hinein. Doch die einzige Antwort, die ihr in den Sinn kam, war, dass es genauso gut jede andere hätte sein können. Es ging nicht um Alicia Schwarz als Person, genauso wenig, wie es um Roger Kienast, Sabine Volkner oder Maria Koci gegangen war. Sie alle waren bloß zur falschen Zeit am falschen Ort gewesen.

Der Rest gestaltete sich einfach. Der Mörder hatte ohne Eile den Raum verlassen, niemand hatte ihn gesehen. Und selbst wenn, hätte derjenige sich nichts dabei gedacht, wenn ein Zimmerkellner eine Suite verließ.

»Michaela, findest du es nicht höchst unprofessionell, den Tatort zu betreten, bevor die Spurensicherung ihre Arbeit erledigt hat?«

Michaela wirbelte herum. »Gernot!« Ihr wurde heiß, ihr Puls begann vor Schreck zu rasen. Sie war so in Gedanken gewesen, dass sie ihn gar nicht hatte kommen hören.

»Um deine Frage zu beantworten: nein. Vielleicht ist es ungewöhnlich, das gebe ich zu. Aber ich bin auch schon fertig. Harald, ihr könnt jetzt reinkommen«, rief sie nach draußen.

Gernot stand ihr gegenüber, die Hände hinter dem Rücken verschränkt, und versuchte, einen Blick an ihr vorbei ins Schlafzimmer zu werfen. Für einen Moment war Michaela versucht, dem kindischen Impuls nachzugeben, ihm die Sicht weiterhin mit ihrem Körper zu verstellen, dann trat sie doch zur Seite, damit er das Bett mit der Toten sehen konnte.

»Sie hat das Logo auf der Schulter«, berichtete Michaela von ihrer Entdeckung und ging ein paar Schritte zurück in das Wohnzimmer, denn Haralds Leute drängten sich an ihr vorbei, um endlich mit der Spurensicherung zu beginnen. Gernot folgte ihr, obwohl es offensichtlich war, dass er sich lieber ebenfalls die Leiche angesehen hätte, wäre er dabei nicht Haralds Leuten im Weg gestanden. Sein Blick wanderte immer wieder in den Nebenraum. »Es ist nicht viel zu sehen«, sagte sie, um ihm das Gefühl zu nehmen, er würde etwas versäumen.

»Das würde ich gern selbst beurteilen«, gab Gernot zurück.

Michaela verschränkte die Arme vor der Brust und fuhr fort, ihre Beobachtungen zusammenzufassen, ohne auf seine Worte einzugehen: »Sie sah aus, als hätte er sie schlafen gelegt, vielleicht hat er ihr sogar die Lider geschlossen. Ich konnte keine äußeren Verletzungen erkennen. Keine Würge- oder Drosselmale, kein Blut, was mich vermuten lässt, dass er bei ihr vorgegangen ist wie bei Sabine Volkner.«

Noch während sie sprach, war Gernot an den gedeckten Tisch herangetreten und hob den Deckel der Schüssel ab. Wie Michaela vermutet hatte, war sie mit Suppe gefüllt. »Bärlauchcreme«, stellte Gernot fest, nachdem er an der grünen Flüssigkeit gerochen hatte und den Deckel wieder auf die Schüssel setzte.

»Sie hat sie nicht gegessen«, stellte Michaela fest.

»Vielleicht hatte sie keinen Hunger«, gab Gernot zurück.

»Ich glaube schon, denn sonst hätte sie sich wohl kaum etwas zu essen bestellt. Aber sie kam nicht mehr dazu.«

»Was wirklich schade ist, weil die Suppe bestimmt köstlich war. Gut, ich werde in Erfahrung bringen, ob und wann auf Zimmer 1003 eine Bestellung eingegangen ist«, sagte Gernot.

»Ja, mach das. Dann könntest du auch gleich fragen, wer für den Service zuständig war.«

»Und was tust du?«, wollte Gernot von ihr wissen.

»Oh, ich werde die Leute erst mal ihre Arbeit machen lassen und mich draußen umsehen. Und dann werde ich mich wieder mal unbeliebt machen, Doktor Ferreira anrufen und ihn bitten herzukommen.«

Gernot murmelte leise etwas, das Michaela nicht ganz verstehen konnte, das aber bestimmt kein Kompliment gewesen war. »Wie bitte?«, hakte sie daher nach, weil sie seine Unhöflichkeit nicht einfach im Raum stehen lassen wollte.

»Nichts, jeder soll das tun, was er am besten kann«, antwortete Gernot und ging an ihr vorbei. Wie hatte er das jetzt wieder gemeint? Nun ja, ehrlich gesagt hatte sie nichts anderes erwartet. Gernot würde nicht von einem Tag auf den anderen eine Hundertachtzig-Grad-Wende vollziehen. Sich über seine Beleidigungen zu ärgern brachte gar nichts und vergeudete nur ihre Energie, die sie für andere Dinge wesentlich besser einsetzen konnte.

Und wo war eigentlich Doris, wenn man ihre große Klappe brauchte? Ihr wäre bestimmt eine passende Entgegnung auf Gernots Unverschämtheit eingefallen.

»Doris?«, rief Michaela.

»Ich habe sie eben vor der Tür gesehen«, sagte Steve, der Fotograf. »Sie hat telefoniert.«

»Danke.« Michaela ging zur Tür und öffnete sie. Ihre Kollegin stand tatsächlich draußen auf dem Flur. Sie steckte gerade ihr Handy weg. »Ich wollte in dem Moment reinkommen.«

»Und ich Ferreira anrufen«, entgegnete Michaela. »Der wird an die Decke springen, aber nicht vor Freude, sondern weil wir ihn nach Feierabend stören.«

Doris grinste. »Ich habe gerade mit ihm gesprochen. Er ist unterwegs.«

Michaela grinste zurück. »Wie hast du das angestellt? Bestechung, Drohung, Erpressung?«

»Nichts davon. Ich habe ihn neugierig gemacht, er steht doch auf Rätsel.«

»Wie auch immer, danke, dass du das übernommen hast.«

»Gerne. Und jetzt möchte ich endlich Alicia Schwarz kennenlernen.«

## KAPITEL 25

Ferreira erschien vierzig Minuten später. Mit erhobener Hand stoppte er Michaelas Begrüßung. »Ich arbeite seit sieben Uhr früh durch, hatte nur Ihre Leberkässemmeln zum Essen, die zweite erst jetzt beim Herfahren. Ich bin müde, hungrig und nur hier, weil Ihre Kollegin meinte, das Opfer wäre eine Berühmtheit, die man sonst nie aus der Nähe zu sehen bekäme. Und weil meine Frau, die normalerweise nicht viel Interesse an meiner Arbeit zeigt, ein Faible für diesen ganzen Hollywood-

Glanz-und-Glamour hat und mir womöglich die Hölle heißmachen wird, wenn ich mir diese Gelegenheit entgehen lasse. Also bringen wir es einfach schnell hinter uns.«

Michaela grinste. Von seiner Frau erzählte Ferreira sonst nie, sie wusste nur, dass ihm seine Freizeit über alles ging, und er es hasste, wenn man ihn zu Hause störte, egal, wie wichtig die Angelegenheit sein mochte. Er vertrat den Standpunkt, dass Tote ohnehin nicht mehr davonlaufen konnten, und es daher auf ein paar Stunden hin oder her nicht ankam. Was natürlich stimmte, aber nichts daran änderte, dass bei einem offensichtlichen Mord nun mal ein Rechtsmediziner zum Tatort gerufen werden musste.

Sie winkte ihn weiter. »Harald ist gerade bei ihr.«

»Wieder eine Frau also. Wer ist sie denn nun? Ihre Kollegin hat mir den Namen des Opfers nicht verraten.«

»Alicia Schwarz«, antwortete Michaela.

Ferreira hob die Brauen. »Die Sängerin?«

»Sie kennen sie?« Das überraschte Michaela nun doch. Sie hätte Ferreira nicht als jemanden eingeschätzt, der aktuelle Popmusik hörte. Jazz oder Klassik hätte sie getippt, wenn sie seinen Musikgeschmack hätte erraten sollen.

»Das erklärt allerdings das Medienaufgebot vor dem Hoteleingang. Und kennen ist zu viel gesagt, aber meine Tochter hat drei Wochen nicht mit mir geredet, weil ich mich geweigert hatte, auf dem Schwarzmarkt vierhundert Euro für Eintrittskarten zu ihrem Konzert in der Stadthalle zu zahlen.«

Doris, die eben aus dem Schlafzimmer gekommen war und Ferreiras letzten Satz gehört hatte, sagte: »Gut gemacht, sonst würden Sie sich jetzt schön in den Hintern beißen.«

»Ich weise darauf hin, dass das eine anatomische Unmöglichkeit ist«, gab Ferreira lächelnd und deutlich besser aufgelegt als bei seiner Ankunft zurück.

Michaela trat ans Fenster und blickte hinunter auf die Straße. Tatsächlich wimmelte es dort jetzt von Reportern und Kameras.

»Wer hat die denn informiert?«, fragte Michaela, erntete aber nur allgemeines Achselzucken.

Schließlich sagte Doris: »Vielleicht gibt es seitens des Managements oder des Pressesprechers endlich eine Stellungnahme. Die Menschen haben ein Recht zu erfahren, dass Alicia Schwarz tot und das Konzert abgesagt ist.«

»Allerdings ist es nicht sehr geschickt, die Pressekonferenz ausgerechnet hier abzuhalten«, wandte Michaela ein. »Ich weiß jetzt schon, wer sich darüber ganz und gar nicht freuen wird.« Da hatte die Hoteldirektorin sich so bemüht, nichts von dem Mord in ihrem Haus nach außen dringen zu lassen, und nun das? Michaela konnte sich nicht vorstellen, dass die Sache mit Miriam Wolf abgesprochen war.

Sie stieß sich vom Fensterbrett ab, um Ferreira in den Nebenraum zu folgen, während Doris ihrerseits erklärte, das Zimmermädchen suchen zu wollen, das für die Suiten im zehnten Stock zuständig war.

Ferreira stand neben dem Bett und drehte Alicia Schwarz vom Rücken auf die Seite. »Das ist höchst faszinierend«, sinnierte er. Michaela trat zu ihm, um zu sehen, was er so faszinierend fand.

Er deutete auf die Schulter mit dem Logo. »Haben

Sie mittlerweile herausfinden können, was das bedeutet?«

Michaela schüttelte den Kopf. »Vincent arbeitet daran.«

»Ich weiß, dass Sie glauben, es handle sich immer um das gleiche Symbol, aber in Wahrheit ist es bei jeder Tat ein anderes, es zeigt bloß das Gleiche. Ich frage mich, ob man uns vormachen will, dass es sich um ein und denselben Täter handelt.«

»Dr. Ferreira, das hatten wir doch schon. Wir glauben nicht an einen Nachahmungstäter.«

Gernot, der bis dahin still in einer Ecke gestanden hatte, meldete sich zu Wort. »Vielleicht sind es mehrere Mitglieder desselben Clubs.«

»Ein Club der Mörder?«, fragte sie zurück.

Gernot hob die Schultern. »Es gibt schließlich für beinahe alles Vereine und Clubs.«

»Jedenfalls habe ich das Logo bei Roger Kienast deutlich vor Augen und muss sagen, dass es mit an Sicherheit grenzender Wahrscheinlichkeit nicht von der gleichen Person angebracht wurde wie das bei Sabine Volkner oder dieses hier. Ich werde noch ein paar Untersuchungen anstellen, dann kann ich es Ihnen ganz genau sagen«, erklärte Ferreira.

»Und was können Sie uns gleich jetzt sagen?«, bohrte Michaela nach.

»Nur, was Sie wahrscheinlich schon vermuten. Es ist keine offensichtliche Todesursache zu erkennen, also müssen wir die Obduktion abwarten. Den Totenflecken nach zu urteilen, ist sie seit fünf Stunden tot, plus/minus sechzig bis neunzig Minuten.«

»Und wann werden Sie obduzieren?«

Ferreira seufzte. »Ich habe keine Ahnung. In zwei Wochen hätte ich wieder Zeit...«, er hob den Arm, als er merkte, dass Michaela protestieren wollte. Zwei Wochen?! Das wäre eine Katastrophe für die Ermittlungen. »... aber ich weiß, es ist dringend, und je mehr Zeit verstreicht, desto größer wird die Wahrscheinlichkeit, dass ich anderswo zu unmöglichen Zeiten Tatorte besuchen muss, anstatt daheim auf dem Sofa zu sitzen und fernzusehen. Deshalb morgen, acht Uhr, pünktlich. Früher wäre mir noch lieber, aber vorher ist kein Sektionsraum frei.«

»Okay, wir werden da sein«, antwortete Michaela erleichtert. Auf Ferreira war eben doch Verlass, egal, wie grantig oder brummig er zunächst reagierte.

Sie würde dann in der Früh gleich in die Gerichtsmedizin fahren, anstatt ins Präsidium. Dass sie es rechtzeitig zur Morgenbesprechung schaffte, war unwahrscheinlich, aber der Fall ging vor.

»Ich hoffe, mit ›wir‹ hast du nicht mich gemeint«, warf Gernot ein, der Ferreiras Ausführungen zugehört hatte. Michaela dachte: *»Mit Sicherheit nicht, eher würde ich nackt über den Stephansplatz laufen, als mit dir freiwillig irgendwo hinzugehen.«* Laut sagte sie: »Keine Sorge, ich dachte eher an Doris oder an Patrick.« Zur Not hätte sie sogar Matthias gefragt, der fand Obduktionen wenigstens spannend.

Sie merkte Gernot die Erleichterung deutlich an. Ein Dank wäre auch schön gewesen, doch das war wohl zu viel verlangt. Egal.

»Dafür wirst du bei der Morgenbesprechung die Stellung halten«, fügte sie hinzu und war froh, dass Doris ihren Namen rief. Sie hätte nicht gewusst, was sie mit Gernot noch bereden sollte, und es gab kaum etwas Peinlicheres als das Schweigen zwischen zwei Menschen, die sich im Grunde nichts zu sagen hatten. »Entschuldige mich«, sagte sie und trat auf den Flur zu Doris, die in Begleitung einer jungen, dunkelhaarigen Frau war. »Das ist Zelina Karim. Sie hat das Opfer gefunden. Ich dachte, du solltest dir anhören, was sie zu sagen hat«, wandte sie sich an Michaela.

Die Frau, beinahe noch ein Mädchen, wirkte mitgenommen. Ihre Augen waren müde, die Haut blass, sie sah erschöpft aus. Michaela hoffte, dass das Zimmermädchen nach der Befragung heimgehen durfte, um sich von dem Schock zu erholen.

»Vielleicht sollten wir uns irgendwo hinsetzen?«, schlug sie vor. Automatisch wanderte Zelina Karims Blick zu der Suite.

»Nein, nicht dort. Können wir in eines der anderen Zimmer?«

Die junge Frau zog eine Schlüsselkarte unter ihrem Blazer hervor. Sie hing an einem roten Schlüsselband und war mit dem Foto der Besitzerin versehen. »Ich weiß aber nicht, ob das erlaubt ist«, entgegnete sie.

»Keine Sorge, die Managerin persönlich hat uns alle Unterstützung zugesagt. Ich nehme das auf meine Kappe, falls es Schwierigkeiten geben sollte«, beruhigte Michaela Zelina, die daraufhin aufstand und sie den Flur entlang auf die andere Seite des Aufzugs zu den Suiten der Etage führte. Sie steckte die Karte in den Schlitz, die Tür öffnete sich mit einem Klicken, und Michaela, Doris und die Zeugin traten ein. Die Suite war nur etwa halb so groß wie die von Alicia, aber für ein Hotelzimmer immer noch geräumig. Auch hier gab es ein separates Schlafzimmer mit einem Doppelbett. Sie blieben im Wohnbereich. Michaela nahm auf dem Polstersessel Platz, Doris und Zelina auf der Sitzbank.

»Würden Sie für Frau Baltzer wiederholen, was Sie mir vorhin erzählt haben?«, fragte Doris die junge Frau.

Das Zimmermädchen seufzte auf, ehe sie zu sprechen begann. »Die Rezeption rief mich an und bat mich, nach dem Gast in Suite 1003 zu sehen, weil sie nicht erreichbar sei. Das habe ich dann natürlich gemacht. Ich habe angeklopft, mehrmals. Und nachdem niemand geantwortet hat, habe ich aufgesperrt, die Tür geöffnet und laut gerufen. Wir haben da genaue Richtlinien, wie wir in solchen Fällen vorgehen sollen.«

»Ich bin mir sicher, dass Sie nichts falsch gemacht haben«, ermunterte Michaela sie. »Wie ging es weiter?«

»Ich habe mich noch ein paarmal bemerkbar gemacht, bevor ich das Schlafzimmer betreten habe.«

»War die Tür offen oder geschlossen?«

»Geschlossen. Ich habe auch dort noch einmal angeklopft. Und als niemand reagiert hat, bin ich reingegangen. Und da lag sie auf dem Bett. Ich dachte zuerst, sie schläft.«

»Was haben Sie dann gemacht?«

Zelina Karim schloss kurz die Augen, als wolle sie sich das Bild erneut in Erinnerung rufen. Ein leichtes Zittern ging durch ihren Körper, ihre Stimme wurde leiser, zögernder. »Ich habe sie an der Schulter geschüttelt, zuerst nur leicht, dann fester. Sie hat sich nicht bewegt. Dann habe ich die Decke zurückgeschlagen, um ihren Puls und den Herzschlag zu fühlen. Aber sie war tot.« Der letzte Satz wurde von einem Schluchzer begleitet.

Michaela legte ihre Hand beruhigend auf den Arm der Zeugin. »Das muss ein Schock für Sie gewesen sein«, sagte sie mitfühlend.

»Das war es«, schniefte die junge Frau. Michaela kramte aus ihrer Hosentasche eine Packung Taschentücher und reichte sie ihr.

»Frau Karim, sagen Sie doch der Kollegin, was Sie mir wegen des Abstellraumes erzählt haben«, forderte Doris die Frau auf.

Die putzte sich die Nase, atmete tief ein und sagte: »Also, heute Morgen, als ich die Suite sauber machen wollte, habe ich frische Handtücher aus der Putzkammer geholt.«

Michaela unterbrach sie: »Eine Kammer? Wo befindet sich die?«

»Neben dem Lift«, antwortete Frau Karim. »Man sieht die Tür kaum, weil sie in die Wand eingelassen ist.«

Michaela bedeutete ihr fortzufahren.

»Also, ich wollte Handtücher holen, da fiel mir auf, dass sie nicht abgesperrt war.«

»Und die Tür ist sonst immer verschlossen? Sind Sie sicher, dass Sie sie nicht versehentlich nicht abgesperrt haben? Kann ja vorkommen.«

»Seit ich hier arbeite, ist mir das noch nie passiert. Ich bin da sehr gewissenhaft. Aber auch ich dachte zuerst, dass mir ein Fehler unterlaufen sei. Deshalb habe ich es auch niemandem gesagt«, gab sie kleinlaut zu.

»Und nun denken Sie nicht mehr, dass es Ihre Schuld war, dass die Tür nicht abgesperrt war.«

Zelina Karim setzte sich auf und blickte Michaela in die Augen. »Nein, jetzt denke ich, dass sich jemand Zutritt verschafft hat. Ich weiß zwar nicht, wie, aber es dürfte nicht allzu schwierig sein, schließlich werden da drinnen nur Reinigungsmittel und Handtücher aufbewahrt und keine Wertgegenstände.«

»Ist Ihnen sonst etwas aufgefallen? Hat etwas gefehlt oder war etwas anders als sonst?«

»Nein. Aber wer käme schon auf den Gedanken, von dort etwas zu stehlen? Klar gibt es Leute, die sogar die Ersatzrollen Klopapier einstecken, von Handtüchern oder Bademänteln gar nicht zu reden... aber ehrlich, wegen ein paar Shampoofläschchen oder Miniseifen würde sich doch keiner die Mühe machen, dort einzubrechen, oder? Nur jetzt, nachdem diese... Sache passiert ist, bekommt die unversperrte Tür natürlich ein anderes Gewicht.«

»Da haben Sie vielleicht nicht unrecht«, pflichtete Michaela ihr bei. »Danke, dass Sie uns das erzählt haben.«

Zelina Karim nickte. »Kann ich jetzt gehen?«

Michaela sah Doris fragend an. Die sagte: »Ja. Wenn wir noch etwas von Ihnen brauchen, haben wir ja Ihre Kontaktdaten.«

Die Frau stand auf und strich ihr Kleid glatt. Sie wartete, bis Michaela und Doris das Zimmer verlassen hatten, und zog dann hinter ihnen die Tür zu, mit einem Klicken verriegelte sich das Schloss automatisch.

Während das Zimmermädchen mit schnellen Schritten die Treppe ansteuerte, gingen die beiden Frauen zurück zur Suite 1003. Michaela sah sich suchend um.

»Gernot ist gerade weg, er wollte noch mit dem Concierge sprechen«, antwortete eine von Haralds Mitarbeiterinnen.

»Oh... gut. Aber eigentlich habe ich nach Harald Ausschau gehalten.«

»Im Bad, glaube ich.«

»Danke.« Michaela durchquerte das Schlafzimmer, aus dem gerade die Tote abgeholt wurde, und trat ins Bad. Auch hier purer Luxus. Ein Waschtisch aus Marmor, eingelassen in eine Marmorplatte, vergoldete Armaturen, eine Wellnessdusche, die so aussah, als würde man sie nie wieder verlassen wollen, und eine Badewanne, in der eine ganze Familie Platz gefunden hätte, natürlich mit Whirlfunktion. Harald war gerade dabei, den Abfluss unter dem Waschtisch aufzuschrauben, um Proben zu nehmen. Nicht selten wuschen sich Täter ihre Hände noch am Tatort und wurden dann, so paradox das klingen mag, gerade wegen ihrer Reinlichkeit überführt.

»Harald, du musst dir etwas ansehen.«

Er schreckte hoch und schlug sich den Kopf an der Platte. »Verdammt!«, fluchte er und kroch, mit der Hand den Hinterkopf reibend, unter dem Waschtisch hervor.

»Entschuldige, aber wir haben eben mit dem Zimmermädchen gesprochen. Auf dem Gang gibt es eine Abstellkammer, in der Putzmittel, Wäsche und dergleichen aufbewahrt werden. Kannst du dir die ansehen?«

»Sobald ich hier fertig bin«, antwortete Harald. »Ist mir gar nicht aufgefallen«, setzte er hinzu.

»Das ist gewollt. Die Tür sieht aus wie der Rest der Wand. Das Gesamtbild soll wohl nicht gestört werden. Ich glaube, der Raum wäre ein ideales Versteck, um die Suite im Auge zu behalten.«

Harald schraubte das Glas mit der Probe zu. »Du meinst, der Täter könnte sich dort einen Beobachtungsposten eingerichtet haben?«

»Das wäre denkbar, ja. Das Zimmermädchen sagt, sie

hätte die Tür in der Früh unversperrt vorgefunden. Sie dachte, sie hätte vergessen abzusperren, und hat niemandem etwas davon erzählt, aber jetzt denkt sie, der Täter könnte dort eingebrochen sein.«

»Gut, dann schauen wir uns das Kammerl doch mal näher an«, sagte Harald.

Bis alle Untersuchungen und Befragungen so weit abgeschlossen waren und Michaela mit Doris wieder im Auto saß, war es bereits kurz vor elf. Mit Wehmut dachte Michaela daran, dass Valerie bestimmt schon schlief, bis sie nach Hause käme.

Um sich den Weg zurück ins Präsidium zu ersparen, fuhr Michaela Doris im Dienstfahrzeug nach Hause und versprach ihr, sie am nächsten Morgen auf dem Weg in die Rechtsmedizin auch wieder abzuholen. Ihre eigenen Autos standen sicher auf dem Parkplatz des LKA.

Um Viertel vor zwölf sperrte sie endlich ihre Haustür auf, ließ ihre Tasche einfach zu Boden plumpsen und zog die grünen Sneakers aus, die definitiv jeden Cent wert waren. Obwohl sie den ganzen Tag kaum zum Sitzen gekommen und daher entsprechend erschöpft war, taten ihre Füße nicht weh – ganz im Gegensatz zum Rest des Körpers.

Michaela hatte damit gerechnet, dass alles ruhig wäre. Sie wollte nur noch duschen und ins Bett, doch Valerie saß noch vor dem Fernseher. Ihre Nichte hatte auf sie gewartet.

»Mensch, Tante Mika, ich dachte, du kommst gar nicht mehr nach Hause.«

»Puh, das dachte ich auch fast. Warum bist du nicht im Bett? Du hast doch morgen Schule.«

»Erst um neun. Erzähl! Wie war's?«

Michaela brachte es nicht übers Herz, ihre Nichte zu enttäuschen. Nicht, nachdem sie heute ihre Ankunft verpasst hatte. Das schien echt zur Gewohnheit zu werden. Als Thomas und Angelika nach Lesotho aufgebrochen waren, hatte sie ihre Nichte komplett vergessen. Doch ganz so schlimm war es diesmal nicht. Valerie hatte heute wenigstens einen Schlüssel gehabt und musste nicht vor verschlossenen Türen stehen, wie beim ersten Mal.

So gut es ging, versuchte Michaela, die wesentlichen Punkte zusammenzufassen. Mehrmals musste sie ein Gähnen unterdrücken, während Valerie offenbar kein bisschen müde war. Im Gegenteil. Sie wirkte voller Energie. Woher besaß das Mädchen bloß so viel Ausdauer und Tatkraft?

»Wow, ich fasse es nicht. Alicia Schwarz ist tot, und meine Tante untersucht den Fall.«

»Ich weiß so gut wie nichts über Alicia Schwarz, da bist du sicher besser informiert, aber vergiss bitte bei aller Aufregung nicht, dass die Dinge, die ich dir erzählt habe, vertraulich sind. Steurer hat extra einen Nachrichtenstopp ausgesprochen«, mahnte Michaela ihre Nichte.

»Aber sie haben es doch schon im Fernsehen gebracht«, schmollte Valerie.

»Trotzdem. Das war eine Pressekonferenz von Alicias Managern, damit haben wir nichts zu tun. Es gibt Einzelheiten, die aus ermittlungstechnischen Gründen nicht an die Öffentlichkeit dürfen. Also, versprich, dass du niemandem etwas sagen wirst.«

»Ja, schon gut. Ich schwör's.«

Mit viel Mühe gelang es Michaela schließlich, ihre Nichte zu überreden, ins Bett zu gehen. Sie selbst verschob die Dusche auf morgen. Sie würde dann zwar noch eine halbe Stunde früher aufstehen müssen, aber wenn sie nicht sofort ins Bett kam, befürchtete sie, im Stehen einzuschlafen.

Bevor ihr die Augen endgültig zufielen, dachte sie daran, dass sie Bernd anrufen sollte, um ihm von Alicia Schwarz zu berichten. Und dass sie erst ein paar Stunden zuvor gehofft hatte, sie könne ihn zwischendurch besuchen, wenigstens für ein Wochenende. Dieser Wunsch rückte durch den neuen Fall wieder in weite Ferne. Aber selbst um darüber traurig zu sein, war sie zu müde. Endlich schlief sie. Doch anstatt eines erholsamen Schlafes wurde sie von wilden Träumen geplagt. Albträume, wie sie sie schon lange nicht mehr heimgesucht hatten.

*Sie lief auf den Mann zu, der mit einem Messer auf die Frau einstach. Ihr Partner war schneller bei ihm, doch auch er konnte die Frau nicht retten, kämpfte mit dem Mann. Sie zog die Waffe. Sie hatte das schon tausendmal gemacht, hatte bereits als Jugendliche trainiert und Meisterschaften gewonnen. Doch als es darum ging, die Waffe im Ernstfall abzufeuern, versagte ihr Finger. Sie zögerte, während der Täter seine Chance nutzte. Er schnitt mit dem Messer die Kehle ihres Partners durch. Erst als er auf den Boden sank, löste sich in Michaela die Starre, sie sprintete los, um den flüchtenden Täter einzuholen. Und es gelang ihr. Mit einem gewagten Hechtsprung bekam sie die Beine des Mörders zu fassen und brachte ihn aus dem Gleichgewicht. Sie wollte ihm das Messer aus der Hand winden, doch er war stärker. Er drückte sie zu Boden, fast zärtlich strich er mit der Klinge über ihre linke Schläfe bis zur Augenbraue. Sie spürte einen brennenden Schmerz und das Blut, das ihr übers Gesicht lief. Ein roter Schleier senkte sich über ihre Augen. Sie wischte ihn mit einer Hand weg. Von Weitem konnte sie die Sirenen der Kollegen hören, die zeitgleich mit ihnen über den Funk den eingegangenen Notruf eines Anwohners erhalten hatten. Nur waren sie und ihr Partner um ein paar Minuten schneller gewesen, ein paar Minuten, die ihr Leben für immer verändert hatten. Der Täter ließ von ihr ab. Diese Augen würde sie nie im Leben vergessen, und auch nicht die Worte, die er ihr ins Ohr geflüstert hatte: »Eines Tages bringe ich es zu Ende, Prinzessin.«*

*Dann war er weg. Sie schleppte sich zu ihrem Partner und hielt ihm mit bloßen Händen das klaffende, blutende Loch am Hals zu. Aus der Wunde blubberte rosa Schaum, und sie wusste, dass sie ihn nicht retten konnte. Jetzt nicht mehr. Sie hätte es tun können und hatte die Chance vergeben, hatte nicht im richtigen Moment abgedrückt. Sie war für seinen Tod verantwortlich.*

*Als ihre Kollegen Sekunden später eintrafen, war er bereits tot. Jemand reichte ihr die Waffe, die sie bei dem Kampf fallen gelassen hatte. »Hast du sie abgefeuert?«, wurde sie gefragt.*

*Sie schüttelte den Kopf. Nein, verdammt. Sie hatte ihre Waffe nicht abgefeuert, als es darauf ankam. Und sie tat es danach auch für eine sehr lange Zeit nicht mehr.*

## KAPITEL 26

Als Michaelas Wecker in der Früh klingelte, fühlte sie sich wie gerädert. Ihr Kissen war feucht von Tränen, das Laken zerwühlt vom Kampf mit ihren Dämonen. Sie hatte viele Stunden mit Kilian Weilmann, dem früheren Kriminalpsychologen, verbracht, um dieses traumatische Erlebnis zu verarbeiten und die Angst vor ihrer Dienstwaffe und der damit verbundenen Versagensangst zu überwinden. Letztlich hatte er ihr dabei tatsächlich geholfen, auch wenn es anders gelaufen war, als von ihm beabsichtigt und von ihr erwartet. Doch ganz waren die Albträume auch danach nicht verschwunden, auch wenn sie an Intensität verloren hatten und viel seltener geworden waren. Dass die Erlebnisse, von denen nicht einmal Valerie oder Bernd wussten, weil Michaela nie darüber sprach, sich nun wieder in ihre Träume schlichen, zeigte, wie sehr sie gerade unter Druck stand. Selbst ihre Narbe schmerzte, als wäre sie frisch und nicht schon seit Jahren verheilt. Am liebsten hätte sie sich umgedreht, die Decke über ihren Kopf gezogen und wäre einfach im Bett geblieben. Nur mithilfe des Gedankens, dass Doris und gleich darauf Ferreira sie erwarteten, konnte sie sich überwinden aufzustehen. Sie drehte die Dusche so heiß auf, wie es sich gerade noch aushalten ließ, und schrubbte ihre Haut, bis sie rot war. Danach fühlte sie sich ein wenig besser. Sie verzichtete auf den Kaffee, weckte noch schnell Valerie, die missgelaunt brummte, es wäre noch zu früh und sie hätte sich ohnehin den Wecker gestellt, dann schlüpfte Michaela in ihre neuen Sneakers, deren Anblick ihre Laune etwas hob, griff nach ihrer Lederjacke, setzte sich in das Dienstfahrzeug und fuhr los, um Doris abzuholen.

Heute überließ sie gerne das Steuer ihrer Kollegin, die erst den Sitz nach vorne schob und dann den Spiegel auf ihre Sichthöhe einstellte. Michaela lehnte den Kopf an die Nackenstütze und schloss die Augen.

»Alles in Ordnung mit dir? Du siehst grauenvoll aus«, stellte Doris fest, so unverblümt, wie es nun mal ihre Art war.

»Mhm, ich bin nur müde. Valerie war noch wach und wollte alles haarklein geschildert bekommen.«

»Dann schlaf einfach noch eine Runde«, schlug Doris vor.

Michaela lachte in sich hinein. Als ob sie schlafen könnte, während Doris sich wie eine Rallyefahrerin durch den Morgenverkehr schlängelte! Doch wider Erwarten nickte sie tatsächlich ein und wurde erst wieder wach, als ihre Kollegin sie anstupste. »Du hast gesabbert«, sagte Doris grinsend.

Michaela wischte sich zuerst über die Augen und dann über die Mundwinkel. Sie waren trocken. Doris hatte sie auf den Arm genommen.

»Frechheit«, schimpfte Michaela im Spaß.

Doris grinste. »Tschuldigung, aber das musste sein. Übrigens schnarchst du. Es klingt, als würde jemand einen Baum umsägen.«

»Nein. Niemals. Das wüsste ich.«

Doris zuckte die Schultern. »Wahrscheinlich hat es dir bloß noch keiner gesagt.«

»Wahrscheinlich sind die anderen einfach höflich und respektvoll im Gegensatz zu dir«, entgegnete Michaela.

»Was aber nichts an der Tatsache ändert, dass du schnarchst«, konterte Doris und stieg aus.

Peinlich berührt nahm Michaela ihre Tasche vom Rücksitz.

»Komm schon, ist ja nichts dabei. Ich spreche dafür im Schlaf. Ganze Geschichten gebe ich zum Besten. Und es war kein lautes Schnarchen, eher so ein leises Schnauben«, versuchte Doris, sie zu beschwichtigen.

»Danke, für heute reicht es mit deinen Komplimenten. Zuerst sehe ich grauenvoll aus, dann sabbere ich wie eine zahnlose hundertjährige Oma, säge im Schlaf Bäume um und zum Schluss bin ich ein schnaubendes Pferd.«

Doris lächelte sie entwaffnend an. »Jetzt übertreibst du aber. Das mit der hundertjährigen Oma und dem Pferd habe ich nie gesagt. Komm, Ferreira wartet. Und wenn es dich tröstet, die Leute, mit denen er normalerweise zu tun hat, sehen bei Weitem schlimmer aus, als du es je könntest.«

Michaela tätschelte den Arm ihrer Kollegin. »Danke, Doris, das rettet mir den Tag. Und jetzt alles auf Anfang. Es kann nur besser werden.«

Trotz Doris' rasanter Fahrweise kamen sie zehn Minuten zu spät, was Ferreira mit einem strengen Blick quittierte, als sie den Autopsieraum 3 betraten. »Ich meine, mich zu erinnern, dass ich ›pünktlich‹ gesagt habe«, tadelte er.

»Höhere Gewalt«, gab Doris zurück.

»Nun gut. Vergeuden wir nicht unsere Zeit mit Small Talk. Als Erstes soll ich Ihnen ausrichten, dass Harald Kammerer dringend versucht, Sie zu erreichen, und um einen Rückruf bittet. Zweitens können Sie sich darauf einstellen, dass wir einen langen, vergnüglichen Vormittag zusammen verbringen werden, was mit Harald Kammerers Nachricht zu tun hat. Und drittens war Alicia Schwarz im vierten Monat schwanger – nur zur Information. Ich vermute, dass ihre Schwangerschaft aber für den Täter keine Rolle spielte, wahrscheinlich wusste er es nicht einmal … immer unter der Annahme, dass es sich um denselben Täter handelt wie bei Sabine Volkner.«

Während Ferreira sprach, fiel Michaela siedend heiß ein, dass sie keinen Blick auf ihr Handy geworfen hatte, das sich in der Tasche befand, die sie am Vorabend beim Heimkommen einfach im Flur hatte fallen lassen. Sie hatte völlig vergessen, zu überprüfen, ob sie Anrufe oder Nachrichten erhalten hatte.

Sie zögerte noch einen Moment und beschloss dann, sich um Haralds Anliegen zu kümmern. »Ich geh mal schnell telefonieren«, sagte sie zu Doris.

»Herrschaftszeiten Michaela, ich habe mindestens ein Dutzend Mal versucht, dich anzurufen«, meldete sich Harald nach dem zweiten Klingeln.

»Das habe ich gesehen. Tut mir leid, ich hatte das Handy verlegt. Was ist denn so furchtbar dringend?«

»Halt dich fest. Wir haben eine weitere Leiche in dem Putzraum entdeckt, sie lag eingesperrt in einem der hohen Schränke und geht höchstwahrscheinlich ebenfalls auf das Konto unseres Mörders.«

Michaelas Puls begann zu rasen. Das konnte nicht wahr sein. »Zwei Morde innerhalb weniger Stunden. Das ist neuer Rekord.«

»Ja, wobei die Abfolge umgekehrt ist: zuerst die Schrankleiche und dann Alicia.«

»Wissen wir schon, um wen es sich bei der zweiten... also, eigentlich der ersten Leiche handelt? Noch jemand Prominentes?«

»Es ist der Zimmerkellner. Der Täter hat ihn abgepasst, ihn getötet, ihm die Uniform ausgezogen und ihn in einen der Schränke gestopft, damit er sich selbst als Zimmerkellner ausgeben konnte. Wir haben den armen Kerl bereits in der Nacht in die Gerichtsmedizin überstellen lassen, mit dem Vermerk, dass Ferreira ihn obduzieren soll.«

Jetzt verstand Michaela auch, was Ferreira vorhin gemeint hatte, als er von einem langen gemeinsamen Vormittag sprach.

»Hast du diese Nacht überhaupt geschlafen?«, fragte sie Harald.

»Zwei Stunden. Langsam gewöhne ich mich dran«, antwortete er.

»Lieber nicht«, gab sie zurück. Sie wusste ganz genau, wie es war, wochenlang mit zwei, drei Stunden Schlaf pro Nacht auskommen zu müssen. Irgendwann war man nur mehr ein Schatten seiner selbst, ein Zombie, eine Hülle, die funktionierte – oder funktionieren musste. Leider kamen solche Phasen öfter vor, als ihr lieb war, aber in ihrem Job gehörten sie dazu. Mörder nahmen nun mal keine Rücksicht auf das Schlafbedürfnis oder das Privatleben der Ermittler.

Da fiel ihr etwas auf. »Harald, du sagtest, ›wir haben ihn überstellen lassen‹. Wer ist ›wir‹?«

»Ich habe zuerst versucht, dich anzurufen, aber du bist nicht rangegangen«, wich er ihrer Frage aus.

»Wer?«, wiederholte sie. »Denn wir – im Sinne von du und ich, sind es ja wohl nicht.«

»Gernot. Was hätte ich denn sonst tun sollen?«

Michaela schluckte die bittere Galle hinunter, die sich ihre Kehle hinaufschlich. »Schon gut«, sagte sie, aber es war nicht gut. Sie fühlte sich übergangen, auch wenn es nicht Haralds Schuld war. Sie hätte dieses verdammte Handy ins Schlafzimmer mitnehmen sollen.

Sie versuchte gerade noch, das Gehörte zu verdauen, als ihr Handy klingelte. Der Anruf kam von Vincent. Moment, von Vincent? Wenn der sie anrief, konnte es sich nur um einen Notfall handeln, da gab es keinen Zweifel. Welche Katastrophe war nun eingetreten?

»Michaela, hier ist die Kacke am Dampfen«, sagte Vincent, als sie abhob. Er flüsterte, und es klang, als wäre er in einem Raum mit Beton oder Fliesenwänden, denn seine Stimme hallte ein wenig.

»Rufst du mich etwa von der Toilette aus an?«, fragte Michaela. Ein anderer Ort mit Hall fiel ihr nicht ein.

»Ja, verdammt. Ich wollte dich bloß vorwarnen. Steurer springt im Quadrat und tobt. So wütend hab ich den noch nie erlebt.«

Und Michaela hatte Vincent noch nie so mitteilsam erlebt. Das bedeutete wohl, dass die Angelegenheit sehr dringlich war.

»Weshalb denn?«, fragte sie.

»Hast du heute schon Zeitung gelesen? Irgendeine?«, antwortete ihr Kollege mit einer Gegenfrage.

»Nein, ich habe nicht mal Kaffee getrunken, und zum Zeitunglesen hatte ich noch weniger Zeit. Worum geht es denn?« In ihrem Bauch machte sich ein flaues Gefühl breit.

Vincent antwortete: »Es gibt eine undichte Stelle. Jemand hat der Presse die Information über die Logos zugespielt. Und alle glauben zu wissen, dass dafür nur eine Person infrage kommt.«

Für einen Moment stand Michaela auf der Leitung. Erst nach und nach ging ihr auf, dass damit Doris gemeint war. Doris, die ihre Klappe nie halten konnte, Doris, die mit einem Journalisten verlobt und obendrein Michaelas engste Partnerin in diesen Mordfällen war.

Vincent schwieg abwartend, sie konnte seinen Atem hören. Schließlich fragte sie: »Und was glaubst du?«

Er stieß ein Schnauben aus. »Dass wir schleunigst herausfinden müssen, wer wirklich die undichte Stelle ist.«

Michaela hätte am liebsten vor Erleichterung geweint. Vincent glaubte also auch nicht, dass Doris die Informationen ausgeplaudert hatte, genauso wenig, wie sie selbst.

»Okay, du hältst die Stellung, bis wir wieder da sind. Es kann aber bis Mittag dauern, wir sitzen hier womöglich noch ein paar Stunden in der Gerichtsmedizin fest. Sag Steurer, dass ich die Hand für Doris ins Feuer lege und dass es jeder gewesen sein könnte, schließlich haben wir ständig in der Morgenbesprechung über die Fälle gesprochen. Beschwichtige ihn einfach.«

»Ich werde sehen, was ich machen kann. Aber es ist schwer, wenn andere Öl ins Feuer gießen.«

»Ich muss jetzt wieder in den Autopsiesaal. Wir kriegen das irgendwie hin.«

»Das hoffe ich. Bis später.«

»Bis dann. Und – Vincent?«

»Ja, was noch?«

»Danke.«

Michaela legte nachdenklich auf. Als ob fünf Mordfälle nicht genügten, musste sie sich nun zusätzlich mit üblen Verdächtigungen herumschlagen. Dabei gab es so viel Wichtigeres zu tun. Der Zeitpunkt war denkbar ungünstig für derartige Ablenkungen. Sie steckte entschlossen das Handy in die Tasche des weißen Kittels, den alle in den Autopsiesälen tragen mussten. Ferreira würde es bestimmt nicht gutheißen, dass sie das Gerät nicht auf lautlos stellte, aber da musste er eben durch. Sie würde nicht noch einmal einen wichtigen Anruf versäumen. Um keinen Preis.

## KAPITEL 27

Prometheus las Mephistos Nachricht immer und immer wieder. Was meinte er mit einer »echten Herausforderung«? Er konnte sich des Eindrucks nicht erwehren, dass in jedem von Mephistos Sätzen irgendeine Weisheit, eine Lektion verborgen war, die ihn weiterbringen sollte.

*... Wen, frage ich dich, fürchtest du am meisten? Nur wer die Furcht besiegt, mehr noch, sie umkehrt, wird frei sein ...*

Ja, wen? Spontan hätte er behauptet, er wäre furchtlos, aber das war bestimmt nicht das, was Mephistopheles ihm aufzeigen wollte. Er überlegte. Schmerzen machten ihm nichts aus, er hatte gelernt, mit ihnen umzugehen, sie zu ertragen, ja, sie sogar auszublenden. Er stellte sich dabei vor, in einem anderen Körper zu sein ... Selbsthypnose. Sehr hilfreich und effizient. Es gab Leute, die sogar ohne Narkose operiert werden konnten.

Er hatte nicht daran geglaubt, bis er selbst erlebt hatte, welch hervorragende Erfolge mittels Hypnose möglich waren.

Existenzängste? Hatte er keine. Er verdiente nicht schlecht, hatte Ersparnisse, wohnte in einer Eigentumswohnung, sodass er nur die laufenden Betriebskosten zu zahlen hatte. Selbst wenn es hart auf hart kam und er irgendwann ohne Job dastand, würde er das Dach über dem Kopf nicht verlieren. Außerdem war er ein Stehaufmännchen: Egal, wie heftig er vom Leben auch gebeutelt wurde, er kam immer wieder auf die Füße.

Er fürchtete sich nicht vor dem Alleinsein, im Gegenteil, er brauchte keine Menschen um sich, damit er sich wohlfühlte. Den Rest seines Lebens auf einer einsamen Insel verbringen? Kein Problem. Er war sich selbst immer schon genug gewesen.

Prometheus dachte an seine Kindheit zurück und überlegte, was ihm da Angst bereitet hatte – es waren viele Dinge, wie er feststellen musste: die Dunkelheit; die Schatten, die in seinem Zimmer lauerten; Monster unter seinem Bett; sein Vater, wenn er betrunken war – und das war er fast immer; Angst vor den Mitschülern, vor deren Spott … und die allgegenwärtige Angst zu versagen. Egal, wie sehr er sich auch angestrengt hatte, es war nie genug.

All diese Ängste hatte er abgelegt, er war erwachsen, stark, selbstbewusst geworden. Niemand spottete mehr über ihn, Monster gab es nicht. Die Schatten, die er gefürchtet hatte, befanden sich nicht in irgendwelchen Räumen, sondern in ihm selbst – und er hatte gelernt, mit ihnen zu leben, denn dort, wo Schatten waren, gab es auch Licht.

Nur die Angst zu versagen, die hatte er nie überwunden. Immer noch war es ihm wichtig, überall hundert Prozent zu geben, alles andere reichte ihm nicht.

Ja, seine größte Sorge war es zu scheitern, das musste er sich eingestehen – und gleichzeitig erkannte er auf einmal sonnenklar, wen er am meisten fürchtete, sah die Person vor sich, die alles daransetzte, ihn zu Fall zu bringen.

*Nur wer die Furcht besiegt, sie umkehrt, wird frei sein.*

Prometheus blinzelte überrascht. Er wusste nun, auf wen Mephistopheles anspielte. Wie hatte er so blind sein können? Wie hatte er nicht sehen können, was doch so offensichtlich vor ihm lag? Prometheus wusste jetzt, was er zu tun hatte, er musste sich nur noch über das »Wie« klar werden. Mephistopheles hatte über eine echte Herausforderung gesprochen. O ja. Das war eine.

Ferreira führte tatsächlich beide Autopsien hintereinander durch, was Michaela ihm hoch anrechnete. Sie wusste schließlich, wie dicht gedrängt seine Termine lagen. Irgendwann, nahm sie sich vor, würde sie sich revanchieren, auch wenn sie noch keine Ahnung hatte, wie. Er gab von sich so wenig preis, dass es wirklich schwierig war herauszufinden, womit man ihm eine Freude bereiten konnte.

Trotz des hohen Zeitdrucks ließ der Rechtsmediziner größte Sorgfalt walten. Während bei Alicia kaum Spuren zu finden waren, was keinen von ihnen überraschte, stützte sich Michaelas große Hoffnung auf den Zimmerkellner. Dessen Ermordung war schließlich nur Mittel zum Zweck gewesen, um das eigentliche Ziel zu erreichen. Warum sich der Täter entschieden hatte, ausgerechnet Alicia zu töten, stellte Michaela vor ein Rätsel. Einerseits schien die Auswahl der Opfer völlig beliebig zu sein, andererseits beschlich Michaela immer stärker das Gefühl, dass es gar nicht nur um die Taten an sich ging. Sie wurde einfach nicht schlau aus diesem Täter. So etwas hatte sie noch nie erlebt. So verquer oft die Gründe waren, warum ein Mensch einen anderen umbrachte, auf irgendeine Weise konnte Michaela sie meistens nachvollziehen. Nur hier nicht. Wieder einmal sehnte sie sich danach, Bernd an ihrer Seite zu haben. Wer, wenn nicht er, könnte ihr helfen, diese Morde zu verstehen?

Zwischen den beiden Autopsien gönnte Ferreira ihnen fünfzehn Minuten Pause. Michaela überlegte, ob sie die Gelegenheit nutzen sollte, um mit Doris über die Vorwürfe zu sprechen, die gegen sie im Raum standen, oder ob sie sich erst mal einen Kaffee organisieren und mit Bernd telefonieren sollte.

Sie entschied sich für die zweite Möglichkeit. Mit Doris konnte sie zur Not auf dem Rückweg zum Präsidium sprechen.

Sie lief zum nächstgelegenen Bäcker, bestellte einen großen Becher Kaffee und ein Blätterteigkipferl und verputzte beides an Ort und Stelle, so hungrig war sie. Nur Bernd konnte sie nicht erreichen, sein Handy war abgeschaltet, wahrscheinlich steckte er gerade in irgendeiner Behandlung. Sie hinterließ eine Nachricht auf seiner Mailbox und bat ihn, sie dringend zurückzurufen.

Als sie wieder ins Institut kam, drei Minuten vor Ablauf der fünfzehn Minuten, scheuchte Ferreira sie gleich in den nächsten Autopsiesaal. »Hopp, hopp. Je eher wir anfangen, desto früher sind wir fertig«, sagte er in seiner unbestechlichen Logik.

»Doris ist noch nicht da«, gab Michaela zu bedenken.

»Doch, hier bin ich.« Doris kam atemlos in den Saal und zog die Tür hinter sich zu.

»Hast du zufällig mit einem unserer Kollegen telefoniert?«, fragte Michaela.

»Nein, gibt es denn etwas Neues?«

»Könnte man sagen. Aber davon berichte ich dir später«, gab Michaela zurück.

Ferreira hatte inzwischen mit der Beschreibung des Toten angefangen und sprach sie auf Band, doch Michaela konnte sich kaum konzentrieren. Ihre Gedanken kreisten um die Frage, wie sie es anstellen sollte, Doris zu erklären, dass Gerüchte über sie im Umlauf waren. Miese, völlig haltlose Gerüchte, die Michaela nicht einen Augenblick glaubte. Und denen sie trotzdem als Leiterin der SOKO nachgehen musste, weil das nun mal auch zu ihren Aufgaben gehörte. Gerade in diesem Moment hätte sie nichts dagegen gehabt, wenn Steurer anders entschieden hätte. Wenn er Gernot mit der Leitung betraut hätte. Das erste Mal, seit … – sie konnte sich gar nicht mehr erinnern, seit wie langer Zeit – hatte sie das Gefühl, einer Sache nicht gewachsen zu sein. Was würde noch alles auf sie zukommen? Nie wieder, schwor sie sich, würde sie einen Fall freiwillig übernehmen, der als simpel eingestuft wurde. So etwas gab es wohl überhaupt nicht, jedenfalls nicht bei ihr.

»Auch hier hat der Täter den gleichen Griff wie bei Sabine Volkner und Alicia Schwarz angewandt, um sein Opfer zu töten«, sagte Ferreira und holte Michaela wieder aus ihren Gedanken zurück in den Autopsiesaal.

»Es ging so schnell, dass er sich nicht einmal wehren konnte«, führte er weiter aus.

Vor Michaelas Augen lief ein Film ab: Der Zimmerkellner schob den Servicewagen aus dem Aufzug. Der Täter wartete in seinem Versteck auf eine Gelegenheit. Er musste spontan reagieren, denn er wusste nicht, ob Alicia etwas aufs Zimmer bestellen oder doch auswärts essen würde. Was hätte er getan, wenn sie Besuch gehabt hätte? Beide getötet? Wahrscheinlich. Zuzutrauen war es ihm.

Für den Mann, der hier nackt auf dem Stahltisch lag, der nichts Böses getan hatte, nur seinem Job nachgegangen war und einfach zur falschen Zeit am falschen Ort gewesen war, hätte es wahrscheinlich nichts geändert.

»... hat der Täter ihn bis auf die Unterwäsche entkleidet und ...«, drangen Ferreiras Worte an Michaelas Ohr, als sich auf einmal ein Gedanke in ihr festsetzte.

»Ich muss noch ein paar dringende Telefonate erledigen«, rief sie Doris zu. Ferreira blickte sie über seine Brille hinweg ein wenig irritiert an. »Frau Baltzer, ich habe den Eindruck, dass Sie heute nicht so recht bei der Sache sind«, sagte er mit leichtem Tadel in der Stimme.

Michaela war schon an der Tür. »Das täuscht, Dr. Ferreira. Sogar im Gegenteil, ich bin so was von bei der Sache. Ich bin gleich wieder da.«

Ihr Anruf galt Harald, der aber nicht erreichbar war. Was nun? Gernot. Der war schließlich vor Ort gewesen, als man den Zimmerkellner gefunden hatte. Sie rang mit sich, ob sie ihn wirklich anrufen sollte, aber dann gab sie sich einen Ruck. Für persönliche Aversionen war kein Platz, sie mussten wirklich zusammenarbeiten, wenn sie eine Chance haben wollten, den Mörder zu finden. Sie mussten ihn von allen Seiten einkreisen, wie ein Rudel Wölfe die Beute.

»Ach, die Frau Kollegin.«

»Ja, Herr Kollege, ich rufe aus der Rechtsmedizin an, und es ist eine Frage aufgetaucht. Ich hätte ja gleich Harald gefragt, aber er hebt nicht ab.«

»Der ist heimgefahren, um ein paar Stunden zu schlafen. Das sollte unsereins mal wagen ...«

Michaela ging auf die Spitze, die gegen Harald gerichtet war, nicht ein. Sie kannte den Leiter der Forensik lange und gut genug, um zu wissen, dass er in einer ziemlich schlimmen Verfassung sein musste, wenn er nach Hause fuhr.

»Gernot, in dieser Putzkammer, in der die Leiche des Kellners gefunden wurde, lagen da vielleicht irgendwelche Kleidungsstücke?«

»Kleidung?«

Michaela antwortete entnervt: »Ja. So was wie Hemden, Hosen, Sweater ...«

»Nein, soweit ich weiß, nicht. Nur frische Handtücher und Bademäntel. Wieso?«

»Weil wir davon ausgehen können, dass der Täter die Uniform des Kellners angezogen hat, und ich mich frage, wo seine eigene Kleidung abgeblieben ist. Er wird sie doch nicht darunter getragen haben.«

Gernot schien über ihre Worte nachzudenken. Schließlich räumte er ein: »Du könntest mit deiner Überlegung recht haben.«

Michaela war zu aufgeregt, um sein Zugeständnis auszukosten. »Kannst du dich bitte darum kümmern? Ich komme hier noch nicht weg. Natürlich ist es möglich, dass der Täter seine eigene Kleidung gar nicht abgelegt hat oder dass er sie mitgenommen hat. Vielleicht hat er sich sogar später wieder umgezogen und die Kellneruniform irgendwo versteckt, aber ich finde, es ist einen Versuch wert, dieser Spur nachzugehen, zumal es ja auch nicht übermäßig viele andere Spuren gibt, denen wir folgen könnten.«

Beinahe erwartete sie, dass Gernot sich eine Ausrede einfallen lassen würde, um dieser Bitte nicht nachkommen zu müssen, doch überraschenderweise stimmte er zu.

»Ich lasse mein Handy an. Melde dich, sobald du irgendetwas herausgefunden hast«, sagte sie, ehe sie auflegte und, da sie nun schon am Telefonieren war, erneut Bernds Nummer wählte. Der war immer noch nicht erreichbar. Verdammt! »Bitte ruf mich an, sobald du die Nachricht hörst. Es ist wirklich dringend.«

Dann ging Michaela zurück in den Autopsieraum und gab sich alle Mühe, diesmal Ferreiras Erklärungen konzentriert zu folgen, auch wenn es ihr schwerfiel, ihre Gedanken nicht dauernd abschweifen zu lassen.

Es war halb zwölf, als sie das Gebäude verließen. Auf dem Weg zum Auto atmete Michaela tief die lauwarme Luft ein, hielt ihr Gesicht in die Strahlen der Mittagssonne und genoss die Wärme auf ihrer Haut. Wie gut, dass Doris das Auto nicht in die Tiefgarage gestellt hatte.

Für Spätherbst war es ein ungewöhnlich schöner Tag, einer, an dem man im Garten die letzten Arbeiten erledigte, bevor es endgültig zu kühl und regnerisch wurde. Und auch dieses Jahr würde Michaela wieder viel zu spät oder gar nicht dazu kommen. In solchen Momenten war sie froh, dass sie nur einen winzigen Flecken Garten besaß.

»Woran denkst du?«, fragte Doris.

»Daran, wie schnell der Winter kommt. Ich hatte kaum Zeit, den Sommer oder den Herbst zu genießen. Im Grunde habe ich nie Zeit, überhaupt irgendetwas zu genießen, wenn ich es mir so recht überlege. Ich habe manchmal das Gefühl, das Leben läuft an mir vorbei, streift mich ein bisschen, und ich spüre gerade mal den Fahrtwind.«

»Ich verstehe gerade nur Bahnhof«, sagte Doris. »Was willst du denn anders machen?«

Michaela seufzte. »Keine Ahnung. Ehrlich gesagt übt Vincents tibetisches Kloster, in dem er seinen letzten Urlaub verbracht hat, einen immer größeren Reiz auf mich aus.«

»Ja, für zwei Tage vielleicht. Danach würdest du es vor Langeweile nicht mehr aushalten. Aber es muss ja nicht gleich Tibet sein, vielleicht reicht es ja, wenn du nach Vorarlberg fährst.« Doris zwinkerte ihr zu.

»Ich kann nicht. Nicht jetzt«, sagte Michaela.

»Vielleicht gerade jetzt.«

Michaela überlegte schon die ganze Zeit fieberhaft, wie sie am besten das unangenehme Thema der undichten Stelle gegenüber der Presse ansprechen sollte. Eine bessere Gelegenheit als jetzt würde sich nicht bieten. Genau genommen gab es dafür nie eine passende Gelegenheit, also war dieser Augenblick so gut wie jeder andere. »Doris, es gibt da etwas, das ich dir sagen muss.« Sie blieb stehen und zwang Doris damit, es ihr gleichzutun. Die blickte sie abwartend an. »Hast du mit Max über unsere Fälle gesprochen?«, fragte Michaela.

Aus Doris wich die Anspannung. Sie lachte. »Ja. Natürlich. So, wie wir alle das tun, so wie du Valerie von unseren Fällen erzählst. Mensch, nach deiner Aussage über das Leben, das an dir vorbeistreift, und über den Wunsch, in ein tibetisches Kloster zu gehen, dachte ich schon, jetzt kommt etwas ganz Schlimmes, irgendeine Ankündigung, dass du alles hinschmeißen willst.«

Michaelas Miene blieb ernst. »Doris, hast du Max gegenüber die Logos erwähnt oder beschrieben?«

Langsam schien Doris zu merken, worauf Michaelas Fragen abzielten. Sie wurde blass. »Du denkst ...?«, sie stockte. Das erste Mal, seit Michaela sie kannte, schienen Doris die Worte zu fehlen.

»Ich denke, dass es eine undichte Stelle gibt, der ich als Leiterin der Sondereinheit nachgehen muss, deshalb frage ich dich geradeheraus: Hast du Max Informationen gegeben, die du nicht hättest weitergeben dürfen?«

»Ja... nein... ich weiß nicht. Wir reden halt. Aber wir haben vereinbart, dass er nie... und die Logos... von denen habe ich ihm nichts...«, wieder brach sie ab und schluckte. Mit gesenktem Kopf fuhr sie leise fort: »Ich kann es dir nicht sagen, es tut mir leid. Ich wünschte, ich könnte mit Sicherheit sagen, dass Max mein Vertrauen nie missbrauchen würde, aber ich kann es nicht, weil ich ihn dafür nicht gut genug kenne.« Sie blickte auf und direkt in Michaelas Augen. »Ich weiß nur, dass ich bisher noch keinen Grund hatte, an Max' Integrität zu zweifeln. Kannst du denn sicher sein, dass Valerie ihren Freundinnen nichts erzählt hat? Und was ist mit Matthias, über den wir so gut wie gar nichts wissen? Vielleicht war es auch irgendein Kollege aus einer anderen Abteilung? Alle haben von diesen Logos gewusst.«

»Ich schließe niemanden der Genannten aus. So, wie ich auch dich nicht ausschließen kann, auch wenn ich, ehrlich gesagt, keine Sekunde an das Gerücht glaube, du könntest diejenige sein.«

Doris atmete erleichtert auf. »Gut, dann bin ich froh, dass du mir vertraust, und die Sache ist für mich damit erledigt.« Sie wollte weiter Richtung Auto gehen, doch Michaela hielt sie zurück. »Doris, nicht alle denken so wie ich. Manche sind davon überzeugt, dass du die Informationen an die Presse weitergegeben hast. Ich wollte dich nur vorwarnen, dass es im Präsidium stürmisch für dich werden könnte.«

Ihre Kollegin presste die Lippen zusammen. Schließlich sagte sie: »Danke. Mit ein bisschen Wind komme ich klar. Aber du glaubst mir, wenn ich sage, dass ich nichts wissentlich falsch gemacht habe?«

»Ja«, antwortete Michaela schlicht.

»Dann können mich die anderen mal«, sagte Doris. »Ich habe noch nie viel darauf gegeben, was andere über mich sagen oder denken, außer es handelt sich um Menschen, die ich mag.«

Während der Fahrt ins Büro war Doris in sich gekehrt und still. Selbst ihr Fuß klebte nicht wie sonst auf dem Gaspedal. Es wirkte, als würde sie sich innerlich gegen die Vorwürfe, die gegen sie im Umlauf waren, wappnen und sich Antworten zurechtlegen, die sie dem entgegensetzen konnte. Auch Michaela ging im Geiste ihr Gespräch mit Steurer durch, das mit Sicherheit auf sie wartete. Vincent hatte gesagt, er habe den Chef noch nie so wütend gesehen. Das hieß schon was. Steurer neigte nicht zu Wutausbrüchen und Tobsuchtsanfällen. Zum Glück war er jemand, mit dem man reden konnte und der nicht vorschnell urteilte. Die Chancen standen gut, die Angelegenheit regeln zu können, ohne dass Doris Schaden davontrug. Das war zunächst das Wichtigste. Und dann musste Michaela herausfinden, wer sich mit der Presse kurzgeschlossen hatte, denn sie konnte die Sache nicht auf sich beruhen lassen. Das würde nicht nur ihre Autorität untergraben, sondern auch der ganzen Abteilung Leib und Leben, wie die Mordkommission in der Amtssprache hieß, schaden. Ein denkbar schlechter Zeitpunkt für eine solche Zusatzaufgabe. Als ob sie nicht schon genug um die Ohren hätte. Die Vorstellung, für ein Wochenende allem zu entfliehen, wurde zusehends reizvoller. Zugleich aber auch immer unrealistischer.

## KAPITEL 28

Prometheus war ein kluger Kopf, das musste Mephistopheles ihm zugestehen. Er hatte nicht damit gerechnet, dass der Junge die Botschaft, die sich in seiner letzten Nachricht versteckte, so schnell entschlüsseln würde, im Gegenteil, eigentlich hatte Mephisto befürchtet, noch ein paar weitere Nachrichten schreiben, einige Hinweise mehr einbauen zu müssen. Umso erfreulicher, dass das nun doch nicht nötig war.

Prometheus hatte ihm von seinem Vorhaben geschrieben und ihm erklärt, dass sein nächstes Opfer Michaela Baltzer sein würde. Diesen Namen in Prometheus' Ankündigung zu lesen, erfüllte Mephisto mit Freude.

Er hätte sie selbst damals töten können, und warum

er es nicht getan hatte, konnte er sich nicht erklären. Vielleicht, weil er wusste, dass sie danach ohnehin keine Gefahr mehr darstellen würde, sie war klein, zerbrochen, zerstört. Sie so am Boden zu sehen, hatte er als ungleich befriedigender empfunden, als wenn er sie umgebracht hätte. Danach hatte er sie eine Weile aus den Augen verloren, sie in seinem Gedächtnis weit nach hinten geschoben. Andere Dinge waren in den Vordergrund gerückt, bis er sie nach Langem zufällig in einem Zeitungsartikel wiedererkannt hatte. In dem Bericht ging es um die Verhaftung einer Verrückten, die überzeugt war, Gottes rechte Hand zu sein. Michaela war nur im Hintergrund zu sehen, unter dem Foto stand nicht einmal ihr Name, und doch erkannte er sie auf Anhieb. Sie wirkte ein wenig dünner als damals, fast schon mager. Die weißblonden Haare trug sie jetzt eine winzige Spur länger, was ihr Gesicht weicher aussehen ließ, doch ihre Augen hatten sich nicht verändert, ihr Blick schien wie ein Diamantbohrer sogar Stein zu durchstoßen. Es war ihr offenbar gelungen, innerlich zu heilen. Und sie war stärker als zuvor. Da war ihm klar geworden, dass er sie unterschätzt hatte. Sie musste sterben.

Der Zeitpunkt war gekommen, um Prometheus ein wenig Honig ums Maul zu schmieren. Zuckerbrot und Peitsche, eine sehr bewährte Methode der Erziehung schon seit vielen Jahrzehnten, und viel effektiver als die bloße Prügelstrafe, an die sich die Zöglinge irgendwann gewöhnten und die somit keinen Effekt mehr erzielte. Die Peitsche hatte Prometheus bereits zu spüren bekommen, nun wurde es Zeit für ein paar lobende Worte, die sein Ego streichelten und die ihn dazu bringen würden, genau nach Mephistopheles' Wünschen zu handeln.

*Ich sehe, du hast dich mit deinen Ängsten auseinandergesetzt, und ich begrüße sehr die Wahl deines nächsten Opfers. Habe ich schon erwähnt, dass ich sie bereits kenne? Na ja, kennen ist vielleicht zu viel gesagt, sie und ich sind uns vor einigen Jahren begegnet. Eine starke Frau mit einem eisernen Willen. Ich habe ihre Laufbahn verfolgt, ihre Erfolge und ihre Fehlschläge, wobei die Erfolge eindeutig überwiegen. Ja, mit ihr hast du eine harte Nuss zu knacken. Glaub mir, du wirst diese Herausforderung genießen, aber das Wichtigste ist, dass du deine Ängste wirst überwinden können. Ohne diese Fessel bist du frei, du wirst fliegen, Prometheus.*

Überraschend schnell schrieb Prometheus zurück, fast so, als habe er die ganze Zeit vor dem Computer auf Nachricht gewartet. Aber Mephistopheles wollte ihm nichts unterstellen, vielleicht saß er ja bloß am Rechner, um zu arbeiten. Irgendwann einmal hatte Prom erwähnt, er würde viel Zeit am Schreibtisch verbringen.

*Mephistopheles, mein Freund, ich danke dir für deine Worte, deine Zeilen, die so viel mehr als nur Ratschläge und Tipps für mich sind. Ich wünschte, ich könnte dir Aug in Aug gegenübersitzen, gleichzeitig weiß ich, wie unsinnig dieser Wunsch ist, allein schon um unser beider Sicherheit willen. Vielleicht, wenn sie – die sowohl deine als auch meine Feindin ist – unschädlich gemacht ist? Das wäre für mich der schönste Lohn.*

*Meinst du, ich wüsste nicht, dass es dir gar nicht um mich geht, sondern um dich? Und um sie. Aber mach dir keine Sorgen, ich werde dir diesen Gefallen er-*

*füllen, weil du für mich schon so viel getan hast. Du hast mich gelenkt, mich angeleitet, mich gelobt und getadelt, beinahe wie ein liebender Vater sein Kind. Aber vergiss nicht, dass dieses Kind erwachsen geworden und kein kleiner dummer Junge mehr ist, dem du Geschichten erzählen kannst. Das ist auch schon meine einzige Bedingung: Behandle mich ebenbürtig, sprich mit mir auf Augenhöhe. Meine Lehrzeit ist abgeschlossen.*

Mephistopheles musste laut lachen, als er Prometheus' Nachricht las. Soso, der Grünschnabel wollte mit ihm auf Augenhöhe kommunizieren? Da musste er aber erst einmal hinaufreichen. Allerdings gestand er sich ein, dass Prometheus ihn, was Michaela Baltzer betraf, durchschaut hatte. Ein bisschen rechnete er sich das als eigenen Verdienst an. Schließlich war Prometheus erst durch seine Hilfe gereift, wenn auch noch nicht im gleichen Maß wie er selbst.

Mephisto tippte als Antwort:

*Mein Lieber, ich bin überrascht von deiner Ansicht über meine Motive, die ich so nicht stehen lassen will. Mir geht und ging es nie um mich, oder glaubst du, ich könnte mich nicht selbst um meine Angelegenheiten kümmern? Dann kennst du mich schlecht. Du hast gesehen, wozu ich imstande bin. In Wahrheit reichen meine Fähigkeiten noch viel weiter. Wenn ich wollte, könnte ich noch heute Michaela in meine Gewalt bekommen. Ich könnte sie verletzen, ich könnte sie töten, ich könnte ihr das Logo als Brandzeichen einritzen, sodass sie für den Rest ihres Lebens*

*mir gehört, und sie dann laufen lassen. Und doch tue ich nichts von alldem. Warum? Nicht, weil ich zu schwach bin. Nein, im Gegenteil, weil ich stark genug bin, meine Interessen zu zügeln. Ich verzichte auf den Spaß und die Genugtuung und überlasse das alles dir, weil du mehr davon haben wirst.*
*Prometheus, du möchtest gleichrangig behandelt werden und betonst, du hättest deine Metamorphose abgeschlossen. Aber du benimmst dich wie ein Kind, das sich anbiedern will. Mich brauchst du nicht zu beeindrucken.*
*Tu es oder lass es bleiben, aber wenn, dann tu es aus den richtigen Gründen und nicht, um mir einen Gefallen zu erweisen.*

Mephistopheles wusste, dass Prometheus seine Worte nicht gefallen würden. Der Pfeil des Cursors schwebte über dem Sendebutton. War er zu direkt, zu hart? Und wenn schon. Warum sollte er Prometheus plötzlich mit Samthandschuhen anfassen? Er klickte entschlossen die linke Maustaste und schickte die Nachricht ab.

Er hatte eigentlich gar nicht mit einer Antwort gerechnet, zumindest nicht so schnell. Doch Prometheus hatte zurückgeschrieben, wie das Benachrichtigungsfenster anzeigte. Mephisto klickte auf das Briefsymbol und wäre vor Lachen beinahe vom Stuhl gekippt.

*Leck mich.*

Mehr hatte Prometheus nicht geschrieben. Scheinbar war er richtig sauer auf Mephisto, was aber in Ordnung war. Wut war manchmal ein guter Motor, solange sie einen nicht blind und kopflos machte und einem das Gehirn vernebelte. Mephistopheles unterschied zwei Arten von Wut. Eine war rot und heiß. Wie eine Feuersbrunst fuhr sie unkontrolliert über alles drüber und hinterließ verbrannte Erde. Die andere Art war weiß, gleißend wie ein Lichtstrahl, und ließ dort, wo man sie brauchte, eine dünne Schneise zurück, wie ein Laser. Man konnte sie lenken und steuern. Sie war berechnend, sie ließ sich zügeln, aber niemals zähmen. Sie war Mephistopheles' Freund und sein bester Ratgeber. Es war Zeit, dass Prometheus sich von der roten, verzehrenden Art verabschiedete. Das war die letzte und zugleich die schwierigste Lektion, die Mephistopheles ihm mitgeben konnte, sofern Prometheus es zuließ. Es würde vielleicht ein paar Stunden, möglicherweise sogar ein paar Tage brauchen, bis der Jüngere bereit war, erneut auf ihn zu hören, aber Mephisto war zuversichtlich, dass Prometheus sich wieder beruhigte.

Er schloss das Browserfenster und fuhr den Computer herunter. Dann stellte er sich in die Mitte des Zimmers und begann, seine Übungen zu machen. Eine ganz eigene Mischung verschiedener Kampfsportarten: Kung Fu, Tai-Chi, Taekwondo und Karate. Er hatte die Technik von einem echten Shaolin-Mönch gelernt, vor einer gefühlten Ewigkeit, in einem anderen Leben. Er hatte keine materielle Vergütung für die Lektionen verlangt, sondern nur gefordert, dass Mephistopheles sein Wissen weitergab, denn nur so würde es überdauern. Jahrtausende.

»Sprichst du von der Kunst des Kämpfens?«, hatte er den Mönch gefragt.

»Nein, die kann man in Schulen lernen, ich meine vielmehr deine Erfahrungen. Das, was nur du weißt. Wenn du es unbedingt Kampfkunst nennen willst, dann wären das eher die inneren Kämpfe, nicht die, die man nach außen führt.«

Mephistopheles hatte eine ganze Weile gebraucht – genau genommen Jahre –, um herauszufinden, was sein Lehrmeister damit gemeint hatte. Erst als er im Forum Prometheus kennenlernte, wurde ihm klar, dass er seinen Schüler gefunden hatte, auch wenn der damals noch nicht ahnen konnte, was alles auf ihn zukommen würde.

Prometheus hätte vor Wut beinahe seine Sachen vom Tisch gefegt. Was maßte sich Mephistopheles eigentlich an, ihn wie ein kleines Kind zu behandeln? Hatte er nicht bereits gezeigt, dass er mehr draufhatte als jeder andere aus dem Soziopathenforum? Was glaubte er wohl, warum er Mephistopheles herausgefordert hatte? Doch nur, um ihm zu zeigen, dass er genauso gut war wie er, dass er ihm das Wasser reichen konnte, dass er es vielleicht – die Hoffnung hatte er tatsächlich gehegt – sogar schaffte, Mephistopheles zu übertrumpfen. Doch egal, was er tat und wie gut er es tat, Mephisto würde ihn niemals als gleichwertigen Partner anerkennen.

Mit viel Mühe gelang es ihm, die lodernde Wut zu unterdrücken und seine Fäuste nicht an den Wänden oder der Tischplatte blutig zu schlagen. Diesen Triumph würde er Mephistopheles nicht gönnen, von den neugierigen Blicken seiner Mitmenschen, wenn sie die wunden Knöchel zu sehen bekamen, ganz abgesehen. Kannte er alles schon und brauchte es nicht wieder.

Wie ein eingesperrtes Tier lief er vor seinem Schreibtisch auf und ab und genau so fühlte er sich auch. Vielleicht sollte er hinaus, raus aus der Wohnung, auf die Straße.

Und dann? Dem Nächstbesten, der ihm begegnete, den Bauch aufschlitzen oder wenigstens die Fresse polieren? Abgesehen davon, dass selbst so eine Tat nicht garantierte, dass er sich danach besser fühlte, wäre es das Dümmste, was er tun könnte. Er hatte ja gesehen, zu welchen Fehlern solch unüberlegte Handlungen führten. Nur, weil er einmal Glück gehabt hatte, hieß es nicht, dass das automatisch jedes Mal so war.

Die Bewegung im Raum half ihm, wieder klar denken zu können. Der Nebel aus Wut lichtete sich langsam, und die rationale Ebene seines Gehirns übernahm wieder die Leitung. Er würde Mephistopheles links liegen lassen, so wie der das umgekehrt ständig bei ihm tat. Und er würde sein Vorhaben wie geplant fortsetzen. Mephistopheles irrte sich, wenn er dachte, Prometheus wüsste nicht, wie wichtig ihm Michaela Baltzer war. Vielleicht würde er den Grund nie herausfinden, aber das musste er auch gar nicht. Es reichte zu wissen, dass er Mephistopheles mit ihr aus der Reserve locken konnte. Und genau das hatte er vor. Wie hatte Mephisto geschrieben? Er solle Michaela Baltzer aus den richtigen Gründen in seine Gewalt bringen. Nicht Mephisto zuliebe, sondern um seiner selbst willen. Nun gut, dann würde er einmal mehr dem Rat seines Mentors folgen – auch wenn der das bestimmt ganz anders gemeint hatte. Michaela war Prometheus' Trumpf, um Mephistopheles seine Selbstherrlichkeit und Überheblichkeit heimzuzahlen und ein für alle Mal seinen Platz zu behaupten. Wenn das kein gutes Motiv war, wusste er auch nicht.

Doch zunächst musste er ein paar Strippen ziehen und einige Vorbereitungen treffen.

Er nahm sein Handy zur Hand und sah, dass jemand hartnäckig versucht hatte, ihn zu erreichen. Das hatte er nun davon, dass er den Klingelton auf lautlos gestellt hatte, um ungestört arbeiten zu können. Er würde also zuerst die Nummer zurückrufen, dann ein paar weitere Anrufe tätigen und danach einen Ausflug in einen der umliegenden Wälder machen. Er war schon lange nicht mehr dort gewesen. Hoffentlich war alles noch so, wie er es in Erinnerung hatte.

Michaela bat Doris, schon mal hinauf ins Büro zu gehen, während sie mit Steurer sprechen wollte.

»Soll ich nicht besser mitkommen?«, fragte Doris.

»Nein, ich mach das schon«, antwortete sie.

Nun stand sie vor Steurers Tür und sammelte sich kurz, ehe sie anklopfte.

»Herein.«

Sie schob die Tür einen Spalt auf und steckte vorsichtig den Kopf hinein. »Hast du Zeit? Ich bin gerade aus der Gerichtsmedizin zurück.«

Bei ihrem Anblick verfinsterte sich Steurers Gesicht. »Komm rein. Anscheinend waren die Buschtrommeln schnell. Andererseits erspart mir das eine Menge Zeit, wenn ich dir nicht erst alles erklären muss und du bereits im Bilde bist.«

Michaela trat ein und setzte sich Steurer gegenüber auf einen Stuhl. Es war noch gar nicht lange her, dass sie das letzte Mal hier gesessen hatte. Da dachte sie, der Anlass hätte kaum unerfreulicher sein können. Sah so aus, als hätte sie sich geirrt.

Steurer legte den Kugelschreiber beiseite und blickte sie direkt an. »Ich bin ein gutmütiger Mensch, gerade du solltest das wissen. Aber bei der Weitergabe von ermittlungsrelevanten Informationen an die Presse kenne ich keinen Spaß.«

»Das verstehe ich«, beeilte Michaela sich, ihm zu versichern. »Ich kann mir überhaupt nicht erklären, wie das passiert ist.«

»Wirklich nicht? Mir ist zu Ohren gekommen, dass Doris neuerdings sehr enge Kontakte zu einem Zeitungsreporter pflegt, oder ist das bloß ein Gerücht?«

Michaela lehnte sich zurück und unterdrückte den Impuls, die Arme vor der Brust zu verschränken. Steurer würde das als Abwehr deuten, doch sie wollte ihm Offenheit und Aufrichtigkeit signalisieren. »Doris' Freund ist Journalist, das stimmt, aber nicht erst neuerdings. Wenn sie wollte, hätte sie ihn schon seit Monaten mit brisanten Informationen versorgen können, was sie aber zu keiner Zeit getan hat. Ich kenne den Mann übrigens auch und schätze ihn als vertrauenswürdig ein. Abgesehen davon hatte jeder einzelne Mitarbeiter und jede Mitarbeiterin in dieser Abteilung Zugang zu den Informationen – sogar Brigitte.«

Brigitte war die Sekretärin und Steurers rechte Hand. Sie hatte mit den Ermittlungen nichts am Hut und keine Polizeiausbildung, aber sie war eine Koryphäe der Organisation. Sie jonglierte mit Steurers Terminen, kümmerte sich um Dienstreisen und Abrechnungen. Sie war die gute Seele der Abteilung, und Steurer hielt große Stücke auf sie.

»Brigitte? Das ist völlig lächerlich. Sie ist eine langjährige Mitarbeiterin und hat sich noch nie etwas zuschulden kommen lassen. Abgesehen davon, was hätte sie davon? Nein, sie ist völlig integer.«

»Und auf Doris trifft das alles nicht zu?«, fragte Michaela.

Steurer schwieg eine Weile. Dann fragte er: »Du würdest für Doris die Hand ins Feuer legen?«

»Ja, jederzeit«, antwortete Michaela sofort. »Genauso für Vincent«, setzte sie hinzu, ehe Steurer auf eine weitere absurde Idee kam.

»Ich möchte nur noch mal betonen, dass eine Verletzung der Verschwiegenheitspflicht kein Kavaliersdelikt ist und mit einer Entlassung geahndet werden kann.«

»Das weiß ich«, gab Michaela zurück. Tatsächlich stand es so im Dienstvertrag, allerdings waren manche Paragrafen einfach fernab jeder Praxis. Wenn sich alle Beamten an die Vorschriften hielten, dürfte niemand seinem Lebenspartner gegenüber auch nur ein Wort über die Arbeit verlieren. Aber wo, wenn nicht zu Hause, konnte man sich ein wenig auslassen und seinen Frust von der Seele laden? Wenn sie keine Unterlagen mehr mit nach Hause nahmen und ausschließlich während der Dienstzeiten arbeiteten, würde entweder die Zahl der Überstunden noch weiter explodieren, oder sie könnten nur die Hälfte der Fälle lösen. Polizist zu sein, das konnte man doch nicht an der Garderobe abstreifen, Polizist war man immer, vierundzwanzig Stunden am Tag, an dreihundertfünfundsechzig Tagen im Jahr. Das war Michaelas Dienstverständnis, und zum Glück auch das der meisten Polizeibeamten.

»Ich erwarte eine restlose Aufklärung dieser Angelegenheit«, sagte Steurer.

»Das ist selbstverständlich, ich werde der Sache nachgehen.«

»Nein. Abgesehen davon, dass du andere Dinge zu tun hast, finde ich es zielführender, die interne Revision einzuschalten. Genau genommen habe ich die nötigen Schritte bereits in die Wege geleitet, heute Nachmittag schicken sie jemanden.«

Michaelas Brustkorb zog sich zusammen. Die Revision war gleichermaßen gefürchtet wie gehasst, auch wenn sie einsah, dass es eine übergeordnete Instanz geben musste, die für die Aufklärung von Missständen sorgte oder dafür, dass besondere Situationen be- und ausgewertet wurden. So musste jeder Gebrauch der Dienstwaffe für die Revision dokumentiert werden, die dann überprüfte, ob der Einsatz gerechtfertigt war – oder warum es zu keinem Schusswechsel gekommen war, obwohl dieser angebracht gewesen wäre. Michaela hatte keine guten Erinnerungen an die Revision.

Sie stand auf. »Dann hoffe ich, dass sie nicht nur herausfinden, wer die undichte Stelle ist, sondern auch, wer die Gerüchte über Doris in Umlauf gebracht hat. Rufschädigung ist nämlich auch laut Dienstvorschrift verboten und zieht zwar keine Entlassung, aber zumindest eine Verwarnung nach sich. Einen schönen Tag noch«, sagte sie und verließ Steurers Büro. Sie hatte getan, was sie konnte. Alles andere lag nun nicht mehr in ihrer Hand. Einerseits hatte sie das Gefühl, von dem Felsbrocken, der auf ihrer Schulter gelastet hatte, befreit zu sein. Andererseits wusste sie nicht, wie sie – und alle anderen – arbeiten sollten, wenn ihnen dabei ständig jemand auf die Finger sah und seinen Senf dazugab.

Nein, die nächsten Tage, wenn nicht sogar Wochen, würden bestimmt nicht lustig werden, und sie fragte sich, was noch alles auf sie zukommen würde, bis diese verfluchten Mordfälle gelöst waren.

Sie stieg die Treppe hoch. Ihre Beine fühlten sich schwer an, und das erste Mal, seit sie hier arbeitete, dachte sie darüber nach, doch den Aufzug zu nehmen. Nur heute. Ihr fehlte einfach die Kraft. Doch ehe sie den nächsten Stock erreichte, klingelte ihr Handy. Sie zog es aus der Hosentasche und sah auf die Anzeige. Bernd! Ihr Herz machte einen Sprung, und für einen Moment war alles nicht mehr schlimm.

»Ich bin so froh, dass du anrufst.« Vor Erleichterung spürte sie, wie Tränen in ihr aufstiegen.

»Es tut mir leid, dass du mich vorher nicht erreichen konntest, ich hetze heute von einer Therapiestunde zur nächsten. Aber jetzt habe ich Mittagspause. Du wirkst ziemlich gestresst. Alles okay?«

Michaela holte tief Luft, sah sich um und setzte sich kurzerhand auf eine Stufe. »Nein«, gab sie zu. »Im Moment ist nichts okay. Wir haben gleich zwei neue Morde und ein Leck. Es sind Informationen an die Presse durchgesickert, die wir für uns behalten wollten, und Steurer hat uns deswegen die interne Revision auf den Hals gehetzt. Und was tut sich bei dir so?«

Endlich mit Bernd darüber sprechen zu können, war eine enorme Erleichterung, da brauchte er nicht einmal viel zu sagen.

»Erzähl. Von Anfang an«, bat er.

Verschwiegenheitspflicht hin oder her, Bernd gehörte weiterhin zu ihnen. Ob die Dienstaufsicht das ebenfalls so sehen würde, wagte sie zu bezweifeln, aber noch war sie nicht hier.

Also berichtete sie Bernd von dem Mord an Alicia Schwarz und dem Zimmerkellner und fügte hinzu, dass sie noch nie so wenig über ein Motiv sagen konnte wie in diesem Fall. »Und dann dieses Zeichen, das er ihnen einritzt. Ferreira ist überzeugt, dass es mehrere Täter sind. Aber vielleicht leidet der Täter ja unter multipler Persönlichkeitsstörung.«

»Du weißt, dass ich kein Freund dieser Diagnose bin«, gab Bernd zurück.

»Ja. Aber mir fällt sonst wirklich keine andere Erklärung ein.«

»Ein Nachahmungstäter?«, schlug Bernd vor.

»Das hat Ferreira auch schon gesagt, aber ich schließe das aus. Bis heute Morgen hat doch niemand von diesem Zeichen gewusst.«

»Niemand Außenstehender, meinst du.«

»Bernd, bitte. Jetzt fang du nicht auch noch damit an.«

»Tut mir leid, das war mein erster Gedanke.«

»Dann gehen wir lieber zu deinem zweiten über. Ein Täter in unseren eigenen Reihen? Das wäre vollkommen absurd.«

»Hatten wir auch schon.«

»Gerade deshalb. So etwas kommt nicht jedes Jahr wieder vor.«

»Und trotzdem hast du mich …«

Michaela unterbrach ihn. »Stopp. Wir hatten vereinbart, darüber nicht mehr zu sprechen. Nie mehr.«

Dass sie allen Ernstes Bernd bei ihrem letzten großen Fall des Mordes verdächtigt hatte, kam ihr heute surreal vor. Die bloße Erwähnung dieses Fehlers weckte in ihr eine Mischung aus Schuldgefühlen und Scham, auch wenn es damals eine logische Schlussfolgerung gewesen war. Sie hatte sich dafür gefühlte hundert Mal bei Bernd entschuldigt, bis es ihm so auf die Nerven gegangen war, dass er vorgeschlagen hatte, die Sache zu vergessen und nie mehr darüber zu sprechen, damit diese fälschliche Verdächtigung nicht mehr zwischen ihnen stand, denn das wollte er unter keinen Umständen zulassen. Michaela hatte seinem Vorschlag dankbar und mit Erleichterung zugestimmt. Einen Teufel würde sie also tun, jetzt diese Vereinbarung außer Kraft zu setzen.

»Der erste Gedanke muss ja nicht immer richtig sein«, räumte Bernd ein. »Also, was haben wir sonst?«

»Immer noch zu wenig. Und das bei mittlerweile fünf Morden, wobei der Zimmerkellner eigentlich ein Kollateralschaden war. Der wurde nur getötet, weil der Täter die Uniform brauchte, um ungehindert und ohne Aufsehen zu Alicia Schwarz zu gelangen.«

»Ich muss das alles mal in Ruhe durchdenken«, sagte Bernd.

»Ich habe aber keine Ahnung, wann ich heute zu Hause bin«, wandte Michaela ein.

»Eigentlich dachte ich mehr ans Büro. Ich würde mich freuen, auch mal die anderen Kollegen zu treffen und mit ihnen zu sprechen.«

»Das wäre dann aber ziemlich offiziell«, gab Michaela zu bedenken. »Bekommst du da keine Probleme?«

»Kann ich mir kaum vorstellen. Schon gar nicht, wenn Steurer sein Einverständnis gibt.«

Michaela lachte auf. »Oh, genau. Das kannst du dir abschminken. Nicht nach dieser Sache mit der Presse.«

Bernd dachte nach. »Dann eben inoffiziell.«

»Der Einzige, bei dem ich mir keine Sorgen mache, dass er uns in den Rücken fallen könnte, ist Patrick. Gernot wartet nur darauf, dass ich stolpere und falle. Dann könnte er endlich die Ermittlungen an sich reißen. Doch den Gefallen tu ich ihm nicht. Und Matthias … der ist ein Fall für sich.«

»Klingt wirklich nicht berauschend.«

Sie schwiegen beide und dachten nach. Dann kam Michaela eine Idee, zugegeben eine ziemlich schräge. Aber außergewöhnliche Umstände verlangten auch ebensolche Maßnahmen. Sie müsste sich sehr weit aus dem Fenster lehnen und wollte lieber gar nicht darüber nachdenken, gegen wie viele Vorschriften sie dabei verstieß. Aber es war eine Möglichkeit, diese Videokonferenz doch umzusetzen.

»Nimm dir für den Abend nichts vor«, bat sie. »Sagen wir, so ab sieben.«

Mit Erstaunen stellte sie fest, dass sie über eine halbe Stunde mit Bernd telefoniert hatte. Sie sollte jetzt wirklich schleunigst ins Büro gehen, sonst würden sich die anderen womöglich Sorgen machen, wo sie abgeblieben war. Trotzdem schrieb sie noch Valerie eine kurze Nachricht:

*Kann sein, dass wir heute Gäste bekommen, ich muss das noch abklären. Fällt dir ein schnelles und vor allem einfaches Abendessen ein?*

Offenbar hatte sie ihre Nichte gerade in einer Schulpause erwischt, denn die antwortete prompt:

*Mit dem, was du im Kühlschrank hast? Gurkenwasser mit Eiswürfeln oder Lieferservice.*

*Oje, so schlimm? Und wenn ich vorher noch schnell einkaufe?*

Diesmal dauerte es ein wenig länger, bis Valerie antwortete:

*Kauf Eier, Spinat, geriebenen Käse, Frischkäse und Schinken, dann können wir eine Spinatrolle machen.*

*Klingt gut. Ich beeile mich. Sollte ich es nicht rechtzeitig schaffen, müssen wir doch den Lieferservice bemühen.*

Valerie schrieb:

☺ *Tante Mika, ein Vorschlag: Wenn du mir bis zwei Uhr, bevor ich zu Anna gehe, Bescheid gibst, ob deine Gäste kommen, kümmere ich mich um den Einkauf und ums Kochen. By the way, wer kommt überhaupt? Kenn ich sie?*

*Unter der Voraussetzung, dass wir übermorgen gemeinsam einen Großeinkauf machen. Sogar in Bernds Kühlschrank sind mehr Sachen, und der ist für Monate nicht da.*

In Michaela wallte das schlechte Gewissen ihrer Nichte gegenüber hoch. Ob sie gekocht und eingekauft oder sich nur von Kantinenessen ernährt hatte, solange sie allein wohnte, spielte keine Rolle. Jetzt war Valerie wieder bei ihr. Und sie war für das Wohlergehen und die Gesundheit ihrer Nichte verantwortlich, auch wenn diese schon siebzehn war.

*Na schön, versprochen. Ich gebe dir noch Bescheid, ob Doris und Vincent kommen oder nicht. Videokonferenz mit Bernd,* tippte sie daher, bevor sie das Handy einsteckte. Dann lief sie die restlichen eineinhalb Stockwerke hoch in den dritten Stock. Die Schwere und die Müdigkeit waren verflogen.

»Na, wie ist es bei Steurer gelaufen?«, fragte Doris sofort, als sie zur Tür hereinkam. Kein Wunder, wahrscheinlich hatte sie die ganze Zeit wie auf Kohlen gesessen.

»Ganz gut«, gab Michaela zurück. »Er hat die interne Revision damit beauftragt, der Sache auf den Grund zu gehen.«

»Was?!«, riefen Doris und Vincent gleichzeitig aus.

»Interne Revision?«, fragte Matthias. »Wegen so etwas?«

»Ich war zuerst auch schockiert«, gab Michaela zu. »Aber je länger ich darüber nachdenke, desto besser finde ich es.«

Doris blickte sie fassungslos an. »Ich kann es gar nicht glauben.«

»Doch. Es ist mein Ernst«, sagte Michaela. »Wir haben hier eine Mordserie wie noch keine zuvor. Fünf Opfer, keine Spuren, eine Menge Arbeit und keine Zeit für Nebenschauplätze. Steurer verlangt restlose Aufklärung, was ich verstehe. Würde ich an seiner Stelle auch. Es geht nicht nur um den Schaden für die Ermittlungen, was an sich schon schlimm genug wäre, sondern darum, ob man weiter auf die Integrität der LKA-Mitarbeiter vertrauen kann. Wie es aussieht, hat ein Einzelner dieses Vertrauen empfindlich missbraucht.«

»So, wie du das sagst, könnte man glatt meinen, jemand hätte Staatsgeheimnisse ausgeplaudert«, sagte Matthias.

Michaela fixierte ihn mit ihrem Blick. »Und du scheinst diese Angelegenheit auf die leichte Schulter zu nehmen. Wir werden ja sehen, ob du es immer noch für ein Kavaliersdelikt hältst, wenn wirklich Nachahmungstäter anfangen, das Logo zu kopieren.«

»Glaubst du, dass so etwas passiert?«, fragte er.

»Ist durchaus möglich. Als Mörder würde ich auch versuchen, die Tat jemand anderem in die Schuhe zu schieben.«

Auch Doris meldete sich zu Wort: »Und dann gibt es noch die Verrückten, die nach jedem Mord bei uns anrufen und ihn gestehen. Es wird jetzt ungleich schwieriger, sie auszusieben. Ich möchte im Moment nicht in der Telefonzentrale sitzen und diese Anrufe entgegennehmen.«

Vincent hielt einen Zettel hoch. »Drei seit heute Morgen, denen wir nachgehen müssen.«

Matthias schwieg. Zeugte das von Schuldbewusstsein? Hatte er vielleicht aus Unbedachtheit die Informationen weitergegeben und war sich über die Auswirkungen gar nicht im Klaren gewesen? Oder vielleicht hatte doch Doris Max gegenüber etwas erwähnt und der hatte das für eine richtig gute Schlagzeile gehalten. Selbst Vincent kam infrage. Sie hatte keine Ahnung, wie und mit wem er seine freie Zeit verbrachte. Gernot und Patrick schloss sie nicht aus. Gernot wollte ihr ständig ein Bein stellen, Patrick kämpfte um die Anerkennung seiner Frau. Vielleicht hatte er beim Versuch, Verständnis für seine Arbeit zu wecken, von Alicia Schwarz erzählt, und sie hatte beim Einkaufen oder der Nachbarin gegenüber damit geprahlt, an welch wichtigem Fall ihr Mann gerade dran war.

Es kam, wie sie schon Steurer gegenüber gesagt hatte, jeder der Mitarbeiter infrage, und sogar Bernd oder Valerie, und genau das machte die Sache so schlimm für

Michaela. Bis der oder die Schuldige gefunden war, konnte sie keinem mehr über den Weg trauen. Sie müsste jedes Mal überlegen, wem sie welche Information weitergab. Das erschwerte nicht nur aus menschlicher Sicht erheblich die Zusammenarbeit, zwangsläufig würden auch die Ermittlungen darunter leiden, denn gerade ein funktionierender Informationsfluss und Austausch waren ein wesentlicher Bestandteil für den Erfolg.

Um nicht völlig paranoid zu werden, konnte sie nur eines tun: für sich selbst die Entscheidung treffen, wem sie vertraute und wem nicht. Doris und Vincent, Valerie und Bernd. Steurer ebenfalls, aber bedingt, weil es für den Chef manchmal besser war, nicht alles zu wissen.

Sie wartete ab, bis Matthias kurz den Raum verließ.

»Doris, Vincent, es ist sehr kurzfristig, aber ich hoffe, ihr könnt heute Abend zu mir kommen. Wir halten mit Bernd eine Videokonferenz ab. Zuerst dachte ich, sie könnte hier im Präsidium stattfinden, aber so wie sich die Dinge entwickeln, finde ich es keine gute Idee. Steurer würde es bestimmt nicht gutheißen, Bernd mit ins Boot zu holen. Ach ja, und Valerie zaubert uns etwas Leckeres zu essen.«

Doris sah sie mit großen Augen an. »Du glaubst mir also, dass ich mit der Sache nichts zu tun habe? Ja, ich bin dabei.«

»Wann?«, fragte Vincent.

»Seid kurz vor sieben bei mir«, antwortete Michaela. »Und Doris, ja. Ich will es glauben, dass keiner von uns diese Informationen weitergegeben hat. Alles andere würde mich verrückt machen. Super. Dann schreib ich Valerie, dass ihr kommt.«

*Alles klar. Dann bis heute Abend. Und wehe, ihr seid mit der Videokonferenz schon fertig, bevor ich von Anna zurück bin,* antwortete Valerie.

Da brauchte sie sich wohl keine Sorgen zu machen, dachte Michaela, sie befürchtete eher das Gegenteil und rechnete damit, dass diese Nacht auch nicht sehr viel länger werden würde als die vorige.

Kurz darauf kam Steurer höchstpersönlich hinauf in die SOKO-Einsatzzentrale, wie er der Beamtin, die er im Schlepptau hatte, großspurig erklärte. »Das hier ist Penelope Galanis. Ich erwarte bedingungslose Zusammenarbeit«, mahnte er und erntete als Antwort vierfaches Kopfnicken. Mit den Worten »Dann lass ich euch wieder alleine«, zog er die Tür hinter sich zu.

Frau Galanis sah anders aus als die Revisoren, die Michaela bisher kennengelernt hatte. Die hatten alle einen verbissenen Gesichtsausdruck gehabt, und man hätte sie eher für vertrocknete Steuerprüfer als für Polizisten gehalten. Doch die hier wirkte weder angestaubt noch verdrossen, sondern strahlte eine Offenheit und Neugierde aus, die sie Michaela beinahe sympathisch machte. Außerdem war sie etwa im gleichen Alter wie Michaela – um die vierzig – und besaß eine schwarze Mähne, deren erste graue Strähnen sie selbstbewusst nicht überfärbt hatte. Sie war höchstens ein paar Zentimeter größer als Doris, die mit ihren 1,60 Metern Glück gehabt hatte, dass die Mindestgröße von 1,63 Metern als Aufnahmekriterium für den Polizeidienst nicht mehr galt. Und obwohl sie einen deutlich größeren Körperumfang als Doris besaß, wirkte sie nicht dick, sondern lediglich üppig, weil ihre Kurven an den richtigen Stellen saßen. Hätte Michaela raten sollen, hätte sie, auch anhand des Namens, griechische Wurzeln vermutet, aber damit konnte sie sich täuschen. Sie war noch nie gut darin gewesen, Menschen ihre ethnische Herkunft zuzuordnen. Es war ihr nie so wichtig, woher jemand kam, auch wenn das manchmal durchaus ein Fehler sein konnte. Kulturelle Unterschiede ließen sich nämlich leichter nachvollziehen, wenn man wusste, woher jemand stammte.

Michaela entsann sich ihrer guten Erziehung und bot der Frau einen Kaffee und einen Stuhl an.

Die sah sich um. »Ich dachte, ihr seid hier zu sechst.«

»Zwei Kollegen sind noch unterwegs«, erklärte Michaela. »Wir können ja schlecht bis zum Ende Ihrer Untersuchungen die Arbeit liegen lassen.«

»Natürlich. Kaffee nehme ich gerne, ohne Milch, ohne Zucker. Ich werde euch zunächst erklären, wie ich mein Vorgehen geplant habe«, sagte Penelope Galanis.

Darauf war Michaela tatsächlich schon gespannt.

»Zuerst werde ich mit jedem ein Einzelgespräch führen. Des Weiteren werde ich alle abgehenden und eingehenden Telefonnummern der letzten drei Tage, sowohl auf dem Diensttelefon als auch auf euren privaten Handys, überprüfen müssen. Dafür habe ich bereits Genehmigungen eingeholt, und ich werde die Listen der Telefongesellschaften einsehen können, also falls ihr auf die Idee kommt, eure Telefonliste zu löschen oder es bereits getan habt, nützt das gar nichts. Danach ...«

Die Tür ging auf und unterbrach ihre Ansprache. Gernot und Patrick kamen herein.

»Oh, da sind sie ja, die Kollegen«, sagte Michaela. »Gernot, Patrick, das hier ist Frau Penelope Galanis von der internen Revision«, beeilte sie sich, die drei einander vorzustellen, bevor Gernot irgendeine seiner blöden Bemerkungen fallen ließ. Auch wenn sie ihn immer noch nicht leiden konnte – er trug ja auch nicht viel dazu bei, sich beliebter zu machen –, war er ihr Kollege, und sie wollte ihn nach Möglichkeit davor bewahren, ins Fettnäpfchen zu treten.

»Interne Revision? Wer hat die denn herbestellt?«, fragte Gernot und machte damit Michaelas Bemühungen, ihn vor dem Fettnapf zu bewahren, zunichte.

Penelope Galanis lächelte ihn an. Man konnte erahnen, dass sie auch eine andere Seite hatte als die liebenswürdige, die sie bisher gezeigt hatte. »Werner hat mich gebeten herzukommen, die undichte Stelle zu suchen und zu stopfen.«

»Na, dafür hätte es niemanden von außen gebraucht«, sagte Gernot. »Ist ja sonnenklar, wer dafür verantwortlich ist.«

»Ach, ist das so? Dann bin ich schon sehr gespannt auf das Gespräch mit Ihnen. Wollen wir beide gleich den Anfang machen?«, fragte Penelope.

»Gut, dann bringe ich es schnell hinter mich, damit ich mich wieder den wirklich wichtigen Dingen widmen kann, wie zum Beispiel, die Morde aufzuklären«, gab Gernot zurück.

»Wo können wir uns ungestört unterhalten?«, fragte die Revisorin, an niemand Bestimmten gewandt.

»Wie wär's im vierten Stock, unser Büro steht ja derzeit leer«, schlug Patrick vor.

»Oder in unserem, das ist nur zwei Türen weiter, und ihr müsstet nicht mal Treppen steigen«, bot Doris an.

Kaum war die Tür hinter Gernot und Penelope Galanis zugefallen, drehte sich Matthias in seinem Drehstuhl zu ihnen um und fragte empört: »Unsere Telefonate überprüfen? Ich glaub, ich hör nicht richtig. Ist das überhaupt zulässig, darf die das?«

»Das und noch vieles andere«, bestätigte Michaela, »wie zum Beispiel Kontoeinsichtnahme, Wohnungsdurchsuchung, Beschlagnahmung deines Computers ... sie darf sogar mehr, als wir bei unseren Ermittlungen tun dürfen. Natürlich nur mit unserem Einverständnis.«

»Das ist ... also, mir fehlen die Worte. Und wenn ich mein Einverständnis verweigere?«

»Dann holt sie sich einen richterlichen Beschluss. Und zudem wirft das ein schlechtes Licht auf dich, wenn du die Zusammenarbeit verweigerst oder erschwerst.«

»Wie man es dreht und wendet, wir kommen nicht umhin, unser Innerstes vor ihr zu entblößen«, ergänzte Doris Michaelas letzten Satz.

»Hast du denn etwas zu verbergen?«, fragte nun Michaela Matthias im Spaß. Aber der antwortete nicht. »Ich rufe jetzt meinen Anwalt an«, sagte er. »Dann werden wir ja sehen, ob die Dame auf die Herausgabe von vielleicht sensiblen Daten bestehen darf. Und dann telefoniere ich mit der Polizeigewerkschaft, ob mir wirklich Nachteile entstehen können, wenn ich mich nicht der Amtsgewalt beuge.«

Mit diesen Worten ging er aus dem Zimmer, wahrscheinlich irgendwohin, wo er in Ruhe telefonieren konnte.

Doris, Michaela und Vincent tauschten einen verwunderten Blick. »Man kann auch übertreiben«, meldete sich Patrick zu Wort.

»Allerdings«, stimmte Doris zu.

Und Michaela fragte sich, warum Matthias ihre Frage nicht beantwortet hatte. Ging es ihm wirklich nur ums Prinzip, wie er den Anschein erwecken wollte, oder hatte er tatsächlich ein Geheimnis, das durch die Untersuchung ans Licht kommen könnte? Nicht alle waren von Penelope Galanis' Mitwirkung begeistert, aber niemand machte darum solch ein Drama wie Matthias. Gerade hatte er sich auf ihrer Verdächtigenliste in Bezug auf die Weitergabe der Interna an die Presse an die erste Stelle manövriert.

»Wir sollten uns aber durch die Revisionsdame nicht von unserer Arbeit abhalten lassen«, sagte Michaela. »Patrick, was habt ihr wegen der Kleidung herausgefunden, Gernot und du?«

»Bislang nichts, sie wollen die ganze Hotelwäscherei auf den Kopf stellen und uns informieren, wenn sie etwas gefunden haben.«

»Ich hoffe, sie vernichten dabei nicht irgendwelche Spuren.«

»Wir haben die Leute hinreichend instruiert. Eine Garantie kann es freilich nie geben. Wer weiß, ob sich die Kleidung überhaupt im Hotel befindet. Und bei euch in der Rechtsmedizin?«

Michaela fasste mit Doris' Hilfe die vorläufigen Ergebnisse Ferreiras zusammen. »Dieser Tötungsmethode nachzugehen erscheint mir wirklich im Moment als sinnvollster Ermittlungsschritt«, schloss sie.

»Sollte sich nicht Matthias darum kümmern?«, fragte Patrick.

»Doch, aber ich weiß nicht, wie weit er gekommen ist. Ich hatte bisher keine Gelegenheit, ihn zu fragen.«

Aber Matthias tauchte nicht wieder auf. Nach einer Weile erhielt Patrick eine Nachricht von ihm auf sein Handy, in der sich Matthias entschuldigte und meinte, es ginge ihm nicht gut, er müsse sich krankmelden.

»Das muss ich so zur Kenntnis nehmen«, sagte Michaela, und ihr Verdacht gegen Matthias wuchs. »Schreib ihm, dass er sich im Sekretariat krankmelden muss. Er soll so bald wie möglich ein ärztliches Attest faxen oder mailen. Und frag ihn, ob er auf ähnliche Morde wie die unseren gestoßen ist.«

Wie beauftragt tippte Patrick Michaelas Nachricht in sein Handy. Nur wenige Minuten später kam Matthias' Antwort.

*Arztbesuch geht klar. Ich weiß, wie es aussehen muss, dass ich mich ausgerechnet jetzt krankmelde, aber ich habe es mir nicht ausgesucht. Tatsächlich habe ich etwas aufgetrieben, zwei Morde mit ähnlicher Vorgehensweise. Einer vor fünfzehn Jahren in Mexiko City, der zweite vor acht Jahren in der Schweiz. Weiter bin ich noch nicht.*

»Wer will?«, fragte Michaela, nachdem Patrick ihr Matthias' Nachricht vorgelesen hatte.

Vincent meldete sich. »Ich mach das.«

»Was machst du?«, fragte Gernot, der in dem Moment von seinem Gespräch mit Penelope Galanis zurück in den Raum kam.

»Matthias' Aufgabe übernehmen«, antwortete Vincent.

»Und was macht er?«, wollte Gernot wissen.

»Er ist kurz mal telefonieren gegangen und wurde dann überraschend krank«, erklärte Doris.

Gernots Augenbrauen wanderten nach oben. »Da hat er sich ja einen guten Zeitpunkt ausgesucht.«

»Das kann man wohl sagen.«

»Und einer von euch kann jetzt zur Revisionstussi gehen.«

Michaela seufzte. Gernot würde sich wohl nie ändern. Aber wenigstens bewies sein Verhalten, dass er nicht nur mit ihr ein Problem hatte, sondern einfach so war, wie er war.

Da keiner der anderen Anstalten machte, das Gespräch mit Penelope zu führen, gab sich Michaela einen Ruck. »Gut, dann gehe ich rüber zu ihr.« Wie hatte Gernot vorhin so treffend festgestellt? Besser, man brachte es schnell hinter sich, um danach wieder an die Arbeit gehen zu können. Er hatte also auch durchaus vernünftigen Ansichten. Schade, dass er die nicht öfter zeigte. Womöglich wären sie dann besser miteinander ausgekommen.

## KAPITEL 29

Trotz aller guten Vorsätze, pünktlich Schluss zu machen, kam Michaela nicht aus dem Präsidium. Sie wollte auf jeden Fall abwarten, bis Doris ihr Gespräch mit Penelope Galanis beendet hatte, und zwar nicht aus Neugier, sondern um ihre Unterstützung zu signalisieren.

Doris kam schließlich auch ziemlich blass ins Büro zurück. Es war offensichtlich, dass die Befragung ihr zugesetzt hatte, Michaela war sicher, dass sie geweint hatte, auch wenn sie versuchte, sich nichts anmerken zu lassen.

Da Gernot und Patrick immer noch im Raum waren, wollte sie Doris nicht direkt nach ihrem Befinden fragen, stattdessen deutete sie mit dem Daumen einmal nach oben und dann nach unten.

Doris verstand die unausgesprochene Frage, zeigte halb nach oben und lächelte zaghaft. »Später«, formte sie lautlos mit den Lippen. Michaela nickte.

Im Moment war Vincent bei Penelope, und Michaela überlegte, ob sie auch auf ihn warten oder schon nach Hause gehen sollte, doch da kam er schon wieder zurück.

»Das ging ja schnell bei dir«, brummte Gernot.

»Hatte nicht viel zu sagen«, gab Vincent zurück. Aber wenn er etwas sagt, dann hat es Hand und Fuß, dachte Michaela belustigt.

Als Michaela um sechs nach Hause kam, saugte sie notdürftig das Wohnzimmer und riss die Terrassentür auf, um durchzulüften.

Valerie hatte Wort gehalten und eine Spinatrolle gebacken, sie portioniert und in den Kühlschrank gestellt und außen auf die Kühlschranktür ein Post-it mit den Worten »Lasst es euch schmecken und hebt mir was auf, V« geklebt. Michaela stellte lieber gleich zwei Stück auf einem Extrateller beiseite.

Gerade als sie die Kaffeemaschine befüllte, klingelte es an der Tür. Ihr Blick wanderte zur Uhr. Nicht mal halb sieben? Einer von beiden war früh dran. Vincent wahrscheinlich. Der war ja meistens überpünktlich.

Sie eilte, um zu öffnen, doch die Begrüßung, die sie auf den Lippen hatte, blieb vor Überraschung stecken.

»Du?«

»Ich muss kurz mit dir sprechen, kann ich reinkommen?«

Michaela öffnete verwundert die Tür und trat zur Seite, um den Besucher einzulassen. Der folgte ihrer unausgesprochenen Einladung und schloss die Tür hinter sich.

Michaela verschränkte die Arme vor der Brust. »Bitte, du hast meine ungeteilte Aufmerksamkeit für ...«, sie blickte auf ihre Uhr, »zwanzig Minuten. Dann erwarte ich Vincent und Doris zu einem Arbeitsessen ...«

»So lange werde ich nicht brauchen«, sagte er.

Irgendetwas an seinem Ton machte Michaela stutzig, ihre Narbe sandte Schmerzwellen aus. Sie trat einen Schritt zurück, um den Abstand zwischen ihnen zu vergrößern. Gleichzeitig versuchte sie, sich zu beschwichtigen. Sie reagierte eindeutig über, was sicher nur an ihren schlechten Erfahrungen in der Vergangenheit lag. Seither war sie misstrauisch, dünnhäutig und sah überall Gespenster, wo es keine gab. Sie atmete tief durch. Alles war in Ordnung, in ihrem eigenen Haus würde ihr nichts geschehen, sie war sicher, und bald wären auch ihre Kollegen da. »Willst du vielleicht etwas trinken? Ich wollte gerade Kaffee machen.«

»Nein danke. Oder vielleicht doch.«

Michaela wies ihm den Weg zur Küche, ließ ihn vorangehen. Egal, ob das nun paranoid war oder nicht, sie wollte ihm nicht den Rücken zuwenden.

»Setz dich«, forderte sie ihn auf. Erst als er saß – ausgerechnet auf Bernds Stuhl –, holte sie zwei Tassen aus dem Schrank und schenkte Kaffee ein. Es wurde wirklich Zeit, dass sie für sich auch so einen Vollautomaten anschaffte, wie unlängst fürs Büro. Bei dem hätte sie die gewünschte Stärke einstellen können.

»Was willst du denn so Dringendes mit mir besprechen?«, fragte sie und drehte sich mit einem ermunternden Lächeln zu ihm um, das auf ihren Lippen gefror, als sie seine Hand auf dem Tisch locker über einer Waffe liegen sah. Michaela wurde heiß, ihr Hirn überschlug fieberhaft die Möglichkeiten, die sie hatte. Sie gab sich einen Ruck und stellte betont langsam die Tasse vor ihm ab. Er lächelte und trank einen Schluck.

»Wir machen es so«, sagte er. »Du wirst mich ohne Aufsehen begleiten, ansonsten bin ich leider gezwungen abzudrücken. Das wäre nicht vorteilhaft. Für dich, weil du es kaum überleben würdest, und für mich, weil mein ganzer schöner Plan im Eimer wäre.« Langsam stand er auf, hielt jetzt die Waffe im Anschlag. Seine Miene ließ keinen Zweifel daran, dass er jedes seiner Worte ernst meinte.

»Wir können doch über alles in Ruhe reden, deshalb bist du doch hergekommen«, versuchte Michaela, ihn hinzuhalten, Zeit zu gewinnen, obwohl sie mit Schrecken feststellte, dass seit dem Klingeln bis jetzt gerade einmal fünf Minuten vergangen waren. Es würde noch lange dauern, bis Doris oder Vincent kamen. Zu lange.

Er schüttelte leicht den Kopf. »Ich glaube, du verstehst nicht. Gar nichts. Hier, leg das an«, sagte er und warf ihr einen Kabelbinder zu, einen, wie sie ihn auch im LKA bei Festnahmen zum Fixieren der Hände verwendeten.

Sie blickte vom Kabelbinder zu ihren Füßen über die Waffe in seiner Hand bis hinauf in sein Gesicht, in dem nicht eine Spur von Mitgefühl zu erkennen war.

»Ich zähle bis fünf«, sagte er. »Bis dahin hast du das Ding angelegt, oder ich muss zu Plan B übergehen.«

Langsam bückte sich Michaela nach dem Kabelbinder. Sie zögerte immer noch, aber was wäre die Alternative gewesen? Wenn sie es darauf ankommen ließ, und er wirklich abdrückte, wäre sie, bis Hilfe kam, tot, und er über alle Berge. Im Moment hatte sie es selbst in der Hand, sich aus ihrer Lage zu befreien. Sie konnte die Fesseln nur locker anlegen, denn eins war ihr klar: Wenn er sie wirklich hätte töten wollen, dann hätte er es längst getan.

Oh, sie machte sich keine Illusionen, dass er sie wieder laufen ließ, auch wenn sie keinen blassen Schimmer hatte, warum er das alles tat. Aber mit jeder Minute, die sie überlebte, stieg die Chance, dass sie etwas über sein Motiv erfuhr und ihre Kollegen sie fanden, wo auch immer er sie hinbringen mochte.

»Vier«, zählte er gerade.

Michaela schnappte sich den Kabelbinder vom Boden und hielt ihn hoch. »Okay, okay«, sagte sie schnell. »Siehst du? Ich lege ihn an. Alles gut«, versicherte sie, um ihren Gegner zu beruhigen. Sie schob das Ende in den Verschluss, schlüpfte mit beiden Händen in die Schlaufe und zog das Band mit den Zähnen fest, gerade so, dass der Kabelbinder hielt. Sofort war er bei ihr und zog ihn noch ein Stück fester zu. Michaela schrie auf. Jetzt tat es richtig weh.

»Danke für deine Kooperation«, sagte er. »Jetzt die Schuhe.«

Michaela überlegte kurz, dann schlüpfte sie in ihre abgetretenen weißen Turnschuhe. Die grünen, die sie seit dem Kauf täglich getragen hatte, ließ sie stehen.

Er hielt kurz inne, dachte nach, welche Jacke er vom Haken nehmen sollte, und griff schließlich zu einer wattierten, die vom Winter noch da hing.

Er hängte ihr die Jacke über die Schultern, legte den Arm um sie, die Hand mit der Pistole an ihrer Seite, verborgen vor den Blicken neugieriger Passanten oder Nachbarn.

»Los. Wir nehmen dein Auto«, sagte er und griff sich die Schlüssel von der Kommode. In letzter Minute entdeckte er auch noch ihre Tasche, die er ebenfalls mitnahm.

Michaela folgte wort- und widerstandslos seinen Anordnungen. Das Einzige, woran sie denken konnte, war, dass sie sich wieder einmal in einem Menschen getäuscht hatte, und zwar vollkommen. Sie konnte sich nicht vorstellen, was er eigentlich von ihr wollte, aber sie hatte eine Vorahnung, dass sie es früher herausfinden würde, als ihr lieb war.

Im Auto schnallte er sie an, dabei legte er die Waffe auf seinen Schoß. Zu kurz, um darauf reagieren zu können, aber lang genug, um Michaelas Hoffnung zu schüren, dass sie eine reelle Chance hatte, ihn zu überwältigen. Er machte Fehler. Das würde sie bei der nächsten sich bietenden Gelegenheit ausnutzen. Seit seiner Ankunft waren erst zwanzig Minuten vergangen, doch ihr kam es bereits wie Stunden vor.

Während der Fahrt versuchte sie gar nicht erst, einen der anderen Verkehrsteilnehmer auf sich aufmerksam zu machen. Aus Erfahrung wusste sie, dass das verlorene Liebesmühe war, die ihn aber womöglich zu einer Kurzschlusshandlung treiben würde. Und das wollte sie tunlichst vermeiden. Stattdessen blickte sie nach draußen. Bald wäre es dunkel, aber solange Dämmerung herrschte, konnte sie zumindest erkennen, wohin sie fuhren. Alles, was sie über ihren Aufenthaltsort in Erfahrung bringen konnte, würde ihr später bei der Flucht helfen.

Endlich hielt er an. Leider konnte Michaela vom Beifahrersitz aus die Uhr nicht erkennen. Sie waren zuerst quer durch Wien gefahren, ein Stück auf der A21, hatten dann am Knoten Steinhäusl bei der Abfahrt Pressbaum die Autobahn verlassen und waren danach über kleine Straßen und schließlich Feldwege und Forststraßen, Michaela hatte schon längst die Orientierung verloren, im Wald gelandet. Er stellte den Motor ab, schnallte erst sich und dann sie ab, und hieß sie, auszusteigen, ehe auch er das Auto verließ. Mit dem Kopf deutete er geradeaus, die Waffe in seiner Hand verlieh seiner Anordnung Nachdruck.

»Du wirst damit nicht durchkommen«, sagte sie. »Meine Freunde, meine Kollegen werden nach mir suchen.«

Er lachte. »Spar dir deinen Atem und deine Kraft, beides wirst du noch brauchen. Abgesehen davon bin ich bisher auch gut durchgekommen, wie man sieht.«

Da beschlich Michaela eine Ahnung, wen sie tatsächlich vor sich hatte. Immer noch wusste sie nicht, was er bezweckte, aber er hatte offenbar konkrete Pläne. Und Michaela begann sich zu fragen, ob sie nicht mit dem kurzen und, wie Ferreira ihr erklärt hatte, nahezu schmerzlosen Kung-Fu-Griff besser dran wäre.

Sie stolperte über den Waldboden, einmal fiel sie über eine Wurzel, verdrehte sich dabei den Fuß und schlug sich das Knie auf. Er dachte nicht einmal daran, ihr hochzuhelfen.

»Wie weit noch?«, fragte sie und biss sich vor Schmerz

auf die Lippen. Vielleicht hatte sie sich beim Sturz mehr verletzt, als sie zuerst dachte. Bei jedem Schritt rasten Schmerzwellen, wie Messerstiche, durch ihren Knöchel bis hinauf zum Knie.

Zunächst schien es, als würde er ihr nicht antworten, doch dann sagte er: »Wir sind da.«

## KAPITEL 30

Als Doris vor Michaelas Haus hielt, konnte sie nicht sofort einordnen, was ihr seltsam vorkam – außer vielleicht Vincent, der unschlüssig vor der Haustür stand, wie bestellt und nicht abgeholt.

Sie stieg aus und schlug die Autotür zu. »Traust du dich nicht zu klingeln? Oder wolltest du auf mich warten?«

»Es macht keiner auf«, sagte Vincent.

»Vielleicht ist sie eingeschlafen und hat die Klingel nicht gehört«, meinte Doris.

»Ihr VW steht nicht da«, gab Vincent zurück. Jetzt, wo er es erwähnte, fiel Doris auch auf, was sie vorhin irritiert hatte: Michaelas fehlendes Auto.

»Wer weiß, womöglich war der Platz vor ihrem Haus besetzt, und sie hat einfach eine Straße weiter geparkt«, sagte Doris und ging zur Eingangstür, klingelte zweimal lang, dann ein drittes Mal Sturm. Nachdem sich immer noch nichts rührte, drückte sie auf die Klinke. Die Tür schwang auf.

»Na, weit kann sie wohl nicht sein, wenn sie nicht abgesperrt hat«, bemerkte Doris.

Hier am Stadtrand, in einer Sackgasse, in der jeder

jeden kannte, war die Gefahr, dass ein Fremder ins Haus spazierte, relativ gering, aber trotzdem sah es Michaela nicht ähnlich, die Tür unversperrt zu lassen.

Doris ging hinein, und Vincent folgte ihr, obwohl er sich sichtlich unwohl fühlte, ungebeten in Michaelas Reich einzudringen.

»Komm schon«, sagte Doris. »Wahrscheinlich hat sie etwas vergessen und ist noch mal schnell zum Supermarkt gefahren, oder sie holt Valerie vom Bahnhof ab und wollte uns nicht vor der Tür stehen lassen. Für wen sollte sie die Tür denn offen lassen, wenn nicht für uns?«

»Ich weiß nicht«, gab Vincent zurück. »Sie hätte ja auch Bescheid geben können, dass sie kurz wegmuss.«

»Hey, sie hat Kaffee für uns gemacht«, rief Doris aus der Küche. »Willst du einen?«

Sie war nicht oft hier gewesen, zwei-, dreimal, seit sie zusammenarbeiteten, und dann noch einmal, als Bernd ins Krankenhaus kam und Michaela ihren Beistand brauchte, aber sie hatte sich gemerkt, wo Michaela ihre Tassen aufbewahrte.

Vincent war ihr gefolgt. Wortlos holte er zwei Tassen aus dem obersten Fach im Schrank, das sie aufgrund ihrer geringen Körpergröße nicht erreichte.

Doris bedankte sich und schenkte beide Tassen voll.

»Und jetzt?«, fragte Vincent.

»Jetzt setzen wir uns einfach hin, trinken unseren Kaffee und warten auf Michaela«, sagte Doris und deutete auf den Esstisch.

Zehn Minuten vergingen, in denen Doris immer wieder versuchte, ein Gespräch mit Vincent zustande zu bringen. Sie kannte ihn ja lange genug, um zu wissen, dass er nur das Nötigste sagte, zumindest, wenn es um die Arbeit ging. Sie hatte aber gehofft, dass er wenigstens bei anderen Themen auftauen und mit ihr reden würde. Doch weit gefehlt. Er sprach noch weniger als sonst. Vielleicht, weil er sich um Michaela sorgte? Doris musste zugeben, dass auch sie langsam begann, sich Gedanken zu machen, wo ihre Chefin so lange abblieb.

»Herrgott, ich rufe sie jetzt an«, sagte Vincent unvermittelt und sprang auf.

»Ja, mach das.«

Vincent holte sein Handy aus dem Sakko, tippte Michaelas Nummer an. Dann hielt er Doris das Telefon entgegen, sodass auch sie das Freizeichen hörte. Plötzlich erklang draußen auf dem Flur eine Tonfolge. Michaelas Klingelton. Doris und Vincent sahen sich an. Gemeinsam verließen sie die Küche. Das Klingeln hatte aufgehört, und Vincent wählte ein zweites Mal. Wieder ertönte die Melodie von AC/DCs »Rock 'n' Roll Train«. Sie kam eindeutig aus Michaelas schwarzer Lederjacke an der Garderobe. Doris tastete die Taschen ab und zog dann Michaelas Smartphone hervor.

»Und nun?«, fragte Vincent.

»Ich habe keine Ahnung«, gab sie zu.

Vincent öffnete die Eingangstür und betrachtete eingehend das Schloss.

»Was machst du da?«, fragte Doris.

»Wir sind Polizisten, wir sollten in der Lage sein, herauszufinden, was passiert ist«, gab er zurück.

Verdammt, er hatte recht.

»Keine Einbruchsspuren«, stellte er schließlich fest.

»Sie muss überhastet aufgebrochen sein«, mutmaßte Doris. »Sie hat ihr Handy nicht mitgenommen, die Kaffeemaschine lief noch, und sie hat uns nicht benachrichtigt, was ihr überhaupt nicht ähnlich sieht. Mir fallen nur zwei Erklärungen dafür ein.«

Sie machte eine kleine Pause, um Vincent die Gelegenheit zu geben, ebenfalls seine Meinung dazu zu äußern, doch der blickte sie nur erwartungsvoll an. Sie seufzte und sprach weiter: »Es ist etwas Mega-, Ultrawichtiges in Bezug auf unsere Fälle geschehen. Ein neuer Mord, zum Beispiel. Oder etwas mit ...«

»... Valerie«, beendete Vincent gleichzeitig mit ihr den Satz.

»Hast du ihre Nummer?«, fragte er.

»Nein, aber die wird in Michaelas Handy eingespeichert sein«, gab Doris zurück.

Allerdings mussten sie feststellen, dass sie beide nicht Michaelas Code zum Entsperren kannten.

»Ich wette, dass sie auch noch ein ganz normales, analoges Adressbuch hat«, sagte Doris.

»Wir können nicht ihr ganzes Haus durchsuchen, dazu haben wir kein Recht und ehrlich gesagt nicht mal einen triftigen Grund«, gab Vincent zu bedenken.

Das war natürlich richtig, aber Doris konnte sich nicht damit zufriedengeben, nur herumzusitzen und zu warten. Es musste doch irgendwas geben, das sie tun konnten.

»Ha! Anna. Santolini. Nein, Sannatoli", rief sie aus und erntete von Vincent einen fragenden Blick. »Valeries Klavierlehrerin. Ich habe ihren Namen auf der Eintrittskarte für das Konzert gelesen, die Michaela uns im Sommer stolz gezeigt hat.«

»Schön, aber was nützt uns das?«

»Die gibt Klavierunterricht. Sie hat bestimmt eine Homepage oder ist in einem Telefonbuch eingetragen.«

Noch ehe sie ausgesprochen hatte, tippte Vincent schon *Anna Sannatoli* in das Suchfenster des Browsers seines Smartphones ein. »Treffer«, sagte er und wählte auch gleich die angegebene Telefonnummer.

Valerie war stolz über Annas Lob. »Danke. Das hat mich auch echt viel Zeit und Mühe gekostet, es so hinzukriegen.«

»Sehr gut, denn diese Mühe merkt man dir beim Spielen gar nicht an. So soll es sein«, antwortete Anna. »Und jetzt das hier«, sie tippte auf eine Zeile auf dem Notenblatt. Valerie spielte die ersten Noten, als das Schrillen des altmodischen Telefons, ein Retrogerät mit Wählscheibe und Gabel aus den Siebzigern, sie unterbrach.

»Wir ignorieren das einfach. So wichtig ist es bestimmt nicht.«

Doch Valeries Konzentration war bereits dahin. Sie wartete, bis das Klingeln aufgehört hatte, und setzte dann erneut an. Doch der Apparat läutete wieder.

»Bitte, geh doch ran, damit es aufhört. Scheint wichtig zu sein«, bat sie ihre Klavierlehrerin.

Die stand auf, ging zur Kommode am anderen Ende des Wohnzimmers, wo das Telefon stand, und hob ab. »Ja, bitte?«

Was sie danach sagte, konnte Valerie nicht verstehen, weil Anna ihre ohnehin schon leise Stimme noch einmal senkte, so, als wolle sie vermeiden, dass Valerie das Gespräch mithörte. Das führte bei ihr allerdings nur dazu, dass sie umso genauer lauschte. »Nein, die ist hier«, glaubte sie zu verstehen. War damit sie gemeint? Und wer rief Anna an, um nach ihr zu fragen? Die Antwort ergab sich fast von selbst. Jemand, der sie dringend erreichen musste, weil ... weil etwas passiert war, und das war bestimmt nichts Gutes. Gute Nachrichten hatten meist Zeit, bis man von der Klavierstunde nach Hause kam. In Valerie schnürte die Angst sich zu einem harten Kloß zusammen, der schwer wie ein Stein in ihrem Magen lag.

Annas Gesicht sprach Bände, als sie zurückkam. Sie legte ihr die Hand auf die Schulter. »Ich glaube, wir sind für heute fertig.«

»Was war denn?«, fragte Valerie, und ihre Stimme klang wie ein Piepsen, was sie ärgerte. Sie wollte doch nie mehr schwach vor Angst sein, hatte sie sich geschworen.

»Ich weiß es nicht genau, der Anrufer ... Vincent, den Nachnamen habe ich mir nicht gemerkt, fragte nur, ob du hier bist. Er wäre auf der Suche nach deiner Tante. Ich habe ihm gesagt, er soll auf dich warten.«

Valeries Gedanken purzelten wild durcheinander. Ihr fielen durchaus eine Menge Erklärungen dafür ein, warum jemand nicht zu Hause war, obwohl Gäste erwartet wurden. Aber keine davon passte zu Tante Mika.

Sie raffte ihre Noten zusammen und stopfte sie achtlos in ihre Umhängetasche. »Anna, ich weiß nicht, ob ich ...«

»Schon gut, eins nach dem anderen. Gib auf jeden Fall Bescheid, ob du nächste Woche kommst.«

Valerie murmelte einen Abschiedsgruß und verließ Annas Wohnung. Mit dem Bus oder der Bahn hätte sie mindestens vierzig Minuten zum Haus ihrer Tante gebraucht. Mit dem Taxi würde sie es wahrscheinlich in zehn, höchstens fünfzehn schaffen. Sie überlegte nicht lange. Sie hatte zwar kein Geld mehr einstecken, das hatte sie für den Einkauf heute ausgegeben, aber in der Vitrine mussten noch dreißig Euro sein, das würde auf jeden Fall reichen.

Sie erkannte Doris' Wagen vor dem Haus sofort. Das andere Auto, ein amerikanischer Schlitten, musste demnach Vincent gehören. Ein Dodge, wenn sie sich nicht irrte – sie kannte diese Autos aus dem Fernsehen. Passte irgendwie zu ihm.

Sie bat den Taxifahrer zu warten, bis sie das Geld aus dem Haus geholt hatte, doch Vincent, der ihre Ankunft bemerkt hatte, war schneller, er zückte seine Geldbörse und bezahlte den Fahrer.

»Danke, ich kann dir das Geld gleich zurückgeben«, sagte Valerie, doch er winkte ab. »Hat Zeit.«

Doris war mittlerweile ebenfalls dazugekommen. Sie standen nun zu dritt vor dem Haus. »Okay, kann mich irgendwer mal aufklären, was genau passiert ist?«, bat Valerie.

Es war Doris, die ihr in Kürze zusammenfasste, was sie und Vincent wussten – und das war nicht allzu viel.

»Das sieht Tante Mika überhaupt nicht ähnlich«, murmelte Valerie. »Sie würde die Tür nie unversperrt lassen, nicht mal für zehn Minuten. Bernd schon, der besitzt dieses Urvertrauen, dass eh nichts passiert, aber Tante Mika? Niemals.«

Sie betraten das Haus. Als Erstes fielen Valerie die neuen Sneakers ihrer Tante ins Auge. »Die trägt sie normalerweise immer. Jeden Tag, seit sie sie gekauft hat, ohne Ausnahme.« Ihr Blick wanderte zu der Lederjacke, ohne die Tante Mika nie aus dem Haus ging, es sei denn, es hatte Minusgrade. Sie murmelte: »Leute, ich habe ein ganz mieses Gefühl.«

Das Gefühl verstärkte sich noch, als Valerie einen Rundgang unternahm, um sich einen Überblick zu verschaffen. Michaela war definitiv hier gewesen, sie hatte sich auf Doris' und Vincents Besuch vorbereitet, hatte keine anderen Pläne gehabt. Ihr Laptop stand aufgeklappt auf dem Wohnzimmertisch. Valerie fuhr mit dem Finger über das Touchpad, und der Bildschirm wurde hell. Sie tippte das Passwort ein. Tante Mika ging mit ihren Geräten sehr leichtfertig um, was die Sicherheit betraf. Erst durch Valeries Drängen hatte sie sowohl auf dem Handy als auch auf dem Laptop ein Passwort eingegeben. Valerie hatte ihr geraten, es regelmäßig zu ändern, doch so, wie sie ihre Tante kannte, hatte die entweder keine Zeit dafür gehabt oder nicht daran gedacht. Als der Desktop auf dem Bildschirm erschien, bestätigte sich ihre Vermutung.

Ihre Tante hatte die Skype-Seite geöffnet. Valerie konnte sehen, dass Bernd mehrmals versucht hatte, sie anzurufen, bevor er dann offenbar aufgegeben hatte.

Ob sie ihn zurückrufen sollte? Vielleicht hatte er eine Ahnung, wohin sie verschwunden war. Nein, das erschien ihr dann doch unrealistisch. Hätte er sie sonst dreimal hintereinander erfolglos angewählt?

Aus dem Flur erklang die Anrufmelodie, die Michaela für Bernd gespeichert hatte. Valerie flitzte aus dem Wohnzimmer und hob ab. »Hi, Bernd.« Für einen kurzen Moment rang sie mit sich, ob sie ihm die Wahrheit erzählen sollte. Es nicht zu tun, kam ihr falsch vor. Er war Tante Mikas Freund und hatte das Recht zu erfahren, dass etwas mit Tante Mika passiert war. Aber genau das war der springende Punkt. Noch wussten sie ja gar nicht, ob überhaupt etwas passiert war. Und Bernd würde sich nur unnötig Sorgen machen, vielleicht sogar kurzerhand die Reha abbrechen, die er doch so dringend brauchte, um wieder gesund zu werden.

Valerie dachte daran, wie es ihr ergangen war, als Bernd verschwunden war und Tante Mika es ihr nicht gesagt hatte, weil sie wusste, dass Valerie sofort den mehrtägigen Schulausflug abbrechen und heimkommen würde.

Verdammt! Warum waren Entscheidungen immer so schwer?

»Valerie? Was ist los bei euch? Michaela wollte mit mir skypen, aber ich erreiche sie nicht. Und jetzt gehst du an ihr Handy. Alles in Ordnung?«

Valerie atmete tief durch. »Bernd, es ist... versprich mir, dass du die Reha nicht abbrichst.«

»Was ist passiert?«, fragte er, diesmal deutlich misstrauischer.

»Versprich es«, forderte Valerie.

»Ich kann dir höchstens versprechen, nicht überzureagieren.«

»Dann nehme ich das. Bernd, Tante Mika ist weg. Sie hatte Doris und Vincent eingeladen, damit ihr mit dir über Skype in Ruhe diese Fälle durchgehen könnt. Und als die beiden hier ankamen, war sie nicht da. Und ihre Schuhe, die neuen, die sie sich erst gekauft hat und seither immer trägt, und auch die schwarze Lederjacke, du weißt, ihre Lieblingsjacke... hat sie hiergelassen. Sie hat die Kaffeemaschine befüllt und angestellt, sie hat eine Portion von der Spinatrolle für mich beiseitegelegt. Es sieht so aus, als wäre sie nur auf einen Sprung irgendwohin gegangen, aber sie hat die Tür nicht versperrt.«

Bernd hörte zu, dann fragte er: »Habt ihr auch im Schlafzimmer nachgesehen? Vielleicht ist sie so erschöpft, dass sie einfach eingeschlafen ist. Du weißt, sie würde es dann nicht einmal mitbekommen, wenn jemand neben ihr eine Kanone abfeuert.«

Valerie lief mit dem Handy in der Hand zum Schlafzimmer ihrer Tante, öffnete die Tür und blickte auf das Bett. Außer einer zerknüllten Decke und einem knittrigen Laken war nichts zu sehen. Und ihr predigte Tante Mika immer, sie solle ihr Bett machen.

Da sie schon dabei war, warf sie auch einen Blick in ihr Zimmer, das sie ebenso leer vorfand wie das Bad.

»Und bei mir drüben?«, fragte er.

»Da haben wir noch nicht nachgesehen«, musste Valerie zugeben. Was hätte Tante Mika drüben groß machen sollen? Es sei denn, sie hätte so große Sehnsucht nach Bernd verspürt, dass sie dachte, sie wäre ihm in seinem Zuhause näher …

»Ich gehe gleich nachsehen, aber ich mache mir keine Hoffnungen. Ihr Auto ist auch weg.«

Immer noch mit dem Handy am Ohr nahm Valerie aus dem Schlüsselkasten im Flur Bernds Schlüsselbund, den er für Notfälle dort deponiert hatte. Allein, dass er hier hing, war eigentlich Beweis genug, dass sich ihre Tante nicht im Nachbarhaus befand. Wie hätte sie ohne Schlüssel hineinkommen sollen? Außerdem zählte Tante Mika nicht gerade zu den romantischsten Menschen, die Valerie kannte. Wenn sie Bernd vermisste, hätte sie ihn eben angerufen oder mit ihm geskypt, wie sie es ja auch bisher getan hatte. Nein, Tante Mika war niemand, der sich vor Sehnsucht verzehrend in das Bett des Liebsten warf, um dort heiße Tränen zu vergießen.

Trotzdem ging sie zum Nachbarhaus, sperrte auf und lief durch alle Räume... nur zur Sicherheit. Sie wollte keine Möglichkeit außer Acht lassen. Das hatte sie von ihrer Tante gelernt. »Nichts«, sagte sie schließlich mutlos.

»Valerie, dann gib das Telefon bitte an Vincent oder Doris weiter«, sagte Bernd.

Ihr erster Impuls war zu protestieren. Sie war schließlich alt genug, gerade von Bernd hatte sie nicht erwartet, dass er sie wie ein Kind behandelte. Er, der sie immer ernst genommen hatte, auch und sogar in ihrem Wunsch, Polizistin zu werden, als alle anderen es ihr ausreden wollten.

Doch dann begriff sie, dass er die Lage ernster einschätzte als Doris, Vincent oder sie.

Wortlos reichte sie das Telefon Vincent, der gerade neben ihr stand. »Bernd«, sagte sie nur.

Er nickte, dann nahm er das Gerät entgegen. Hin und wieder sagte er »Okay« oder »Gut« und zum Schluss »Wir halten dich auf dem Laufenden«.

Doris und Valerie sahen ihn neugierig an.

Er atmete aus. »Bernd sagt das Gleiche wie Doris. Sie kann nur aus zwei Gründen so plötzlich aufgebrochen sein. Einen können wir mittlerweile zum Glück ausschließen. Bleibt nur mehr der andere: die Mordfälle. Er möchte mit uns die ganze Sache durchsprechen, jetzt, wo wir schon da sind. Er sagt, wir sollen ihm eine halbe Stunde geben, er muss noch ein paar Anrufe erledigen.«

»Geht schon mal ins Wohnzimmer vor«, sagte Valerie. Sie betrat die Küche, um trotz aller Widrigkeiten die Spinatrolle aus dem Kühlschrank zu holen. Der Abend drohte, ziemlich lang zu werden, und sie würden Energie brauchen.

Da fiel ihr Blick auf den Tisch. Dort standen Tante Mikas Lieblingstasse, die Valerie ihr geschenkt hatte – und drei weitere. Doris und Vincent, das war klar. Doch wem gehörte die dritte?

Sie widerstand der Versuchung, die Tasse anzufassen. Auch wenn Valerie sich statt der Polizeilaufbahn dazu entschlossen hatte, Pianistin zu werden, hieß es nicht, dass sie alle kriminologischen Instinkte abgelegt hatte. Abgesehen von Doris und Vincent war noch jemand hier gewesen. Jemand, der diese Tasse benutzt hatte, und der womöglich wusste, was mit ihrer Tante passiert war.

## KAPITEL 31

Michaela saß auf dem Boden ihres Gefängnisses. Nur eine mehrmals gefaltete Wolldecke, die erbärmlich stank und von der sie lieber gar nicht wissen wollte, woher sie stammte und was er mit ihr alles angestellt hatte, bot ihr ein wenig Schutz vor der Kälte, die die Betonwände heraufkroch. Er hatte nicht viel gesagt, nur, dass er wiederkommen würde. Irgendwie beruhigend, sonst würde sie hier elend verdursten. Ans Verhungern dachte sie gar nicht, denn solange sie kein Wasser hatte, half ihr Nahrung auch nicht.

Sie war froh, dass er die wattierte Winterjacke mitgenommen hatte. Sosehr sie ihre Lederjacke auch liebte, so war es doch ein Scherz gewesen, als sie Valerie gegenüber behauptet hatte, mit der Jacke begraben werden zu wollen. Warm war zwar etwas anderes, aber wenigstens würde sie nicht erfrieren. Ein schwacher Trost, aber man nahm, was man kriegen konnte, nicht wahr? Wählerisch zu sein konnte sie sich in der aktuellen Situation nicht leisten.

Sie hoffte, dass die Luft ausreichte, aber wenn sie sich hier in einer der stillgelegten Bunkeranlagen befand, wie sie vermutete, dann brauchte sie sich wenigstens darum keine Sorgen zu machen. Diese Anlagen waren dafür gebaut worden, Menschen im Falle eines Bombenangriffes für mehrere Tage Schutz zu bieten. Und somit wäre auch für eine ausreichende Sauerstoffzufuhr gesorgt.

Michaelas größtes Problem war die Dunkelheit. Sie musste sich auf ihre übrigen Sinne verlassen, was sich als ziemlich schwierig herausstellte. Einmal mehr bewunderte sie, wie Blinde sich in einer Gesellschaft, die so visuell ausgerichtet war, zurechtfanden. Sie hatte mit Valerie einmal an einem »Dinner in the Dark« teilgenommen, ein kulinarischer Genuss, der darauf abzielte, sich ganz auf den Geschmack zu konzentrieren. Es war lustig gewesen, in dem abgedunkelten Raum nach den Gläsern, dem Teller und dem Besteck zu tasten, die Suppe zu essen, ohne zu sehen, wohin man den Löffel führte, das Fleisch zu schneiden, ohne zu erkennen, wie groß oder klein das Stück war, oder sich überraschen zu lassen, welches Gemüse und welche Beilage sich auf dem Teller befanden. Aber das war nicht mit ihrer jetzigen Situation zu vergleichen. Damals hatte ein Handzeichen genügt, und einer der Mitarbeiter des Lokals war zur Stelle, um jemanden zur Toilette zu führen und wieder zurück zum Platz zu geleiten. Es war ein Spaß, den man zu jeder Zeit beenden konnte. Hier hingegen gab es niemanden, der sie leitete, der ihr die Hand reichte und sie führte. Sie war auf sich gestellt, sie war eine Gefangene, eingesperrt in einem Bunker. Wie tief unter der Erde, wusste sie nicht, aber tief genug und isoliert genug, dass einen niemand hörte, auch wenn man sich noch so sehr die Lunge aus dem Leib schrie. Dieser Mistkerl wusste ganz genau, warum er diesen Ort gewählt hatte. Es gab keinen idealeren, um jemanden festzuhalten. Bis zu ihrer Ankunft hatte sie noch darauf gehofft, entkommen zu können. Sie hatte sich vorgenommen, ihren Gegner bei der ersten sich bietenden Gelegenheit zu überwältigen und zu fliehen, zur Not zu Fuß. Auch wenn sie lange nicht mehr joggen war, fühlte sie sich fit. Sie traute sich zu, auch lange Strecken zu laufen, selbst mit ihrem verletzten Knöchel. Nur hatte sich diese Gelegenheit nicht ergeben, und nun machte sie sich Vorwürfe, dass sie so kampflos mit ihm mitgegangen war. Sie konnte nicht darauf hoffen, hier gefunden zu werden. Ihre einzige Chance bestand darin, ihn doch noch zu überrumpeln, wenn er zurückkam. Als ihr die Widersprüchlichkeit ihrer Gedanken bewusst wurde, lachte sie laut auf, und ihre Stimme hallte von den Wänden wider. Sie sehnte sich tatsächlich ihren Entführer herbei. Denn wie man es auch drehte und wendete: Sie war ihm auf Gedeih und Verderb ausgeliefert. Wenn ihm etwas zustieß oder er aus irgendeinem Grund für längere Zeit aufgehalten wurde, würde sie hier drinnen sterben.

Sie hatte gehofft, er würde ihr die Fessel durchschneiden, bevor er sie alleine ließ, aber das hatte er nicht getan. Sie hätte dann leichter die wenigen Quadratmeter abtasten und so etwas wie eine räumliche Vorstellung von ihrem Gefängnis bekommen können. Mittlerweile schnitt der Kabelbinder so tief in die Haut ein, dass sich das Blut über ihren Gelenken staute und sie ihre Hände und Finger kaum mehr spürte. Sie musste sich darum kümmern. Irgendwie.

Daraus, dass er die Decke bereits in diesem Raum deponiert hatte, schloss Michaela, dass er ihre Entführung geplant hatte, was es für sie nicht leichter machte. Wie hatte sie sich so in ihm täuschen können? Wie konnte jemand, der nach außen so normal wirkte, dermaßen durchtrieben sein? Dass nicht nur sie auf ihn hereingefallen war, machte die Sache nicht besser.

Wann hatte er beschlossen, sie in seine Gewalt zu bringen? Oder war es eine spontane Entscheidung gewesen, und er hatte eigentlich jemand anderen für den Bunker vorgesehen?

Bevor er sie einsperrte, hatte er sie mit seinem Handy fotografiert, was Michaela hoffen ließ, dass er es auf Lösegeld abgesehen hatte, denn wieso sonst sollte er ein Foto von ihr machen? Vielleicht hatte er vor, sich ins Ausland abzusetzen, sobald er das Geld hatte. Dann konnte es ihm egal sein, dass sie seinen Namen und sein Gesicht kannte.

Michaela gab sich einen Ruck. Sie hatte ein bisschen Ruhe gebraucht, um ihre Gedanken zu ordnen und ihre Sinne zu schärfen, aber jetzt musste sie aktiv werden. Alles, was sie tat, half ihr, nicht den Verstand zu verlieren. Sie ließ sich auf die Knie fallen und begann, den Boden des Raumes entlangzukriechen, um eine ungefähre Ahnung zu bekommen, wie groß ihr Gefängnis war. Dabei stieß sie auf einen Gegenstand aus Plastik. Sie fuhr mit den Händen die Konturen entlang. Ein Eimer! Noch brauchte sie ihn nicht, aber sie war erleichtert, dass sie ihn entdeckt hatte, um so wenigstens ein Stückchen ihrer Würde bewahren zu können.

Ihr Knie schmerzte immer noch von dem Sturz, der harte Beton machte es nicht besser, doch sie verdrängte das Brennen und kroch weiter. Jetzt, da sie den Eimer gefunden hatte, wuchs ihre Motivation und die Hoffnung, noch auf weitere nützliche Gegenstände zu stoßen.

Ihr Durchhaltevermögen wurde belohnt. Mit den Fingern ertastete sie einen zylinderartigen Gegenstand, ebenfalls aus Plastik. Sie jubelte auf, als sie erkannte, dass es sich um eine Plastikflasche handelte, dem Gewicht nach zu urteilen eine volle Eineinhalbliterflasche. Michaela setzte sich, klemmte die Flasche zwischen ihre Knie und drehte am Verschluss. Mit einiger Mühe gelang es ihr, den Verschluss zu öffnen. Darauf bedacht, die Kappe nicht zu verlieren, was einer Katastrophe gleichgekommen wäre, denn wie hätte sie sonst die Flasche wieder verschließen sollen?, beugte sie sich hinunter und schnupperte am Flaschenhals. Wer wusste schon, was sich darin befand? Womöglich irgendein Gift oder eine Chemikalie. Vielleicht hatte gar nicht er sie hiergelassen. Doch Michaela roch nichts. Sie versuchte, einen Finger in den Flaschenhals zu stecken, um einen Tropfen zu kosten, doch das war mit ihren Fesseln unmöglich, sie erreichte die Flüssigkeit nicht, ohne die Flasche zu kippen. Und das wiederum wagte sie nicht, aus Angst, ihren womöglich einzigen Wasservorrat zu verschütten.

Es blieb ihr nichts anderes übrig, als vorsichtig zu probieren. Sie zwang ihre Finger so weit wie möglich auseinander, umfasste die Flasche mit beiden Händen und führte sie an die Lippen, die sie aber geschlossen hielt, um den Schaden möglichst gering zu halten, falls es doch etwas anderes war. Doch ihre Sorge war unbegründet. Als sie die Tropfen mit ihrer Zunge von den Lippen holte, schmeckte sie das Wasser. Mutiger geworden, nippte sie an der Flasche. Sie wollte sich ihren Vorrat gut einteilen, und jetzt war der Durst noch nicht allzu groß. Sie benetzte ihren Mund, spülte ihn aus, ließ die Flüssigkeit Tropfen für Tropfen ihre Kehle hinabrinnen. Frisch war das Wasser nicht, befand sie. Es schmeckte ein wenig abgestanden und irgendwie hatte es noch einen Beigeschmack, den sie nicht einordnen konnte. Sie beschloss, es doch nicht zu trinken, solange es sich vermeiden ließ. Doch ihr war klar, dass irgendwann der Zeitpunkt kommen würde, an dem es ihr egal wäre, ob das Wasser mit irgendwelchen Drogen oder Medikamenten versehen war. Knapp vor dem Verdursten würde kein noch so starker Wille sie davor bewahren zu trinken. Sie überlegte schon, es wegzuschütten, um erst gar nicht in Versuchung zu kommen, aber das brachte sie dann doch nicht übers Herz.

Lieber betäubt als tot, dachte sie pragmatisch. Aber sie schwor sich, es ihm nicht zu leicht zu machen und das Unvermeidliche so lange wie möglich hinauszuzögern.

So musste sich ein Sprung aus der Stratosphäre anfühlen, dachte Prometheus aufgekratzt. An Schlaf war nicht zu denken, das Adrenalin jagte durch seinen Körper, ähnlich, nein, mehr noch als bei dem Mord an der Nutte.

Mephistopheles, der Hurensohn, hatte recht behalten. Der Bastard, der sogar seine eigene Mutter oder Schwester verkaufen würde, wenn es ihm nützte. Allein schon, dass es Michaela war, eine Polizistin, mehr noch, die Leiterin der Sonderkommission, die ihm auf den Fersen war, hatte den Reiz in diesem Spiel ungemein erhöht. Beinahe war es schon zu einfach gelaufen, aber er machte sich nichts vor. Sie war gefährlich, und er durfte sie nicht unterschätzen.

Auf dem Foto, das er von ihr gemacht hatte, kniff sie die Augen wegen des Blitzes zusammen. Es war zu dunkel und unscharf geworden, doch die Hauptsache war, dass man sie darauf trotzdem erkennen konnte. Ohne ein weiteres Wort schickte er das Foto an Mephistopheles und lehnte sich entspannt zurück. Mephisto würde diesmal reagieren müssen, da war er sich sicher.

Schneller als erwartet ploppte das Fenster auf, das ihm anzeigte, dass er eine Nachricht erhalten hatte.

Prometheus lächelte, beugte sich vor und klickte auf das Briefsymbol.

*Du hast es tatsächlich getan. Chapeau! Was hast du mit ihr vor? Wohin hast du sie gebracht? Meine Hochachtung. M*

Das Lächeln auf Prometheus' Lippen wurde zu einem Grinsen. Chapeau? Hochachtung? Das waren ja ganz neue Töne, die er von Mephistopheles zu hören bekam. Seine Finger lagen schon auf der Tastatur, um zu antworten. Doch dann änderte er seine Meinung. Mephistopheles hatte ihn nicht nur einmal warten lassen, hatte seine Nachrichten ignoriert. Jetzt würde er den Spieß umdrehen. Jetzt würde Mephisto sich mit den Brocken zufriedengeben müssen, die Prometheus ihm hinwarf. Er hatte schließlich Zeit. Nicht ewig, das war ihm klar. Sie war Polizistin, man würde sie mit großem Aufgebot suchen.

Dabei würde Michaela den Bunker nicht mehr lebend verlassen, das stand für ihn von Anfang an fest, aber bis dahin gedachte er, jede Minute, die ihm blieb, auszukosten, indem er sich Mephistopheles' Aufmerksamkeit immer wieder aufs Neue sicherte.

Mephistopheles' erste Reaktion beim Anblick des Fotos, das Prometheus ihm von Michaela Baltzer geschickt hatte, war Unglauben. Für einen kurzen Moment dachte er sogar, Prometheus habe das Bild gefälscht, man musste schon sehr genau hinsehen, um überhaupt etwas auszumachen. Doch je eingehender er es betrachtete und je mehr Details des Gesichtes er erkannte, desto mehr gelangte er zur Überzeugung, dass es echt war. Er überlegte, das Foto wie alle anderen auch aus seinem Nachrichtenordner zu löschen, beschloss dann aber, dieses eine aufzuheben. In seinem Zimmer, wo es außer ihm niemand zu Gesicht bekäme. Er druckte es aus, betrachtete das vergrößerte Gesicht. Die Auflösung war nicht besonders gut, auch der Drucker war nicht für Fotos in guter Qualität ausgelegt, aber das war völlig gleichgültig. Er konnte die Angst in ihren Augen erkennen und er wünschte, sie würde ihm gelten.

Michaela Baltzer war ein bisschen gealtert, doch wer blieb schon davon verschont? Ihr Gesicht wirkte ein wenig voller und das Haar etwas länger, als er es in Erinnerung hatte, aber trotzdem war es eindeutig sie auf dem Foto. Wie hatte Prometheus es angestellt, sie so schnell in seine Gewalt zu bringen? Und warum hatte er sie noch nicht getötet? Oder hatte er es womöglich bereits getan?

Die erste Frage interessierte ihn brennend, die zweite war leicht zu beantworten, wenn man ein wenig nachdachte und in Betracht zog, wie Prometheus gestrickt war. Er betrachtete Michaela als sein Spielzeug, das auch noch von anderer Seite begehrt wurde. Es zu zerstören, würde bedeuten, dass Mephistopheles' Interesse ebenfalls schlagartig schwinden würde, eine Situation, die Prometheus nicht gut aushielt. Vermutlich würde er Michaela gern noch länger behalten und sich in seinem Erfolg sonnen, was trotz akribischer Planung und Vorbereitung schwer durchführbar, aber nicht ganz unmöglich war.

Endlich hatte Prometheus bekommen, was er wollte: die ungeteilte Aufmerksamkeit. Und sosehr Mephisto sich dagegen wehrte und sowenig er es sich eingestehen wollte: ein Foto reichte ihm nicht. Er wollte mehr, mehr, um sich an Michaelas Leid zu erfreuen.

## KAPITEL 32

Fieberhaft überlegte Bernd, was er tun sollte, doch angesichts der Uhrzeit, seines gesundheitlichen Zustands und dem Versprechen, das er Valerie gegeben hatte, blieben ihm nicht allzu viele Möglichkeiten.

Am liebsten wäre er tatsächlich, wie Valerie es vorausgesehen hatte, auf der Stelle nach Hause gefahren. Das wäre zwar eine verständliche, aber völlig irrationale Entscheidung und auch nicht durchführbar. Die

Rehaklinik lag in den Bergen, inmitten von Natur und frischer Luft. Das Einzige, was man hier hörte, waren Kuhglocken, Vogelgezwitscher und Wasserrauschen von dem nahe gelegenen kleinen Wasserfall. Er war in einer Idylle gelandet, um die ihn viele beneidet hätten. Doch diese Abgeschiedenheit hatte auch ihren Preis. Michaela hatte ihn damals mit dem Auto gefahren, und wahrscheinlich konnte er inzwischen immer noch nicht lenken. Auch wenn seine Motorik schon viel besser geworden war, wagte er es nicht, sich hinters Steuer zu setzen. Zum nächsten Bahnhof bräuchte er selbst mit dem Taxi eine halbe Stunde, und heute käme er von dort aus höchstens bis Bregenz, falls überhaupt, ganz zu schweigen von all den Schwierigkeiten, die er bekäme, wenn er die Therapie einfach abbrach. Wenn er mit Sicherheit hätte sagen können, dass es Michaela half, hätte er trotzdem alle Widrigkeiten auf sich genommen, doch dem war leider nicht so. Das Einzige, was er tun konnte, war, sich die offizielle Erlaubnis zu besorgen, die Reha zu unterbrechen und zu einem späteren Zeitpunkt, wann immer das sein mochte, fortzusetzen. Seit Michaela ihm das erste Mal von diesen Mordfällen erzählt hatte, drängte alles in ihm, heimzufahren und ihr in den Ermittlungen beizustehen, deshalb hatte er sich erkundigt, welche Möglichkeiten es gab. Es war gar nicht so schwierig, ihn in den Dienst zurückzuholen. Er brauchte nur jemanden, der ein paar Anträge und Formulare unterschrieb. Und so galt sein erster Anruf, nachdem er sich von Vincent verabschiedet hatte, Werner Steurer.

»Steurer«, meldete der sich förmlich nach dem dritten Klingeln.

»Werner, Bernd hier.«

Einen kurzen Moment herrschte Pause, dann sagte Steurer: »Bernd, was für eine Überraschung!« Dabei klang seine Stimme verhalten abwartend, als ahne er, dass Bernd ihn nicht angerufen hatte, um mit ihm über das Wetter zu plaudern.

»Entschuldige die Störung, aber es gibt ein Problem, und ich habe die Sorge, dass es mit dieser Mordserie zu tun hat.«

»Woher weißt du…? Verdammt, was frag ich überhaupt?! War doch klar, dass Michaela…«

»Das ist jetzt wirklich nebensächlich, glaub mir. Ja, sie hat mir von den Morden erzählt, ich habe mich eingelesen und vielleicht den einen oder anderen Tipp gegeben, mehr nicht. Im Moment zählt aber nur, dass Michaela verschwunden ist und…«

»Was?!«

»Vincent und Doris sind gerade bei ihr zu Hause, weil…«

»Die beiden sind bei Michaela?«

Bernd zog ungeduldig die Augenbrauen hoch. »Ja, in ihrem Haus. Valerie hat sie geholt, weil sie überzeugt war, dass mit Michaela etwas Schlimmes passiert ist, und weil sie allein nicht weiterwusste.« Das stimmte so zwar nicht ganz, erschien Bernd aber als die einfachste Möglichkeit, um bei Steurer nicht noch mehr unangenehme Fragen aufzuwerfen.

Er erzählte Steurer alles, was er wusste, ohne zu erwähnen, dass Michaela ihre beiden Kollegen eingeladen hatte, um mit ihm via Skype über die Mordserie zu beraten.

»Am besten ich rufe Gernot an, dann kann ich mit

ihm die weitere Vorgehensweise besprechen. Er kennt diese Fälle genauso gut wie Michaela«, überlegte Steurer laut.

»Das ist deine Entscheidung«, antwortete Bernd, wohl wissend, dass Steurer nur das Beste für Michaela im Sinn hatte. Er wollte sich auch gar nicht einmischen, Gernot war zwar nicht jedermanns und schon gar nicht Michaelas Liebling, aber ein verdammt guter Ermittler.

»Werner, du wirst mir recht geben müssen, dass spätestens jetzt der Zeitpunkt gekommen ist, da du einen Kriminalpsychologen, also mich, brauchst.«

»Aber du bist …«

»… wenn nötig noch heute, spätestens morgen in Wien. Dazu brauche ich aber deine Hilfe.«

Steurer musste nicht lange nachdenken. Auch deshalb schätzte Bernd seinen Chef.

»Okay, was kann ich tun?«

Valerie wurde von Vincent und Doris für die Entdeckung der überzähligen Tasse gelobt. »Unglaublich, dass uns die entgangen ist«, sagte Vincent.

»Wir müssen Harald anrufen, damit er die Fingerabdrücke und die anderen Spuren, die wir wahrscheinlich eh schon zum Großteil zerstört haben, untersucht«, beharrte Valerie und versuchte, den Kloß in ihrem Hals zu ignorieren.

»Valerie«, sagte Doris, nahm sie an den Armen und blickte sie eindringlich an. »Wir wissen doch nicht einmal, was geschehen ist. Es gibt keine Kampfspuren, vielleicht ist Michaela freiwillig mit wem auch immer mitgegangen. Nichts deutet auf ein Verbrechen hin.«

»Außer, dass sie ihre Lieblingsjacke, die Schuhe, die

sie seit drei Wochen jeden einzelnen Tag trägt, und ihr Handy hiergelassen hat. Sie hat euch erwartet und wäre daher niemals, ohne euch Bescheid zu geben, irgendwo hingegangen, es sei denn, jemand hat sie gezwungen.«

»Das mag alles sein, aber wir können nicht auf einen Verdacht hin die ganze Spurensicherungstruppe antanzen lassen«, versuchte Doris, sie zu überzeugen.

Valerie riss sich los und wischte sich wütend die Tränen weg. »Tante Mika hat immer gesagt, ich soll mich auf mein Gefühl verlassen, und ich spüre, dass ihr etwas zugestoßen ist. Wie könnt ihr nur rumsitzen und nichts tun?« Sie wandte sich von Doris ab und blickte Hilfe suchend zu Vincent, in der Hoffnung, dass er sie verstand.

»Sie hat recht.«

Doris hob resigniert die Arme. »Schön, und was sollen wir deiner Meinung nach unternehmen?«

»Vielleicht geht es ohne ein forensisches Team. Harald würde sich Michaela zuliebe bestimmt einfach mal umsehen«, überlegte Vincent laut.

»Okay«, stimmte Doris zu. »Dann rufen wir eben Harald an. Dann können wir ihn gleich fragen, ob es einen neuen Mord gegeben hat und Michaela zu einem Tatort gerufen wurde.« Sie klang immer noch, als würde sie an diese Möglichkeit glauben.

Valerie konnte ihr nicht länger böse sein. Doris wollte mit aller Macht daran festhalten, dass Tante Mika nichts passiert war. Sie wünschte, sie hätte Doris' Überzeugung teilen können, doch manchmal war es vielleicht besser, den Tatsachen ins Auge zu blicken.

Michaela hatte noch nie Angst im Dunkeln gehabt, auch nicht als Kind. Während Thomas sich bis zu seinem zehnten Lebensjahr geweigert hatte, ohne Nachtlicht zu schlafen, hatte Michaela mitten am Nachmittag die Rollläden hinuntergelassen und sogar mit Handtüchern den Spalt unter der Tür verstopft, damit kein Licht in ihr Zimmer drang, und sie spielen konnte, sie wäre in einer Höhle tief unter der Erde und würde dort nach einem riesigen Goldschatz suchen. Eine Weile hatte sie sogar trainiert, blind, nur nach Gehör, zu schießen, mit einigem Erfolg, bis der ... Unfall dazwischengekommen und sie gar nicht mehr zum Schießtraining gegangen war.

Die Finsternis um sie herum sorgte sogar dafür, dass sie sich besser konzentrieren konnte, und sich nicht nur ihre Sinne, sondern auch ihr Geist schärften.

Dieser Kabelbinder hatte jetzt oberste Priorität, sie musste ihn irgendwie loswerden, bevor ihr Gegner zurückkam, denn eine bessere Gelegenheit, ihn zu überwältigen, würde sie wahrscheinlich nicht mehr bekommen.

Michaela hatte die schlechte Angewohnheit, verschiedene Gegenstände in ihren Hosentaschen aufzubewahren, von Geldmünzen über Gummibänder bis zu Papiertaschentüchern. Ihre Mutter hatte oft versucht, ihr das abzugewöhnen, doch ohne Erfolg. Und so durchsuchte sie jetzt ihre Hosentaschen, so gut es mit den geknebelten Händen ging, nach brauchbarem Material. Allerdings fehlte ihr die zündende Idee, wie sich drei Euro, eine Büroklammer und zwei Streifen Kaugummi für ihre Befreiung einsetzen ließen. Damit hätte es nicht einmal der erfindungsreiche MacGyver, Held ihrer Kindheit, geschafft. Doch wie dann? Welche Möglichkeiten blieben ihr? Sie hatte jedes Zeitgefühl verloren, aber langsam wurde sie müde. Keinesfalls durfte sie einschlafen, bevor sie diese Fesseln gelöst hatte.

Hätte er sie mit einem Seil gefesselt, könnte sie versuchen, es an der Ecke einer Mauer durchzureiben, oder es mit den Zähnen so lange bearbeiten, bis es sich aufdröseln ließ. Doch an dem Kunststoff, aus dem der Kabelbinder hergestellt war, würde sie sich höchstens die Zähne ausbeißen. Das hätte sie durchaus in Kauf genommen, wenn es Erfolg versprechend gewesen wäre, aber sie fürchtete, dass außer abgebrochenen Zähnen und höllischen Zahnschmerzen nichts dabei herauskam. Die einzige Möglichkeit, die ihr einfiel, war, das Plastik schmelzen zu lassen, doch dafür benötigte sie Hitze… und ganz plötzlich fügten sich ihre Gedanken zu einer Idee. Im Grunde war es sogar sehr einfach. Sie hatte schon immer für Abenteuer und Erfindergeist geschwärmt, sehr zur Freude ihres Vaters, der sie stets unterstützt hatte. Jahrelang war sie jeden Sommer ins Pfadfinderlager gefahren, hatte gelernt, wie man sich in der Natur zurechtfand, sich einen Unterschlupf aus Ästen baute oder ein Feuer ohne Zünder, nur mit einem Feuerbogen entfachte. Reibung erzeugte Hitze, Hitze schmolz Plastik. So weit der Plan. Er musste nur funktionieren.

Michaela zog sich mit den Füßen beide Schuhe aus und entfernte aus einem Schuh den Schnürsenkel, den sie anschließend durch den Kabelbinder zog. Dann knotete sie an beiden Enden des Schuhbands je eine Schlaufe. Es war schwerer als gedacht, und sie brauchte mehrere Anläufe und die Hilfe ihrer Zähne, um die Knoten einigermaßen festzuziehen. Sie hoffte, dass der

Schnürsenkel hielt, und wünschte, sie hätte sich doch für ihre grünen Sneakers mit den neuen Schuhbändern entschieden. Doch nun ließ sich ihre Wahl nicht mehr ändern, sie musste mit dem vorliebnehmen, was sie hatte.

Dann winkelte sie die Knie an und stülpte jede der Schlaufen über einen ihrer großen Zehen, bevor sie die Beine wieder so weit streckte, dass die Schnürsenkel straff gespannt waren. Dann begann sie, mit den Füßen wie beim Fahrradfahren, nur etwas seitlicher, sehr schnell auf und ab zu treten, bis sie verschmortes Plastik roch. Plötzlich schnellten ihre Hände auseinander, sie fiel rücklings zu Boden. Ihr Triumphschrei hallte von den Wänden. Sie hatte es geschafft, ihre Hände waren frei.

Für ein paar Minuten blieb sie liegen. In ihren Gelenken pulsierte der Schmerz, ihre Hand und die Finger brannten, als das Blut jäh wieder durch die Blutgefäße schoss, doch das alles war erträglich, denn jetzt zählte nur, dass sich ihre Überlebenschancen drastisch erhöht hatten.

Grimmig lächelte Michaela in die Dunkelheit. Er hätte besser normale Handschellen nehmen sollen, aus denen hätte sie sich nicht so leicht befreien können. Der zweitgrößte Fehler, den man in einem Kampf machen konnte, war, den Gegner zu unterschätzen, hatte ihr Nahkampfausbilder auf der Polizeiakademie gesagt. Der größte Fehler war, überhaupt erst einen Kampf zu beginnen. Nicht umsonst hieß es Selbst*verteidigung,* hatte er gepredigt und betont, dass ein Kampf immer die letzte Möglichkeit darstellen sollte, wenn alle anderen ausgeschöpft waren. Also würde sie jetzt damit beginnen, ihre Fluchtmöglichkeiten auszuloten. Vielleicht fand sie ja einen Weg nach draußen, bevor es Morgen wurde und er zurückkam.

Immerhin konnte sie jetzt aufrecht gehen, ohne Angst, irgendwo dagegen zu knallen, weil sie sich mit ausgestreckten Armen vorwärtstasten konnte. Doch bald wandelte sich ihre anfängliche Hoffnung, einen Ausgang zu finden, in Enttäuschung. Es gab keinen. Der Bunker maß vielleicht zwanzig Quadratmeter. Nirgendwo zweigten Gänge ab, und woher der Sauerstoff kam, hatte sie nicht herausfinden können, wahrscheinlich gab es einen Lüftungsschlitz an der Decke.

Den einzigen Zugang – und damit auch Ausgang – bildete die Tür, durch die sie hereingekommen waren, eine dicke Metalltür, die zudem verschlossen war. Gegen das Schloss kam sie mit ihrer mickrigen Büroklammer nicht an. Keine Chance, es irgendwie zu knacken, noch weniger, es auszuhebeln. Der Bunker war bis auf die Gegenstände, die sie schon gefunden hatte, die Decke, den Eimer und die Wasserflasche, leer.

Michaela beschloss, dass sie genug Zeit investiert hatte, Alternativen zum Kampf zu suchen.

Sie würde nun das Beste aus ihrer Lage machen und sich ausruhen, vielleicht gelang es ihr sogar, ein bisschen zu schlafen, um Kraft zu sammeln. Sie würde jedes Quäntchen davon brauchen.

## KAPITEL 33

Harald hatte sich sofort bereit erklärt zu kommen, nachdem Vincent ihn angerufen hatte.

Als er vor dem Haus vorfuhr, eilte ihm Valerie entgegen. »Danke«, sagte sie, während er ausstieg und einen Tatortkoffer vom Rücksitz holte.

»Das ist doch selbstverständlich. Übrigens hat Steurer mich ebenfalls angerufen, um mich zu bitten herzukommen, aber da war ich bereits auf dem Weg. Er weiß also Bescheid.«

»Dann hat Bernd wahrscheinlich mit ihm gesprochen«, sagte Doris, die nun auch herausgekommen war, um Harald zu begrüßen.

»Was ist denn eigentlich passiert? Jeder, mit dem ich spreche, erzählt mir etwas anderes.«

»Wir hoffen, dass du uns helfen kannst, genau das herauszufinden«, antwortete Doris. »Das Einzige, was wir mit Sicherheit wissen, ist, dass Michaela weg ist. Keine Einbruchs- und Kampfspuren, aber es war definitiv jemand hier, bevor Vincent und ich ankamen. Valerie hat eine Tasse entdeckt, die dieser unbekannte Besucher verwendet hat.«

»Gut, dann fangen wir mal an«, sagte Harald. Vor der Tür blieb er stehen. »Ich nehme an, ihr habt die Türklingel betätigt und auch die Klinke angefasst.«

Doris senkte betreten den Blick. »Ja, leider, aber ...«

Harald seufzte. »Schon gut, ihr wusstet ja in dem Moment nicht, dass ihr womöglich wichtige Spuren verwischt.« Trotzdem nahm er sowohl vom Klingelknopf als auch vom Türgriff Fingerabdrücke. Valerie sah ihm fasziniert zu. »Doris ist der Meinung, dass Tante Mika zu einem Tatort gerufen wurde, aber davon wüsstest du, nicht wahr?«

»Ja, ich hätte das mitbekommen. Und du glaubst das nicht?«

»Nein«, sagte Valerie. »Wir müssen herausfinden, was mit ihr passiert ist.«

Er blickte hoch. »Das werden wir.« Es klang wie ein Versprechen.

Harald brauchte bis kurz vor Mitternacht, um die Spuren zu sichern. Beim Abschied versprach er, gleich ins Labor zu fahren, um mit den Auswertungen zu beginnen.

Vincent und Doris machten keine Anstalten, Valerie jetzt allein zu lassen, wofür sie einerseits dankbar war, was sie andererseits aber auch mit einem schlechtem Gewissen erfüllte.

»Ihr müsst doch nicht die ganze Nacht hierbleiben«, sagte sie schließlich. »Wir können bis morgen eh nichts mehr tun.«

»Du hast recht«, erwiderte Doris. »Wir können nur warten, aber das fällt einem in Gesellschaft meistens ein bisschen leichter als allein.«

»Was ist mit deinem Freund?«, wollte sie von Doris wissen.

»Der ist im Moment auch nicht da.«

Valerie gab es auf, die beiden davon überzeugen zu wollen, dass sie alleine zurechtkam, und suchte ein paar Decken zusammen, damit sie sich ein Nachtlager einrichten konnten. Doch keiner von ihnen wollte schlafen gehen. Und so saßen sie auf der Couch, aßen die Spinatrolle, für die Valerie großes Lob erhielt, und unterhielten sich. Zum Glück stellten Doris und Vincent keine typischen Erwachsenenfragen, etwa »Wie läuft es denn in der Schule?« oder »Hast du schon einen Freund?«. Stattdessen wollte Vincent wissen, warum sie ihren Wunsch, Polizistin zu werden, aufgegeben hatte. Und Doris ließ sich von Valeries Erlebnissen in Lesotho erzählen. Im Gegenzug berichteten Doris und Vincent von ihren kuriosesten Fällen, bis irgendwann Valerie dann doch die Augen zufielen. Sie spürte noch, dass jemand ihr eine Decke über die Schulter legte, dann glitt sie in einen unruhigen Schlaf.

Wie lange sie geschlafen hatte, wusste sie nicht. Sie wurde munter, weil jemand an ihrer Schulter rüttelte. »Wir müssen jetzt ins Büro«, sagte Doris.

Valerie setzte sich ruckartig auf. Jede Schläfrigkeit war schlagartig verschwunden. »Ich komme mit!«

»Nein, du musst in die Schule.«

Valerie schlug die Decke zurück. »Du glaubst doch nicht im Ernst, dass ich heute zur Schule gehe. Ich könnte mich sowieso keine Sekunde konzentrieren.«

»Valerie, du musst hier die Stellung halten, das ist ganz wichtig, falls Michaela sich meldet«, schaltete sich Vincent ein. Auf ihren skeptischen Blick hin setzte er hinzu: »Wo würdest du als Erstes anrufen, wenn du in Schwierigkeiten wärst und kein Handy dabeihättest?«

Valerie antwortete leise mit gesenktem Kopf: »Auf dem Festnetz.«

»Eben.

Sie straffte die Schultern. »Okay, überredet. Aber ihr haltet mich auf dem Laufenden, egal was ihr herausfindet.«

»Versprochen«, sagte Doris, und Vincent nickte.

»Und was kann ich sonst noch tun, damit ich hier nicht die Wände hochgehe?«

»Dir fällt bestimmt etwas ein«, sagte Doris. »Wir müssen jetzt wirklich los.«

Eine Minute später war Valerie allein. Ihr fielen sogar tausend Dinge ein, wie sie ihre Zeit sinnvoll verbringen konnte – von A wie Aufräumen bis Z wie Zeichnen für die Präsentationsmappe, von der ihre Semesternote abhing. Aber sie konnte sich zu nichts motivieren. Da fiel ihr Blick auf Tante Mikas Rechner. Sie hatte schon einmal heimlich Ermittlungsakten gelesen und großen Ärger von ihrer Tante bekommen. Aber damals war die Situation eine andere gewesen, sie hatte aus reiner Neugier gehandelt. Diesmal hatte sie einen triftigen Grund. Tante Mika vertraute ihr, fragte sie sogar manchmal um Rat, und die Wahrscheinlichkeit, dass ihr Verschwinden mit diesen dubiosen Mordfällen zu tun hatte, war in Valeries Augen recht hoch. Wenn sie eine Spur fände, an der Doris und Vincent ansetzen könnten ... vielleicht ließ sich so herausfinden, wohin Tante Mika verschwunden war und mit wem. Sie ignorierte das kurze Aufflackern der Gewissensbisse und beruhigte sich damit, dass ihre Tante ja auch ihr Passwort hätte ändern können, wenn sie ganz sicher sein wollte, dass niemand auf ihren Rechner Zugriff hatte.

Zum zweiten Mal in zwölf Stunden tippte sie das Passwort ein und suchte nach den zuletzt gespeicherten Dateien.

Gernot wartete auf den Lift in den dritten Stock, als Vincent und Doris gleichzeitig das Gebäude betraten.

Sie sahen aus, als hätten sie kein Auge zugetan. Vincent trug dieselbe Kleidung wie tags zuvor, und auch Doris' Klamotten sahen zerknittert aus, als hätte sie die Nacht darin verbracht. Zwangsläufig begannen sich die Gedankenrädchen in Gernots Kopf zu drehen. Hatten die beiden etwas miteinander? Konnte er sich kaum vorstellen, aber nichts war unmöglich ...

Nach einem kurzen Gruß betraten sie gemeinsam den Aufzug. Kaum hatte sich die Tür geschlossen, sagte Doris: »Gut, dass wir dich hier treffen, dann erfährst du es nicht von anderen.«

Gernot blickte von Doris zu Vincent und fragte: »Was meinst du damit?«

»Michaela ist verschwunden. Seit gestern Abend. Wir kommen gerade von ihrem Zuhause«, erklärte Doris.

Er ließ diese Information kurz sacken. »Vielleicht hat sie ja nur spontan beschlossen, die Nacht woanders zu verbringen.«

Doris' Blick verfinsterte sich. »Das glaube ich kaum.«

»Wie kannst du so sicher sein?«, entgegnete er, bekam aber keine Antwort.

»Leute, sie ist auch nur ein Mensch. Vielleicht wollte sie nach dem Dienst irgendwo ein Gläschen trinken, etwas entspannen ... man konnte doch sehen, dass sie mit diesen Morden ziemlich überfordert war ... zack, ein netter Typ spricht sie an, sie unterhalten sich, eins führt zum anderen, *zu dir oder zu mir?* Ist doch nichts dabei. Wetten, sie taucht heute noch im Büro auf? Und ihr macht so einen Aufstand ... Gönnt ihr doch das bisschen Spaß.«

Doris und Vincent tauschten einen Blick, der ihm nicht entging. »Was? Nennt mir einen guten Grund, warum es nicht so gewesen sein könnte«, forderte er die beiden auf.

»Es gibt sogar mehrere«, gab Doris zurück. »Michaela geht nicht in eine Bar, schon gar nicht alleine. Sie gabelt auch keine fremden Männer auf und ein *Zu dir oder zu mir*-Typ ist sie erst recht nicht.«

»Ach ja, ich vergaß. Sie hält sich lieber an die Belegschaft hier.« Die Ohrfeige von Doris, die auf diesen Kommentar folgte, hatte er nicht kommen sehen.

Überrascht hielt er sich die brennende Wange. »Das wird Konsequenzen haben.«

Doris schien von seiner Drohung nicht im Mindesten beeindruckt. Mit hochgerecktem Kinn und erhobenem Kopf blickte sie ihn trotzig an.

»Kollege, du kannst alles bezeugen«, wandte er sich an Vincent.

»Ich wüsste nicht, was«, sagte der. Gernot schluckte seine Wut hinunter. Was für eine Welt war das, wo man nicht mal mehr auf die Unterstützung eines Kollegen zählen konnte?

Es war gar nicht so sehr die Wange, die ihn schmerzte, als vielmehr sein verletzter Stolz. Die blöde Kuh würde schon noch sehen, was sie davon hatte, sich mit ihm anzulegen.

Bis zur Morgenbesprechung wechselten sie kein weiteres Wort mehr. Matthias war ja krankgemeldet, und Gernot fragte sich, was zum Kuckuck mit dem Jungen los war – irgendetwas stimmte nicht mit ihm. Patrick fiel aus allen Wolken, als er hörte, dass Michaela vermisst wurde. »Wir müssen etwas tun«, wiederholte er mehrmals, bis Gernot der Kragen platzte: »Herrschaftszeiten, ich weiß, was wir tun müssen.« Dass sich daraufhin alle Augen auf ihn richteten, war ihm dann doch peinlich. Etwas leiser setzte er hinzu: »Wir müssen eine Mordserie lösen, das müssen wir.«

»Und du machst dir gar keine Sorgen um Michaela? Sie ist doch eine Kollegin ...«, fragte Patrick.

»Erstens, Michaela ist eine ausgebildete Polizistin. Die kann sich wehren. Ich würde in jeder Handgreiflichkeit auf sie setzen. Und zweitens wäre es sicher in ihrem Sinne, dass wir uns weniger um sie als um die Morde kümmern.«

»Aber sie ist eine Kollegin«. Mit diesen Worten setzte Patrick alle eben angeführten Argumente Gernots außer Kraft.

Michaela hatte mehr meditiert denn richtig geschlafen, zumindest kam es ihr so vor. Sie schlug die Augen auf, doch es machte keinen Unterschied. Ihr Körper fühlte sich steif und ungelenk an, was entweder vom Liegen auf dem harten Beton, der Kälte oder von beidem kam. Sie setzte sich auf und rieb sich die Arme und Beine, dann stand sie auf, lockerte und dehnte ihre Muskeln. Die Wasserflasche, die sie neben die Decke gelegt hatte, lockte sie in Gedanken. Sie hätte den schalen Geschmack im Mund zu gerne weggespült, und ihre Kehle war so trocken, dass es beinahe schmerzte. Auf ihrer Zunge hatte sich ein pelziger, bitterer Belag gebildet, doch sie widerstand der Versuchung. Wenn alles gut ging, wäre sie bald draußen. Doch dafür musste sie ihre Sinne beisammenhaben, und sie war sich nicht sicher, ob dem Wasser nicht doch K.-o.-Tropfen oder ein anderes Betäubungsmittel beigesetzt waren. Davon abgesehen stellte die Flasche ihre einzige Waffe dar, aber die würde ihr nur in gefülltem Zustand etwas nützen, da sie dann mehr Wucht hatte. Ihr war bewusst, dass sie damit niemanden ernsthaft verletzen konnte, aber das war auch nicht ihr primäres Ziel. Sie wollte ihren Entführer nur für einen kurzen Moment außer Gefecht setzen, damit sie fliehen konnte.

Michaela tastete sich zum Eimer, zog ihre Hose hinunter und entleerte ihre volle Blase. Sie ekelte sich ein wenig vor sich selbst, aber hier galten andere Gesetze als draußen.

Sie umklammerte die Flasche und schob ihre Füße Schritt für Schritt langsam in die Richtung, wo sie die Tür vermutete. Na bitte, ihre Orientierung funktionierte sogar in der Finsternis.

Sie positionierte sich links neben der Tür und richtete sich auf eine lange Wartezeit ein.

## KAPITEL 34

Rechts neben Steurer saß Penelope Galanis, links, zu aller Überraschung, Bernd Dalisch, der Kriminalpsychologe, der eigentlich in Vorarlberg auf Kur sein sollte. Was zum Teufel suchte er hier? War er etwa wegen Michaela Baltzer gekommen? Es war kein Geheimnis, dass zwischen den beiden etwas lief. Oder hatte ihn Steurer wegen der Mordfälle hergebeten? Das hätte Gernot wiederum sehr begrüßt. Vielleicht konnte Bernd ein Täterprofil erstellen, und sie kamen mit seiner Hilfe dem Mörder ein Stück näher.

Auch die anderen Kollegen schienen über die Gäste

irritiert zu sein. Steurer klopfte mit seinem Kugelschreiber mehrmals hintereinander auf den Tisch, um dem Tuscheln im Raum ein Ende zu setzen.

»Heute haben wir zwei dringende Themen. Ich weiß nicht, ob ihr es bereits gehört habt, aber unsere Kollegin Michaela Baltzer ist verschwunden. Derzeit weist nichts auf ein Verbrechen hin, wir können es aber auch nicht ausschließen.«

Ein ungläubiges Raunen ging durch den Saal. Offenbar war Gernot mit seiner Meinung, dass sie sich nur einen schönen Abend gemacht hatte, alleine.

»Harald war noch gestern Nacht in Michaelas Haus und hat es auf Spuren untersucht, die Auswertung läuft gerade. Hoffentlich wissen wir bald mehr.«

Dann deutete Steurer mit dem Kopf auf Penelope Galanis und stellte sie vor. »Es hat in unseren Reihen eine undichte Stelle gegeben. Informationen, die die aktuelle Mordserie betreffen und nicht für die Öffentlichkeit bestimmt waren, standen gestern in allen Zeitungen. Dabei handelt es sich um eine grobe Missachtung der Dienstverschwiegenheitspflicht, deshalb habe ich die interne Revision gebeten, der Sache nachzugehen. Frau Galanis hat gestern bereits Gespräche mit den unmittelbar betroffenen Ermittlern der SOKO geführt und wird heute mit allen anderen Mitarbeitern der …«

Steurer wurde vom Öffnen der Tür unterbrochen. Harald stürmte herein. Er ging zu Steurer und sprach leise mit ihm. Seinem Gesichtsausdruck nach musste es sich um etwas Ernstes handeln.

Auch Steurers Stirn war nun vor Sorge gerunzelt, als er sagte: »Leider keine guten Nachrichten. In Michaelas

Haus wurde die DNA des Täters gefunden. Wir müssen leider vom Schlimmsten ausgehen.«

Für einen Moment hätte man im Raum eine Stecknadel fallen hören können, so ruhig war es nach Steurers letztem Satz geworden. Doris warf Gernot einen giftigen Blick zu. Na schön, er hatte sich wohl geirrt, was Michaelas Abendgestaltung betraf. Um Versöhnlichkeit bemüht, sagte er: »Das heißt, dass wir uns mit aller Kraft und allem Einsatz diesen Fällen widmen müssen. Finden wir den Täter, finden wir auch Michaela.« Hoffentlich noch lebend, ergänzte er in Gedanken.

»Da stimme ich dir zu«, sagte Steurer. »Ab sofort leitest du die Sonderkommission, Gernot. Michaelas Wohlergehen hat für mich oberste Priorität. Egal, was du brauchst, ich kümmere mich darum. Bernd?«

Der saß mit versteinertem Gesicht auf dem Stuhl. »Du bekommst Zugang zu allen Informationen.« Dann wandte sich Steurer an die ganze Truppe: »An die Arbeit. Findet diesen Mistkerl, findet Michaela.«

Bernd war direkt vom Flughafen mit dem Taxi ins Präsidium gefahren. Noch am Vorabend hatte Steurer einige Hebel in Bewegung gesetzt, sodass Bernd um vier Uhr dreißig in der Früh von einem Hubschrauber abgeholt werden konnte, der ihn zum Flughafen nach Innsbruck brachte, von wo aus er um halb sieben nach Wien flog. Steurer hatte alle Unterlagen der Klinikleitung gefaxt, mit der nötigen Erklärung, dass Bernd unabkömmlich sei und daher umgehend in den Dienst zurückkehren müsse. Im Grunde war das der gleiche Passus, mit dem ein Dienstgeber einen Dienstnehmer in Notfällen aus dem Urlaub zurückbeordern durfte, doch Bernd kannte niemanden, der je seinen Urlaub aus dienstlichen Gründen unterbrochen hätte.

Noch am Abend hatte er das Nötigste gepackt und dem Pflegepersonal Bescheid gegeben, was natürlich nicht auf Zustimmung gestoßen war, doch sie konnten nichts dagegen unternehmen. Eine Reha war eine freiwillige Entscheidung, die man jederzeit abbrechen konnte, wenn man wollte. Sobald Steurer die Sitzung beendet hatte, kamen Kollegen zu Bernd, um ihn zu begrüßen, auch Doris und Vincent. Er erhob sich von seinem Stuhl. Doris umarmte ihn. »Hey, du ahnst gar nicht, wie sehr ich mich freue, dass du wieder hier bist.«

Auch Vincent drückte ihn kurz, aber herzlich an sich und klopfte ihm freundschaftlich auf den Rücken. »Gut, dich zu sehen.«

Bernd nickte. »Ja.« Dann bückte er sich und griff nach der kleinen Reisetasche, die er neben den Stuhl gestellt hatte. »Okay, gehen wir. Wir haben keine Zeit zu verlieren.«

Sie führten ihn in einen der Konferenzräume im dritten Stock, gleich neben Michaelas Büro.

Er sah sich um. »Welcher Platz ist frei?«

»Der von Matthias. Und natürlich Michaelas«, antwortete Doris, »willst du denn gar nicht in deinem eigenen Zimmer arbeiten?«

Bernd schüttelte den Kopf. »Diesmal nicht. Ich kann mich schneller über alles informieren, wenn ich hierbleibe.« Er schob die Ärmel hoch. Krempeln war zu mühsam, da spielte seine Fingermotorik noch nicht ganz mit.

»Den Großteil der Akten kenne ich schon, ich brauche nur die neuesten Berichte über Alicia Schwarz und den

Zimmerkellner des Hotels, inklusive der Obduktionsberichte. Wer war bei der Sektion?«

»Michaela und ich«, antwortete Doris.

»Was sagt Ferreira?«

So ging es weiter, er fragte, und die Kollegen antworteten, so gut sie konnten.

»Was mich interessiert, sind die Fotos von den Tatorten und den Opfern, besonders das Logo. Ich möchte die Fotos gerne nebeneinanderlegen, um sie zu vergleichen. Ferreiras Erfahrung können wir nicht einfach außer Acht lassen«, sagte Bernd.

»Ich suche sie dir raus«, bot Doris an.

Gernot war indessen damit beschäftigt, Michaelas Auto zur Fahndung auszuschreiben, und Patrick berichtete, dass Michaela zuerst Matthias und dann ihn damit beauftragt hatte, nach Morden zu suchen, bei denen dieser besondere Todesgriff angewendet wurde. Als er erzählte, dass Matthias auf etwas gestoßen war, dem man nachgehen sollte, bat ihn Bernd, dort weiterzumachen.

Vincent dagegen hatte den Telefondienst übernommen. Er hatte Valerie angerufen, um sie über die DNA-Ergebnisse zu informieren und ihr zu berichten, dass Bernd angekommen war.

Dann hatte er den Hörer an Bernd weitergereicht, der dachte, dass er Valerie würde trösten und aufbauen müssen. Er hatte vergessen, wie stark sie war. »Ich komme klar. Schau du bitte, dass du Tante Mika findest«, hatte sie zu ihm gesagt.

Wieder läutete das Telefon, Vincent hob ab. Er hörte zu, dann deckte er den Hörer ab. »Kilian Weilmann möchte mit Michaela sprechen – nur mit ihr, sagt er. Er versucht sie schon seit gestern zu erreichen.«

»Was will der denn von Michaela?«, wollte Gernot wissen. Weilmann, ehemaliger Kriminalpsychologe des LKA, saß in Haft, seit er für ein unwürdiges Menschenexperiment junge Frauen entführt und gequält hatte. Valerie war damals auch in seine Fänge geraten. Es gab niemanden im LKA, der mit Weilmann noch etwas zu tun haben wollte. Offenbar hatte der aber ein ganz besonderes Verhältnis zu Michaela, wenn auch ein recht einseitiges, denn er hatte ihr bei ihrem bislang kniffligsten Fall, der sich um die Aufklärung sogenannter Gottesurteile drehte, geholfen. Und das nicht nur, weil er sich dadurch Hafterleichterungen versprochen hatte.

»Stellt ihn durch«, verlangte Bernd. »Ich spreche mit ihm.«

Michaela hatte das Gefühl, bereits seit einer Ewigkeit neben der Tür zu stehen und zu warten, und vielleicht waren tatsächlich mehrere Stunden vergangen, vielleicht aber auch nur eine oder zwei, sie wusste es nicht. Sie hatte begonnen, einen ihrer Lieblingssongs zu singen, »Time After Time« von Cindy Lauper. Er dauerte ziemlich genau vier Minuten, und wenn sie ihn fünfzehnmal gesungen hätte, wäre eine Stunde vergangen. Doch nach dem vierten oder fünften Mal hatte sie sich verzählt und war stattdessen dazu übergegangen, alle Lieder zu singen, die ihr einfielen, oder zumindest zu summen, denn bei den meisten kannte sie den Text nicht auswendig.

Ihre Stimme hallte von den Betonwänden wider. Sie klang gar nicht mal schlecht, fand Michaela. Natürlich kein Vergleich zu Valeries Musikalität, und eine Sängerin würde sie wohl auch nie werden, aber für den normalen Hausgebrauch oder für einen Karaoke-Abend hätte es gereicht.

Sie dachte gerade über die dritte Strophe von »Lemon Tree« nach, als sie hörte, dass die Verriegelung an der Tür betätigt wurde. Schlagartig richtete sie ihre Gedanken auf den Entführer. Sie umfasste mit beiden Händen den Hals der Wasserflasche und holte damit aus wie mit einem Baseballschläger. Warte, befahl sie sich. Sie musste den richtigen Zeitpunkt abpassen. Wenn sie zu früh zuschlug, würde sie nur die Türkante erwischen.

Langsam ging die Stahltür auf, ein Lichtstrahl fiel herein. Michaela schloss geblendet die Augen. Noch nicht, hielt sie sich weiterhin zurück.

Seine Silhouette erschien im Türspalt, er trat einen Schritt in den Raum. »Michaela«, rief er lockend ihren Namen. »Siehst du, ich habe Wort gehalten.«

Sie packte die Flasche fester.

Er tat noch einen Schritt.

Jetzt! Michaela legte all ihre Kraft in diesen einen Schlag, und ohne sich zu vergewissern, wie erfolgreich sie gewesen war, lief sie los, nein, eher stolperte sie, denn ihre Augen hatten sich noch nicht an das Tageslicht gewöhnt. Egal, nur weg von hier, weit, weit weg.

## KAPITEL 35

Warmes Blut rann seine Kehle hinab. Er rappelte sich hoch und spuckte angewidert aus. Diese verdammte Hure. Sie hatte ihm die Nase gebrochen. Sein Kopf fühlte sich an, als wäre er unter einen Lkw geraten. Ein Schneidezahn hatte sich ebenfalls gelockert. Die Wut, dieser rote, alles vernichtende Feuerball in ihm, verdrängte jeden Schmerz. Das würde sie büßen. Bisher hatte er sich immer gnädig verhalten, er hatte keines seiner Opfer unnötig leiden lassen, es war vorbei, ehe sie noch recht gemerkt hatten, was eigentlich los war. Aber sie, diese dreckige Schlampe, würde er quälen, bis sie ihn anflehte, sie zu töten. Doch zuerst musste er sie finden.

Er stemmte sich auf die Beine und stieß einen lang gezogenen Schrei aus. Sie durfte ruhig wissen, dass er noch da war und sich auf die Suche nach ihr machte. Sollte sie sich nur vor Angst verkriechen, er würde sie finden.

Seine Beine bewegten sich ganz automatisch, das schmerzhafte Pochen in seinem Gesicht spürte er kaum mehr, seine ganze Aufmerksamkeit war nach vorne gerichtet. Menschen auf der Flucht nehmen sich nicht die Zeit, ihre Spuren zu verwischen.

Er hatte Fehler gemacht, die er hätte vermeiden können. Er war sich sicher gewesen, dass sie dieses verdammte Wasser trinken würde, das mit einigen der Tabletten, die er vor zwei Jahren gegen seine Schlafstörungen verschrieben bekommen hatte, versehen war. Und er war fest davon ausgegangen, dass dieser verfluchte Kabelbinder halten würde. Aber nicht nur er, auch sie hatte Fehler gemacht. Man brauchte kein großer Fährtenleser zu sein, um die Schneise zu erkennen, die sie hinterlassen hatte. Zerdrücktes Moos, abgeknickte Farnblätter, abgebrochene Zweige ... hinzu kam, dass er die Gegend kannte. Eine ganze Weile hatte das Fotografieren von entlegenen, vergessenen Orten zu seinen Hobbys gezählt: verlassene Gebäude, stillgelegte

Fabriken oder eben Bunkeranlagen wie diese. In der Gegend befanden sich gleich mehrere solcher Anlagen, wie er auf seinen zahlreichen langen Streifzügen entdeckt hatte. Es gab hier keinen Ort, an dem sie sich vor ihm verstecken konnte, keinen Platz, an dem sie sicher vor ihm war. Und dann ... gnade ihr Gott.

Michaela hörte seinen Schrei und fuhr zusammen. Ihr erster Impuls war, sich irgendwo im Dickicht zusammenzurollen und sich zu verstecken, doch ihr Trotz war stärker als die Angst. Sie würde sich nicht wie ein kleines Häschen vor dem bösen Wolf verkriechen. Gehetzt sah sie sich um – in welche Richtung sollte sie laufen? Gab es etwas, das sie als Waffe einsetzen konnte? Die Wasserflasche hatte zwar ihren Zweck erfüllt, aber richtig effektiv war sie nicht gewesen.

Sie wünschte, sie hätte ihre Pistole dabei. Keine Sekunde hätte sie gezögert zu schießen. Diesmal nicht.

Sie hatte weniger Vorsprung, als sie sich erhofft hatte. Ihr Knöchel tat wieder weh, sodass sie nur mehr humpelnd vorankam. Keine guten Voraussetzungen, um ihm zu entwischen. Und sie machte sich nichts vor, er wäre eindeutig schneller als sie. Ihre einzige Chance bestand darin, klüger zu sein, ihn noch ein zweites Mal zu überrumpeln, auch wenn sich das schwieriger gestalten würde, weil er jetzt damit rechnete. Einen Vorteil hatte sie doch: Er kannte sie nicht richtig und ahnte daher nicht, dass Michaela niemals kampflos aufgeben würde.

Ein abgebrochener Stock lag ein Stück weit entfernt. Sie hob ihn prüfend auf und besah sich die Spitze. Konnte funktionieren. Und er war nicht zu lang, sie konnte ihn gut in ihrem Ärmel verstecken. Jetzt musste er nur noch kommen. Sie kauerte sich in einen Busch. Es durfte nicht zu offensichtlich sein, er sollte denken, dass sie sich vor ihm versteckte. Wäre sie leicht zu entdecken, würde er vielleicht misstrauisch werden und auf sie schießen. Dann hätte sie keine Chance. Die hatte sie nur, wenn sie ihn nahe an sich herankommen ließ. Was vielleicht keine kluge Entscheidung war, wenn sie an den Kung-Fu-Griff dachte, den er bei manchen seiner Opfer angewendet hatte. Sie konnte davon ausgehen, dass er eine Nahkampfausbildung besaß... plötzlich standen ihre Gedanken einen Moment lang still. Auf einmal wusste sie, wo ihr Denkfehler lag. Ähnliche Morde... einer vor acht Jahren in der Schweiz. Den ließ sie sich noch eingehen, aber der vor fünfzehn Jahren in Mexiko City? Wie alt war er da gewesen? Fünfzehn, sechzehn, höchstens siebzehn? Nicht unmöglich, aber auch nicht sehr realistisch, nach allem, was sie über ihn wusste. Nein, er war nicht der Kung-Fu-Täter mit der Kampfsportausbildung, einerseits ein Vorteil, denn so standen ihre Chancen, ihn zu überwältigen, doch nicht so schlecht. Andererseits musste sie einsehen, dass sie die ganze Zeit über bei den Ermittlungen von falschen Voraussetzungen ausgegangen waren. Ferreira hatte recht, es waren zwei Täter. Aber keiner von ihnen war ein Nachahmer. Sie waren Partner, Verbündete. Und das machte ihre Lage noch schlimmer. Was, wenn der zweite Täter ebenfalls auf sie lauerte? Wenn er seinen Partner mitgebracht hatte? Nun ahnte sie auch, wozu er das Foto, das er gestern von ihr geschossen hatte, brauchte. Für den zweiten Mann.

Verzweiflung überkam sie. Wie sollte sie sich gegen zwei Gegner behaupten, wo sie doch kaum mehr für einen Kampf Kraft hatte? Doch dann wurde sie innerlich ganz ruhig. Aufgeben kam ohnehin nicht infrage. Egal, mit wie vielen Feinden sie es aufnehmen musste, sie würde sich nicht ergeben. Niemals. Sie würde kämpfen, bis zu ihrem letzten Atemzug.

»Kilian Weilmann, Bernd Dalisch hier. Ich hoffe, Sie haben nichts dagegen, dass ich den Lautsprecher angestellt habe und die anderen mithören.«

»Ah! Bernd Dalisch, mein Nachfolger. Sie sind sich doch im Klaren darüber, dass Sie mir was schulden?«

»Soweit ich weiß, hat Michaela alle Schulden beglichen, die noch offen waren. Trotzdem bedanke ich mich bei Ihnen. Ohne Ihre Mithilfe säße ich heute vielleicht nicht hier.«

Weilmann lachte. »Ja, wie wahr! Und das gleich in doppelter Hinsicht.«

»Weilmann, weshalb rufen Sie an? Doch nicht, um über alte Schulden zu sprechen, oder?«

»Ich möchte mit Michaela reden.«

»Sie ist nicht da. Kann ich ihr etwas ausrichten?«, fragte Bernd.

Weilmann legte eine Kunstpause ein. »Sagen Sie ihr, sie soll mich besuchen und Pizza mitbringen wie beim letzten Mal.«

Bernd wusste, dass es hier um einen Deal ging. »Und was hätte sie davon? Sie ist gerade mit einer neuen Mordserie beschäftigt, die ihr wenig Zeit lässt. Sie müssten schon einiges bieten.«

»Das tue ich. Sagen Sie ihr, ich weiß, woher dieses Logo stammt, von dem die Zeitungen seit gestern berichten.«

Bernd beugte sich vor. »Das sollen wir Ihnen glauben?«

Kilian Weilmann lachte leise. »Ihre Zweifel kränken mich.« Seine Stimme änderte sich, wurde hart: »Michaela würde mir glauben. Und Sie täten gut daran, es ebenfalls zu tun, aber bitte, es ist Ihre Entscheidung. Ich erwarte Michaelas Besuch.«

Bernd dachte einen Augenblick lang nach. Da bot sich ihnen eine einmalige Chance, sie hatte nur einen Haken. Michaela konnte nicht mit Weilmann sprechen. Er gab sich einen Ruck und beschloss, Weilmann die Wahrheit zu sagen. »Weilmann, es tut mir leid, aber Michaela kann Sie nicht besuchen, sie ist seit gestern Abend verschwunden. Wir befürchten das Schlimmste, denn mittlerweile wissen wir, dass sie sich in den Händen des Mörders befindet. Bitte, helfen Sie uns. Helfen Sie Michaela. Ich komme persönlich bei Ihnen vorbei, von mir aus mit einer ganzen Wagenladung Pizza«, bat er eindringlich.

Vom anderen Ende der Leitung hörte er nur Weilmanns Atem. Dann sagte der: »Nun gut. Weil es um Michaela geht und ich sie mag, möchte ich stattdessen mit Valerie sprechen. Mit ihr oder mit niemandem.«

»Nein.«

»Dann behalte ich meine Informationen für mich, und Sie sind schuld, wenn Michaela stirbt.«

Bernd ballte die Hand zu einer Faust. Was war Weilmann für ein kranker Perverser? Valerie zu ihm ins Gefängnis zu schicken, das konnte er niemals zulassen. Michaela hätte ihn dafür gelyncht.

*Und wenn du dich weigerst, dann wird sie vielleicht keine Gelegenheit mehr haben, dich dafür zu lynchen*, flüsterte seine innere Stimme.

Bernd blickte fragend in die Runde.

Vincent war der Erste, der nickte. Doris zögerte, aber dann nickte auch sie. Die Meinungen der beiden anderen zählten für ihn nicht. Sie kannten weder Michaela gut genug, noch kannten sie Valerie.

Er atmete ein. »Gut, ich frage sie. Mehr kann ich nicht tun, ich werde nicht versuchen, Valerie zu überzeugen, wenn sie Bedenken hat oder Sie nicht sehen will.«

Wieder lachte Weilmann, und Bernd hätte ihm am liebsten noch durch die Telefonleitung das Maul gestopft. »Oh, sie wird. Da bin ich mir ziemlich sicher. Und sie soll Pizza mitbringen. Salami, extra viel Käse.« Dann legte Weilmann auf.

»Dieses Arschloch«, brach es aus Doris heraus.

»Valerie, ist das nicht Michaelas Nichte, die von Weilmann ... glaubst du, sie trifft sich wirklich mit ihm?«, fragte Patrick.

Bernd nickte und wählte Valeries Telefonnummer. Während er auf die Verbindung wartete, antwortete er: »Genau die. Und du kannst Gift darauf nehmen, dass sie zu ihm fährt. Er weiß ganz genau, dass Valerie so ziemlich alles für Michaela tun würde.«

Endlich hob sie ab. »Bernd, gibt es etwas Neues?« Ihre Stimme klang angespannt und vibrierte vor Nervosität.

»Ja, hör zu ...« Er berichtete ihr von Kilian Weilmanns Anruf und seiner Forderung. »Du musst es nicht tun. Wenn du mich als Freund oder als Psychologe fragst, würde ich dir sogar davon abraten.«

Valerie schwieg.

»Und wenn ich dich als Freund und Kollege von Tante Mika frage?«, wollte sie wissen.

Nun sagte Bernd eine halbe Minute lang nichts.

Schließlich räumte er ein: »Dann würde ich dich darum bitten.«

Valerie rang hörbar mit sich. »Ich bin dort aber nicht allein mit ihm, oder?«, fragte sie.

»Nein, es sind zwei Wachvollzugsbeamte dabei. Die können sofort eingreifen, wenn du Hilfe brauchst. Und ich komme ebenfalls mit, das Risiko, dass er sich weigert, mit dir zu sprechen, nehme ich in Kauf. Schließlich geht es ihm in erster Linie um dich. Das sollte dir die ganze Zeit über klar sein.«

»Ich dachte, er will Tante Mika helfen«, sagte Valerie.

»Valerie, dieser Mann ist ein Psychopath, das weißt du. Es ging ihm nie um etwas anderes als um sich selbst und seine Interessen, und das ist jetzt auch nicht anders.«

»Okay, ich mach es.«

Am liebsten hätte er Valerie durchs Telefon umarmt. Das Mädchen war eine Wucht! Er hätte es verstanden, wenn sie sich geweigert hätte. Kilian Weilmann hatte sie entführt, in ein Verlies gesperrt, mit der Absicht, sie töten zu lassen – und das alles für ein zutiefst unmenschliches Experiment. Trotzdem war sie bereit, sich mit ihrem schlimmsten Albtraum zu treffen, wenn sie damit ihre Tante retten konnte.

»Ich kümmere mich um die Einzelheiten, wie die Sondergenehmigung und die Pizza, die er gefordert hat.«

»Pizza?! Ich glaub, der spinnt. Ich gehe hin, spreche mit ihm, aber ich werde nicht in seiner Gegenwart irgendetwas essen.«

»Das brauchst du nicht«, versuchte Bernd, sie zu beruhigen. Er mochte sich gar nicht ausmalen, was Valerie während ihrer Gefangenschaft alles erdulden musste. Er hatte die Berichte gelesen, ihren Erzählungen gelauscht und war sowohl bei Valeries Befreiungsaktion als auch nach Weilmanns Verhaftung bei der Hausdurchsuchung dabei gewesen, hatte also durchaus eine Ahnung, was alles passiert war. Hundefutter in Dosen und eiskaltes Wasser als Bestrafung waren nur einige der Grausamkeiten, die Weilmanns Gefangene ertragen mussten. Im Beisein eines seiner Opfer Pizza zu essen, war Teil seines Spiels und spiegelte exakt Weilmanns Charakter wider.

»Wie lange wirst du brauchen?«, fragte Valerie.

»In einer Stunde hole ich dich ab.«

Bernd beschloss, die bürokratische Abkürzung zu nehmen, und bat Steurer, sich um die Besuchserlaubnis zu kümmern.

Nachdem er seinem Vorgesetzten erklärte hatte, wofür er sie benötigte, griff der sofort zum Telefon und rief einen befreundeten Oberstaatsanwalt an. »Gut. Danke der Nachfrage. Und wie geht es Helena? Schön, ein Enkerl hast du? Vanessa, hübscher Name. Du, weshalb ich anrufe: Du musst mir einen Gefallen tun …«

So einfach ging das, wenn man über die nötigen Kontakte verfügte, und Steurer kannte die meisten Leute, die an wichtigen Positionen saßen. Nicht mit allen verband ihn eine alte Freundschaft wie mit dem Oberstaatsanwalt, aber mit den meisten eine respektvolle Arbeitsbeziehung. Steurer konnte sich auf dem politischen Parkett bewegen und wusste, wie die Sache lief: Tust du mir einen Gefallen, dann tu ich dir einen. Wie weit er sich dabei aus dem Fenster lehnte, ahnte wohl niemand, und Bernd hoffte wirklich, dass es Steurer nicht eines

Tages das Genick brach. Denn so einen Chef wie ihn gab es selten.

Steurer legte auf. »Spätestens in zehn Minuten ist die Genehmigung da. Sonst noch was?«

»Derzeit fällt mir nichts ein, aber das kann sich nach dem Gespräch mit Weilmann schnell ändern.«

»Und Valerie begibt sich freiwillig in die Höhle des Löwen? Alle Achtung«, sagte Steurer.

»Ja, sie ist ein patentes Mädchen«, stimmte Bernd zu.

»Ganz die Tante eben. Wenn sie immer noch Polizistin werden will, ich würde sie sofort einstellen, sobald sie mit der Ausbildung fertig ist.«

»Ich richte es ihr aus«, sagte Bernd und verabschiedete sich. Er hatte noch eine Menge zu tun.

Verwundert stellte er mit einem Blick auf die Uhr fest, dass es bereits elf war. Seit vier Uhr war er auf den Beinen, hatte über 650 Kilometer und beinahe einen vollen Arbeitstag hinter sich, die Sorge um Michaela machte ihn wahnsinnig, und Valeries Besuch bei Weilmann lag ihm auch im Magen, aber trotz der wenig erfreulichen Umstände fühlte er sich lebendig wie schon lange nicht mehr. Er brauchte keine Klinik in den Bergen, um wieder ganz gesund zu werden, er brauchte nur das hier: die Arbeit, für die er brannte, Kollegen, die ihn schätzten, und Michaela, die er liebte. Und er würde sie zurückholen, koste es, was es wolle.

## KAPITEL 36

»Wo bist du?«, rief er. Seine Stimme klang verdammt nahe, und Michaela hätte am liebsten die Ohren mit beiden Händen zugehalten und auch noch die Augen zugepresst, um ihn nicht hören und sehen zu müssen. Ein irres Kichern drohte sich aus ihrer Kehle zu stehlen, das sie gerade noch unterdrücken konnte. Was dachte er eigentlich? Dass sie hier Verstecken spielten? Dass sie aufsprang und »Hier« rief?

Sie duckte sich ein wenig tiefer in das Geäst. Hatte sie ihr Versteck vorhin noch als gut empfunden, war sie sich jetzt nicht mehr so sicher. Sie fühlte sich von den Ästen eingezwängt, konnte sich nicht frei bewegen, aber genau das gehörte schließlich zum Plan. Er würde sie von dort rausholen, und dazu musste er nahe an sie herankommen.

Seine Füße befanden sich fast direkt vor ihr. Er schob die Zweige des Strauches auseinander. »Buh! Ich hab dich.«

Michaela starrte ihn mit großen Augen an, rollte sich noch ein wenig mehr zusammen. Er griff in das Gebüsch, packte ihre Jacke am Kragen und zog sie heraus.

Michaela hielt die Hände vors Gesicht, um sich vor den Ästen zu schützen, doch gleich darauf spürte sie auf ihrer Stirn das Brennen einer Schramme. Es war nicht schlimm, bloß ein Kratzer, wahrscheinlich nicht einmal besonders tief.

Er holte aus und schlug ihr mit dem Handrücken hart ins Gesicht. Ihr Kopf wurde zurückgeschleudert, für einen Moment tanzten helle Punkte vor ihren Augen.

Dann stieß er sie zu Boden. Jetzt erst erkannte sie voller Genugtuung, dass die Wasserflasche ihn übel erwischt hatte. Die Nase wirkte schief, getrocknetes Blut klebte auf Gesicht und Jacke. Sie wünschte, sie hätte ihm mehr als nur die Nase gebrochen.

Sie schmeckte Blut, ihre Lippe war aufgesprungen. Sie ließ es auf den Boden tropfen und hinterließ so eine weitere Spur. Sie hatte bereits für einige Spuren gesorgt, durch die nicht nur er ihr folgen konnte, sondern hoffentlich auch andere.

Breitbeinig stand er über ihr. »Verdammte Nutte«, schrie er und trat sie in die Seite. Michaela rollte sich zusammen, um ihm möglichst wenig Angriffsfläche zu bieten. Ihre rechte Hand tastete verstohlen zu ihrem linken Ärmel. Das Holzstück war zum Glück noch da. Aber die Gelegenheit war nicht günstig, der Abstand zwischen ihnen zu groß.

Wieder trat er zu, härter als vorher. Michaela spannte ihre Muskeln an. Vor Schmerz schossen ihr die Tränen in die Augen, doch immer noch wehrte sie sich nicht gegen seinen Angriff.

»Ich könnte dich jetzt auf der Stelle umbringen. Wie würde dir das gefallen, Miststück?«, schrie er.

»Tu's doch«, murmelte sie und wappnete sich für den nächsten Tritt.

Er umrundete sie. »Das hättest du gern. Aber ich habe noch mehr mit dir vor.«

Sie musste ihn aus der Reserve locken, sonst würde er sie noch bis zur Bewusstlosigkeit mit den Füßen traktieren, ohne dass sie überhaupt den Hauch einer Chance hatte, ihn mit dem Stock zu verletzen. Mühsam stemmte sie ihren Oberkörper hoch und setzte sich auf.

Jede Bewegung, jeder Atemzug tat weh, wahrscheinlich war eine Rippe angeknackst. Aber ihren Willen hatte er noch nicht gebrochen. Trotzig blickte sie ihn an. »Mehr hast du nicht zu bieten?« Sie spuckte vor ihm aus.

Sein Gesicht verfinsterte sich, seine Hände ballten sich zu Fäusten. »Du kannst mich …«, brachte er keuchend hervor.

Michaela wusste, dass sie mit dem Feuer spielte. Aber es tat gut, wieder die Oberhand zu haben, wenn auch nur für den Moment. »Du bist ein Versager, bekommst allein nichts auf die Reihe, nicht wahr?«, stichelte sie weiter. »Wem willst du imponieren? Armer kleiner Junge«, spottete sie, »möchte so gern Papa gefallen, doch der schert sich einen Dreck um ihn. Ist es nicht so?«

»Nein! Du weißt gar nichts«, brüllte er und stürzte sich auf sie. In dem Moment ließ sie sich zur Seite fallen und zog gleichzeitig den Holzstock aus ihrem Ärmel. Er hatte sie verfehlt, warf sich auf sie, sodass sie nicht zum Stoß ausholen konnte. Sie umklammerte ihn und rollte sich mit ihm, bis sie obenauf war. Sie hob den Stock in die Höhe, stieß abwärts, direkt auf sein Gesicht zu. Er riss den Kopf beiseite, und die Spitze des Stockes grub sich in den Waldboden. Michaela ergriff den Pflock mit beiden Händen, um ihn herauszuziehen, sie wollte ihre einzige Waffe nicht so einfach aufgeben. Ein Fehler, denn ehe sie das Holzstück an sich bringen konnte, lag er auf ihr. Die Spitze eines Messers zeigte auf ihre Kehle. Sein Grinsen entblößte seine Zähne, klein, spitz und gepflegt. Das Lächeln eines Hais.

»Wer von uns ist nun der Versager?«, fragte er säuselnd.

Michaela wagte es nicht einmal zu schlucken.

Wie in einem schlechten Film strich er ihr mit der Klinge über den Hals. »Du gehörst jetzt mir.« Die Schneide wanderte zu ihrer Schläfe, an das Ende ihrer Narbe.

Sie bäumte sich auf.

»Lass das lieber. Ich könnte sonst aus Versehen mit dem Messer ausrutschen«, sagte er.

Michaela gehorchte. Fieberhaft suchte sie nach einem Ausweg, doch es wollte ihr nichts einfallen, ihr Gehirn verweigerte seinen Dienst, ihr Körper war wie festgefroren. Beinahe wie damals ...

Wie versteinert saß Valerie neben Bernd hinten im Polizeifahrzeug, das sie in die Justizvollzugsanstalt bringen sollte. Ihr Mund fühlte sich wie ausgetrocknet an, die Hände waren schweißnass, ihr Herz schlug im *doppio movimento*, wie man in der Musikwelt sagte, also doppelt so schnell wie gewöhnlich.

Sie starrte geradeaus ins Leere. Immer hatte sie sich vorgenommen, ihr weiteres Leben nicht der Angst unterzuordnen, sonst ließ sie es zu, dass er weiterhin Macht über sie ausübte. Bisher hatte sie es ganz gut geschafft. Doch jetzt musste sie sich eingestehen, dass sie sich vor der Begegnung mit Weilmann fürchtete.

Ihre Hand tastete nach Bernds. Er blickte sie von der Seite an, nickte und drückte ihre Hand.

Bernd hatte sie, so gut es ging, auf das Gespräch vorbereitet, was sie auch nicht unbedingt beruhigt hatte.

»Niemand ist dir böse, wenn du dich anders entscheidest«, sagte Bernd. »Jeder hätte Verständnis dafür.«

»Ja. Nur ich selbst nicht«, gab sie zurück. Sie sah ihn an. »Bernd, ich habe Angst. Angst vor ihm, Angst davor, etwas Falsches zu sagen, etwas Falsches zu tun. Was, wenn er nur mit uns spielt und gar nichts weiß, was Tante Mika helfen kann?«

Bernd drehte sich zu ihr. »Jeder von uns hat Angst, das ist völlig normal. Mutig ist nicht der, der niemals Angst zeigt.«

»Nicht?«

»Nein, der ist höchstens dumm. Mutig ist der, der die Angst überwindet. Valerie, du bist für mich einer der mutigsten Menschen, die ich kenne. Daran würde sich auch nichts ändern, wenn wir jetzt umdrehen.«

Bei Bernds Worten wurde ihre Kehle eng. Langsam schüttelte sie den Kopf. »Nein, ziehen wir es durch.«

Valerie war noch nie zuvor in einem Gefängnis gewesen, aber sie hatte es sich genau so vorgestellt. Sie musste alles aus ihren Taschen räumen und durch einen Metalldetektor gehen, wie am Flughafen bei der Personenkontrolle. Ihr Handy wurde für sie verwahrt, ebenso ihre Schlüssel.

»Kommen Sie«, sagte der Wachbeamte und führte sie einen Gang entlang bis zum Besucherraum. »Suchen Sie sich einen freien Tisch. Wir lassen den Gefangenen gleich bringen.«

Valerie blickte sich um. An zwei Tischen saßen Insassen und deren Besucher. Sie entschied sich für einen Platz in einer Ecke. Bernd folgte ihr. Sie setzte sich mit dem Rücken gegen die Wand und wartete mit klopfendem Herzen darauf, den Mann zu sehen, den sie am meisten auf der Welt hasste.

Nur wenige Minuten blieben Valerie, um sich geistig auf das Treffen vorzubereiten, dann ging eine Tür auf.

Kilian Weilmann wurde von einem zweiten Wachbeamten hereingeführt. Als er Valerie am Ende des Raumes erblickte, verzog sich sein Mund zu einem Grinsen, das bei Bernds Anblick wieder verschwand. Er hielt seine Hände, die mit Handschellen aneinandergekettet waren, dem Beamten hin, doch der schüttelte den Kopf. »Die müssen diesmal dranbleiben.« Valerie atmete erleichtert auf. Offenbar war es üblich, den Gefangenen die Handschellen im Besuchszimmer abzunehmen, doch jemand musste dafür gesorgt haben, dass Weilmann die Handschellen anbehielt.

Er kam langsam näher. Die Zeit im Gefängnis hatte ihn altern lassen, seine Haut war so bleich wie die des Vampirs Edward aus »Twilight«, auf seinen Wangen schien der Schatten eines Bartes, mehr grau als schwarz. Sein ehemals gepflegtes Haar wirkte schütter und dünn. Die Zeit hatte es mit Weilmann nicht gut gemeint. Nur seine Augen hatten sich nicht verändert. Die Stimme auch nicht. »Valerie, ich dachte, ich würde dich nie wiedersehen.« Dann wandte er sich an Bernd. »Sie sind Bernd Dalisch, nicht wahr?« Er wartete Bernds Antwort nicht ab, sondern sprach gleich weiter: »Sie waren nicht eingeladen. Finden Sie es nicht schrecklich unhöflich, sich so aufzudrängen?«

»Ehrlich gesagt pfeife ich auf die Höflichkeit. Valerie ist minderjährig und darf ohne Begleitung gar nicht hier sein, es sei denn, sie hätte die Einverständniserklärung eines Erziehungsbevollmächtigten, und das ist gegenwärtig etwas schwierig.«

Weilmann nickte. »Nun gut. Ich tu einfach so, als wären Sie nicht da. Valerie, kommen wir zu dir. Wie hübsch und erwachsen du geworden bist.«

Bernd hatte sie gewarnt, dass Weilmann versuchen würde, das Gespräch auf alle möglichen Themen zu lenken, um den eigentlichen Anlass des Treffens so lange wie möglich hinauszuzögern. Sie solle sich nicht beirren lassen und auf die Informationen beharren. »Ich bin hier, weil Sie darauf bestanden haben, nicht weil ich Komplimente hören will. Sie sagten, Sie würden das Logo kennen. Den Kreis mit S, das wie eine Schlange aussieht.«

Weilmann lachte auf. »Du hast verdammt viel Ähnlichkeit mit deiner Tante. Nur keine Zeit verschwenden, nicht wahr? Ja, ich kenne es. Spielst du immer noch Klavier? Welches ist zurzeit dein Lieblingsstück?«

»Ja, ich habe nie aufgehört damit. Ich mag Beethoven, hab ihn immer schon gemocht. Woher kennen Sie das Logo? Scheint kein sehr bekanntes zu sein.«

Je länger sie sich mit Weilmann unterhielt, desto leichter fiel es ihr, Bernds Tipps umzusetzen. *Gib so wenig wie möglich und nur so viel wie nötig von dir preis*, hatte er ihr geraten. Und: *Für jede Frage, die er dir stellt, stellst du eine Gegenfrage. Nach jeder Antwort deinerseits bestehst du auf eine von ihm.*

»Wie in ›Schweigen der Lämmer‹, *quid pro quo?*«, hatte sie gefragt. Sie hatte diesen Film mindestens zwanzigmal gesehen, weil Clarice Starling ihr so imponierte. Und, zugegeben, Hannibal Lecter auch.

»Genau so.«

Es war nicht schwer, sich vorzustellen, eine FBI-Agentin zu sein. Sie hatte sich das schon Hunderte Male ausgemalt.

Weilmann lächelte. Er kannte die Regeln auch, hatte dieses Spiel bestimmt selbst oft genug gespielt. »Du bist eine erstaunliche junge Frau. Aber das habe ich gleich gewusst, als ich dir das erste Mal begegnet bin.«

Sie reagierte nicht auf seine Schmeicheleien.

»Dieses Logo stammt aus einem Forum, dessen Mitgründer ich war. Vor ... ich weiß nicht mehr ... über zehn Jahren?«

»Wie heißt es?«

Er schüttelte den Kopf. »Wo ist meine Pizza?«

Bernd, der bisher still neben Valerie gesessen hatte, gab dem Wachbeamten ein Zeichen. Der sprach daraufhin in sein Funkgerät und nickte Bernd zu.

»Die wird gleich gebracht. Wie heißt das Forum?«, blieb Valerie hartnäckig. Ganz plötzlich hatte sich ein Gefühl der Dringlichkeit eingestellt, das Gefühl, das einen überkommt, wenn man einen Tag vor der Abgabe merkt, dass man einen Aufsatz hätte schreiben sollen, und dann versucht, es trotzdem zu schaffen, obwohl es fast unmöglich scheint.

»Der_Kreis_des_Bösen«, antwortete Weilmann.

»Davon habe ich noch nie etwas gehört«, mischte sich nun Bernd in das Gespräch ein.

»Man findet es auch nicht über Suchmaschinen. Es ist ein geschlossenes Forum, in das man nur über Empfehlung reinkommt. De facto ist es im Internet unsichtbar«, erklärte Weilmann.

In Valeries Kopf rückten lose Mosaiksteinchen ein wenig enger zusammen, zwar noch weit davon entfernt, ein Bild zu ergeben, aber doch so, dass sie langsam erkennen konnte, was es darstellte.

»Wenn dieses Forum sonst niemand kennt, dann ist es nur logisch, davon auszugehen, dass der Mörder ein Mitglied dieses Forums ist oder war«, dachte sie laut nach.

Weilmann begann zu applaudieren. »Klug ist sie auch.«

»Nennen Sie mir den Link«, forderte Bernd nun.

»Wenn ich meine Pizza gegessen habe.«

Valerie wäre am liebsten aufgesprungen und hätte Weilmann geschüttelt, damit er endlich mit der Sprache herausrückte, aber abgesehen davon, dass sie damit bei ihm nichts erreicht hätte, kam zum Glück die Pizza, die nun statt im Karton auf einem Teller lag. Offenbar hatte man sie auch noch mal in die Mikrowelle geschoben, denn sie dampfte und verströmte den unverkennbaren Geruch nach Pizzagewürz, Salami und geschmolzenem Käse. Ein Justizwachbeamter stellte den Teller in die Mitte des Tisches und legte einige Papierservietten dazu. »Essen müsst ihr mit den Fingern. Außerhalb des Speisesaales ist Besteck nicht erlaubt.«

»Großartig. Wenn ich jetzt noch die Hände zum Essen frei hätte, wäre ich ein glücklicher Mann.«

Bernd stand auf, ging hinüber zum Wachmann, der Weilmann hereingebracht hatte, und sprach leise mit ihm. Schließlich kam der Wachmann mit zum Tisch, sperrte Weilmanns Handschellen auf, blieb stehen. Demonstrativ rieb Weilmann über seine Handgelenke. »Ich danke.« Er nahm sich ein Stück Pizza und biss genussvoll ab. »Aber wo bleiben meine Manieren? Bitte. Ich esse nicht gern allein.«

Valeries Gesicht wurde abweisend. »Und ich nicht in Ihrer Gesellschaft. Sie haben Ihre Pizza, jetzt will ich den Link zu diesem Forum.«

»Ts, ts, dass die Jugend sich nie Zeit zum Genießen nimmt.«

»Der Link.«

»Ein Angebot: Anscheinend habt ihr es eilig. Gut.

Hier«, Weilmann machte eine ausholende Armbewegung, »gehen die Uhren langsamer. Das Einzige, von dem man zu viel hat, ist Zeit. Aber ich leide unter der Isolation, unter der Einsamkeit.«

Valerie blickte Bernd ratlos an. Worauf wollte Weilmann hinaus? Versuchte er es jetzt auf die Mitleidstour? *Komm zur Sache, alter Mann,* dachte sie ungeduldig.

»Wie lautet Ihr Angebot?«, fragte Valerie mit verschränkten Armen misstrauisch.

»Wie teilen uns diese Pizza, wie gesagt, ich esse nicht gern alleine. Dafür gebe ich euch nicht nur den Link, sondern auch mein Adminpasswort und somit den Zugang zu allen Daten der Mitglieder.«

»Das finden die Spezialisten des LKA auch so heraus«, gab Valerie zurück. Sie hatte von Beginn an gesagt, dass sie mit diesem Menschen sprechen, aber nicht essen würde. Allein schon bei dem Gedanken kam ihr alles hoch, dabei hatte sie kaum etwas gefrühstückt.

»Daran zweifle ich keinen Augenblick. Aber sie würden dafür eine Weile brauchen. Bei den Sicherheitsmaßnahmen, die wir eingebaut haben, würden sie, allein um die IP-Adressen herauszufinden, wahrscheinlich bedeutend länger brauchen, als es Zeit kostet, mit mir diese Pizza zu essen.«

Valerie blickte Hilfe suchend zu Bernd. Der schüttelte mit gerunzelter Stirn leicht den Kopf, als wolle er sie daran erinnern, dass die Wahl bei ihr lag und sie jederzeit Nein sagen konnte. Niemand würde ihre Entscheidung infrage stellen, niemand sie verurteilen... nur sie selbst würde sich Vorwürfe machen, wenn sie wegen ihrer Weigerung, ein lächerliches Stück Salamipizza zu essen, Tante Mika zu spät fanden.

Sie nahm eine Serviette und ein Stück von der Pizza. Dann biss sie grimmig hinein. Das Stück schien in ihrem Mund immer größer zu werden, doch sie kaute tapfer weiter, schluckte den Brei, biss noch einmal ab und fühlte sich grässlich, als sie den zufriedenen Gesichtsausdruck Weilmanns sah.

Den Rand ließ sie übrig, den auch noch hinunterzuwürgen hätte sie nicht mehr geschafft, und auch so hatte sie das Gefühl, das Essen würde ihr im Hals stecken bleiben. Sie legte den Rest ihres Pizzastücks auf den Teller, wischte sich den Mund und die Finger ab und wandte sich zum Wachbeamten, der immer noch neben ihrem Tisch stand. »Haben Sie etwas zu schreiben?«

Der lächelte sie aufmunternd an und reichte ihr aus seiner Brusttasche einen Filzschreiber. Ungewöhnlich, aber wahrscheinlich war es Vorschrift, dass in Gefängnissen keine Kugelschreiber oder Bleistifte mit spitzer Mine verwendet werden durften.

»Danke.«

Dann schob sie Weilmann, der gerade ebenfalls mit dem Essen fertig geworden war, eine unbenutzte Serviette und den Filzschreiber hinüber. »Schreiben Sie.«

Nur drei Minuten später wurden Weilmann wieder seine Handschellen angelegt und sie und Bernd aus dem Besucherraum geführt.

»Wie geht es dir?«, fragte Bernd. »Du warst da drinnen großartig.«

Valerie schüttelte den Kopf, drückte Bernd den Schatz, den sie so teuer erkauft hatte, die Serviette mit den Informationen, in die Hand und lief zu den Toiletten. Sie riss die Tür auf, beugte sich über die Schüssel und erbrach sich.

Als ihr Magen nichts mehr hergab, spülte sie die Pizzareste hinunter, wusch sich mit kaltem Wasser am Waschbecken den Mund aus, kühlte ihr Gesicht und trocknete es anschließend mit Papierhandtüchern ab.

Als sie aus der Damentoilette herauskam, wartete Bernd vor der Tür auf sie. »Alles in Ordnung mit dir?«, fragte er besorgt.

»Jetzt schon.«

## KAPITEL 37

Gernot konnte nur den Kopf schütteln. Doris und Vincent standen seit einer gefühlten Ewigkeit vor dieser verdammten Tafel und starrten darauf. Als ob sich wie durch Geisterhand irgendwelche neuen Erkenntnisse darauf zeigen würden. Wie oft waren sie diese Fotos schon durchgegangen, das letzte Mal erst vor zwei Stunden mit Bernd Dalisch?

»Glaubst du, das Geschlecht der Opfer spielt eine Rolle?«, fragte Doris.

Vincent schüttelte den Kopf. »Eher nicht.«

Gernot hätte gern widersprochen. Natürlich spielte es eine Rolle. Allein schon dadurch, dass Frauen in der Regel leichter zu überwältigen waren, führten sie in der Opferstatistik.

»Eine Prostituierte, eine Studentin, ein Geschäftsmann, eine Sängerin ... ein Zimmerkellner, aber den können wir außen vor lassen, laut Ferreira war er nur Mittel zum Zweck«, zählte Doris zum wiederholten Mal auf.

Gernot konnte es nicht mehr hören. Genervt drehte er sich auf seinem Stuhl um: »Was erhofft ihr euch eigentlich davon, dieselbe Sache immer und immer wieder durchzukauen?«

»Hast du einen besseren Vorschlag?«, fragte Doris.

Den hatte er nicht. »Wir können nur warten, bis wir aus der Forensik etwas Neues hören oder Michaelas Wagen irgendwo auftaucht.«

»Oder bis es eine neue Leiche gibt?«, giftete Doris zurück. Sie brauchte nicht extra zu erwähnen, von wem sie sprach.

»Hat sich eigentlich schon jemand um die Bekenneranrufe gekümmert?«, fragte Gernot. »Kann doch sein, dass sich nicht nur Spinner melden.«

Er bekam keine Antwort. »Gut, dann sehe ich sie eben durch.«

Vincent stapfte zu seinem Arbeitsplatz, nahm ein leeres Blatt aus dem Drucker und fing an, darauf herumzukritzeln. Dann hielt er seine Zeichnung hoch. Ein Diagramm mit einem aufsteigenden Vektor.

»Schön, in Mathe war ich eine Niete«, sagte Gernot. »Was soll uns das sagen?«

Vincent zeigte auf den Nullpunkt und erklärte: »Hier ist der erste Mord.« Dann auf einen Punkt, ein Stück weiter oben auf dem Pfeil gelegen. »Hier ist der zweite Mord.«

»Ja, ja, ich versteh schon«, winkte Gernot ungeduldig ab. Er hatte keine Lust, sich mit Dingen zu beschäftigen, die so offensichtlich nichts mit Michaelas Verschwinden zu tun hatten. Nicht, dass er sie vermisste, aber sie war nun mal eine von ihnen. Außerdem würden sie dort, wo sie war, auch den Mörder finden. »Nur, was hilft uns das?«

»Siehst du es nicht?«, fragte Vincent enttäuscht.

»Ehrlich gesagt, weiß ich auch nicht, worauf du hinauswillst. Vielleicht erklärst du es uns einfach«, schlug Doris vor. Gernot fühlte sich erleichtert, dass offenbar nicht nur er Vincents Diagramm nicht verstand.

»Mit jedem neuen Mord hat sich der Täter mehr ins Zeug gelegt.« Vincent nahm nun doch wieder seine Zeichnung zu Hilfe. »Die Prostituierte am Anfang. Leichte Beute. Er hat sich nicht mal die Zeit genommen, das Logo einzuritzen. Wir wissen ja mittlerweile auch, warum er ihr die Hand abgetrennt hat. Er hat seine DNA unter ihren Nägeln hinterlassen, wahrscheinlich hat sie sich gewehrt, ihn gekratzt... dann die zweite Frau, eine Studentin. Die tötete er unmittelbar nach einer Party in einem öffentlichen Park. Das Risiko war für ihn bedeutend größer, sie hatte soziale Kontakte, Freundinnen, die sie vermissen würden, wenn sie einfach so verschwand... dann Kienast. Schon dass er ein Mann ist, macht es schwieriger. Er war ein durchtrainierter Kerl, zudem nicht ganz unbekannt. An ihn heranzukommen war schwerer als an die Studentin. Wie wir herausgefunden haben, konnte man ihn selten alleine antreffen, er war immer in Meetings, hatte Gesprächstermine. Sein Mord war jedenfalls schwieriger zu bewerkstelligen als der an den beiden Frauen davor. Und schließlich die Sängerin, Alicia Schwarz, eine Prominente, die in einem der teuersten Hotels in Wien ermordet wird. Wenn das keine echte Herausforderung ist, weiß ich auch nicht...« Vincent brach ab und wischte sich den Schweiß von der Stirn. So eine lange Rede hatte Gernot noch nie von ihm gehört. »Und du meinst, an der Spitze des... Schwierigkeitsgrades steht Michaela Baltzer?«

»Ja, eine Polizistin. Noch dazu die Leiterin der Sondereinheit, die mit den Ermittlungen an seinen Morden beauftragt ist«, bestätigte Vincent.

Gernot konnte sehen, wie Vincents Theorie sowohl Patricks als auch Doris' Aufmerksamkeit geweckt hatte.

»Das ist ausgemachter Humbug«, sagte er überzeugt. Es half niemanden etwas, auch Michaela nicht, wenn sie sich an jeden Strohhalm klammerten.

»Das finde ich nicht«, widersprach Doris. War ja klar, dass sie zu Vincent hielt. »Im Gegenteil, ich finde das sogar sehr logisch. Er möchte sich von Mord zu Mord steigern. Das erklärt einiges.«

»Oder wir greifen Ferreiras Theorie auf, nach der wir es mit mindestens zwei Tätern zu tun haben«, antwortete Vincent.

Dann beteiligte sich auch noch Patrick an dieser blödsinnigen Idee. »Und wenn es sich um einen Wettstreit handelt?«

Gernot reichte es jetzt. »Ihr erklärt diese Morde zu einem Wettstreit der Giganten, oder was? Hört ihr euch eigentlich selbst zu? Ich gehe jetzt hinunter zu Harald und trete ihm ein bisschen in den Arsch. Und dann nehme ich Steurer beim Wort. Er hat gesagt, wir bekommen alles, was wir brauchen. Er soll einen Suchhubschrauber organisieren, mit Wärmebildkamera. Das ist solide Polizeiarbeit, die Michaela hilft, nicht irgendwelche Skizzen oder Mutmaßungen. Erste Regel vergessen? Gelegenheit, Mittel und Motiv sind die drei wichtigsten Faktoren für einen Mord. Tut mir leid, aber ein ›*Ich bin besser als du*‹ ist in meinen Augen kein Motiv.«

Dann stapfte er zur Tür hinaus und blieb noch eine Weile auf dem Flur stehen. Sie dachten wahrscheinlich, er könne sie nicht mehr hören, das war aber ein Irrtum.

Doris äffte ihn nach: »›*Ich bin besser als du*‹ ist kein Motiv.«

»Er hat gesagt, in seinen Augen«, korrigierte Patrick sie.

»Trotzdem. Jemanden mit aller Macht übertrumpfen zu wollen ist sehr wohl ein Motiv. Und es passt einfach. Wir werden sehen, was Bernd dazu sagt, wenn er zurückkommt. Aber eins muss man Gernot lassen. Die Idee mit dem Hubschrauber ist nicht schlecht«, räumte Doris ein. Wenigstens etwas. Schließlich war er nicht gänzlich unbedarft, auch wenn ihm die anderen zunehmend genau dieses Gefühl gaben.

Als er mit dem Aufzug hinunter in die forensische Abteilung fuhr, klingelte sein Telefon. Jorge Ferreira war dran.

»Ich habe gehört, dass du die Ermittlungen für die Mordserie übernommen hast«, sagte er. »Was ist mit Michaela Baltzer?«

Ferreira und er kannten sich schon lange. Beide hatten fast gleichzeitig in ihren Jobs angefangen, die Frauen hatten sich gut verstanden, Ferreiras älteste Tochter und sein Sohn waren annähernd gleich alt ... es gab also eine Menge Gemeinsamkeiten. Nach Gernots Scheidung war der private Kontakt abgerissen und beschränkte sich seither nur mehr auf den beruflichen. Schade irgendwie, aber Ferreira war nicht der Typ dafür, ganze Abende in einer Kneipe beim Bier zu verbringen. Und Gernot keiner, der Familienanschluss suchte.

»Ja, du hast richtig gehört.«

»Ist Michaela krank?«

Was sollte Gernot ihm sagen? Schon wegen seiner

alten Freundschaft zu Ferreira wollte er ihn nicht anlügen. »Nicht direkt«, versuchte er sich herauszureden. »Also, weshalb rufst du an? Irgendwelche neuen Erkenntnisse?«

»Diese Logos haben mir keine Ruhe gelassen. Ich habe sie, also vielmehr Fotos von ihnen, einem Grafologen gezeigt und der ist mit mir einer Meinung, dass die Logos zwei verschiedene Handschriften tragen. Der Mann ist ja ein Phänomen, er kann ganze Profile anhand der Handschrift und auch des Stils erstellen ...«

»Dann schick mir doch den Bericht von diesem Wunderheini. Sei mir nicht böse, Jorge, aber ich habe für so was gerade echt keine Zeit. Und für Täterprofile haben wir Bernd.«

»Seit wann ist der wieder da?«, fragte Ferreira.

»Seit heute früh«, sagte Gernot.

»Dann red ich am besten mit ihm. Vielleicht mag er sich ja mit dem Grafologen unterhalten. Du solltest mich kennen. Ich gebe nur wissenschaftlich fundierte Empfehlungen. Von Wunderheilern, Quacksalbern und Hellsehern halte ich grundsätzlich nichts.«

»Jorge, das weiß ich doch. Schick mir einfach den Bericht, okay?« Gernot legte auf. Langsam schien es, als könnte an der Zweitäter-Theorie tatsächlich etwas dran sein. Er musste das in Ruhe noch einmal durchdenken, am besten in der Mittagspause. Aber vorher musste er noch in die Forensik und danach zu Steurer, einen Hubschrauber bestellen. Mochte sein, dass er sich in manchen Dingen geirrt hatte, aber ein Helikopter, mit Wärmekameras ausgestattet, war seiner Meinung nach die effizienteste Möglichkeit, eine Vermisste zu finden. Zumindest, wenn sie noch lebte.

# KAPITEL 38

Mephistopheles saß wie auf Nadeln. Der Fernseher lief, aber bisher war Michaela Baltzers Verschwinden noch nicht einmal erwähnt worden. Dafür gab es immer mehr Spekulationen über den Tod von Alicia Schwarz. Sie sei depressiv gewesen, hieß es in einem Klatschblatt. Sie habe Drogen genommen und wäre an einer Überdosis Tabletten gestorben, schrieb eine andere Zeitung – natürlich waren das alles nur Mutmaßungen. Er ärgerte sich darüber, es schien, als würde seine Leistung dadurch geschmälert. Am liebsten hätte er einen Leserbrief verfasst oder angerufen und der Presse geschildert, wie es wirklich abgelaufen war – wie präzise und akribisch er die Tat geplant und dann durchgeführt hatte.

Aber im Grunde wusste er, dass er nur deshalb so schlecht gelaunt war, weil er seit gestern Abend nichts mehr von Prometheus gehört hatte. Außer diesem einen Foto von Michaela hatte er kein weiteres mehr geschickt, und Mephistopheles fragte sich, ob Prometheus ihn wohl absichtlich zappeln ließ, als Revanche für die vielen Male, wo er ihn hatte warten lassen, oder ob irgendetwas schiefgelaufen war.

Er wünschte, er hätte irgendeinen Anhaltspunkt, wohin Michaela Baltzer gebracht worden war.

Vielleicht wartete Prometheus auch darauf, dass er ihn um weitere Fotos anbettelte, doch das war unter seiner Würde, da konnte Prometheus lange warten.

Mephistopheles überlegte, wie er Prometheus dazu bringen könnte, in eine neue Spielrunde einzusteigen. Schließlich schrieb er eine Nachricht.

*Ich gehe davon aus, dass du sie noch nicht getötet hast, sonst hättest du mir bereits geschrieben und Fotos von ihrer Leiche geschickt, nicht wahr? Oder hält sie dich auf Trab? Ist sie vielleicht doch eine Nummer zu groß für dich? Hast du kalte Füße bekommen? Ich hätte dafür Verständnis. Eine Achterbahn sieht von unten auch meist harmlos aus. Erst wenn man losfährt, merkt man, dass man ihr nicht gewachsen ist. Es ist keine Schande, um Hilfe zu bitten. Ich würde es für dich zu Ende bringen. M*

Er schickte die Nachricht ab und machte sich auf eine lange Wartezeit gefasst. Wenn er eine ganz besondere Stärke hatte, dann war das Geduld. Häufig hatte er bei seinen Aufträgen reglos an einem Ort verharren müssen, manchmal stundenlang, einmal sogar zwei ganze Tage. Umso mehr freute er sich, als nur eine knappe Stunde später sein Nachrichtenfenster anzeigte, dass Prometheus ihm geantwortet hatte.

Sie regte sich, das war gut. Prometheus hatte schon befürchtet, der Schlag auf ihren Kopf wäre zu fest gewesen. Er wollte sie nur ausknocken, nicht sofort umbringen, schließlich hielt er noch ein paar Überraschungen für sie bereit.

Nachdem er sie im Wald bewusstlos geschlagen hatte – er wollte kein weiteres Risiko eingehen –, hatte er sie wieder zurück in den Bunker geschleift. Er kümmerte sich nicht mehr um die Spuren, denn er hatte ohnehin nicht vor, sie noch lange am Leben zu lassen. War sie anfangs ein interessantes Spielzeug gewesen, stellte sie sich mittlerweile als echte Belastung dar. So hatte er es sich nicht vorgestellt, sie war widerspenstiger als eine Drahtbürste und zäher als jede Schuhsohle.

Er hätte kurzen Prozess mit ihr machen können, das wäre am einfachsten gewesen. Aber das hatte sie nicht verdient, nicht nachdem sie ihm die Nase gebrochen und beinahe den Zahn ausgeschlagen hatte. Zum Glück hatte er ihren letzten Angriff ohne weitere Verletzungen überstanden – aber es war knapp gewesen. Michaela war wie eine Kobra, die ohne Vorwarnung zustieß. Eigentlich bewundernswert, wie sehr sie am Leben hing. So etwas hatte er noch nie vorher erlebt, und es rang ihm durchaus ein gewisses Maß an Anerkennung ab, allerdings nicht so viel, dass sie seiner Bestrafung entgehen würde.

Ihre Finger zuckten, ein Stöhnen drang von ihren Lippen. Die Campinglampe, die er heute früh eigens mitgebracht hatte, gab nur wenig Licht. Trotzdem nahm er ihr geschundenes Gesicht und das zugeschwollene linke Auge wahr. Sah nicht gut aus, aber einen Schönheitswettbewerb würde sie ohnehin nicht gewinnen.

»Aufwachen, Dornröschen«, sagte er. »Oder soll ich dich wachküssen?« Er lachte über seinen eigenen Scherz.

Sie tastete mit der Hand über den Boden, als wolle sie herausfinden, wo sie sich befand.

»Kleiner Filmriss? Mal sehen, ob dein Gehirn noch funktioniert, ich habe ein Rätsel für dich: Du hättest dir jede Anstrengung und eine Menge Schmerzen ersparen können. Und? Weißt du es schon?«

Sie versuchte, sich aufzusetzen.

»Mach dir keine Mühe. Ich habe dir den Fuß gebrochen, diesmal entkommst du mir nicht.«

Seine Stimme durchdrang den Nebel in Michaelas Gehirn. Sie ächzte. Wo war sie? Es gab keine Stelle, die nicht wehtat, besonders ihr Fußgelenk sandte Wellen des Schmerzes durch ihren ganzen Körper. Ihre Finger ertasteten etwas Weiches auf einem harten rauen Untergrund, wie... Beton. Plötzlich war die Erinnerung wieder da. Sie wusste ganz genau, wo sie war. Dafür hätte es sein Rätsel nicht gebraucht. Sie war wieder ganz am Anfang, nur dass sich ihre Lage nicht verbessert hatte, im Gegenteil. »Ich habe dir den Fuß gebrochen«, sagte er gerade. Wie abgebrüht musste man sein, um jemandem vorsätzlich die Knochen zu brechen? Ihr wurde kalt. Sie lag hier, ihrem Peiniger hilflos ausgeliefert, wissend, dass er kein Mitleid kannte. Was würde er als Nächstes mit ihr anstellen? Eine Frage, auf die sie in Wahrheit keine Antwort bekommen wollte, auch wenn sie ahnte, dass das schneller geschehen könnte, als ihr lieb war. War es an der Zeit, sich geschlagen zu geben? Alles, was sie jetzt tat, würde ihr Leiden nur hinauszögern. Dabei wollte sie bloß schlafen. Sie sehnte sich nach ein bisschen Ruhe und danach, diesen Schmerzen zu entkommen. Bloß für eine Weile oder für immer, es war ihr egal.

»Wasser«, brachte sie krächzend über die Lippen. Allein für dieses eine Wort benötigte sie ihre ganze Kraft. Ohne Zögern hätte sie es jetzt getrunken, in der Hoffnung, dass das, was er hineingetan hatte, möglichst schnell und stark wirkte.

Doch selbst diese Gnade blieb ihr verwehrt. Stattdessen stieß er ihren gebrochenen Fuß an, und sie jaulte gepeinigt auf. »Die Chance hast du verpasst«, sagte er.

Hieß es nicht immer, Schmerz würde die Sinne benebeln? Endorphine ausschütten, durch die man nichts mehr spürte? Bei ihr bewirkte er das Gegenteil. Sie war hellwach und wünschte, sie könnte wieder in gnädige Bewusstlosigkeit versinken, als sie das Messer in seinen Händen sah.

»Ich muss sagen, dass ich das Logo noch nicht so gut hinbekomme wie Mephistopheles, aber man wird es erkennen, das ist die Hauptsache.«

Michaela wappnete sich innerlich, versuchte, ihren Geist auf eine Reise zu schicken, irgendwohin, wo es Berge gab und einen kühlen See, doch der erste Schnitt an ihrem Oberschenkel riss sie jäh zurück in ihren geschundenen Körper, der unkontrolliert zu zittern begann. Sie fühlte das Locken der Dunkelheit wie ein Versprechen, sie aufzufangen, wenn sie sich nur in ihre Arme fallen ließ. Michaela hörte auf, sich zu wehren, und glitt in die Finsternis, als wäre es ein tiefer Fluss, der sie von diesem Ort des Schreckens und ihrem Peiniger davontrug.

## KAPITEL 39

Bernd schickte Valerie, die es sich nicht nehmen lassen wollte, ihn mit ins Präsidium zu begleiten, hinauf ins Büro. Falls Steurer etwas gegen Valeries Anwesenheit hätte, was Bernd nicht glaubte, so wertschätzend wie Steurer über das Mädchen gesprochen hatte, konnte er sie immer noch nach Hause bringen lassen. Doch angesichts ihres Zustandes, auch wenn sie mehrfach beteuerte hatte, es ginge ihr gut, fand er es besser, sie nicht alleine zu lassen. Die Begegnung mit Weilmann hätte hartgesottenere Personen als Valerie aus der Bahn geworfen, und sie hatte sich wunderbar geschlagen, besser hätte er es auch kaum hinbekommen, und er war ausgebildeter Psychologe und erfahrener Kriminalist, Valerie dagegen ein siebzehnjähriges Mädchen, das in einem halben Jahr die Matura ablegen würde. Aber sie hatte Talent in vielen Bereichen, auch im Umgang mit ihren Mitmenschen – das hatte sie schon mehrmals bewiesen, heute ganz besonders.

»Und wohin gehst du?«, hatte sie gefragt.

Er zog die Serviette, auf die Weilmann seine Informationen geschrieben hatte, aus der Handyhülle. »Zuerst berichte ich Steurer, was wir erfahren haben, und dann bringe ich das hier zu unseren Computerprofis.«

»Ich würde aber gern dabei sein«, sagte sie.

»Dann schlage ich vor, du kommst nach, sobald du Doris und Vincent von unserem Besuch bei Weilmann erzählt hast.«

Valerie überlegte einen Moment. »Okay, einverstanden. Wir sehen uns dann unten.«

Als Bernd Steurers Tür erreichte und gerade anklopfen wollte, öffnete sie sich, und Gernot stürmte mit grimmigem Blick hinaus, ohne ihn auch nur eines Blickes zu würdigen oder zu grüßen.

Überrascht ließ Bernd ihn vorbei und trat in den Raum, wo Steurer an seinem Tisch saß, den Kopf in beide Hände gestützt. Er wirkte niedergeschlagen, und Bernds erster Gedanke galt Michaela. Hatte man sie gefunden? War sie tot?

Erst dann bemerkte er die Frau aus der internen Revision, Penelope Galanis. Sie sah nicht im Entferntesten erschüttert aus, sondern zeigte einen zufriedenen Gesichtsausdruck. Als Bernd hereinkam, stand sie auf und sagte: »Nachdem meine Arbeit hier mehr oder weniger erledigt ist, werde ich mich verabschieden. Ich erwarte deinen Bericht zu dieser Angelegenheit, Werner.«

Steurer hob den Kopf, nickte Penelope Galanis zu und blickte ihn dann aus roten müden Augen an. »Komm rein, ich hoffe, du hast eine gute Nachricht für mich, ich kann gerade eine brauchen.«

»Wie man es nimmt. Willst du mir verraten, weshalb Gernot hier gerade wie eine Dampflok abgezischt ist? Es ist ja nicht so, dass ich mir keine eigenen Gedanken dazu machen würde...«

»Ich habe Gernot bis auf Weiteres vom Dienst suspendiert. Man braucht kein Genie zu sein, um eins und eins zusammenzuzählen.«

»Gernot war der Presseinformant? Hat er gesagt, warum er das getan hat?«

»Das konnten wir nicht aus ihm herausbekommen, ich kann nur Vermutungen anstellen, die ihn aber in einem noch schlechteren Licht dastehen lassen«, sagte Steurer.

»Dann würde ich dich bitten, in deinem Urteil zu berücksichtigen, dass es genau diese Informationen waren, die dazu beigetragen haben, dass wir vielleicht einen Durchbruch erzielen.«

Er erzählte von dem Gespräch mit Weilmann. »Wenn das stimmt, dann haben wir Zugriff auf alle Daten der Mitglieder dieses Forums, inklusive ihrer IP-Adressen.«

Steurers Gesicht hellte sich auf. »Großartig, das ist ein Lichtblick. Bernd, hast du schon mal eine SOKO geleitet? Jetzt, wo Gernot ebenfalls nicht mehr zur Verfügung steht …«

Er nickte. »Nur dieses eine Mal. Kümmerst du dich um die richterlichen Anordnungen, die wir bestimmt brauchen werden? Und übrigens ist Valerie oben im SOKO-Büro. Ich wollte sie nach dem Besuch im Gefängnis nicht alleine lassen. Es war schon heftig genug für sie.«

»Ich weiß nicht, ob … egal, sie ist quasi eine von uns. Um die Bewilligungen kümmere ich mich und um alles, was sonst in meiner Macht steht. Ich hätte ja auch diesen Suchhubschrauber bereitgestellt, wenn wir nur einen Anhaltspunkt hätten, wo wir ihn hinschicken sollen.«

»Hubschrauber? Ein genialer Einfall«, sagte Bernd.

»Das war Gernots Idee. Eine ziemlich gute, wie ich finde. Aber solange der Suchbereich nicht eingegrenzt werden kann, startet der Hubschrauber nicht. Sie meinen, es sei zu teuer, ganz Wien und Umgebung abzufliegen.«

»Du solltest Gernot eine zweite Chance geben.«

Steurer dachte nach. Dann seufzte er. »Schön, ich überlege mir das mit der Suspendierung noch einmal. Aber nur, weil er trotz seines Verstoßes mehr Gutes erreicht als Schaden angerichtet hat. Außerdem kommt er um eine Verwarnung und eine Niederschrift nicht herum. Und die SOKO bleibt unter deiner Leitung.«

»Einverstanden. Wo finde ich ihn?«

»Wahrscheinlich packt er gerade seine Sachen zusammen. Ich rufe ihn an und sage ihm, dass die Suspendierung bis auf Weiteres aufgehoben ist, weil jemand sich für ihn eingesetzt hat.«

Bernds nächste Station war die Abteilung für digitale Forensik, die sich auf die Aufklärung von Straftaten und Überführung von Straftätern im Internet spezialisiert hatte.

Er durchquerte den gesamten Labortrakt der forensischen Abteilung, um die Büros der Computertechniker zu erreichen.

Die letzte Tür am Ende des Ganges stand offen. Auf dem Türschild war der Name Thomas Probst zu lesen. Bernd klopfte kurz an und trat ein. Der junge Mann mit der schwarzen, sehr eigenwilligen Brille, sah kurz auf. Ohne seine Arbeit zu unterbrechen, fragte er: »Ja, bitte? Wie kann ich Ihnen helfen?«

»Ich bin Bernd Dalisch, wir hatten noch nicht das Vergnügen, ich weiß nicht, ob Ihnen mein Name ...«

Bei der Erwähnung seines Namens hörte der Mann mit dem Tippen auf. »Setzen Sie sich doch, bitte. Ich glaube, es gibt niemanden hier, der Sie nicht kennt. Aber ich dachte, Sie wären ...«

Bernd nahm auf dem Stuhl neben Probst Platz. »... in Vorarlberg in der Rehaklinik. Da war ich auch. Steurer hat mich heute Morgen zurückgeholt. Ist auch die Nachricht über die verschwundene Kollegin bis hier durchgedrungen?«

»Michaela Baltzer? Ja. Nur, weil ich hier quasi im hintersten Eck sitze, heißt das nicht, dass ich nichts mitbekomme. Schrecklich ist das. Ich hatte mit Frau Baltzer öfter zu tun, sie ist echt nett, nicht so überheblich wie manch andere. Und sie zeigt Interesse an dem, was wir hier tun.«

Bernd überreichte ihm die Serviette mit dem Link und den Passwörtern von Weilmann. »Dann helfen Sie mir. In diesem Forum steht wahrscheinlich alles, was wir wissen müssen, um Michaela zu finden.«

Probst sah sich die Serviette an und grinste. Dann verschränkte er die Finger, drückte sie durch und ließ sie knacksen. »Okay, mit diesen Informationen wird das ein Spaziergang.«

Na, hoffentlich blieb dieser Spaziergang ohne Stolpersteine, dachte Bernd. Je mehr Zeit verging, desto geringer wurden die Chancen, Michaela lebend zu finden. Die Aussicht war auch so schon gering, und nur dadurch, dass Bernd und alle anderen hier an der Hoffnung festhielten, verschwand sie nicht ganz.

Fasziniert beobachtete Bernd, wie Thomas Probst in einer Geschwindigkeit zu tippen begann, die ihm Bewunderung abrang. Der Begriff »Hacker« stammte mit Sicherheit daher, dass Spezialisten wie Probst auf die Tastatur hackten, dass einem schon vom Zuschauen schwindlig wurde. Nicht einmal vor seiner Beeinträchtigung hätte Bernd so schnell tippen können. Jetzt brauchte er sogar noch länger.

Probst drückte auf »Enter« und lehnte sich zurück. »Bitte schön, wir sind drinnen.«

Die Seite sah aus wie zig andere Foren, die Bernd kannte, vielleicht mit weniger Themenbereichen, doch das Logo ganz links oben neben dem Schriftzug des Forennamens »Der_Kreis_des_Bösen« fiel ihm sofort auf, es war das gleiche, das die Opfer trugen.

Da kam Valerie herein. Er winkte sie zu sich. »Das ist Valerie, Michaela Baltzers Nichte«, stellte er sie vor.

Sie hob die Hand und grüßte Probst: »Hi.« Zum Glück sah sie wieder besser aus als vorhin nach ihrem Besuch im Gefängnis.

Ihr Blick fiel auf den Bildschirm. »Oha, Weilmann hat uns nicht angelogen. Dann hat sich seine Pizzaeinladung ja ausgezahlt.«

»Sieht so aus«, gab Bernd zurück. »Aber wirklich wissen werden wir es erst, wenn wir uns als Admin einloggen können.«

»Dann machen wir das doch«, sagte Probst.

Sie holte sich einen Stuhl, setzte sich so, dass sie auf den Bildschirm sehen konnte, blickte ihn und dann Thomas Probst an. »Okay, ihr könnt loslegen!«

Da Thomas Probst genau zu wissen schien, was er tat, und vorerst keine weiteren Instruktionen brauchte, beschloss Bernd, zu Harald hinüberzugehen, um ihm von den neuesten Entwicklungen zu berichten. Er wusste, dass Harald viel für Michaela empfand, aber Bernd war kein eifersüchtiger Mensch, und schlussendlich hatte sich Michaela ja auch für ihn entschieden. Doch Harald war immer für Michaela da gewesen, er hatte es verdient, auf dem Laufenden gehalten zu werden.

»Bernd, ich hatte noch gar keine Zeit, dich zu begrüßen. Gut, dass du wieder da bist, auch wenn der Anlass dafür gar nicht so schön ist.«

Bernd nahm die dargebotene Hand und schüttelte sie. »Ich hätte mir auch einen bessern Grund für meine Rückkunft gewünscht, glaub mir. Hast du fünf Minuten?«

Harald nickte und führte ihn in eines der Gemeinschaftsbüros, wo es weniger hektisch zuging. »Hier können wir uns ungestört unterhalten. Kaffee?«

Das Angebot nahm Bernd gerne an. »Wir haben möglicherweise eine Spur« begann er und erzählte dann von

Weilmanns Anruf und ihrem Besuch bei dem Ex-LKA-Psychologen.

»Ich werde das wohl nie kapieren«, sagte Harald schließlich, »weshalb hat Weilmann denn überhaupt ein Interesse daran, uns zu helfen? Schließlich haben wir, unter anderem Michaela, ihn doch überführt und ins Gefängnis gebracht. Und er weiß, dass er keine Gegenleistungen für seine Hilfe erwarten kann.«

»Ich könnte sagen, dass in jedem Menschen, sei er noch so bösartig, ein guter Kern steckt, ganz tief drinnen und manchmal so verborgen, dass er niemals durchscheint, aber ich weiß nicht, ob das die Wahrheit wäre. Wissenschaftlich erwiesen ist das nicht, nur meine eigene Überzeugung. Vielleicht hat Michaela etwas in ihm in Bewegung gesetzt, oder Valerie. Die hat ja eine Gabe für so etwas. Vielleicht tut er das aber auch nur, weil er sich immer noch profilieren will oder weil er dadurch das Gefühl bekommt, wichtig zu sein ... für uns und für die Ermittlungen.«

»Deine Überzeugung finde ich wirklich bewundernswert, aber ich denke doch eher, dass deine zweite Erklärung der Wahrheit näher kommt«, gab Harald zurück. »Danke, dass du mich informiert hast, das weiß ich wirklich zu schätzen. Sonst werden wir ja oft vergessen, und nur, wenn wir etwas liefern sollen, sind alle sofort zur Stelle.«

»Kein Thema.«

»Wir halten uns in Bereitschaft, jeder Einzelne hier. Ich konnte keinen dazu bewegen, nach Hause zu gehen, obwohl manche schon Nachtdienst hatten. Wann immer du was brauchst, sag Bescheid.«

»Danke, Harald.« Bernd drückte Haralds Hand und

versprach, sich zu melden, sobald er wieder Neuigkeiten hatte.

Er fuhr mit dem Aufzug hinauf in die SOKO-Räumlichkeiten.

»Hör dir mal Vincents Idee an«, überfiel ihn Doris sofort. Er nahm es ihr nicht übel. Für Höflichkeiten und Small Talk mussten sie keine Zeit verschwenden, sie kannten sich gut genug, um darauf zu verzichten.

»Ich bin ganz Ohr«, sagte er.

Vincent drückte Bernd das Blatt mit der von ihm erstellten Grafik in die Hand und erklärte, was er sich dabei gedacht hatte.

»Demnach befindet sich Michaela hier«, deutete er auf die Spitze des Pfeils.

»Genau. Sie stellt die größte Herausforderung dar.« Gernot hatte sich zu ihnen gesellt. »Ich halte zwar immer noch nicht viel von deinen Zeichenkünsten, Vincent. Und ich bin vielleicht kein freundlicher Typ, aber wenn ich mich irre, dann gebe ich meine Fehler auch zu. Und je länger ich nachdenke, desto mehr komme ich zum Schluss, dass ich womöglich einen großen Fehler gemacht habe.«

Bernd beeilte sich, Gernots Geständnis zuvorzukommen. Es musste schließlich nicht jeder wissen, dass er für die Informationen an die Presse verantwortlich war. Sollte Steurer Gernot wirklich suspendieren, blieb das wahrscheinlich ohnehin nicht lange geheim. Aber wenn er ihn nicht suspendierte, dann würde keiner davon erfahren. Jedenfalls nicht von Bernd, und Steurer würde darüber auch kein weiteres Wort verlieren, so wie Bernd seinen Chef einschätzte.

»Das tut jetzt gar nichts zur Sache. Wir sollten uns wirklich darauf konzentrieren, den Täterkreis einzugrenzen. Unten in der IT-Abteilung sitzt ein junger Mann, der uns mit seinem Fachwissen womöglich zu einem der Täter führt.«

Gernot sah ihn verwirrt an. »Ich habe keine Ahnung, wovon du sprichst. Genau darum geht es mir doch auch.«

»Von welchem Fehler sprichst du eigentlich?«, fragte Bernd nun seinerseits verwundert.

»Von Matthias Pfistermann«, antwortete Gernot. »Ich hätte es schon viel früher sehen müssen, aber wer denkt denn schon daran, dass ein Kollege …« Er nahm einen Stift und trat an die Flipchart-Tafel. »Als er hier anfing, war seine Hand verbunden, ihr wisst schon, diese Klebestreifen, die angeblich Wunder wirken können«, sagte er.

»Du meinst die Tapes?«, fragte Doris.

Gernot nickte und schrieb als ersten Punkt »Tape« auf die Tafel, und daneben »Verletzung?«.

Bernd überkam ein eigenartiges Gefühl, als er zu ahnen begann, worauf Gernot hinauswollte.

»Er war so tollpatschig, dass er den ersten Tatort kontaminiert hat«, führte Gernot weiter aus. »Vielleicht absichtlich, damit sich niemand wundert, wie seine DNA dorthin gelangt ist?«

Doris schnappte nach Luft. »O Mann! Wenn das stimmt …«

»Er hat sich sehr schnell für die zweite Tote interessiert, er hat mich beinahe angefleht, ihn in mein Team zu holen. Möglicherweise ging es ihm aber auch nur darum, aus erster Hand an die Informationen über diesen Mord zu gelangen«, sagte Gernot.

»Er hat sogar zugegeben, dass er das gleiche Auto fährt, das Zeugen bei dem Mord an Maria Koci beobachtet haben, einen weißen Skoda Octavia«, wandte Vincent ein.

»Vielleicht ist es nicht nur das gleiche, sondern sogar dasselbe«, gab Gernot zu bedenken.

Patrick war mit dem Stuhl zu ihnen gerollt. »Er hatte immer eine Ausrede, warum er etwas nicht tun konnte oder wollte, ständig ist er früher gegangen wegen angeblicher Termine ... aber trotzdem, ich glaube es nicht. Er kriegt ja nicht mal den Hintern für simple Tätigkeiten hoch, die man ihm überträgt, nein, ich traue ihm nicht so viel Eigeninitiative zu.«

»Einer von uns sollte aber trotzdem mit ihm reden. Oder findest du es nicht eigenartig, dass er sich ausgerechnet mit Michaelas Verschwinden in den Krankenstand verabschiedet hat?«, warf Gernot ein.

»Okay, ich finde deine Erklärungen plausibel genug, um sie nicht einfach abzutun, sondern der Sache nachzugehen«, sagte Bernd. »Gernot, du bist Experte für Verhöre, du solltest das übernehmen. Patrick, du begleitest ihn. Fahrt hin und seht euch um. Behauptet, es sei ein kollegialer Besuch und ihr wolltet euch erkundigen, wie es ihm geht, weil ihr euch Sorgen um ihn macht. Versucht, ihn auszuhorchen, aber ohne ihn in die Enge zu treiben. Wenn er tatsächlich Michaela entführt hat, dann brauchen wir ihn, damit er uns zu ihr bringt.«

Endlich kam Bewegung in die Sache, auch wenn Bernd noch nicht ganz überzeugt war, dass die Richtung stimmte. Doch das würde sich zeigen. Im Moment konnten sie es sich gar nicht leisten, irgendetwas als zu unwichtig oder zu unwahrscheinlich abzutun. Sie mussten jedem noch so kleinen Verdacht nachgehen. Und ganz waren Gernots Argumente nicht von der Hand zu weisen. Sicher, es konnte sich bei alledem auch um eine Anhäufung von Zufällen handeln, aber eines hatte Bernd in seiner Laufbahn bei der Kripo gelernt: Zufälle waren meist nur Ausreden. Der Zufall musste immer dann einspringen, wenn es sonst keine plausible Erklärung für etwas gab. Und Matthias Pfistermann war ihnen jede Menge Erklärungen schuldig. Hoffentlich war Gernot wirklich so gut im Verhören, wie man von ihm behauptete.

Doris war aufgestanden und hinüber zu der Tafel gegangen. Sie starrte auf Gernots Stichpunkte. Ihr Gesicht zeigte keine Regung.

Ehe Bernd nachfragen konnte, was sie dachte, klingelte das Telefon. Valerie war dran. »Bernd, ihr müsst sofort runterkommen!« In ihrer Stimme lag so viel Dringlichkeit, dass Bernd sofort alles stehen und liegen ließ. Auch Vincent war schon an der Tür.

»Doris? Kommst du nicht mit?«, fragte Bernd.

»Doch. Geht schon vor, ich komme gleich nach«, sagte sie.

## KAPITEL 40

Mephistopheles starrte auf die Zeilen von Prometheus. Der hatte anscheinend gerade einen Höhenflug. Er sollte sich bloß in Acht nehmen, dass es ihm nicht erging wie Ikarus, der auch alle Warnungen in den Wind geschlagen hatte.

*Auf deine Hilfe bin ich nicht angewiesen. Es gibt Dinge, die man alleine tun muss, nicht wahr? Hast du etwa mit mir geteilt? Aber ich will mal nicht so sein, ich lade dich ein, als Gast. Du kannst meine Arbeit live miterleben.*

Mephistopheles wusste nicht, was er von dieser Einladung halten sollte. Die Vorsicht, die ihn beinahe sein ganzes Leben begleitet hatte und die ihm immer ein guter Ratgeber gewesen war, mahnte ihn, nicht darauf einzugehen. Andererseits handelte es sich nicht um irgendein beliebiges Opfer, sondern um Michaela Baltzer. Sie war einmalig, und niemand, auch er nicht, wusste, wie lange sie noch am Leben wäre. Alles deutete darauf hin, dass Prometheus sein Werk noch nicht vollendet hatte, aber das hatte er selbst ja bereits vermutet. Wollte er ihn nun an ihrem Tod teilhaben lassen? Andernfalls wäre er darauf angewiesen, dass Prometheus ihm Fotos schickte. Er hatte schon länger nichts mehr von ihm gehört, und es konnte gut sein, dass Prometheus ihn bestrafen wollte. Ob es ihm gefiel oder nicht, er musste sich eingestehen, dass Prometheus sich seinem Einfluss immer weiter entzog, und das erfüllte ihn zum einen mit Stolz, weil er schließlich dafür gesorgt hatte, dass Prometheus groß geworden war. Andererseits gefiel es ihm überhaupt nicht, dass Prometheus immun gegen seine Manipulationsversuche geworden war.

Er rang mit sich. Wie sollte er entscheiden?

Nachdem sie auf Valeries Anruf hin in die IT-Abteilung geeilt waren, hatte Thomas Probst ihnen erklärt, wie ausgeklügelt die Sicherheitsvorkehrungen des Forums

»Der_Kreis_des_Bösen« waren, und dass er ohne Weilmanns Adminstatus mehrere Stunden gebraucht hätte, um sich überhaupt hineinzuhacken. Weilmann hatte für sich als Administrator und Gründer des Forums Superrechte vergeben, die niemand, auch nicht weitere Administratoren oder Moderatoren, ihm nehmen konnten. Niemand konnte ihn abmelden oder hinauswerfen. Für immer, solange es dieses Forum gab, gehörte es ihm, selbst wenn er sich nie wieder anmelden sollte. Tatsächlich lag Weilmanns letzte Anmeldung ein ganzes Jahr zurück.

Bernd vermutete, dass Weilmann das Forum hinsichtlich seiner Experimente über das Böse im Menschen ins Leben gerufen hatte, und wahrscheinlich enthielt es eine Fülle an Informationen, die zu lesen ihn interessierte, wenn er irgendwann Zeit dafür fand.

»Ich habe die Mitglieder durchgecheckt, sind ja nicht so schrecklich viele«, erklärte Probst weiter. »Ich habe auch deren Einträge überflogen, und die Aktivitäten zwischen den einzelnen Personen analysiert.«

Bernd wünschte sich, Probst würde endlich auf den Punkt kommen, denn jetzt, wo er das Gefühl hatte, dass die Lösung vor ihrer Nasenspitze lag, wurde er ungeduldig.

»Egal«, unterbrach Probst seine Ausführungen, als habe er Bernds Gedanken gelesen, »was ich eigentlich damit sagen wollte, ist, dass ich zwei Mitglieder eingegrenzt habe, Prometheus und Mephistopheles. Die beiden hatten engen Kontakt, lest euch nur die Kommunikation zwischen ihnen durch. Aber das Beste ist, dass ich Zugang zu ihren persönlichen Nachrichten habe. Sie können ihre Computer schützen, wie sie wollen, diese

Firewalls helfen nur gegen Eindringlinge von außen, nicht aber gegen den Feind von innen. Die Login-Daten sind super. Damit kann man quasi in die Rolle jedes Mitglieds schlüpfen, was zwar rechtlich fragwürdig und moralisch verwerflich ist, aber wer fragt schon nach der Moral, wenn man diese widerlichen Texte durchliest!«

Typisch Weilmann, dachte Bernd. Der gab weder etwas auf Recht noch auf Moral. Ihn wunderte nur, dass er dann doch so bereitwillig eine Information wie dieses Passwort mit der Polizei geteilt hatte ... zumal es nicht dazu beitrug, sein Strafmaß zu verkürzen, eher im Gegenteil. Andererseits tat Weilmann nichts, was er nicht vorher gründlich durchdacht hatte und was ihm nicht irgendeinen Vorteil verschaffte. Diesen herauszufinden wäre zu gegebener Zeit noch spannend.

»Heißt das, wir haben sie?«, fragte Valerie aufgeregt.

»Ja, das Problem ist nur, dass sich die IP-Adressen mit jedem neuen Einloggen ändern – einer der Sicherheitsstandards. Das System fordert jedes Mal eine neue IP-Adresse an, der Internetanbieter generiert dann eine und schickt sie an den Server des Forums.«

Bernd runzelte die Stirn. Probst gab sich wirklich alle Mühe, es so zu erklären, dass auch sie, die alle IT-Laien waren, die Zusammenhänge erkannten, aber er verstand trotzdem nur die Hälfte. »Okay, das bedeutet, wir müssen einen der beiden dazu bewegen, sich jetzt anzumelden?«

»So in etwa. Wenn er bereits angemeldet ist, muss er aktiv werden, damit wir wissen, welche der IP-Adressen ihm gehört.«

»Zeigen Sie mir den Verlauf der privaten Nachrichten,

nur die der letzten zwei Tage«, bat Bernd. Er überflog die Worte, und Gänsehaut kroch über seine Arme und den Rücken. Er hatte schon oft mit gestörten Persönlichkeiten zu tun gehabt, mit Straftätern und Gewaltverbrechern, auch mit psychisch kranken Tätern, wie zuletzt, aber diese beiden hier übertrafen alles, was er bisher erlebt hatte. Und Michaela befand sich mitten in der Schusslinie zwischen den beiden.

Es war offensichtlich, welche Taten von Mephistopheles und welche von Prometheus verübt worden waren. Konnte Matthias Prometheus sein? Bernd hatte ihn nie persönlich kennengelernt, hatte nur das Bild aus Michaelas Erzählungen vor sich, und er musste einräumen, dass es möglich war, nach allem, was er vorhin gehört hatte. Aber jetzt mussten sie sich auf Mephistopheles konzentrieren, denn der war der Gegenpart zu Prometheus und hatte dem anderen seine Hilfe angeboten.

»Habe ich richtig verstanden, dass wir uns als Prometheus ausgeben können? Und dass Mephistopheles nichts davon merkt?«, fragte Bernd.

Thomas Probst nickte.

»Dann möchte ich als Prometheus auf Mephistopheles' letzte Nachricht antworten«, sagte Bernd.

Der Computerfachmann klickte ein paarmal mit der Maus, ein leeres Nachrichtenfester öffnete sich. Probst blickte ihn erwartungsvoll an. Bernd hatte sich über den Bildschirm gebeugt. Valerie stand neben ihm, Vincent blickte ihm über die Schulter.

»Schreiben Sie ... *Danke für dein Angebot, aber ich* ... nein, streichen Sie das lieber. Prometheus würde sich nicht bedanken, nicht, nachdem er jetzt endlich die

Oberhand gewonnen hat. Er würde das auskosten. Okay, ich hab's: *Auf deine Hilfe bin ich nicht angewiesen. Es gibt Dinge, die man alleine tun muss, nicht wahr? Hast du etwa mit mir geteilt? Aber ich will mal nicht so sein, ich lade dich ein, als Gast. Du kannst meine Arbeit live miterleben*«, diktierte Bernd.

Probst tippte Bernds Nachricht, wartete, bis er und die anderen sie noch einmal durchgelesen hatten, und auf ein Kopfnicken von Bernd drückte er auf »Enter«.

Jetzt konnten sie nur darauf hoffen, dass Mephistopheles den Köder schluckte. Es war im Grund egal, ob er sich zu einem Treffen bereit erklärte oder nur zurückschrieb, das einzig Wichtige war, dass er antwortete.

Gebannt starrten sie auf den Bildschirm. Jubel brach aus, als ein Fenster mit Mephistopheles' Nachricht erschien.

»Halten Sie ihn weiter hin, bis ich die IP-Adresse lokalisiert habe«, rief Probst, stand auf, setzte sich vor einen zweiten Bildschirm und überließ Bernd seinen Platz.

Er las Mephistopheles' Antwort:

*Dein Angebot ist sehr großzügig, ich habe ernsthaft darüber nachgedacht, aber so gern ich auch Michaela Baltzer wiedersehen würde, so viel ist mir dieses Wiedersehen nicht wert, als dass ich dafür meine Identität preisgäbe. Nein, so soll es sein, du mein Schüler, ich dein Mentor, wir zwei ein kleiner Kreis des Bösen, der sich vielleicht irgendwann noch erweitert, wenn du so weit bist, deine Erfahrungen weiterzugeben. Töte sie, wenn du bereit bist, es zu tun. Ich sagte immer schon, tu es nicht für mich, sondern für dich.*

*Du hast mir nicht geglaubt. Schade, denn es entsprach der Wahrheit. Nicht um sie ging es mir, sondern immer um dich, und ich habe mein Ziel erreicht, du kannst keinen Rückzieher mehr machen, selbst wenn du wolltest. Oder glaubst du, du würdest jetzt noch ungeschoren davonkommen?*

Bernd schluckte. Was sollte er schreiben, Mephistopheles klang so endgültig, als ob er sich gleich ausloggen würde. Das durfte nicht passieren, nicht, wo sie schon so knapp davorstanden, ihn zu enttarnen.

Sorgfältig dachte er über seine Antwort nach und begann zu tippen:

*Meine Einladun…*

Seine verdammten Finger. Für diese wenigen Zeichen hatte er eine gefühlte Ewigkeit gebraucht. Valerie legte die Hand auf seine Schulter. »Lass mich«, bat sie.

Bernd dachte nach, dann überließ er ihr den Stuhl. Bernd räusperte sich.

*Meine Einladung war ebenso ernst gemeint. Ich schätze dich als Mentor, aber dein Schüler bin ich nicht mehr, ich habe ausgelernt.*

Er musste Mephistopheles eine Frage stellen, etwas, das ihn dazu zwang, ihm noch einmal zu antworten. Nach kurzem Überlegen diktierte er Valerie den Text:

*Aber ich schulde dir meinen Dank, denn ohne dich wäre ich nicht zu dem geworden, der ich heute und jetzt bin. Deshalb möchte ich dir ein Geschenk machen: Was auch immer du von Michaela Baltzer willst, sollst du bekommen. Was begehrst du? Ein Erinnerungsstück?*

Valerie sah ihn erschrocken an. »Das soll ich wirklich schreiben?«

»Wenn wir eine Antwort von ihm wollen, ja.«

Sie zögerte einen kurzen Moment, dann drückte sie auf »Enter«. »Na, hoffentlich klappt das auch«, sagte sie.

In diesem Moment passierten mehrere Dinge gleichzeitig.

Mephistopheles antwortete.

Probst schlug mit der flachen Hand auf den Tisch und rief: »Wir haben den Mistkerl.«

Und Doris kam zur Tür herein und sagte: »Matthias hat mit der ganzen Sache nichts zu tun. Ich glaube, ich weiß, wer einer der Täter ist.«

## KAPITEL 41

Bernd lauschte fassungslos Doris' Bericht, die in abgehackten Worten erklärte, dass all die Dinge, die Gernot angeführt und auf die Tafel geschrieben hatte, auf ihren Verlobten Max ebenso zutrafen.

»Das Auto. Er hat einen weißen Skoda Octavia. Ich hatte erst aus den Ermittlungsberichten davon erfahren und mir nichts dabei gedacht. Solche Autos gibt es zuhauf, und wir waren bereits mit den nächsten Morden beschäftigt, bei denen das Auto keine Rolle mehr spielte. Wenn ich nur geahnt hätte ...« Sie wischte sich mit den Händen über die Augen und atmete entschlossen durch. »Die Verletzung auf seiner Hand. Er sagte, er hätte sie sich beim Klettern zugezogen. Natürlich glaubte ich ihm, warum auch nicht? Und der Kratzer in seinem Gesicht, ein Ast beim Joggen. Da scheint er glatt bei der Wahrheit geblieben zu sein. Zwei Tage bevor Roger Kienasts Leiche gefunden wurde, hat Max ihn auf einer Party getroffen und interviewt. Ich wollte das Gernot gegenüber erwähnen, aber Michaela meinte, für die Ermittlungen wäre es nicht so wichtig, dass die beiden sich schon mal begegnet sind. Und danach ... Max hat mir gegenüber behauptet, er müsse geschäftlich verreisen, ich habe ihn seit Tagen nicht mehr gesehen, nur mit ihm telefoniert. Genau genommen seit Michaelas Verschwinden nicht mal mehr das, obwohl ich mehrmals versucht habe, ihn zu erreichen.«

Bernd legte die Hand auf ihren Arm. »Gut, dann statten wir ihm einen Besuch ab. Hast du einen Schlüssel zu seiner Wohnung?«

Doris schüttelte den Kopf. »Nein, ehrlich gesagt weiß ich nicht einmal genau, wo sie liegt. Ich war kein einziges Mal bei ihm, immer nur er bei mir ... klingt ziemlich naiv, ich weiß, aber ...«

»Die Adresse bekommen wir über das Melderegister. Aber womöglich keinen Durchsuchungsbeschluss ohne hinreichenden Tatverdacht.«

»Ich habe seine Zahnbürste, damit könnte man einen DNA-Abgleich machen. Wenn sie mit der DNA von der Tasse übereinstimmt, haben wir nicht nur einen Verdacht, sondern sogar einen Beweis.«

»Das klingt gut«, antwortete Bernd, »aber so ein Abgleich dauert mehrere Stunden, selbst wenn Harald sich beeilt. Und so viel Zeit haben wir nicht, befürchte ich.«

Er dachte nach. »Doris, du hast gesagt, du hast deinen Verlobten seit Tagen nicht mehr erreicht. Du machst dir sicher schreckliche Sorgen um ihn und befürchtest, es könnte ihm etwas passiert sein ... war er nicht vielleicht ein wenig depressiv in letzter Zeit, sodass du annehmen musst, er könnte sich vielleicht etwas angetan haben?«

Doris nickte langsam: »Jetzt, wo du es sagst ...«

Innerhalb von Minuten hatten sie aus dem Melderegister Max' Adresse herausgesucht.

Bernd sagte: »Dann los. Wir schicken die WEGA zu Mephistopheles. Doris, du begleitest das Sondereinsatzkommando.«

Auch wenn Bernd große Stücke auf die Kollegen der Spezialtruppe hielt, schadete es nicht, wenn einer, der mit dem Fall betraut war, sie unterstützte und anleitete.

Doris nickte.

»Vincent und ich gehen zu Max«, bestimmte er.

»Und ich?«, fragte Valerie, die aufgesprungen war.

»Du ... du bleibst hier und wartest.«

»Nein. Das kannst du von mir nicht verlangen«, rief sie aufgebracht.

»Doch, das kann ich«, entgegnete er ruhig.

»Aber ich möchte auch etwas für Tante Mika tun«, sagte sie trotzig.

»Du hast deinen Anteil schon geleistet«, gab er zurück. »Das Einzige, was du jetzt tun kannst, ist beten. Ich ruf dich an, sobald wir was wissen, okay?«

»Okay«, erwiderte sie wenig überzeugend. Er hoffte,

dass Valerie sich nicht zu irgendeiner Dummheit hinreißen ließ, baute aber auf die Vernunft des Mädchens. Zu mehr hatte er gerade keine Zeit.

Noch auf dem Weg zum Auto informierte er sowohl Harald als auch Steurer – genau in dieser Reihenfolge. Harald bat er, zu Max' Adresse zu kommen, Steurer, dass sie einen Zugriff planten und er schon mal dafür sorgen sollte, dass der Helikopter zur Verfügung stand.

»Hubschrauber und Hundestaffel bekommst du, sobald du mir eine ungefähre Ortsangabe machen kannst«, sicherte er ihm zu.

Während Vincent mit einer Geschwindigkeit, die er ihm nie zugetraut hätte, und mit Blaulicht zu Max' Wohnung raste, hatte Bernd nur einen Gedanken: Hoffentlich war es nicht zu spät. Er wollte sich gar nicht vorstellen, wie es für ihn wäre, diese Frau zu verlieren, aber nicht nur für ihn, sondern auch für alle anderen, denen sie etwas bedeutete, wie diesem wortkargen Mann am Steuer des Polizeifahrzeugs, oder Doris, deren schlechtes Gewissen fast greifbar war und die sich nicht einmal etwas vorwerfen konnte, außer blind vor Liebe gewesen zu sein. Steurer, Harald, und vor allem Valerie. *Halt durch, Michaela*, dachte er. *Halt durch, wir finden dich!* Alles andere war undenkbar.

Michaela zog ihre Gedanken mühsam aus der zähen, schwarzen Masse, die sie zu verschlingen drohte. Die Verlockung war groß, einfach dort zu bleiben, wo sie keinen Schmerz empfand und alles ruhig und friedlich war, aber je länger sie an diesem trügerischen Ort verharrte, desto mehr verschlang er von ihrem Willen. Sie war nicht bereit aufzugeben, noch nicht. Sie hatte sich geschworen, bis zum letzten Atemzug zu kämpfen, und sie atmete noch.

Ihr Körper fühlte nichts als Schmerz, sie konnte nicht sagen, wo er anfing oder wo er aufhörte, wie ein Käfig, der sie gefangen hielt.

Sie zwang ihre Augen, sich zu öffnen. Wo war ihr Peiniger? Sie konnte ihn nicht hören. War er noch hier, um ihr beim Sterben zuzusehen? Oder war er gegangen und hatte sie ihrem Schicksal überlassen? Die Antwort lag auf der Hand. Er wäre nicht so dumm, sie liegen zu lassen, wenn er nicht sicher sein konnte, dass sie tot war.

Die batteriebetriebene Lampe, die er mitgebracht hatte, leuchtete noch, wenn auch schwächer als vorhin, sie musste also eine ganze Weile bewusstlos gewesen sein. Doch es genügte, um zumindest ein wenig zu sehen.

Zuerst stellte sie die Ellbogen neben sich auf und drückte sich hoch. Schwindel überfiel sie, unangenehm, aber erträglich. Wahrscheinlich vom Wassermangel und vom Blutverlust. Der Gedanke an die Verletzungen, die er ihr zugefügt hatte, brachte sie dazu, sich weiter aufzusetzen. Sie musste sehen, wie schlimm es war.

Die Jeans auf dem linken Bein war bis zur Leiste aufgeschnitten, der Stoff rundherum blutgetränkt, die Haut klaffte auseinander, dort wo er sie geschnitten hatte. Ein Kreis, ungefähr so groß wie ihr Handteller, in der Mitte ein S mit einem Schlangenkopf am oberen Ende. Hässlich, keine Frage, aber nicht lebensbedrohlich.

Das zweite Bein machte ihr mehr Sorgen. Der Fuß lag in einem unnatürlichen Winkel auf der Decke, das Gelenk war dick angeschwollen und rotblau verfärbt. Allein schon der Gedanke, ihn zu bewegen, schmerzte.

»Gefällt's dir? Ich habe mir große Mühe damit gegeben«, hörte sie ihn sagen. Sie drehte den Kopf in die Richtung, aus der die Stimme gekommen war. Dort stand er, nur wenige Zentimeter entfernt, hielt das Handy in der Hand und fotografierte, nein, filmte sie sogar.

Der Hass auf diesen Menschen, der ihr das alles angetan hatte, überrollte sie wie eine Welle und ließ sie alles rundherum vergessen, machte auch den Schmerz erträglicher. Sie mühte sich auf die Seite, schob das Knie unter sich und stemmte sich hoch, darauf bedacht, ihren gebrochenen Knöchel keinesfalls zu belasten.

Er war unvorsichtig gewesen, hatte das Messer nicht weggesteckt, vielleicht aus Angst, sich selbst zu verletzen, wenn er es am Körper trug. Es lag ein ganzes Stück von ihr entfernt auf dem Boden; wenn sie nur ein, zwei Schritte darauf zumachen und sich dann der Länge nach hinfallen lassen würde, könnte sie es erreichen.

Sie hüpfte auf einem Bein ein Stückchen nach rechts, fast wie unbeabsichtigt. Er ließ das Handy endlich sinken und beobachtete misstrauisch jede ihrer Bewegungen. Offenbar dachte er, dass sie nur versuchte, ihr Gleichgewicht zu halten, denn er entspannte sich wieder. Michaela wagte noch einen Sprung. Jetzt fiel sein Blick auf das Messer auf dem Boden, und er begriff, was sie vorhatte. Im selben Moment, als Michaela sich in Richtung des Messers fallen ließ und die Arme danach ausstreckte, sprintete er ebenfalls los.

Sie war um den Bruchteil einer Sekunde schneller. Sie riss das Messer an sich, drückte es an sich, die Spitze ragte steil nach vorn. Er kam auf ihr zu liegen und durch sein eigenes Gewicht stieß er sich die Klinge direkt in die Brust.

Michaela wand sich unter ihm hervor. Ihr Atem ging stoßweise, sie war kurz davor, erneut die Besinnung zu verlieren, und dass es nicht dazu kam, lag nur an diesen verdammten Schmerzen, die ihr Tränen in die Augen trieben.

»Hilf mir«, flüsterte seine Stimme neben ihr, geschwächt, bettelnd. Sie gab keine Antwort. Zuerst musste sie sich ausruhen, Kraft sammeln. Sie hatte gewonnen, und doch fühlte sich ein Sieg anders an.

## KAPITEL 42

Doris hatte gemeinsam mit dem Leiter des Sondereinsatzkommandos Posten bezogen. Von einem der Gangfenster im obersten Stock aus hatten sie ungehinderten Blick auf die Wohnungen gegenüber. Die restlichen WEGA-Beamten warteten in einem unauffälligen Lieferwagen auf ihre Befehle.

Dominik, wie er sich Doris vorgestellt hatte, sah durch ein Fernrohr. »Eine dieser beiden Wohnungen ist es. Aber welche?« Er reichte ihr das Fernrohr weiter. Sie hielt es an ihre Augen. Die Wohnungen lagen beide auf der vierten Etage, in der rechten saß ein Mann mit nacktem Oberkörper im Wohnzimmer vor seinem Computer. Sie schätzte ihn auf etwa fünfzig, er trug einen Schnurbart, durch das Fernglas konnte sie ihn so deutlich sehen, als würde er direkt vor ihr sitzen. *Bist du es?*, fragte sie in Gedanken, *bist du Mephistopheles?*

Sie schwenkte das Fernglas ein Stück nach links in die andere Wohnung. Sie konnte nur in die Küche sehen, und die war leer. Sie betrachtete den Kühlschrank. Er war mit zahlreichen Magneten bestückt, die Postkarten aus aller Welt festhielten. Uruguay, São Paulo, daneben Schweden, Irland, Mexico City ... ein Weltenbummler?

Sie versuchte, weitere Details zu erkennen. Auf einem der Küchenschränke klebte ein Schild mit der Aufschrift »Zeige Stärke, wenn du schwach bist, beweise Tapferkeit, wenn du Angst hast, und Demut, wenn du siegst.« Daneben war ein chinesisches Schwert abgebildet. Darunter hing noch ein Poster, auf dem ein Tempel und weitere Zitate zu sehen waren.

»Wir gehen hier rein«, sagte sie und zeigte mit dem Finger auf die linke Wohnung.

»Bist du sicher?«, fragte Dominik. Seine hellblauen Augen blickten sie ruhig an, nur seine Stimme verriet, dass er Zweifel an ihrer Entscheidung hatte. »Wenn wir die eine Wohnung stürmen, entwischt uns der Typ aus der anderen womöglich.« Doris verstand. Auf den Überraschungsmoment konnten sie nur einmal setzen.

Kung-Fu-Mörder, schoss es ihr durch den Kopf. Ähnliche Morde in Mexiko City und der Schweiz ... sie nickte. Sicher? Nein, hundertprozentige Sicherheit gab es nicht, sie konnte nur hoffen und beten.

Ihre Ausrüstung mit dem Sicherheitshelm und der Schutzkleidung war ungewohnt schwer, aber Dominik hatte keinen Widerspruch geduldet. »Meine Einheit, meine Vorschriften«, hatte er gesagt. »Sonst kannst du im Wagen warten.«

»Krieg ich dann auch so ein Sturmgewehr?«

»Nein, du bist darauf nicht trainiert, die Glock muss reichen.«

Es war ihr nichts anderes übrig geblieben, als seinen Anordnungen zu folgen.

Sie gingen zum Wagen hinunter, und Dominik besprach noch einmal mithilfe eines Gebäudeplans, den er organisiert hatte, den Einsatz. Doris konnte nicht umhin, die Truppe zu bewundern. Diese Männer bildeten eine Einheit, jeder hatte seinen Platz, jeder kannte seine Aufgabe.

Sie hatte genaue Instruktionen von Dominik erhalten, gemäß denen sie als Letzte die Wohnung betrat, nachdem alle Räume gesichert waren und im besten Fall der Verdächtige festgenommen worden war.

Dann stiegen sie aus dem Lieferwagen, einer der Männer drückte nacheinander auf mehrere Klingelknöpfe. Einer war immer dabei, der ohne nachzufragen den Türöffner betätigte, dachte Doris. So war es auch diesmal. Sie huschten hinein, verteilten sich. Eine Wohnungstür im ersten Stock wurde geöffnet. »Polizei, gehen Sie hinein und verhalten Sie sich ruhig«, wies ein Beamter die Frau an, die den Kopf herausstreckte, um nach dem Rechten zu sehen. Die Tür schloss sich wieder, während sie nach oben vordrangen und schließlich vor der Wohnung standen. Tür 48, wie ein kleines Metallschild über dem Türstock anzeigte.

Sie hatten überlegt, ob sie die Tür sprengen sollten. Doris wäre dafür gewesen, damit sie den Täter auch wirklich überraschen konnten. Dominik hatte sich schließlich dagegen ausgesprochen. »Nichts rechtfertigt diese Vorgehensweise«, sagte er. Deshalb hämmerte er mit der Faust gegen die Tür. »Polizeisondereinsatz, öffnen Sie umgehend, sonst kommen wir herein.«

Er zählte mit den Fingern eins, zwei, drei, vier. Bei fünf gab er ein Zeichen und sagte: »Zugriff.«

Mit einer Brechstange stemmten zwei Beamte die Tür

auf, und sobald sie nachgab, trat Dominik mit dem Fuß dagegen und sie knallte gegen die Wand.

Zwei der WEGA-Beamten liefen mit schussbereiten Waffen vor, sahen sich überall im Raum um und gaben dann ein Zeichen, dass die Luft rein war. Vorsichtig durchkämmten sie als Nächstes Küche und Bad, danach deutete Dominik mit dem Kopf auf eine geschlossene Tür. »Aufmachen«, schrie er, und im nächsten Moment trat er mit seinen schweren Einsatzstiefeln gegen das Türblatt, während er das Sturmgewehr im Anschlag hielt. Doris stand hinter ihm und blickte in das Zimmer. »Scheiße«, entfuhr es ihr.

»Christian Georg Striegler, Sie sind vorläufig festgenommen«, sagte Dominik.

Der Mann, der Mephistopheles war, stand in dem Raum mit mehreren Terrarien, Doris konnte Schlangen, Bartagamen und Spinnen entdecken.

Das Gesicht des Mannes war schmerzverzerrt, ein Schweißfilm bedeckte seine Haut, auch die Glatze. Mit einem Blick erfasste Doris die Situation.

»Kommen Sie mit erhobenen Händen herüber«, befahl Dominik, doch der Mann zeigte nicht die geringste Reaktion.

»Wir brauchen einen Arzt«, schrie Doris. »Sofort!«

»Dafür ist es zu spät«, sagte Mephistopheles und grinste sie an. Offenbar hatte er, um einer Festnahme zu entgehen, beschlossen, sich von einem seiner Tiere, einer Giftspinne oder einer Giftschlange, beißen zu lassen. Und nun musste Doris tatenlos zusehen, wie sein Körper sich zusammenkrümmte und er Blut erbrach.

Jemand rief den Notarzt, doch Doris befürchtete, dass Mephistopheles nicht mehr zu helfen war. Zwei Beamte blieben bei dem Verdächtigen, die anderen, auch Doris, durchsuchten die Wohnung. Nichts deutete darauf hin, dass Christian Georg Striegler ein Doppelleben geführt hatte.

»Wir übersehen etwas«, sagte sie. »War diese Wohnung auf dem Plan nicht größer gewesen?«

Dominik blickte sie bewundernd an. »Doch. Du hast recht, da fehlt ein Zimmer.«

Schließlich fanden sie den Zugang, den man auf den ersten Blick nicht erkennen konnte. Mephistopheles hatte es wirklich geschickt angestellt, den Raum zu tarnen.

Dominik hebelte die Tür auf. »O mein Gott!«, waren seine ersten Worte, als er in das Zimmer blicken konnte.

Doris drängte sich an ihm vorbei. Dieses Zimmer war eindeutig Mephistopheles' Reich. Es roch nach Verwesung und Blut, nach faulem Fleisch und Tod. Bilder von Foltermethoden hingen an der Wand, in einem Bücherregal entdeckte sie Literatur, teilweise sehr alte Bücher, über Giftpflanzen, berühmte Mörder, psychologische Abhandlungen über Serientäter und Soziopathen ... eine Bibliothek des Schreckens. Doch dann blieb ihr Blick an einem Foto hängen. Michaelas weißblondes Haar war ihr als Erstes aufgefallen, dann ihre Augen. Sie nahm das Foto an sich. »Ich muss los«, sagte sie und ließ Dominik und die restlichen Männer des Einsatzkommandos zurück.

Bevor sie die Wohnung verließ, sah sie den Mörder am Boden liegen, ein Beamter hielt das Gewehr im Anschlag, während der andere neben Mephistopheles kniete und Erste Hilfe leistete. Doch Doris wusste, dass alle Bemühungen umsonst waren. Von ihm würden sie nichts mehr erfahren. Mephistopheles machte keine halben Sachen.

Bernd war kein Waffenträger, doch heute hatte er sich eine aushändigen lassen. An Michaelas Treffsicherheit war er nie herangekommen, aber immerhin war er früher mal ein ganz passabler Schütze gewesen. Allerdings fragte er sich, ob er seinen Finger überhaupt noch weit genug krümmen konnte, um den Abzug zu betätigen. Je länger der Tag dauerte, desto deutlicher spürte er seine Erschöpfung, aber völlig unbewaffnet wollte er dann doch nicht Prometheus, oder Max, gegenübertreten müssen, falls er zu Hause war. Sie mussten mit allem rechnen.

An der Tür klingelte er mehrmals. Dann rief er laut: »Maximilian Gehrer, öffnen Sie die Tür«.

Er sah Vincent an, der zuckte mit den Schultern. »Schätze, er kann uns nicht hören.«

»Meinst du, es ist ihm etwas zugestoßen?«, fragte Bernd.

»Laut seiner Verlobten war er labil. Wir sollten nachsehen«, erwiderte Vincent.

Im Falle des Falles würden sie genau dieses Gespräch zu Protokoll geben.

Vincent stellte sich in Position und mit zwei gezielten Tritten kurz unterhalb des Knaufes sprang die Tür auf.

Nebenan öffnete sich die Tür. »Was tun Sie hier?«, fragte die alte Dame aus der Nachbarwohnung, die wohl aufgrund des Lärmes aufgeschreckt worden war.

Bernd zückte seinen Dienstausweis. »Wir sind von der Polizei und führen eine Notöffnung durch, bitte gehen Sie wieder hinein.«

»Ist dem netten Herrn Gehrer etwas passiert?«, fragte die Frau.

»Wir hoffen nicht«, sagte Bernd, wartete ab, bis die Nachbarin wieder in ihrer Wohnung verschwunden war, und folgte dann Vincent hinein.

Max' Wohnung war überschaubar klein. Ein Vorraum mit WC und ein großer Raum, der durch Möbelstücke in einen Küchenbereich, einen Essbereich und einen Wohnbereich unterteilt war. Vor einem großen Fenster stand ein Schreibtisch mit einem Computerbildschirm und einem PC. Auf dem Tisch im Wohnzimmer befand sich ein zugeklappter Laptop. In einem Regal bewahrte Max seine DVD-Sammlung auf, mit zum Teil sehr brutalen Filmen. Doch sonst deutete nichts darauf hin, dass Max und Prometheus ein und dieselbe Person waren.

»Vielleicht hat sich Doris geirrt«, sagte Vincent.

»Vielleicht«, räumte Bernd ein. Enttäuschung machte sich in ihm breit. Wenn das hier zu nichts führte, wusste er auch nicht weiter. Dann konnte er nur hoffen, dass Doris bei Mephistopheles erfolgreicher gewesen war.

Gerade als er aufgeben wollte, fühlte er sein Handy in der Hosentasche vibrieren. Er hatte den Ton wie bei jedem Einsatz aus Gewohnheit abgestellt. Doris. »Ja? Wie ist es gelaufen?«, fragte er.

»Erzähl ich dir später. Ich bin auf dem Weg zu euch, ich muss euch etwas zeigen. Ich habe ein Foto von Michaela gefunden.«

Bernds Herz setzte einen Takt aus. »Kannst du es mir nicht auf das Handy schicken?«

»Kann ich, aber man erkennt nicht viel.« Sie machte eine Pause. »War er zu Hause?«

»Max? Nein. Die Wohnung sieht auch unverdächtig

aus, aber ich rufe jetzt Harald, der soll die Wohnung zerlegen. Wenn es hier Hinweise gibt, dann findet er sie garantiert.«

Doris traf kurz darauf ein. Sie hielt sich nicht mit langen Erklärungen auf, sondern zeigte den anderen das Foto. Bernds Herz krampfte sich bei Michaelas Anblick zusammen. Sie war es, unverkennbar. »Wir müssen herausfinden, wo dieses Foto gemacht wurde«, sagte er.

Er sah sich um. Vielleicht fanden sie irgendeinen Anhaltspunkt hier in diesem Zimmer.

Einer der Mitarbeiter untersuchte Computer und Laptop. »Keine Chance auf die Schnelle«, sagte er. »Sind beide gesichert. Wir müssen die Geräte mitnehmen.«

Harald war gründlich. Neben der Dusche fand er eine Öffnung in der Wand, dahinter ein Geheimversteck, von außen komplett unsichtbar. Neben einer Metallkassette, die sie nicht hier an Ort und Stelle öffnen konnten, ohne den Inhalt zu beschädigen, befanden sich mehrere Fotoalben in dem Versteck. Doris bat darum, sie ansehen zu dürfen. Bernd konnte sie verstehen. Wahrscheinlich hoffte sie, den Mann, von dem sie so wenig wusste und dem sie noch wenige Stunden zuvor bedingungslos vertraut hatte, wenigstens jetzt kennenzulernen.

»Da, Max auf einem Bauernhof. Er hat erzählt, dass er auf dem Land aufgewachsen ist. Waldviertel, 2003. Da war er… etwa fünfzehn.« Weitere Bilder folgten. »Sein Vater. Sie haben den gleichen Blick«, kommentierte sie. »Er sieht auf den Bildern zornig aus, irgendwie unglücklich… verloren. Kein Wunder, dass er nicht wieder zurückwollte.«

Nachdem sie mit dem Album fertig war, griff sie zum nächsten. »Oh, die sind wirklich gut«. Sie kam zu Bernd herüber und zeigte ihm verschiedene Fotos, die beinahe künstlerisch wirkten, Nahaufnahmen von alten, teils verrosteten Gegenständen, verfallenen Gebäuden. Und alle in der gleichen, steilen Handschrift betitelt. »Lost places«, murmelte sie, »vergessene Orte für eine verlorene Seele.«

Sie blätterte weiter, dann hielt sie das Foto von Michaela hoch. »Bernd?«

Alarmiert trat er zu ihr. »Sieh dir das an. Meinst du…?«

Die Stahltür im Hintergrund auf dem Foto von Michaela, eine ebensolche Tür auf einem der Fotos im Album. Zwei weitere Fotos von einer Bunkeranlage, umgeben von Bäumen. »Bunkeranlage im Wienerwald«, stand dort in Max' Handschrift.

Vincent war nun ebenfalls zu ihnen herübergekommen. Er nahm Doris das Album aus der Hand und betrachtete die Bilder. »Wir müssen Steurer anrufen, er soll den verdammten Hubschrauber losschicken«, brachte er es auf den Punkt.

## KAPITEL 43

Michaela wusste nicht, wie lange sie dagelegen hatte, aber ihr war klar, dass sie etwas tun musste, sonst wäre der ganze Kampf umsonst gewesen. Sie konnte nicht damit rechnen, dass zufällig jemand vorbeikam, der sie finden würde, und wenn es ihr nicht bald gelang, Hilfe zu rufen, würden sie die Kräfte verlassen.

Max rührte sich nicht mehr, sie hatte keine Ahnung, ob er bewusstlos oder tot war, es war ihr auch egal. Da, ein leichtes Röcheln, er lebte also noch.

Wo war sein Handy? Es musste auf den Boden gefallen sein, als er auf sie zugestürzt war. Michaela kroch um ihn herum, schob sich langsam vorwärts, kam nur Zentimeter um Zentimeter voran. Da endlich entdeckte sie das Smartphone an seiner Seite. Mit neuer Hoffnung mobilisierte sie ihre letzten Kräfte. *Noch ein kleines Stück*, feuerte sie sich an. *Komm, nur noch ein ganz kleines Stück, dann hast du es erreicht.*

Eine gefühlte Ewigkeit später hielt sie das Gerät in Händen. Einen kurzen Moment überkam sie Panik. Max hatte sein Handy bestimmt mit einem Code geschützt. Sie drückte auf die Einschalttaste, der Bildschirm wurde hell, in einem Feld wurde sie aufgefordert, den Code einzugeben. Verdammt. Doch dann erblickte sie darunter den Schriftzug »Notruf«. Vor Erleichterung schossen ihr Tränen in die Augen, die sich gleich darauf in Tränen der Verzweiflung verwandelten. Wütend schleuderte sie das Handy fort. »Kein Empfang?!«, schrie sie. Gleich darauf bereute sie ihre Tat. Hier in diesem Bunker aus Beton mochte sie keinen Empfang haben, aber draußen im Freien wäre das vielleicht anders. Michaela begann zu schluchzen. Dummheit bestraft der liebe Gott sofort, hatte ihre Mutter ihr als Kind schon eingebläut. An einen Gott glaubte sie schon lange nicht mehr, aber das Handy wegzuwerfen war definitiv dumm gewesen. Ihre Strafe bestand darin, dass sie es jetzt erneut suchen musste. Sie würde sich ein paar Minuten Schwäche gönnen, in denen sie weinen, über ihre Schmerzen klagen und mit ihrem Schicksal hadern durfte. Aber dann würde sie die Tränen abwischen, ihren Hintern bewegen, dieses verdammte Handy eben ein zweites Mal suchen und damit ins Freie robben. Sie wollte sich gerade dazu aufraffen, als sie das Knattern eines Hubschraubers hörte. Zuerst dachte sie, sie hätte sich geirrt, aber das Dröhnen kam näher und wurde lauter.

Michaela war alles andere als ein Technik-Genie, aber sie wusste, dass man zur Personensuche Hubschrauber mit Wärmebildkameras einsetzte. Falls dieser Hubschrauber ihr galt, musste sie den Bunker verlassen, sonst würde man sie niemals finden.

Ihr Blick ging in die Richtung, wo sie im Dunkeln das Handy vermutete, und dann in Richtung Tür. Wenn sie zuerst das Handy suchte, wäre womöglich der Hubschrauber wieder weg, bis sie es ins Freie schaffte. War allerdings der Helikopter gar nicht wegen ihr in der Luft, musste sie von draußen wieder in den Bunker und noch einmal zurück – eine schier unmögliche Distanz, die es zu bewältigen galt.

Michaela fasste einen Entschluss. Mit zusammengebissenen Zähnen begann sie, zum Ausgang zu kriechen. An der Tür zog sie sich zum Stehen hoch, ihr Oberschenkel brannte, und sie spürte, dass die Wunde wieder zu bluten begann. Trotzdem blieb ihr nichts anderes übrig, als dieses eine Bein zu belasten, denn das andere war nutzlos. Ob sie jemals wieder damit laufen konnte, schoss es ihr durch den Kopf, doch diesen Gedanken schob sie ganz weit weg. Damit würde sie sich zu gegebener Zeit auseinandersetzen. Sie zog an der Tür, die sich keinen Zentimeter bewegte, bis sie den Riegel entdeckte, der vorgeschoben war. Mit beiden Händen schob sie ihn hoch. Dabei auf einem Bein das Gleichgewicht zu bewahren, war gar nicht so einfach, aber schließlich gelang es ihr. Die Tür schwang auf, und Michaela sog die frische Waldluft ein. Nie zuvor hatte etwas besser gerochen. Sie streckte die Hände in die Luft, schwenkte die Arme hin und her und begann zu rufen, auch wenn sie bezweifelte, dass der Hubschrauberpilot sie durch die Bäume sehen, geschweige denn von dort oben hören konnte.

Da, er kreiste über ihrem Kopf, einmal, zweimal. Dann zog er nach links. Hatten sie sie entdeckt? Suchten sie einen Landeplatz?

Michaela überlegte, ob sie stehen bleiben und warten oder sich in Richtung des Hubschraubers bewegen sollte, als sie Hundegebell und kurz darauf menschliche Stimmen hörte.

»Hier«, rief sie. »Ich bin hier! Helft mir!« Gerade jetzt, wo sie ihre Stimme so dringend brauchte, schien sie versagen zu wollen.

Und dann war der Hund bei ihr, schnupperte an ihr, lief ein Stück zurück und bellte aufgeregt.

Menschen. Michaela war noch nie in ihrem Leben so froh gewesen, andere Menschen zu sehen. Valerie kam als Erste auf sie zugelaufen. »Tante Mika«, rief sie aus. Ihre Augen weiteten sich bei Michaelas Anblick, doch sie hatte sich schnell wieder gefasst, legte Michaelas Arm um ihre Schulter, um sie zu stützen. »Ich wusste gleich, dass du deine geliebten Schuhe und die Lederjacke nicht einfach so zurücklassen würdest«, sagte Valerie.

»Ich habe mich eben auf deinen detektivischen Spürsinn verlassen«, antwortete Michaela.

In der Zwischenzeit hatten auch Vincent und Doris sie erreicht. »Doris... es tut mir so leid, dass ich dir das sagen muss, aber... der Mörder von Maria Koci und Roger Kienast... ist Max.«

»Ich weiß«, sagte sie nur. Hinter Doris tauchte eine weitere Gestalt auf. Bernd? War der nicht in Vorarlberg? Tausend Fragen schwirrten durch ihren Kopf, aber nur eine einzige kam ihr über die Lippen. »Wieso bist du hier?«

Er eilte herbei, um Valerie beim Stützen zu helfen. »Weißt du, damals, in diesem Wasserbecken, war das Einzige, was mich am Leben erhalten hat, die Sorge, dass ich dich nie wiedersehe, wenn ich sterbe. Ich wäre vom anderen Ende der Welt gekommen, um dir zu helfen.« Sie lehnte sich an ihn. Ihr Bein knickte ein. »Wo ist die verdammte Trage?«, rief er. Alles was danach kam, erlebte Michaela wie durch einen dichten Schleier. Sie fühlte, dass sie auf die Trage gelegt wurde und dass jemand ihr eine Nadel in den Arm stach.

Sie ließ es geschehen. »Sie kollabiert. Wie brauchen einen Zugang«, rief jemand.

Sie wurde getragen, ihr Körper wurde leicht, fast schwerelos, ihr Knöchel, die Schnitte… ihr tat nichts mehr weh.

»Tante Mika, du darfst dich nicht bewegen«, sagte eine Stimme zu ihr. Michaela drehte den Kopf. Es schien, als wären ihre Augen zugeklebt. Nur mit viel Mühe gelang es ihr, sie einen Spalt zu öffnen. »Wo…?«, brachte sie hervor, sie erkannte ihre eigene Stimme nicht. »Du bist im Krankenhaus«, erklärte ihr Valerie. »Dein Fuß wurde operiert.«

Michaela griff nach dem Bügel über dem Bett und wollte sich hochziehen. »Du sollst dich doch nicht bewegen«, tadelte Valerie, beugte sich aber über sie und betätigte einen Schalter, der den Kopfteil ihres Bettes ein wenig höher hob. »Bernd ist auch da, er holt sich nur schnell einen Kaffee«, erklärte Valerie.

Michaela blickte sich um. Überall in dem Zimmer standen Blumen. Valerie war ihrem Blick gefolgt. »Deine Kollegen im LKA haben sie geschickt. Der große, der ist von Gernot, und der...«, sie deutete auf einen Strauß mit einer karierten Schleife, »der ist von Steurer. Der hat mir übrigens einen Job angeboten, wenn ich mich doch dazu entschließe, Kriminalbeamtin zu werden.« Beim Anblick von Michaelas entsetztem Gesicht fügte sie lachend hinzu: »Keine Sorge, ich habe meine Meinung nicht wieder geändert.«

Bernd kam zur Tür herein. Sein Gesicht begann zu strahlen, als er sah, dass sie wach war. Valerie stand auf. »Ich lass euch mal ein wenig alleine«, sagte sie und verließ das Zimmer.

Einen kurzen Moment wussten sie beide nicht, was sie sagen sollten. »Du hast deine Reha abgebrochen«, sagte Michaela ohne Vorwurf in der Stimme.

»Wenn der Berg nicht zum Propheten kommt, muss der Prophet zum Berge gehen. Oder war es umgekehrt?«

»Nein, das stimmt schon«, sagte Michaela lächelnd und nahm Bernds Hand. Seine Finger umschlangen ihre. Er führte sie zu seinem Mund und küsste die Fingerspitzen.

»Auf den Mund wäre mir lieber«, murmelte Michaela. Bernd beugte sich über sie und erfüllte ihr mit großer Freude diesen Wunsch.

## EPILOG

Drei Wochen lag ihre Entlassung aus dem Krankenhaus nun zurück. Es war eine zweite Operation am Gelenk notwendig gewesen, vielleicht würde sie noch eine weitere brauchen, aber die Ärzte sagten, sie würde wieder ohne Schwierigkeiten laufen können. »Profisportlerin werden Sie ohnehin keine mehr, aber Joggen und Sport in einem normalen Ausmaß wird nach einer Physiotherapie und eventuell einer Reha, zu der ich Ihnen dringend rate, möglich sein«, hatte der Oberarzt bei ihrer Entlassung gesagt.

Michaela humpelte immer noch auf Krücken durch die Gegend, aber sie brauchte sie zusehends weniger.

Im Krankenhaus hatte sie jeden Tag Besuch. Alle ihre Kollegen kamen vorbei, brachten Blumen oder leisteten ihr Gesellschaft. Nach und nach erfuhr Michaela, was passiert war, während sie in diesem Bunker um ihr Leben kämpfte.

Doris berichtete ihr von der gruseligen Begegnung mit Mephistopheles, der sich, wie die Obduktion ergab, von einer australischen Trichterspinne, angeblich die weltweit giftigste Spinne, hatte beißen lassen, um seiner Verhaftung und dem Gefängnis zu entgehen. »Ich habe nachgelesen, das Gift soll innerhalb von fünfzehn Minuten wirken, er hat sechs Stunden durchgehalten. Kein schöner Tod, aber er hat ihn sich ausgesucht. Du, was ich dich die ganze Zeit fragen wollte: Weshalb war der so auf dich fixiert?«

»Sein Name sagt mir gar nichts, weder sein Deckname noch sein echter«, antwortete Michaela. Genau diese Frage hatte sie sich selbst auch schon gestellt.

Doris nahm ihr Handy. »Ich habe ein Foto von ihm. Aus dem Obduktionssaal, mit Ferreiras Einverständnis. Wusstest du, dass sein Vorname Jorge ist? Ich nicht.« Sie hielt Michaela das Handy hin. Michaela sah sich das Foto lange und eindringlich an. Das Gesicht des Mannes war vom Tod entstellt, die Glatze … das Muttermal unter dem Auge. Michaela schüttelte langsam den Kopf und gab Doris das Telefon zurück. »Ich habe keine Ahnung, wer der Typ ist.« Doch sie wusste, dass sie von jetzt an ruhiger schlafen würde.

Doris war es auch, die mit emotionsloser Stimme erzählte, dass Max nicht überlebt hatte. Sie hatten ihn sofort notoperiert, doch er hatte es nicht geschafft. »Und ich dachte, ich hätte den Mann meines Lebens getroffen. Ob ich jemals wieder jemandem vertrauen kann, bezweifle ich.« Ihre Worte klangen bitter.

»Das wirst du«, erwiderte Michaela. »Vielleicht braucht es Zeit, aber ich bin davon überzeugt, dass du den Richtigen noch findest.«

Doris lächelte schief. »Na, vorerst bin ich geheilt. Oh, und ich überlege mir, ob ich nicht zur WEGA gehen soll. Fänd ich echt cool.«

Ja, das würde zu Doris passen, die immer irgendwie am Limit lebte.

Patrick war ebenfalls gekommen. Verlegen stand er in der Tür, bis sie ihn hereinwinkte.

»Wie geht es dir?«, fragte er.

»Geht schon. Unkraut und so… und mit dir und… deiner Frau?«

»Auch. Das wird. Ich soll dich von Gernot grüßen. Ich glaube… er traut sich nicht her.«

»Warum denn nicht, ich habe gehört, dass ich ihm den Hubschrauber zu verdanken habe.«

»Na ja, eher Steurer, die Hundestaffel auch. Gernot ist knapp der Suspendierung entgangen… du weißt schon, warum?«

Michaela nickte. Ja, sie hatte davon gehört. Zuerst hatte sie es nicht glauben können, dass ausgerechnet einer der dienstältesten Kollegen dafür verantwortlich sein sollte, aber offenbar hatte Gernot nicht damit umgehen können, dass Steurer ihr die Leitung der SOKO übertragen hatte. Ein klassischer Fall von Neid und vielleicht Torschlusspanik, dass man bald zum alten Eisen gehörte.

»Er wird uns verlassen und in Zukunft unterrichten, um den Neuen etwas Ordentliches beizubringen«, sagte Patrick.

»Dann hoffe ich, dass nicht alle Schüler so sind wie Matthias.«

Patrick lachte. »Ja, das war eine interessante Geschichte. Wir sind zu ihm gefahren, in der Annahme, er wäre Prometheus. Er ist aus allen Wolken gefallen, als wir bei ihm aufgetaucht sind. Aber abgesehen davon, dass er nicht der beste Kripobeamte ist, sitzt sein Herz am rechten Fleck. Er pflegt seine bettlägerige Großmutter, die außer ihm niemanden mehr hat. Es gab immer Schwierigkeiten mit dem Pflegedienst, und deshalb musste er oft so schnell weg und hat so häufig telefoniert.«

»Mensch, das hätte er doch erzählen können«, meinte Michaela.

»Das hat Gernot auch gesagt, aber Matthias hat sich wohl nicht getraut, so als Neuer. Und dann spukt ja immer noch diese Meinung in den Köpfen der Leute, dass wir Polizisten hart zu sein haben.«

Vincent kam mit einem Geschenkkorb. Darin waren aber keine Schnittblumen oder Topfpflanzen, sondern Blumensamen. »Damit du etwas zu tun hast, solange du krankgeschrieben bist«, sagte er. Als Michaela ihn aus ihrer Umarmung entließ und sich die Tränen aus den Augenwinkeln wischte, kratzte er sich verlegen den Kopf. Man musste ihn einfach lieben. Wenn er auch oft nicht die richtigen Worte fand, machte er es mit Taten wieder wett.

»Vincent, entschuldige, aber mir brennt da schon länger eine Frage auf der Seele. Du musst mir nicht antworten, wenn du nicht willst, das ist okay. Aber von dir aus erzählst du ja nichts. Also, bist du eigentlich Single? Lebst du allein oder mit jemandem zusammen? Hast du Tiere? Was machst du in der Freizeit, die ja zugegeben nicht sehr üppig ist in unserem Job.«

»Das ist aber mehr als eine Frage«, gab er zurück und grinste. »Ich lebe meistens allein, führe eine On-off-Beziehung, aber das ist okay. Ich bin beschäftigt, und er ist viel unterwegs. Zwei Katzen, ein Norweger und eine Maine-Coon. Das beantwortet dann auch die letzten zwei Fragen.«

Michaela blinzelte über die Offenheit, mit der Vincent ihr begegnete. Vielleicht hätte sie ihn wirklich früher schon mal fragen sollen.

Am Tag ihrer Entlassung wartete eine weitere große

Überraschung auf sie. Valerie hatte eine Party organisiert. An der Tür hing ein Willkommensplakat, Bernd und Valerie hatten das Haus auf Vordermann gebracht, alles war aufgeräumt und glänzte.

Als Michaela ins Wohnzimmer kam, blickte sie in die Gesichter von einem Dutzend Menschen. Vincent, Doris, Patrick, ja sogar Steurer, Bernd, ihre Eltern, Thomas, ihr Bruder, und Angelika, ihre Schwägerin... sie alle waren gekommen, um sie zurück im Leben zu begrüßen, Valeries Eltern waren sogar aus Lesotho eingeflogen. »Wir werden noch ein-, zweimal zurückfliegen müssen, aber im Moment werden wir hier wohl dringend gebraucht«, sagte Thomas.

Valerie hatte sich mit dem Büffet große Mühe gegeben. Glücklich strahlte sie über die Komplimente, die sie von allen Seiten bekam.

»Vielleicht sollte ich mir das mit dem Konservatorium noch mal überlegen und stattdessen einen Cateringservice aufmachen«, sagte sie.

»Untersteh dich«, sagte Michaela lachend, insgeheim dachte sie aber, dass Valerie die Menschen damit bestimmt auch glücklich machen würde.

Sie hatte nicht gewusst, dass sie so viele Freunde hatte, die alle zu ihr standen. Doch, gewusst hatte sie es irgendwie schon, aber zwischendurch immer wieder vergessen. Diese Menschen hier waren ihre Familie, ob verwandt oder nicht. Sie konnte sich glücklich schätzen.

Jetzt, vier Monate später, saß Bernd wie so oft an ihrem Küchentisch und schnippelte Tomaten für ein Sugo, das sie heute zu Abend essen wollten.

Michaela stellte den Topf mit dem Nudelwasser auf den Herd und drehte sich zu ihm um.

»Bernd, ich überlege, ob wir vielleicht unsere zwei Haushälften zusammenlegen könnten. Was hältst du davon? Meinst du, das geht?«

Überrascht blickte er sie an. Er stand auf, kam zu ihr und umarmte sie. »Das wäre fantastisch. Ich habe keine Ahnung, ob das machbar ist, aber das werden wir herausfinden. Wir können uns auch etwas Größeres suchen, mit einem Arbeitszimmer für mich, einem für dich, einer großen Küche, jetzt, wo du dich zu einer passablen Köchin mauserst... oh, zwei Badezimmer, die brauchen wir, denn wenn ich immer darauf warten müsste, bis deines frei ist, käme ich jeden Tag zu spät zur Arbeit.«

»Ja, ich hätte gern ein großes Wohnzimmer, in das wir ein Klavier stellen könnten. Vielleicht fange ich ja doch wieder an zu spielen. Ein Kinderzimmer...«

»Kinderzimmer?«, fragte Bernd. »Wozu...?

Michaela lächelte. »Ich war heute Morgen beim Arzt.« Sie hatte nach ihrem Arztbesuch noch mit Thomas telefoniert, um mit ihrem Bruder über ihre Ängste und Sorgen zu sprechen, doch er hatte sie beruhigt, dass immer mehr Frauen erst um die vierzig ihr erstes Kind bekamen, in der heutigen Zeit sei das nichts Außergewöhnliches.

»Oh«, sagte er nur, als ihn die Erkenntnis traf. »Wir, also du... nein, wir... wir bekommen ein Baby?« Er umarmte sie, lange und innig. Sie küssten sich... bis das Zischen des Wassers sie wieder in die Realität zurückholte.

»Das mit dem Nudelkochen muss ich echt noch üben«, sagte Michaela und stellte den Topf beiseite.

Bernd wischte sich die Freudentränen aus den Augen. »Ich hatte immer gedacht, du würdest …«

»Ja, das dachte ich auch bisher, aber nun ist es einfach passiert, und es fühlt sich absolut richtig an.«

Der heutige Tag brachte für Michaela den Beweis, dass der Kreis des Lebens weit mächtiger war als das Böse je sein würde.

# DANK

Beim Tippen ist man als Autor oder Autorin ja meist auf sich allein gestellt. Diese Arbeit nimmt einem niemand ab, es sei denn, man hat einen Privatsekretär oder eine persönliche Assistentin, von denen träumen bestimmt einige von uns. Aber bei vielen Dingen rund um ein Buch gibt es dann doch eine ganze Menge Menschen, die unterstützen und motivieren, die bei der Plot- und Figurenentwicklung helfen oder mit Rat und Tat zur Seite stehen und denen Dank gebührt, weil sie sonst kaum in Erscheinung treten und nirgendwo sonst erwähnt werden. Bei mir ist das zunächst meine Familie. Normal ist es nicht, dass man beim Frühstück über Mordmethoden diskutiert – außer bei uns zu Hause. Da gibt es neben Brötchen, Müsli und Kaffee auch Gespräche, wie: »Schatz, reichst du mir die Butter, bitte – und wie ging das noch mal mit diesem Todesgriff?« Oder: »Versuch dich bitte mal aus den Fesseln dieses Kabelbinders zu lösen.« Das funktioniert übrigens wirklich so, wie es in diesem Buch beschrieben wird und wie es auch in verschiedenen Videos zu sehen ist. Mein Mann hat das getestet. Danke, Günther, dafür. Und für so viel mehr. Du bist in jeder noch so stürmischen Zeit an meiner Seite, der Fels in der Brandung, die Schulter zum Anlehnen und Kraftsammeln. Ich könnte mir niemanden sonst vorstellen, der mich durch die Turbulenzen des Lebens so sicher steuert, wie du es tust.

Natascha, dir danke ich für das Schlangenlogo für »Der_Kreis_des_Bösen«. Du bist spitze, ich bin wahnsinnig stolz auf dich. Leute, wenn ihr eine Illustratorin braucht – wendet euch vertrauensvoll an sie.

Samuel, danke für deine Autorenfotos. Du hast mich ins rechte Licht gerückt, was bestimmt nicht einfach war.

Meiner Schwester Katalin danke ich dafür, dass sie meine eh schon verrückten Ideen mit noch verrückteren toppt und mich zu den Buchmessen und Criminalen begleitet. Über das »Kindermädchen« sprechen wir noch. (Und es ist doch Horror.)

Ich danke meinem Agenten Bastian Schlück. Er ist der Beste. Das sagen bestimmt die meisten von ihren Agenten, aber bei mir stimmt es.

Ein großes Danke gebührt Barbara Heinzius, meiner Lektorin im Goldmann Verlag, die von Anfang an so viel Begeisterung für Michaela und Valerie gezeigt hat. Frau Heinzius, Sie wissen – unser Kaffee in Wien ist noch ausständig. Den holen wir bei Gelegenheit nach. Und grüne Sneakers treiben wir auch bestimmt auf. Überhaupt danke ich allen Mitarbeitern und Mitarbeiterinnen des Goldmann Verlags, die aus Manuskripten Bücher machen – jedes Rädchen sorgt dafür, dass das Werk läuft. Ob Covergestaltung, Presse, Satz, Korrektorat, Vertrieb ... ich kann gar nicht alle aufzählen, und dafür entschuldige ich mich: Ihr seid toll.

Vielen Dank an Frau Christina Riemann, die in jedem Band – auch in diesem – dafür gesorgt hat, dass erstens meine deutschen Leser und Leserinnen mit den österreichischen Ausdrücken nicht allzu sehr überfordert werden, zweitens der Text von holprigen Stolperfallen und Fehlern befreit wurde, und die drittens mit ihren Anmerkungen immer ins Schwarze trifft und es mir dadurch einfach macht, den allermeisten Änderungsvorschlägen zuzustimmen.

Doch mein größter Dank geht an euch, die LeserInnen, BloggerInnen und RezensentInnen. Ich danke jedem und jeder einzelnen dafür, dass ihr Michaela, ihr Team, Bernd und Valerie so weit begleitet habt. Ihr seid es, die in Wahrheit den Figuren zwischen zwei Buchdeckeln Leben einhaucht, indem ihr über sie sprecht, mit ihnen mitleidet, mitfiebert und mit ihnen lebt, als wären sie lebendig.

Rhena Weiss

# Autorin

Rhena Weiss, geboren 1969, hat das Schreiben schon früh für sich entdeckt – schon immer schlug ihr Herz besonders für Krimis und Thriller. Neben dem Schreiben von Romanen arbeitet sie in einem Wohnprojekt mit Jugendlichen in Wien. Sie lebt mit ihrer Familie in Niederösterreich. Im Mittelpunkt ihrer Psychothriller-Reihe, die mit dem furiosen Auftakt »Das Böse in euch« begann, steht die Wiener LKA-Ermittlerin Michaela Baltzer.

*Rhena Weiss im Goldmann Verlag:*

Das Böse in euch. Psychothriller
Gottes rechte Hand. Psychothriller
Der Kreis des Bösen. Psychothriller
(Alle Titel sind auch als E-Book erhältlich)